초현실주의 시와
문학의 혁명

초현실주의 시와 문학의 혁명

펴낸날 2010년 12월 23일

지은이 오생근
펴낸이 홍정선 김수영
펴낸곳 ㈜**문학과지성사**
등록번호 제10-918호(1993. 12. 16)
주소 121-840 서울 마포구 서교동 395-2
전화 02) 338-7224
팩스 02) 323-4180(편집) 02) 338-7221(영업)
전자우편 moonji@moonji.com
홈페이지 www.moonji.com

ⓒ 오생근, 2010. Printed in Seoul, Korea

ISBN 978-89-320-2180-5

* 이 저서는 2007년 정부(교육과학기술부)의 재원으로
  한국연구재단의 지원을 받아 수행되었습니다. (KRF-2007-361-AL0016)

초현실주의 시와
문학의 혁명

오생근 지음

문학과지성사
2010

책머리에

초현실주의와의 인연이 시작된 것은 대학 4학년 1학기, 사회학을 전공한 젊은 프랑스인 교수의 강의를 듣던 때였다. 그는 매 시간 프랑스 문화와 사회의 다양성에 대해 이야기하곤 했는데, 어느 날 문득 자기가 좋아하는 시라고 하면서 엘뤼아르의 「자유」를 읽어주었다. 그 당시만 하더라도 학과에서는 20세기 프랑스 시를 전공한 교수가 없었기 때문에, 우리가 들을 수 있는 강의는 19세기 낭만주의 시나, 보들레르에서 시작하여 발레리로 끝나는 상징주의 시뿐이었다. 관념적이고 난해한 상징주의 시에만 머물다가 「자유」를 처음 알게 된 느낌은 거의 충격이나 다름없었다. 그 시를 읽으면서 '나는 너의 이름을 쓴다'라는 구절이 스무 번쯤 반복되는 중에 나타난 '너'가 누구인지가 제일 궁금했는데, 마지막 연의 "한마디 말의 힘으로/나는 나의 삶을 다시 시작한다/나는 너를 알기 위해서/너의 이름을 부르기 위해서 태어났다/자유여"라는 구절에 이르러 '너'가 바로 자유라는 것을 알고 전율에 가까운 감동을 느낄 수 있었다. 특히 '한마디 말의 힘으로' '나의 삶을 다시 시작한다'는 구절은 내가 좋아하던 발레리의 '바다여! 언제나 다시 시작하는 바다여'(「해변의 묘지」)와 비슷하여 친숙감이 느껴지기도 했다. '안다connaître'라는 동사를 '함께 태어난다'는 의미로 해석한 클로델의 재담으로 말하자면, 엘뤼아르의 「자유」를 알게 된 순간 나는 새롭게 태어났다고 말할 수 있을 것이다. 사실 젊은 날의 나는 후회스러운 행동도 많이 하고 뉘우치는 일도 잦으면서 늘 '새로운 나'로 태어나고 싶은 꿈을 가졌고, 그래서 과거를 '후회하는 나'가 아닌 미래를 준비하며 '반성하는 나'를, '감성적인 나'가 아닌 '이성적인 나'를 만들려고 많은 노력을 기울였다. 그러나 그러한 결심이 흔들릴 때면 나도 모르게 '언제나 다시 시작하는 바다'의 이미지를 떠올리면서 변화의 삶을 다짐하기도 했다. 이런 상태였기 때문에 엘뤼아르의 「자유」를 수첩 속에 끼워놓고 자주 들여다보았고, 어느 순간 그것을 잃어버리면서, 시의 기억도 사라졌다.

대학원 첫 학기를 마치고 군에 입대하게 되었다. 처음에는 원주에서 근무하다가 우여곡절 끝에 최전방 방책선 앞에서 보초를 서는 병사가 되어 오전에 잠을 자고 오후에는 훈련 받는 생활을, 그리고 밤이 되면 거의 밤새도록 어둠을 응시하며 보초를 서는 일을 했다. 그러던 어느 날 밤새도록 비가 쏟아지는 때, 기적처럼 엘뤼아르의 「자유」가 떠올랐다. 「자유」가 나를 찾아온 것이다. 그러나 그때 기억된 것은 마지막 구절이 아니라 "욕망 없는 부재 위에/벌거벗은 고독 위에/죽음의 계단 위에/나는 너의 이름을 쓴다"는 구절이었다. 아마 그 당시의 힘든 상황에서 '벌거벗은 고독'의 극단이 느껴졌기 때문일 것이다. 그 이후 「자유」의 몇 구절들은 감당하기 어려운 시간들 속에서 늘 위안과 희망으로 다가왔다. 무거운 배낭과 무기를 메고 행군할 때, 백암산 줄기의 어느 산봉우리에서 막사 건축 작업에 동원되어 하루에도 수십 번 건축자재를 등에 지고 높은 산을 오르락내리락했을 때, 폐결핵 진단을 받고 후송 갔을 때, 힘든 순간마다 떠오른 「자유」의 시 구절들이 없었다면, 어떻게 군대 생활을 마칠 수 있었을는지 모른다. 시의 힘으로 살 수 있었던 이때의 절실한 느낌을 결코 잊지 않기로 다짐하고, 제대 후에 대학원 학생으로 돌아가면, 엘뤼아르의 시로 논문을 써야겠다고 나와 약속했다.

대학원 석사과정에서 엘뤼아르에 대한 논문을 쓰게 된 것은 이런 사연 때문이었다. 엘뤼아르를 공부하면서 초현실주의라는 큰 산맥을 알게 되었고, 그 산맥의 중심에 브르통이 있다는 것을 눈여겨보기도 했다. 나중에 프랑스에 유학 가서 브르통을 주제로 박사논문을 준비할 때, 논문을 마치고 귀국하면 학위논문과는 상관없이 초현실주의를 넓고 깊게 연구하여 책을 쓰고 싶다는 바람을 갖게 되었다. 초현실주의의 중요한 주제들인 시와 사랑, 자유와 혁명의 구호가 매력적인 이유도 있었지만, "삶을 변화시켜야 한다"는 랭보의 명제와 "세계를 개혁해야 한다"는 마르크스의 명제를 동시에 추구하려는 초현실주의자들의 열정이야말로 오랜 시간에 걸쳐 연구할 가치가 있다고 생각했기 때문이다. 또한 프로이트와 마르크스를 종합하려는 모순되면서도 이상적인 그들의 계획은, 나의 젊은 날처럼 무모한 열정 속에서 방황하는 젊은이들에게 새로운 희망이 될 수 있을 것 같은 예감도 작용했다.

귀국한 다음에 처음 쓴 논문이, 박사논문 안에서도 부분적으로 검토한 바 있는 「브르통과 초현실주의 혁명의 의미」였는데, 그 후 27년쯤 지나서 가장 최근에 쓴 논문은 사드의 혁명에 대한 해석의 차이가 문제가 된 「브르통과 바타유의 논쟁과 쟁점」이었다. 그러므로 이 책은 초현실주의 혁명으로부터 사드의 혁명으로 끝나는 긴 모험의 여정이었다고 할 수 있다. 이 여정의 한 고비였던 지난여름의 무더위 속에서 '초현실주의 화가들'과 '광기의 작가, 레이몽 루셀' 그리고 '엘뤼아르의 초현실주의 시'를 주제로 한 세 편의 논문을 연이어서 썼다. 이 무렵 엘뤼아르에 관한 논문을 쓰기 위해 그의 시를 다시 읽으면서, 20대의 관점과 현재의 관점이 많이 달라진 것을 발견할 수 있었다. 그만큼 내가 변화했음을 의식하면서 새로운 감회에 젖기도 했다. 누군가 청춘이라는 말만 들어도 가슴이 뛴다고 했는데, 나에게는 초현실주의의 자유와 혁명이라는 말만 들어도 새로운 열정이 차오르는 것 같다. 이러한 감회 속에서 또한 알게 된 것이, 공부는 자신의 부족함을 아는 사람이 부족함을 메우기 위한 노력이며, 또한 공부를 해야 사람은 변화할 수 있다는 깨달음이었다. 40년 전에 우연히 알게 된 엘뤼아르의 시가 출발점이 되어 이 책으로 작은 결실을 맺은 것은 분명히 큰 기쁨이지만, 이 기쁨 속에 머물러 있지 않고 다시 길 떠날 준비를 해본다.

2010년 12월, 관악산 연구실에서
오생근

제1부

앙드레 브르통과 초현실주의

브르통과 초현실주의 혁명의 의미

1. 초현실주의에 대한 긍정과 비판

문학의 전통적인 개념을 파괴하고, 문학적 혁명을 시도하면서 새로운 삶의 방식을 구현하려고 했던 초현실주의는, 그것이 인간의 정신 속에서 끊임없이 살아 있어야 할 운동이 되기를 바랐던 앙드레 브르통 (André Breton, 1896~1966)의 희망과는 달리, 이미 오래전부터 초기에 보여준 폭발적인 부정의 힘과 근본적인 비판력을 상실해버렸다. 모든 전위예술의 사회적 수용이 대체로 그렇듯이, 초현실주의도 이제는 문학적 유산의 하나로 환원되고 문학사의 한 장으로 편입되어, 마치 곤충채집되어 핀에 찔려 있는 나비처럼 하나의 문예사조로 굳어버렸다. 문학사에 남으려는 노력으로 문학 행위를 실천하는 사람들이 볼 때는 이러한 현상이 축하할 만한 문학적 성공으로 보이겠지만, 어떤 상투형에 예속되기를 거부하고, 문학의 한계를 뛰어넘으면서 끊임없이 변화되어야 한다는 초현실주의의 기본정신은 문학사 혹은 예술사라는 좁은 올다리 속에 갇혀버림으로써 처음의 의도와는 다른 배반된 결과에 이른 것이다. 물론 초현실주의의 영향력은 여전히 살아남아 20세기 문학에서 자동기술과 초현실주의적 이미지란 바로 이 시대의 가장 특징적이고 중요한 문학이론이나 문학적 개념으로 자리매김된 것을 부인하기는 어렵다.

반세기라는 긴 세월 동안 프랑스를 중심으로 하여 전 세계적으로 파급된 이 운동을 주도해온 시인, 앙드레 브르통은, 때로는 존경과 찬탄의 대상이 되기도 했고, 때로는 오해와 비난의 표적이 되기도 했다. 『초현실주의의 철학』을 쓴 알키에는 서문 속에서 초현실주의가 "사랑과 삶과 상상력의 진정한 이론을, 또한 인간과 세계와의 관계에 대한 참된 이론을 확립한" 철학임을 역설하면서, "초현실주의운동에서 앙드레 브르통은 이 운동의 창립자 이상으로 지성적이며 반성하는 의식 그 자체"[1]였다고 그를 높이 평가하며 그 누구보다 브르통의 글에 각별한 관심을 기울일 수밖에 없는 이유를 말한다. 초현실주의자 중의 한 사람이었다가 너무 많은 글을 쓴다는 이유 때문에 초현실주의 그룹에서 축출된 장 자크 브로시에는 『초현실주의자들의 모험』이라는 책에서 "브르통은 자기가 열렬히 사랑하던 것을 불태우기 좋아했고, 동시에 자기가 불태워버린 것을 사랑할 줄 안"[2] 사람이라고 말하면서 그가 큰 인물임을 증언한다. 브르통과 대립적인 위치에 있던 사람이건, 그의 입장

---

1) F. Alquié, *Philosophie du surréalisme, Flammarion*, Champ Philosophique, 1977, p.8.
2) J. J. Brochier, *L'Aventure des surréalisme*, Stock, 1977, p.84.

을 옹호하는 사람이건 간에 이렇게 그의 중요성을 긍정적으로 평가하는 예는 일일이 열거할 수 없을 정도로 많다. 물론 그와 반대로, 초현실주의와 앙드레 브르통을 비판한 경우도 적지 않은 것이 사실이다. 사르트르의 「1947년의 작가 상황」과 카뮈의 「반항인」을 비롯하여[3] 1971년 여름호 『텔켈Tel Quel』지의 글들과 같은 해 발간된 크사비에르 고티에의 『초현실주의와 성』[4] 등은 그에 대한 비판의 대표적인 예이다. 브르통과 격렬한 논쟁을 벌였던 바타유를 비롯한 『텔켈』의 필자들은 브르통이 여러 가지 점에서 오류를 범했다는 것을 주장하였다. 가령 브르통의 유물론은 위장된 관념론이거나 기껏해야 무의식적인 관념론일 뿐이며, 프로이트를 완전히 잘못 해석했고, 또한 주다노브류의 독단론에 굽히지 않고 예술의 자유를 외친 그의 단호한 태도는 이데올로기적으로 반동적인 부르주아의 견해에 토대를 두고 있기 때문이라는 것이다. 이와 비슷한 관점에서 프로이트와 사르트르, 라캉 등의 이론을 빌려서 브르통의 성과 에로티슴의 개념을 공격한 고티에는 초현실주의자들의 주된 관심이 아버지에게 반항하면서 어머니와 근친상간을 하려는 철없는 젊은이들의 반항이라고 야유적인 비판을 한다. 고티에의 논지를 빌리면, 브르통은 심리적으로 억압된 동성연애자이며, 그가 주위의 친구들에게 마력적인 영향을 주고 또한 친구들이 그의 곁을 떠나고 싶어 하지 않았던 것도 그런 점 때문이라는 것이다. 고티에는 덧붙여서 브르통

---

3) 초현실주의를 누구보다 앞장서서 비판했던 사르트르의 글은 이 운동의 '부정정신'을 오이디푸스 콤플렉스의 표현이라고 지나치게 단순화시키거나, 철없는 젊은이들의 무책임한 반항으로 간주해버린다. 카뮈 역시 초현실주의가 살인과 자살을 조장할 수 있는 위험한 젊은이들의 반항이라고 비판하지만 이 운동이 보여준 타협을 거부하는 순수성의 가치마저 부인하지는 않았다.

4) X. Gauthier, *Surréalisme et sexualité*, Gallimard, coll. Idées, 1971.

이 노동자 계층과 유대의식을 갖지 않고 부르주아적인 한가로운 유희를 즐긴 사람이라는 질책까지도 서슴지 않았는데, 이것은 사르트르의 관점과 동일한 것으로 보인다.

긍정적이든, 부정적이든, 브르통과 초현실주의를 둘러싼 이러한 논쟁들은 그만큼 초현실주의의 중요성을 역설적으로 반영하고 있는 것으로 볼 수 있지 않을까? 중요한 것은 브르통의 개인적 입장을 떠나서 문학적으로 초현실주의의 시적 성취와 역사적 의미가 무엇인지, 그리고 그것이 실패한 운동이라면 그 실패를 통해서 이끌어낼 수 있는 교훈은 무엇인지 등의 문제들을 무엇보다도 작품들을 통해서 이해해야 한다는 점이다. 이 목적을 위해서 제기할 수 있는 질문 중의 하나가, 초현실주의는 과연 혁명적 예술운동인가? 아니면 예술적 혁명운동인가? 하는 물음이다. 결론이 어느 편으로 기울어지든지 간에, 이러한 물음의 범주 속에서 초현실주의적 혁명의 의미와 변화를 브르통의 텍스트를 따라가면서 분석해보려는 것이 이 글의 핵심적인 주제이다.

2. 초현실주의와 혁명의식의 출발

초현실주의의 역사를 알고 있는 사람들은 이 운동의 이론적 방향을 이끌어간 앙드레 브르통의 정치의식이 첨예하게 표현되기 시작한 시기가 모로코 전쟁이 야기한 사회적 불안 속에서 1925년 여름 그가 트로츠키의 『레닌』을 읽고 난 후부터라는 사실에 대해 대체로 의견의 일치를 보인다. 그때까지만 하더라도 서구문명과 합리주의에 대한 거의 맹목적일 정도의 반항을 일삼던 다다 시절과 크게 다를 바 없이, 초현실주의자들은 전위예술을 하는 시인이나 예술가들로서 부르주아 문화의 허위를 공격하거나 꿈을 분석하고 자동기술의 실험을 하는 단계에 머물렀을 뿐, 사회적 정치적 문제에 이르기까지 그들의 관심을 확대하지는 않았다. 러시아의 10월혁명이 반항적인 젊은이들에게 사회혁명에 대한 열망과 정치의식을 일깨울 수 있는 어떤 자극제 역할을 할 수도 있었겠지만, 그 당시 프랑스 언론계는 러시아에서 전개된 역사적 사건의 중요성을 무시해버리거나, 진상을 왜곡하여 보도했기 때문에, 젊은이들은 러시아혁명이 왜 일어난 것인지, 혁명의 의미가 무엇인지에 대해서는 깊이 있게 알고 있지 못했다. 그로부터 여러 해가 지난 후에야 비로소 10월혁명의 본질이 밝혀지고 혁명의 의미가 프랑스 지식인들로부터 깊은 관심을 촉발하게 되면서 초현실주의자들도 서서히 혁명을 주제로 한 정치적 논쟁의 소용돌이 속에 빠지게 되었지만, 정확히 말하자면 1925년 전까지 그들의 사회의식은 미숙하고 순진한 상태를 크게 벗어나지 못했다. 브르통의 고백을 따르면, 그들은 혁명이란 말을 파괴라는 말의 동의어로 연상하거나, 아니면 프랑스대혁명 후의 잔인한 공포정치를 실현하는 어떤 정치적 수단이라고 막연히 이해했다는 것이다. "전시의 검열이 극심했었다. 우리들 주위에서는 짐머발트와 킨탈회의와 같은 정치적 의미가 있는 사건들이 별로 주의를 끌지 못했고, 볼셰비키 혁명이 무엇 때문에 일어난 것인지 아무도 제대로 알고 있지 못했다. 〔……〕 우리들에게서는 '사회의식'이라고 부를 만한 요소가 하나도 없었다."[5] 초현실주의자들 가운데 아라공이 아마도 유일하게 그의 글 속에서 10월혁명의 문제를 비유적으로 표현하였지만, 그것도

---

5) A. Breton, *Entretiens*, Gallimard, coll. Idées, 1952, p.40.

찬미의 어조가 아니라 오히려 부정적인 시각에서였다. 1923년, 그는 러시아의 과격한 혁명가들을 "존경할 만하지만 좀 부족한 존재"[6]라고 간단히 정의 내린다. 1924년 10월, 레닌이 사망한 다음 날, 아나톨 프랑스Anatole France를 규탄하는 팸플릿 「시체Cadavre」[7] 속에서 그는 "개인지도로 키운 학생 모라스Maurras와 바보 같은 모스크바가 받들어 모시는 문학인"이라는 표현을 하게 되어 좌익 진영의 잡지 『광명 Clarté』의 편집자들과 논쟁을 벌이게 된다. 이 논쟁에서 아라공은 격렬한 어조로 반박문을 작성한다. "러시아혁명이라니? 당신들은 그런 말로 내 어깨를 으쓱하게 만드는데, 그 혁명이라는 게 기껏해야 이념적 차원에서 별 의미 없는 내각의 위기겠지, 뭐 대단한 사건이겠습니까?" 이러한 발언은 훗날, 공산당에 가입하여 50여 년간 공산당에 몸담고 중요한 역할을 한 시인의 변모와 비교한다면, 단순하게 이해하기는 어려운 말이다. 그러나 아라공의 이 말은 무엇보다도 그 당시 초현실주의자들의 정치감각을 반영하는 한 예라고 할 수 있다.

초현실주의자들이 공동으로 문학작업을 시작했을 때의 동인지, 『문학Littérature』[8]은 후퇴하고 1924년 12월 1일부터 새로운 잡지 『초현실

---

6) L. Aragon, "Le Manifeste est-il mort?," in Littérature n° 10, 1ᵉʳ mai 1923, p.11.
7) 아나톨 프랑스는 문학적으로나 정치적으로 그의 영광이 절정에 달했을 때, 사망하게 된다. 그의 장례식이 성대하게 거행될 무렵, 초현실주의자들은 고인의 명복을 빌기는커녕, 고인을 집중 공격하는 팸플릿을 작성한다. 이 팸플릿에서 엘뤼아르는 아나톨 프랑스가 구현한 가치관들, 즉 회의주의와 아이러니, 프랑스 정신 등을 비판하고, 브르통은 그를 경찰이라고 부른다. 아라공이 모라스와 모스크바를 자기의 글 속에 끌어들인 이유는, 모라스의 민족주의와 부르주아적 보수주의가 바레스를 계승했기 때문이며, 또한 바레스가 공산주의를 찬양하고 모스크바의 정치적 변화에 동조했기 때문이다.
8) '문학'은 발레리의 제안으로 더럽혀지고 속화된 이 말의 의미를 새롭게 구현하자는 의도에서 잡지 제목이 되었는데, 일차로는 1919년 3월부터 1921년 8월까지 20호, 이차로는 1922년 3월부터 1924년 6월까지 13호, 모두 33호까지 발간된 셈이다.

주의 혁명La Révolution surréaliste』이 간행되기 시작한다. 잡지 제목에 혁명이란 어휘를 사용함으로써 암암리에 혁명의 의지를 보인 것은 사실이지만, 이 제목은 사실상 이데올로기적으로 모순된 어휘의 결합일 것이다. 과격한 정치가들이 추구하는 혁명이란 당연히 땅 위에서, 물질적으로 전개되는 현실주의 혁명이겠지만, 초현실주의자들의 잡지 제목은 어디까지나 현실주의가 아닌 초현실주의 혁명이기 때문이다. 이런 점에서 이 제목 자체가 이미 초현실주의와 공산주의 혹은 초현실주의자들과 공산당과의 이념적 불일치와 필연적인 대립을 암시하고 있는 것이다. 이 잡지는 1호에서 4호까지 간행되는 동안 『문학』에서보다 훨씬 진지한 실험정신을 지닌 과학 잡지와 유사한 느낌을 주면서 자동기술의 성과와 꿈의 이야기, 자살의 문제 등을 주요 내용으로 다룬다. 다시 말해서, 초현실주의자들은 5호를 발간하기 전까지 기성예술을 타파하고 개혁하려는 전위 예술가들의 역할에서 벗어나지 않았고, 그들의 관심은 사회적인 문제를 포용하는 데까지 충분히 발전하지는 않았다는 것이다. 그런 점에서, 잡지 제목으로 선택한 '초현실주의 혁명'은 역사적 사회적 조건을 고려한 혁명이 전혀 아니었다. 이 잡지 첫 호에서 부아파르, 엘뤼아르, 비트락이 공동서명으로 작성한 서문은 "혁명…… 혁명…… 리얼리즘은 나무들의 불필요한 가지를 쳐내는 것이고 초현실주의는 삶의 가지를 쳐내는 것이다"라는 애매모호한 글로 끝맺음이 되어 있다. 이렇게 언급된 혁명의 의미를 정확히 추측할 수 있는 독자는 많지 않을 것이다. 사실 초현실주의자들이 그 당시 많은 선언문이나 연설문, 팸플릿, 공개편지 등에서 혁명이라는 용어를 사용했지만, 그것은 대부분 모호한 시적 표현으로서 글 쓰는 사람의 주관적이며 감정적인 열망을 반영하는 것에 불과했다. 가령, 1925년 1월 27일의 「공동 선언문」에는 다음과 같은 글이 보인다. "우리는 혁명을 하기로 결심했다. 〔……〕 우리는 수단방법을 가리지 않겠다. 〔……〕 초현실주의는 하나의 시석 형태가 아니다. 그것은 자기 자신을 향해 던지는 정신의 절규이며 모든 속박을 절망적으로 분해하려는 단호한 태도이다. 필요하다면 우리는 망치를 들 수도 있다."[9] 이처럼 첫눈에 과격해 보일 수도 있는 이 선언문의 내용은 문화적인 문제를 해결하기 위해 '망치'를 들 수 있다는 식으로 어떤 정치 참여라도 불사하겠다는 단호한 의지를 반영하지만, 그것이 집단행동에 대한 구체적이며 조직적인 계획을 전제한 것인지는 전혀 알 수 없게 표현되어 있다.

1925년 말에 간행된 『초현실주의 혁명』 5호는 초현실주의의 정치적 의식의 변화를 엿볼 수 있다는 점에서 중요한 자료가 될 수 있을 것이다. 이 호에서는 트로츠키가 쓴 『레닌』에 대한 브르통의 서평을 비롯하여, 「우선적이며 영속적이 되어야 할 혁명」이라는, 정치적 관심을 보여준 선언문이 자동기술적인 시와 함께 수록되어 있다. 브르통은 그 서평에서 개인의 정치적인 권력욕을 초월한 인간의 모습을 발견했다고 말하면서 과거의 낡은 문화적 가치관을 파괴하고 새로운 가치관들을 창조해야 한다는 트로츠키의 입장이 초현실주의의 입장과 일치한다고 주장한다. 브르통의 이러한 서평은 초현실주의 그룹에 결정적인 영향을 끼치게 된다. 이 서평과 함께 수록된 선언문에서는 정치적인 분야에 속해 있는 어휘들, 즉 노동, 역사, 혁명 등이 현저히 발견되고 있지만, 마르크스주의자들이 부르주아 사회를 비판할 때 자주 사용하는 자본주의, 프롤레타리아, 계급투쟁 등의 전문적인 어휘들은 보이지 않는다.

---

9) M. Nadeau, "Documents surréalistes," in *Histoire du Surréalisme*, Éditions du Seuil, 1964, p.219.

그런 점에서 정치적 의식으로의 변화를 진단할 수 있는 『초현실주의 혁명』 5호에서도, 초현실주의자와 마르크스주의자의 사고방식 혹은 상상력은 서로 어긋나 있는 것임을 알 수 있다.[10]

『초현실주의 혁명』 1호에서 5호까지, 초현실주의자들이 빈번히 사용한 혁명의 개념은 대략 세 가지 각도에서 정리될 수 있다. 첫째, 혁명은 머릿속에서 이루어지는 어떤 것이다. 그것은 낡은 정신세계와 결별하고 프로이트가 발견한 풍요로운 무의식의 세계를 탐구하면서 지닐 수 있는 새로운 정신적 태도로서 표현과 창조의 무한한 자유를 지칭한다. 이런 점에서 초현실주의자들의 글 속에서 발견되는 혁명이란 어휘는 꿈과 상상력 등의 어휘들과의 관련 속에서 빈번히 사용된 것이다. 둘째로, 혁명은 반항정신과 거의 동의어로 사용되었다는 점이다. 브르통이 「밝은 탑」이라는 짧은 글 서두에 쓴 것처럼, "초현실주의가 그 자신의 모습을 스스로 규정짓기 전, 처음으로 자기의 정체를 알리게 된 장소와, 초현실주의가 아직 그 시대의 사회적 정신적 속박을 자발적이며 전체적으로 거부하는 개인들 사이의 자유연상에 불과했던 시간이란 다름 아닌 아나키즘의 어두운 거울 속이다."[11] "아나키즘의 어두운 거울 속"이라는 시적인 표현은 초현실주의가 호소하는 혁명의 기본적 성격을 압축해서 말해준다. 그것은 집단과 사회의 개선을 일차적인 목표

---

10) 크라스트르V. Crastre는 1925년 5월의 『광명Clarté』지에서, 초현실주의자들의 정신적 태도를 19세기 낭만주의 시인들, 즉 귀족계급이 승리했을 때보다 부르주아지가 승리했을 때 더욱 설 자리를 찾지 못한 극단적인 낭만주의자들의 그것과 다를 바 없다고 말하면서, 초현실주의자들의 이상주의나 낙관주의의 한계를 지적한 바 있다. 낭만주의자들의 입장과 비교한 것은 재미있는 견해이지만, 초현실주의자들을 낙관주의자라고 본 것은 성급한 판단인 것처럼 보인다. 여하간 1926년 1월, 같은 잡지에서 브르통은 「기다리는 힘」이란 글을 통하여 랭보를 인용하면서, 시가 혁명의 무기가 될 수 있다고 믿는 한, 자기는 이 세계를 해석하고 표현하는 시의 활동을 결코 포기하지 않겠다고 단언한다.

11) A. Breton, La Clé des champs, J. J. Pauvert, 1967, p.325.

로 삼는 것이라기보다 개인의 자유와 의식의 독립을 전제로 한 것이기 때문이다. 셋째, 혁명의 개념을 둘러싸고 초현실주의자들은 저마다 서로 다른 주관적 이미지를 갖고 있었다는 점이다. 대표적인 예로, 『초현실주의 혁명』 3호에 실린 아르토의 글과, 4호에 실린 브르통의 글을 비교하면, 혁명의 견해가 어떤 편차를 보이는지 쉽게 알 수 있다. 1924년 말, 뒤늦게 초현실주의 그룹에 합류한 천재적인 극작가 아르토는 3호에 실린 「초현실주의 연구소 활동」이란 짧은 글에서 이렇게 말한다. "현실에서 초현실주의적 혁명의 행위는 모든 정신 상태에, 모든 종류의 인간 활동에, 정신 속에 담을 수 있는 세계의 모든 상태에, 기존의 모든 도덕적 현실에, 모든 정신의 질서에 적용될 수 있는 것이다. 이러한 혁명은 모든 가치관의 전도와 정신의 평가절하를, 명증한 논리의 백지화를, 모든 언어를 완전히 뒤바꾸면서 혼란케 만들고, 사고의 힘을 제거해버리는 것을 목표로 삼는다."[12] 이렇게 시작되는 글에서 여러 번 반복되고 있는 어휘는 주로 '사고'와 '정신'이다. 특히 정신이란 추상명사는 17번이나 반복되고 있는데, 이것은 결국 아르토가 꿈꾸는 진정한 혁명은 오직 사고와 정신의 차원에서만 실현되는 것이며 또한 실현되어야 한다는 그의 기본적인 태도와 무관한 것이 아니다. 왜냐하면 아르토에게 사회혁명은 중요한 의미가 없는 일시적 현상이었기 때문이다. 훗날, 초현실주의자들이 사회혁명에 참여해야 한다는 논의에 휘말리게 되었을 때, 그는 정치 참여가 '쓸데없는 혹 붙이기'와 같은 것이어서 후회할 일을 사서 하는 어리석은 짓이라고 말한다.[13] 철저히 정치 참여를 거부한 아르토의 이러한 정신적 혁명의 개념과는 달리, 브르통은 완전

---

12) *La Révolution surréaliste* N°3.
13) A. Artaud, *Œuvres complètes*, Gallimard, 1970, p.371.

한 것은 아니지만, 상당히 급진적인 정치의식을 보인다. "우리는 모든 혁명 활동이 하나의 계급투쟁을 출발점으로 삼은 것이라고 할지라도, 그 혁명이 지속되기만 한다면 그러한 혁명 활동의 원칙을 따르겠다." 이 발언은 얼핏 보아 계급투쟁을 강조하는 마르크스주의자의 논리로 무장된 것처럼 보이지만, '~ 할지라도' '~ 한다면'이라는 가정 혹은 유보와, '하나'라는 부정관사를 사용한 것으로 보아 여러 가지 형태의 계급투쟁을 염두에 두고 있었다는 추측을 가능케 한다.

여하간 1925년 트로츠키를 읽은 후, 브르통은 "러시아혁명의 원동력인 사상과 이상에 대해서 차원 높은 인식에 도달하게 되는 결정적 계기"[14]를 마련한다. 트로츠키를 통하여 혁명의 개념이 더욱 구체화되고 명료해진 것은 사실이지만, 공산주의자들과 충돌하게 되면서 그 개념이 미묘한 의미의 변화를 겪게 되었던 것도 사실이다. 그러한 변화가 브르통의 자서전적 작품들, 즉 초현실주의의 3부작이라고 불리기도 하는 『나자Nadja』『연통관들Les vases communicants』『열애L'Amour fou』 등을 통해서 어떻게 나타나고 있는지를 초현실주의적인 문제들과의 관련 속에서 검토해볼 수 있을 것이다.

3. 『나자』에서의 혁명과 인간해방

「초현실주의 선언문」이 발표된 이후, 4년 혹은 5년간의 간격을 두고 씌어진 이 작품들[15]은 1930년을 전후하여 초현실주의 정신과 철학이

---

14) A. Breton, *Entretiens*, 앞의 책, pp.119~20.
15) 라퐁 봉피아니Laffont-Bompiani가 편찬한 『세계현대문학 작품사전』에 의하면 『나자』는

제1장 브르통과 초현실주의 혁명의 의미 23

어떻게 변모하게 되었는지를 때로는 시적으로, 때로는 분석적인 논리로 생생하고 함축성 있게 보여주고 있는데, 그중『연통관들』의 경우는 초현실주의와 마르크시즘, 혹은 프로이트와 마르크스와의 접합을 시도한 것이어서 '혁명'의 문제가 초현실주의적인 관점에서 적지 않게 논의되어 있다. 이 작품에서 사용된 어휘의 빈도수를 보면, '혁명'이 12, '혁명가'가 6, '혁명적'이 12인데, 이것은 '혁명'이 1, '혁명적'이 2번밖에 씌어지지 않은『나자』나 '혁명'이 1, '혁명가'가 2, '혁명적'이 2인『열애』보다 훨씬 빈도수가 높은 것임을 알 수 있다. 그 이유는『연통관들』을 쓴 시기가 초현실주의자들이 공산당에 가입한 후 축출될 때까지의 일정한 기간 동안 그 어느 때보다도 초현실주의의 이상과 당이 추구하는 혁명의 이념을 연결시키려고 하면서, 브르통이 '혁명' 혹은 '혁명가'에 대한 새로운 정의를 모색하려고 했기 때문이다.

브르통은 1924년에 발표한「초현실주의 선언문」에서 인간의 상상력을 억압한 이성적 사고를 공격하고, 무엇보다 자유로운 정신의 표현으로서의 시를 옹호한다. 이러한 논리의 연장에서, 그는 초현실주의를 소설과 대립하는 것으로 구별 짓고, 전자가 진실과 자유를 표현한다면 후자가 인위와 속박을 상징하는 것이라고 소설을 매도하면서, 그 스스로 소설의 적이라는 것을 감추지 않는다. 그가 소설을 비판하는 큰 이유 중의 하나는, 그것이 허구적인 이야기를 토대로 엉터리 심리분석을 되풀이한다는 것인데,『나자』는 이런 점에서 볼 때 소설이라고 말하기

"초현실주의에 대한 가장 생생하고 독창적인 정신 상태를 보여주는 중요한 증언"(p. 477)으로 정리되어 있고,『열애』는 레시récit(p.21)로 규정된다.『연통관들』과 일련의 3부작 이후에 발표된 마지막 시적 산문『비밀 17』은 모두 에세이로 분류된다. 이 시적 산문들을 소설이라고 지칭하기는 어렵고 소설과 어느 정도 구별되는 이야기라는 뜻에서 레시 정도로 분류하는 게 무난할 것이다.

어렵다. 브르통이 쓴 일련의 시적 산문, 혹은 레시récit 중에서 첫번째 작품에 해당되는 『나자』는 작품 서두에 밝힌 것처럼 "소설적인 줄거리로 엮은 심리분석적 문학"[16]과 성격을 완전히 달리한다. 우연적인 사실들이 논리적인 흐름을 떠나서 병렬적으로 전개되는 이 작품은 러시아말로 '희망의 시작'을 뜻한다는 '나자'라는 한 신비스러운 여자를 우연히 만나게 되어, 그녀를 통해서 혹은 그녀와 함께 갖게 된 초현실주의적 체험을 작가가 일기 형태로 서술한 것이 작품의 중심 부분을 이룬다. 초현실주의적 만남이란, 어느 공간에서든 계획적인 만남이 아니라자유롭고 우연적인 만남을 뜻하는데, '초현실주의의 성녀'라고 불리기도 하는 나자는 나중에 『열애』에서 이론적으로 정립하게 된 객관적 우연hasard objectif[17]의 개념 속에서 나타난다. 이 작품에서 대문자로 표시되는 혁명이란 어휘는 일회적으로 등장하지만, 그 어휘가 적혀 있는문맥은 주의 깊은 관찰을 요구한다. 왜냐하면 그것은 이 작품에서 가장중요한 부분이 되고 있는 첫날의 일기, 즉 1926년 가을 10월의 어느날, 파리의 한 중심거리의 교차로에서 브르통이 나자를 만나게 된 상황의 긴밀한 묘사를 통하여 나타나고 있기 때문이다.

지난 10월 4일, 그야말로 할 일이 없고 매우 우울한 오후가 계속되던어느 날 저녁 시간에 나는 마치 그런 시간을 보낼 수 있는 나만의 비결

---

16) A. Breton, *Nadja*, Gallimard, 1963, p.17.
17) 브르통이 탐구하여 발전시킨 초현실주의적 개념 중의 하나인 '객관적 우연'은 서로 다른사실들이나 기호들이 내적으로 일치되는 현상을 주목한 것인데, 이 개념의 이론적인 전거는 프로이트와 엥겔스에서 온 것이다. 브르통은 전자에게서는 무의식적 욕망의 개념을, 후자에게서는 필연으로서의 우연의 개념을 자기 나름대로 종합하여, 사람과 사람 사이의 우연적 만남이나 사람과 사물 혹은 대상과의 마주침을 합리주의적 사회의 속박을벗어나는 욕망의 자유로운 표현으로 이해한다.

이라도 있는 것처럼, 라파예트 거리를 서성대고 있었다. '위마니테' 서점 진열창 앞에서 얼마 동안 서 있다가 트로츠키의 최근 저서를 한 권 사 들고 나온 다음에 아무 목적 없이 오페라 극장 쪽으로 계속 걸어가고 있었다. 그 시간에 사무실이나 작업실에서 사람들은 퇴근하기 시작하고, 건물들의 문은 위층에서 아래층까지 닫히며, 거리에 나선 사람들은 서로 악수를 나누며 헤어지고 인파는 점점 늘어나기 시작했다. 나는 무심코 사람들의 표정이나, 옷차림, 몸가짐을 자세히 관찰하게 되었다. 정말이지, 저런 사람들이 혁명을 할 수야 없겠지. 그런 후, 어느 교회 앞에서 지금은 이름이 생각나지 않거나 이름을 모르는 교차로를 막 건너고 난 다음이었다. 갑자기 열 걸음쯤 앞에서 내 쪽을 향해 걸어오는 한 여자가 있었는데, 옷차림이 몹시 초라한 그 여자는 내가 그녀를 쳐다본 순간 동시에 나를 바라보고 있었거나 아니면 나보다 먼저 봤거나 했다. 그녀는 다른 행인들과 달리, 머리를 꼿꼿이 세우며 걷고 있었다.

브르통이 걷는 길 앞에서, 또한 작품을 읽는 독자들 앞에서 처음으로 나자가 등장하는 시간은 낮과 밤이 교차되는 어렴풋한 경계의 시간이며 하루의 일과로 피곤한 사람들이 거리로 쏟아져 나와 붐비는 시간이다. 이 상황 묘사에서 추출해볼 수 있는 중요한 의미 요소들은 브르통의 산보, 트로츠키의 책, 노동에 지친 사람들, 혁명 등이다. 오늘날의 서구문명을 이룩하는 데 기여한 부르주아의 가치관들을 소리 높여 공격한 초현실주의에 있어서 노동의 가치가 인간의 자유를 제약하고 인간을 노예화한다는 이유 때문에 거부되는 한, 혁명할 것같이 보이지 않는 피곤한 사람들의 모습과 크게 대조를 이루는, "머리를 꼿꼿이 세우며 걷는" 나자의 묘사는 바로 그녀를 통하여 혁명의 정신을 부각시키려는 작가의 의도를 반영한다. 그런 점에서 나자는 브르통이 생각하는 혁명과 초현실주의적 삶의 화신으로 나타난 모습이라고 할 수 있다. 또한 '위마니테'에서 트로츠키의 책을 사서 들고 가다가 나자를 만났다는 것도 의미심장하다. 물론 "저런 사람들이 **혁명**을 할 수야 없겠지"라고 말할 때, 화자가 노동자들의 사회적 조건을 고려했다거나, 그들이 생산직에 종사하는 사람인지 판매직에 종사하는 사람인지 섬세하게 구별하여 말했다고 보기도 어렵다. 그러나 분명한 것은 이 문맥에서 브르통은 피곤한 노동으로 누적된 불만 때문에 사회혁명이나 투쟁에 앞장설 수 있는 주역계층으로서의 노동자를 특별히 의식하고 있지 않았으며, 계급투쟁과 같은 혁명을 의미하지는 않았다는 것이다. 『나자』에서 작가가 생각하는 혁명은, 단정적으로 말할 수는 없겠지만, 민중적이며 '집단적인 혁명이 아니고 일상적인 삶에 노예처럼 예속되기를 거부하는 개인적인 자유와 반항정신이다. 이러한 판단은 나자의 삶의 방식을 이해하게 될수록 더욱 분명해진다.

이 작품에서 '혁명적'이라는 형용사는 두 번 사용되고 있는데, 첫번째는 작품 서두에서 상호연관성이 없는 작은 에피소드들이 자유연상의 흐름에서 전개되는 장면에서이고, 두번째는 나자가 정신병동에 갇힌 후, 브르통이 부르주아 사회에 대한 분노를 터뜨리는 부분에서 언급된다. '혁명적'이라는 두 개의 형용사는 모두 여자와 관련되고 있는데, 고전적인 의미에서 영원히 여성적인 것이 인간을 구원한다는 논리처럼, 여성이 새로운 삶을 꿈꾸게 하는 자유와 혁명의 화신으로 보였기 때문일까? 여하간, 환니 베즈노라는 젊은 여상인을 처음으로 만났을 때 브르통은 그녀의 정신에 대해 감탄하면서 '혁명적'이란 표현을 사용한다. 이 여자를 만나게 된 장소는 파리의 북쪽에 있는 벼룩시장인데, 이 시장에서 중고서적을 판매하는 여자와 대화를 나누다가, 그는 그녀의 문학적 인식이 높은 수준에 있음을 알게 된 것이다. 그녀는 랭보를 비롯해서 셸리, 니체, 초현실주의자들에 이르기까지 그들의 작품을 읽은 소감을 거침없이 말하면서 자기의 독서 취향을 말한다.

그녀는 스스로 초현실주의자들에 관해서조차 이야기를 하더니 루이 아라공의 『파리의 농부』는 끝까지 읽지 못했다고 말하다가 페시미즘이란 말의 견해 차이 때문에 이야기를 중단하게 되었다. 그녀의 모든 말 속에는 위대한 혁명적 신념이 담겨 있었다.[18]

환니 베즈노와의 대화는 문학적인 주제로 한정되어 있었고, 사회의 불평등이라든가 노동자들의 열악한 생활조건이라든가 아니면 여성해방 등의 정치적인 문제에까지 확대되지는 않았다. 그러나 브르통은 상투적이고 속물적인 문학이야기, 부르주아들의 자기과시적인 교양으로서의 문학이야기를 초월해 있는 그녀의 자유분방한 정신의 표현 속에서 "위대한 혁명적 신념"을 본 것이다. 허술한 옷차림을 하고 잡다한 중고품 물건들을 팔고 사는 벼룩시장의 상인이 랭보의 시를 외고 니체의 철학을 말할 수 있다는 것 자체가 어떤 의미에서는 혁명적일지 모른다. 물질적인 생활을 초월하면서 자유롭게 사는 정신이야말로 초현실주의가 강조하는 랭보적인 삶의 태도 혹은 랭보적인 혁명일 수 있기 때문이다.

또한 브르통이 거리에서 우연히 만난 나자는 집이 없는 집시처럼 일

_____
18) A. Breton, *Nadja*, 앞의 책, p.51.

28

정한 주거 없이 거리를 배회하는 여자이지만, 그녀는 부르주아 사회의 가치관에 예속되지 않고 자유로운 삶을 실천한다. 그녀는 비참한 생활을 영위하고 있지만 현실의 굴레를 넘어선 비현실적 성격의 초월적인 존재로서 다른 세계의 환영을 보는 예시자이다. 첫날, 긴 이야기를 나누고 헤어지기 전 문득 브르통이 "당신의 정체는 무엇인가요?"라고 물었을 때, "나는 방황하는 영혼이지요"라고 대답한 것은 그녀의 신비스러운 성격을 단적으로 보여주는 예가 된다. 그녀는 "꽃의 별"을 말하고 "푸른 바람"을 말한다. 어느 날 저녁, 파리의 중심에 위치한 작은 공원 벤치 위에 앉아서 마주 보이는 건물의 어두운 창문을 가리키면서 "잘 보세요. 1분 후에는 불이 켜질 테니까요"[19]라는 예언을 적중시키기도 하고, 물과 불은 똑같은 것이라는 연금술사적인 말도 한다. 그러나 이성중심의 부르주아 사회는 정상적이 아닌 비이성적 행동을 하는 사람들을 자유롭게 두지 않고 정신병자라는 이름을 붙여 정신병원에 가둔다. 브르통은 나중에 이 소식을 듣는다.

사람이 대체로 그렇듯이 그녀도 결국은 자기가 갖고 있는 생각 때문에 강하면서도 아주 약해지기도 했고, 나는 그런 생각을 고집하고 있는 그녀를 진심으로 소중하게 생각했고 또한 그녀가 다른 사람들보다 앞서 갈 수 있도록 도와주려고 했다. 그러니까 수많은 어려운 희생을 치르고 이 땅에서 얻은 자유란 그 어떤 현실적인 문제를 떠나서 자유를 얻은 시대의 사람들이 그 자유를 무한정으로 누릴 수 있기를 바라는 것이 되기 마련인데, 그 이유는 결국 가장 단순한 혁명적 형태로 이해될 수 있는 인

---

19) 위의 책, p.81.

간해방이란 다름 아니라 *개개인이 실현할 수 있는 것으로서의 그 어떤 방법을 통해서라도 어느 경우에 있어서나* 가능하며 그러한 해방이야말로 유일하게 봉사할 가치가 있는 것이기 때문이다. 나자는 인간해방이란 그 대의에 봉사하기 위해서 태어난 여자이다.[20]

가시적인 세계 속에서 가시적인 것만을 중시하는 사람들 틈에 살면서 비가시적인 것을 보는 능력의 소유자이면서, 거리낌 없이 거의 절망적인 몸짓으로 자유를 실현한 여자, 나자는 부르주아 사회가 용납할 수 없는 정신이상자라는 진단을 받는다. 그녀를 정신병동에 가두는 이유는 그녀의 건강을 위해서가 아니라 부르주아 사회의 안정을 위해서이고, 그 사회의 울타리 속에서 세속적인 행복을 누리는 시민들을 위해서이다. 브르통은 사드와 니체와 보들레르를 가둔 사회를 공격하면서, 그 사회체제와 이해관계가 얽혀 있는 정신과 의사들을 비판한다.[21] 위의 인용문에서 정치적인 개념을 뜻하는 어휘들은 "혁명적 형태" "인간해방" "자유" 등이며, "개개인이 실현할 수 있는 것으로서 그 어떤 방법을 통해서라도 어느 경우에 있어서나"라는 구절은 이탤릭체로 강조

---

20) 위의 책, p.135.
21) 브르통의 정신과 의사들에 대한 공격은 근본적인 취지에 있어서 미셸 푸코의 『말과 사물』이나 『고전주의 시대의 광기의 역사』의 논리와 동궤에 있다. 푸코가 그의 저작물들을 통해 밝히려는 것은 철학, 심리학, 정신의학 등의 제학문이 이성의 언어만을 존중하고 광기의 언어를 오해하거나 무시한 차원에서 발전했다는 사실이다. 서양의 모든 문화사의 전개는 이성의 제국주의가 끊임없이 모든 분야를 정복해온 역사라고 해도 과언이 아니며, 바로 그런 점 때문에 그 역사는 인간의 정신 속에 내재해 있는 광기라는 다른 측면을 억압한 역사가 된다. 푸코에 의하면 데카르트야말로 광기를 문화의 영역 밖으로 추방해버리고, 광기의 입을 봉쇄한 난폭한 권력을 행사하게 만든 사람이다. 데카르트적인 이성의 언어가 보편적인 진리의 언어로 부각되기 시작하면서 이성과 비이성의 구별이 생긴 것이고, 비이성적 언어를 사용하는 사람들을 헛소리하는 사람들로 몰아서 사회 밖으로 추방해버리게 되었다는 것이다.

되어 있다. 결국 작가가 말하고 싶은 것은, 인간해방이란 집단적으로 어떤 통제된 계획 속에서 진행되는 것이 아니라, 개인적인 반항의 차원에서 언제 어디서나 자유롭게 추구되어야 한다는 것이다. 그야말로 자유로운 삶을 살면서 이성의 논리를 초월한 상상력을 표현하고 신비스러운 모습을 보이는 나자의 삶의 태도가 개인의 자유로운 욕망을 억압하는 사회에 대한 의식적인 반항의 행위라고 정의 내릴 수는 없지만, 광기 속에서 진실을 산 그녀의 삶이야말로 그 자체로 부르주아 사회의 이데올로기에 대한 근본적인 반항의 한 표상일 것이다. 다시 말해서 이성과 노동의 속박을 초월해 있는 그녀의 광기는 시적인 광기이고, 인간의 자유이며 또한 가장 근본적인 초현실주의 혁명의 행위라고 말할 수 있을 것이다.

4. 『연통관들』과 혁명의 이론

『나자』 이후 발표된 「초현실주의 제2선언문」(1930)[22]을 통해서 브르통은 '정신의 권리와 의무'에 관한 기본 명제들을 심화하고 또한 발전시키면서, 그 어느 때보다 거대한 야심을 표명한다. 그 야심은 사회적

---

22) 「초현실주의 제2선언문」에서 무엇보다 문제를 일으킨 유명한 표현은 "가장 단순한 초현실주의적 행위는 권총을 손에 들고 길에 내려와 닥치는 대로 마음껏 군중을 향해서 총을 쏘는 것이다"이다. 초현실주의의 핵심적인 주제들을 명쾌하게 정리한 아바스타도Claude Abastado는 브르통 자신도 이러한 표현을 어느 정도 후회하게 되었다는 점에 주의를 환기시키면서, 그의 의도가 살인을 교사한 데 있지 않다는 것을 강조한다. 작가의 글이 원인이 되는 사회적 문제가 발생했을 경우, 작가의 책임을 어디까지 추궁할 수 있는지 논란이 될 때 종종 인용되는 브르통의 표현을 글자 그대로 현실에서 실현하는 행위처럼 진지하게 생각해서는 안 된다. 그것은 그가 좋아하던 자리Jarry와 바셰Vaché 같은 사람들이 애용하던 '충격의 이미지image-choc'에 불과한 것이기 때문이다.

인 문제를 해결하는 볼셰비키 혁명을 추구하고 동시에 '사랑과 꿈과 광기와 예술과 종교의 문제'를 해결한다는 것인데, 여기서 모든 모순과 대립을 종합하거나 초월한다는 헤겔식의 논리가 돋보인다. 헤겔을 사주 인용하는 브르통의 초현실주의가 헤겔 철학의 논리와 어떤 점에서 다른지의 문제는 일단 접어두고 본다면, 「초현실주의 제2선언문」에서 표현된 종합에의 의지는 『연통관들』에서 그대로 나타난다. 모든 모순과 대립이란 이성을 숭배하는 합리주의자들이 세계를 지배하기 위한 방편으로 만든 인위적인 것이어서 대립이 없었던 본래의 자연스러운 상태로 환원해야 한다는 것이 브르통의 주장이다. 이러한 변증법적 해결의 야심이 반드시 헤겔적인 것은 아니다. 왜냐하면 모순 관계에 놓인 서로 다른 두 개의 현실은 종합되기보다 언어와 사고의 차원에서 상호 교류 되거나 상호침투 되는 것으로 나타나 있기 때문이다. 「초현실주의 제2선언문」에서 모든 대립을 지양하겠다는 야심은 사실 『연통관들』에서 헤겔적인 종합으로 귀결되기보다 아리안느의 실과 같은 것으로 그 대립된 현실들을 연결하겠다는 의지로 결정된다.

나는 초현실주의가 깨어 있을 때와 잠잘 때, 외부의 현실과 내면, 이성과 광기, 냉정한 인식과 사랑, 삶을 위한 삶과 혁명 등의 극단적으로 분리된 세계들 사이에 아리안느의 실을 던지는 것이야말로 가장 최선의 시도라고 인정받을 수 있기를 바란다. 어쨌든 우리가 추구해온 것, 설사 올바르게 추구한 것은 아니라고 하더라도 분명한 점은 어떤 문제든지 해답을 내리지 않은 채로 내버려두지 않으려고 애써왔다는 사실이며 우리가 제시한 답변이 최소한도 논리적인 통일성을 갖추도록 했다.[23]

브르통의 주장이 헤겔적인 종합이 아니라 시적인 혼동이라고 하더라도, 자기가 추구한 문제를 성실하고 끈질기게 탐색한 그의 태도는 그 누구도 쉽게 따르기 어려운 정신처럼 보인다. 초현실주의가 전체성이나 통일성의 단계로 나아가지 못한 점에 대해서 사르트르는 가차 없는 비판을 한다.

『연통관들』을 읽어보라. 텍스트나 제목이나 모두 유감스럽게 매개 médiation의 표현이 없지 않은가. 꿈과 깨어 있는 현실을 연결 짓는 것이 연통관들인데, 거기에 밀물과 썰물 같은 혼합만 있을 뿐, 종합적인 통일은 없다는 것을 의미한다. 이런 발언을 하면 누군가 이렇게 항변할 것이다. "아니 종합적인 통일은 앞으로 만들어가야 할 것이지요. 그게 바로 초현실주의가 설정한 목표인데"라고. 아르파드 메체이의 말을 빌리면, "초현실주의는 의식과 무의식의 서로 다른 현실에서 출발하여 두 현실의 종합을 지향한다"는 것이다. 나는 이런 식의 말을 잘 알고 있다. 그러나 초현실주의는 무엇을 가지고 종합을 이룩한다는 것인가? 매개의 수단이 무엇인가? 한 무리의 선녀들이 호박 위에 서서 호박을 굴리며 돌아다니고 재주 부리는 것을 연상해보라. (그런 일이 가능할지 의심이지만) 그것은 꿈을 현실과 혼합한 것이지, 꿈과 현실을 새로운 형태 속에 통합하여 꿈의 요소들과 현실의 요소들을 변형시키고 극복해놓은 통일이 결코 아니다.[24]

23) A. Breton, *Les Vases Communicants*, Gallimard, coll. Idées, 1932, pp.103~04.
24) J. P. Sartre, *Qu'est-ce que la littérature?*, Gallimard, coll. Idées, 1985, pp.365~66.

사르트르는 헤겔적인 종합의 결여가 결국 초현실주의를 실패하게 만들었다고 결론을 내린다. 사르트르의 이러한 주장은 초현실주의자들이 시인이거나 예술기리는 점을 전혀 고려하지 않은 것이란 느낌을 준다. 그는 초현실주의에서는 매개가 결핍되었다고 하는데, 시인에게 그것은 바로 언어가 아닐까? 브르통이 헤겔과 구별되는 것은 확실하다. 그는 헤겔 철학을 그대로 따르지 않고 헤겔을 통해서 초현실주의적 정신의 독립을 내세운 것이기 때문이다. 브르통은 무엇보다도 인간을 소외시키고 정신을 왜소하게 만든 원인을 찾고, 시인으로서 정신의 해방을 실현할 수 있는 방법을 천착하였다. 이런 점에서 『연통관들』은 중요한 자료로 평가될 수 있다.

『연통관들』에는 다른 작품들에 비해서 '혁명' '혁명가' '혁명적' 등의 어휘가 많이 담겨 있을 뿐 아니라, 그 어휘들에 대한 정의가 그 어느 때보다 진지하게 다루어진다. 이 책에는 '혁명'에 대한 논의에 덧붙여서 프로이트의 정신분석과 꿈의 해석에 대한 논의도 많은 부분을 차지하고 있다. 이것은 마르크스와 프로이트를 연결시키려는 그의 의지가 그 어느 때보다 강렬했음을 보여주는 증거이다. 작품 결미에 프로이트가 브르통에게 보낸 편지가 세 통, 사진판으로 수록되어 있고, 그 편지 내용에 부분적인 반론을 제기한 브르통의 편지도 첨가되어 있다. 사실 브르통과 프로이트, 혹은 초현실주의와 프로이트의 관계는 밀접한 만큼 간단하게 이해되는 것도 아니다.[25] 브르통은 1919년 프로이트가 무

---

25) 브르통이 프랑스에서 처음으로 프로이트의 중요성을 말한 사람이라고 단정적으로 말하기는 어렵지만, 프로이트가 프랑스 정신의학계나 지식인들로부터 완전히 무시받던 시절, 그를 방문하고 그의 이름을 크게 부각시킨 공로는 크게 잊히지 않을 것이다. 현대예술에는 별 관심이 없을 뿐만 아니라 예술에 관한 한 보수주의자였던 프로이트가 초현실주의에 대한 인식이 부족했던 것은 사실이다. 초현실주의의 열기가 유럽을 한창 휩쓸던 무렵,

의식을 밝히려고 사용한 여러 가지 기법 중에서 무엇보다도 자유연상의 방법을 잘 알고 있었다. 그래서 자유연상이 프로이트에게 정신분석적 치료방법이라면 브르통에게는 자동기술의 방법이 된 것이다. 정신과 의사는 환자들로 하여금 머릿속에 떠오르는 모든 것을 털어놓도록 하는데, 비판적인 판단을 제거한 상태에서 외부세계를 망각하고 자기 자신에게 정신 집중할 수 있는 방법을 이용한다. 자동기술은 그런 점에서 프로이트가 환자들에게 적용한 자유연상과 다른 것이 아니다. 그러나 여러 가지 유사성에도 불구하고, 브르통의 계획은 프로이트의 목적과 일치하지 않는다. 가령, 정신분석에서 자유연상의 결과는 치료의 자료로 쓰인다. 의사는 환자의 자유연상을 통하여 잠재적 의미를 추출하고 억압된 욕망의 심층을 탐색하는데, 그 목적은 단순히 환자의 무의식을 발견하는 데 있는 것이 아니라 환자의 무의식을 가로막는 장애요소를 환자로 하여금 극복케 함으로써 보다 더 현실에 잘 적응할 수 있는 능력을 주는 데 있다. 그런 점에서 의사나 환자 모두가 치료의 존재 이유가 되는 감시를 소홀히 하지 않도록 협조한다. 그러나 자동기술에서는 해석이나 치료가 전혀 문제되지 않을 뿐만 아니라 감시를 받는 것도 아니다. 이러한 기본적인 입장의 차이가 프로이트와 브르통이 어긋나게 되는 이유일지 모른다. 브르통은 프로이트가 풍부한 의미를 지닌 꿈의 세계를 밝힌 업적을 높이 평가하는 반면에 프로이트가 자기 자신을 해부대 위에 올려놓지 않을 뿐만 아니라 환자들의 꿈을 분석하는 데서 내보이는 몇 가지 소심한 태도에 대해 불만을 갖는다.

초현실주의 화가 달리가 프로이트를 방문한 후에 프로이트가 쓴 글에서, 초현실주의자들은 알코올 도수가 90도쯤 되는 미친 사람들이라고 유머러스한 표현을 했다는 일화는 유명하다.

3부로 구성되어 있는 『연통관들』의 제1부는 프로이트의 꿈의 정신분석을 자기 나름대로 이해한 관점에서, 꿈의 이론을 펼치고 자기의 꿈을 철저히 분석한다. 2부는 1931년 4월, 우울한 나날을 보내면서 사랑을 찾아 헤매던 시절의 경험과 정신적 상황이 그려지고, 3부는 유물론의 한계를 공격하면서, 혁명을 추진한다는 공산당의 편협한 사고를 비판하는 것이 주요 내용을 이루고 있다.[26] 여하간 이 작품에서는 프로이트의 이름과 더불어 마르크스, 레닌, 포이어바흐, 헤겔 등의 이름이 적지 않게 발견된다. 이러한 외견상의 특징은 프로이트와 마르크스주의, 꿈과 현실을 연결 지으려는 작가의 의도를 그대로 반영한다. 꿈에 대한 논의에서 유물론적인 관심을 배제하지 않는 브르통은 몇 가지 가설과 의문을 제시한다. 첫째, 꿈은 삶의 기본적인 문제를 해결하는 데 적용할 수 있는 것일까? 둘째, 왜 우리는 일상생활에서 어떤 특정한 것에 민감한 반응을 보이는가? 의식적인 행위 속에 감춰져 있는 열쇠는 결국 꿈에서 찾을 수 있는 것이 아닐까? 셋째, 꿈속에서 인간의 이성적인 사고의 한계를 초월해 있는 인간의 다른 능력을 찾을 수 있지 않을까? 넷째, 꿈은 인간이 습관처럼 익숙해 있는 모든 이원론적인 구별을 파괴하고 초월하면서 대립이 없는 화해의 세계 속에 들어갈 수 있다는 희망을 보여주지 않을까? 등이 그가 제시한 문제들이다. 또한 그는 꿈속에서의 시간과 공간은 현실에서의 시간과 공간이나 다름없는 것이고

---

26) 『연통관들』이 발표된 시기는 1932년이지만 이 작품에서 전개되는 사건은 주로 1931년에 겪은 체험이다. 이 시기는 초현실주의자들과 공산주의자들과의 대립이 심각해진 시기임을 주목할 필요가 있다. 브르통은 공산당에서 시인 대우를 제대로 받지 못했다. 당이 그에게 이탈리아의 경제 상황에 대한 보고서를 작성하라고 요구하는 형편인데, 초현실주의의 독립을 포기하지 않겠다는 그의 신념을 공산주의자의 입장에서 어떻게 이해할 수 있을까?

그것을 구별하는 태도는 이성적인 인식의 한계를 나타낸다고 주장한다. 이 책의 2부에서 사랑의 욕망이 지배하는 일상생활의 여러 사건들이 꿈의 시간과 공간에서처럼 전개되는 이유는 그 한계를 넘어서기 위한 것이고, 이러한 시도에서 중요한 것은 꿈 자체가 아니라 꿈의 상태 속에서 자유롭게 펼쳐지는 욕망의 상태로 볼 수 있다. 이런 점에서 프로이트가 "꿈은 욕망과 현실을 구별하지 않는다"라고 말한다면, 브르통은 "욕망이야말로 꿈과 현실을 구별하지 않는다"라고 주장할 것으로 이해된다.

브르통은 사랑이라는 문제에 접근할 때는 마르크스와 엥겔스를, 시간과 공간이라는 문제를 다루면서는 포이어바흐와 레닌의 이론을 빌린다. 프로이트와 마르크스를 접합시키려는 의도의 한 표현인 이러한 논리적 전개는 결국 "세계를 근본적으로 개혁하려는 욕망과 가능한 한 완전하게 이 세계를 해석하려는 욕망을 일치시키려는 종합적인 태도"[27]이다. 혁명은 결국 세계와 사회를 개혁하는 차원에서 한정되는 것이 아니라 세계를 해석하고 인간정신을 해방하려는 의지의 차원에서도 완성되어야 하기 때문이다. 이러한 원칙이 브르통으로 하여금 꿈의 현상을 통해서 '인간의 개성' 혹은 '인간성'을, 아니면 '주관성의 본질'을 탐구하려는 계획을 포기할 수 없게 만든다. 1930년 11월 6일 카르코프Kharkov에서 열린 프롤레타리아 문학 국제회의의 결론적인 주제를 격렬하게 비판한 이유도 그런 점에서이다.[28] 카르코프에서 논의된 문제는 프롤레

---

27) A. Breton, *Les Vases Communicants*, 앞의 책, p.148.
28) 초현실주의 작가, 아라공과 사둘Sadoule은 카르코프 회의에 우연히 참석한다. 그들이 이 회의에 참석한 것을 브르통은 모르고 있었는데, 두 사람은 회의가 진행되는 동안 초현실주의를 대표하는 사람들로서가 아니라 프랑스 공산당 문학인으로서의 입장을 굳힌다. 『초현실주의의 역사』를 쓴 모리스 나도가 아라공이 일으킨 파문을 '아라공 사건'이라고

타리아 문학이 계급투쟁의 무기라는 것, 프롤레타리아 예술가는 현실을 수동적으로 바라보는 사람이 아니라 무엇보다 혁명적인 현실에 참여하는 사람이라는 것이다. 브르통은 이념적으로나 현실적으로 이러한 결론에 결코 동의할 수 없다는 입장을 명백히 밝히고 소련을 공격하면서, 소련이 혁명을 이룩한 나라라는 이유 때문에 무조건 옹호될 수 없다는 것을 말한다. "현 단계에서 러시아 혁명의 교훈은 그 자체로 불완전한 교훈일 수밖에 없다"[29]는 그의 현실 인식은, 10월혁명을 전후해서 러시아에 휘몰아치던 자유의 정신은 사라지고 혁명의 이상은 더럽혀지게 된 스탈린의 독재 체제의 정치적 현실을 염두에 둔 발언이다.

되풀이 말하는 것이지만 혁명의 시기를 앞당겨야 한다는 구실 아래 인식에 이르는 훌륭한 길을 가로막아버린다거나 그 길을 이용할 수 없게 만드는 처사는 무슨 일이 있더라도 피해야 한다. 혁명이 성공한다면 높은 수준에 도달해 있는 인간정신은 아무런 장애가 없는 길 위로 반드시 제일 먼저 떠날 수 있게 되리라고 믿고 있는 만큼, 또한 내가 믿지 못할

명명한 바도 있지만, 아라공은 소련에서 돌아온 다음 1년쯤 지나서 『혁명에 봉사하는 초현실주의』 1931년 12월호에서 「초현실주의와 혁명적 변화」라는 글을 통하여 카르코프 회의의 정치가들이 초현실주의자들의 혁명적 성실성을 긍정적으로 평가했다고 주장하면서 바르뷔스Barbusse의 프롤레타리아 문학을 문제시한다. 아라공은 카르코프에서 초현실주의자의 입장과 명분을 힘차게 옹호했다고 주장하지만 나중에 밝혀진 바에 의하면 아라공과 사둘은 초현실주의를 부정하고 배반했다는 것이다. 그러나 브르통이 진실을 알기 전까지, 아라공은 카르코프 선언서에 서명한 사실과 프로이트의 명제를 비난한 사실도 감추며 어중간한 태도를 취한다. 그가 마야코프스키의 영향을 받고 쓴 「붉은 전선」이라는 과격한 시가 검열에 걸리게 되자 브르통과 다른 초현실주의자들이 그를 옹호하면서 표현의 자유를 외치게 되는데, 아마도 이것이 브르통이 아라공에게 보인 마지막 우정의 표현일 것이다. 아라공은 결국 이 사건을 계기로 초현실주의 그룹을 떠나서 완전히 공산주의 시인으로 전향한다.
29) 위의 책, p.148.

것은 혁명의 경험이 오히려 인간의 정신을 풍요롭게 만든 그 모든 요소들을 가차 없이 헐값으로 팔아넘기게 될 경우, 과연 정신이 그런 높은 차원에 도달할 수 있는가 하는 문제이다.[30]

브르통의 확고한 신념에서 변증법적 유물론에 대한 마르크스주의자의 해석은 독단적이며 편협한 형태로 보일 수밖에 없다. 당의 지도자들은 문화적인 문제에 대해 보수주의자의 입장에서 공산주의적 참여의 노선에서 초현실주의운동의 이념을 포기해야 한다는 것을 강조하고, 그러지 않는 한, 초현실주의자들의 정치 참여의 성실성을 의심할 수밖에 없다고 위협한다. 『연통관들』에서 브르통은 당의 이러한 태도가 위험한 것임을 말하고, 인간을 해석하는 데 오류를 범한다면 이 세계를 해석하는 데도 오류를 범하는 결과를 낳게 된다는 것을 거듭 주장한다. 인간의 정치적 물질적 문제를 해결하려고 하면서 인간의 내면적 정신적 문제를 젖혀놓는다면 결국 혁명 후에 도래되는 새로운 사회는 근본적으로 과거의 낡은 사회와 다를 바 없기 때문이다. 결국 사회의 구조를 변화시키려고 노력하면서 동시에 인간을 변화시키려고 해야 한다는 것은 초현실주의의 변함없는 입장이다.

브르통은 자신이 꿈꾸는 혁명과 마르크스주의자들이 생각하는 혁명 사이에는 좁혀질 수 없는 거리가 있다는 것을 인정할 수밖에 없었다. 그러나 인간해방이나 계급투쟁은 한 가지 방향에서만 가능한 것이 아니라 다원적으로 여러 가지 반향의 차원에서 이루어져야 하듯이, 예술가들은 자기들의 창조적인 작업을 전위적으로 진행시키면서 혁명에 봉

---

30) 위의 책, p.158.

사할 수 있어야 한다. 이런 의미에서 마르크스와 엥겔스만 중요한 것이
아니라 사드와 로트레아몽도 중요하다는 것이 그의 생각이다. 시인의
혁명적 정신과 정치가의 혁명적 태도가 일치될 수 있는 것임을 말하기
위해 브르통은 혁명가에 대한 성찰을 보이면서 이렇게 말한다. "한 사
람의 혁명가는 다른 사람들과 마찬가지로 꿈을 꾸고 때로는 자기 자신
의 개인적인 문제에 몰두할 수도 있다. 그는 사람이 멀쩡한 상태에 있
다가도 미치게 될 수 있다는 것을 알고 있고, 아름다운 여자는 누구에
게나 아름다운 것이어서 그 여자 때문에 불행해질 수도 있고 그 여자를
사랑할 수도 있다. 그 어느 경우이거나 혁명가가 자기의 행동을 솔직히
표현해주었으면 좋겠다."[31] 브르통은 혁명가가 꿈을 꾸는 몽상가가 될
수도 있고 위대한 연인이 될 수도 있다는 것을 말하고 싶어 한다. 『연
통관들』에서 결국 그가 연결 짓고 싶었던 것은 꿈과 혁명 혹은 사랑과
혁명이었다. 꿈과 사랑의 가치를 배제하고 오직 정치적 혁명만 주장하
는 혁명가는 진정한 의미에서 혁명가가 아니라고 그는 주장한다. 이런
입장에서 당의 지도자들이 초현실주의자들을 이상주의자라고 부르며
신뢰하지 않았을 때, 브르통은 혁명가들에 대한 기대를 저버릴 수밖에
없었다.

5. 『열애』에서의 사랑과 혁명

『나자』를 읽은 독자는 작품의 서술이 종종 시적이고 화자의 생각과

---

31) 위의 책, p.104.

욕망의 상태가 분명하게 서술되지 않는 느낌을 갖게 되는데,『연통관들』은 작가가 체험한 감정의 상태를 숨김없이 자기를 객관화하여 관찰하는 방법으로 표출한다.[32]『나자』가 말하지 않으면서 말하고, 말하고 있으면서 말하고 있지 않다는 애매모호한 여운을 보여준다면,『연통관들』은 논리적인 전개에 비약이 없고 논지가 분명하며 설득적이다. 그러나 세번째 작품인『열애』는 이전에 발표된 두 작품의 어조를 종합한 듯, 시적이면서 분석적인데, 이 작품을 통해서 브르통이 집중적으로 보여주는 관심은 제목이 암시하듯이 사랑을 기다리고 사랑을 체험한 사람의 내면에서 욕망의 표현이 어떤 궤적을 그리며 이동하는가의 문제이다.『연통관들』에서 자주 발견되었던 '혁명'이란 어휘를 '사랑'으로 대체한 듯한 인상을 갖게 될 만큼 사랑은 중요한 주제로 나타난다.

> 사랑이여, 하나일 뿐인 사랑이여,
> 육체적 사랑이여, 나는 너의
> 위험한 그늘을 찬미하고
> 끊임없이 찬미해왔다.[33]

어떤 사회적 명분에도 사랑을 희생시켜서는 안 된다고 할 만큼 사랑의 가치를 높게 찬미한 이 책이 브르통과 공산당이 결별한 후 쓰어졌다는 것은 의미심장하다.[34] 사랑의 승리를 노래한 이 책은 또한 욕망의

---

32) 프로이트의 논리에 따르면, 자기 관찰auto-observation과 반성réflextion은 구별되는 것이다. '자기 관찰'이나 '반성' 모두가 정신 집중을 요구한다는 점에서는 일치하지만, 후자가 이성적인 비판을 동반하고 있다면 전자는 분별력을 가능한 한 고려하지 않으려고 한다는 것이다.
33) A. Breton, *L'Amour fou*, Gallimard, 1937, p.85.

승리를 노래한 것이기도 하다. 브르통은 이 책에서도 마르크스와 엥겔스의 논리를 빌리면서 사랑의 여러 가지 다양한 표현 형태를 사회적 정치적 해석과 관련짓고, 사랑의 힘이 어떻게 부정과 반항의 힘이 되는지를 말한다. 혁명 대신에 기껏 사랑이냐고 비웃는 사람이 있을지도 모르겠지만, 보네Bonnet가 초현실주의를 옹호한 것처럼, "사랑이 상품화되고 사랑이 사물에 예속해서 이용되는 세계, 형편없는 에로티슴이 광고 효과를 높이는 수단으로 굳어져가는 이 세계에서 사랑에 대한 초현실주의자의 태도는 무정부주의적인 것처럼 보일 수도 있다. 왜냐하면 빈틈없는 계산의 정신이 아니라 계산을 초월한 풍요의 정신을 갖고 있는 초현실주의자의 태도는 무엇보다도 가장 고양된 의미에서 생명 속에 있는 관대함과 삶의 넘쳐 흐르는 충만성을 전제한 것이기 때문이다."[35] 브르통이 강조하는 사랑은 낭만주의적인 목가적 사랑이 아니라 비인간적 사회를 파괴해버릴 수 있는 욕망의 힘으로서의 사랑이다. 그에게서 사랑의 문제는, 그러므로 사회적인 문제와의 관련 속에서 나타난다.

현 사회의 경제적 토대를 파괴함으로써만 고쳐질 수 있는 그러한 사회적인 오류는, 만사 제쳐놓고 사랑을 선택한다는 것이 사실상 불가능하

---

34) 초현실주의자들과 공산당과의 공식적인 단절은 1933년 5월호 『혁명에 봉사하는 초현실주의』에 알키에가 소련 영화 「삶의 길」에 대해서 혹평을 하며, 모든 예술을 이데올로기의 도구로 삼는 소련의 일원적 예술정책을 비난한 것이 계기가 된다. 그 결과 1933년 6월, 알키에를 비롯하여 브르통, 엘뤼아르, 크르벨 등이 당에서 축출된다. 이 사건은 초현실주의자들의 정치적 관심이 끝났음을 의미하는 것이 아니다. 그들은 반파시스트 투쟁에 앞장을 선다거나 혁명을 지지하는 활동을 계속하는데, 공산당과의 의견 대립은 결코 완화되지 않는다. 기실, 초현실주의자들과 공산주의자들과의 관계는 오해와 모순의 축적일 수밖에 없었다.

35) F. Alquié, *Entretiens sur le surréalisme*, Mouton, 1968, p.563.

다는 점에 원인이 있고 또한 그 선택이 불가피하게 이루어져야 할 경우에, 자유로운 선택을 방해하는 요소들이 많은 분위기에서 선택해야 한다는 사실에도 그 원인이 있는 것이다.[36]

브르통은 그가 속한 부르주아 문명의 사회가 자유로운 사랑의 선택을 할 수 없게 만들기 때문에 그 사회를 바꾸고 새로운 사회를 건설해야 할 필요성을 역설한다. 여기서 그가 생각하는 사랑은 한 개인으로 하여금 그가 속해 있는 사회의 인간화를 꿈꾸게 하면서 욕망의 실현을 계속 추진하도록 자극하는 요소로서의 사랑이다. 또한 세계를 개혁하려는 의지와 연결되는 사랑은 결코 이웃과 단절된 이기주의적 사랑이 아니라 이웃과 함께 진정한 인간적 삶을 모색하기 위한 사랑이다.

이러한 사랑 속에는 유럽이 현재 처해 있는 오욕의 시대와 완전히 단절되고, 미래의 가능성이 고갈되지 않고 풍부하게 보존되어 있는 진정한 **황금시대**가 참으로 힘차게 존재한다. 나와 늘 견해를 같이하고 있는 부뉴엘과 달리가 강조하고 있는 것이 바로 그러한 사랑인데, 나는 부뉴엘이 나중에 그 제목을 검토하는 자리에서 예술을 직접적인 프로파간다 용으로만 생각하는 싸구려 혁명가들의 요청에 따라 "황금시대"라는 제목 대신에 불온한 요소를 제거한 표현인 "이기주의적인 계산으로 얼어붙은 강물에서"라는 완전히 상투화된 제목을 붙여서 그 영화를 노동자들의 극장에서 상영케 했다는 사실을 생각하면 몹시 우울해진다.[37]

---

36) A. Breton, *L'Amour fou*, 앞의 책, pp.104~05.
37) 위의 책, p.88. : 「황금시대」는 부뉴엘Buñuel과 달리Dali가 공동으로 시나리오를 작성하여 1930년에 만든 영화인데, 이 영화를 촬영할 때는 막스 에른스트Max Ernst를 비롯하여 많은 초현실주의자들이 찬조출연하며 참가했다. 본격적인 초현실주의 영화로서 상영

예술에 대해 무지하거나 혹은 예술의 의미를 사회혁명의 명분 아래 왜곡시키며 선전수단으로 삼는 공산당의 징치가들을 브르통은 시슴지 않고 싸구려 혁명가들이라고 부른다. 그는 그들의 편협하고 이기주의적인 민족주의를 비난하기도 한다. 『열애』에서 보이는 이러한 태도는 프랑스 공산당과 소련 공산당이 점차적으로 더욱 긴밀하고 우호적인 유대관계를 맺으면서 1935년 6월 25일 '문화의 옹호를 위한 국제 작가 회의'를 열었을 때 브르통이 엘뤼아르에게 대독케 한 연설문의 내용과 일치하는 것이다. 이 연설문은 프랑스 공산당의 문화정책을 치열하게 비판한 것인데, 브르통이 공산주의자들을 비난한 것은 무엇보다도 그들이 문화를 옹호한다는 구실 아래 폐쇄적이고 편협한 민족주의에 기우는 성향을 보였기 때문이다. "우리들 초현실주의자들은 우리의 조국을 사랑하는 사람들이 아닙니다. 우리들은 작가나 예술가의 자격으로 과거의 문화적 유산을 거부하려고 한 적이 조금도 없다고 말한 바 있습니다. 우리의 정신이 독일 사상에서 영향을 받은 것이든 그 어느 다른 나라의 사상에서 영향을 받은 것이든 간에 우리에게 중요한 것은 **보편적인** 유산이라는 사실을 새삼 역설할 수밖에 없는 오늘의 현실이 유감스럽습니다."[38] 문화적 가치의 보편성을 강조하는 브르통의 이 강연은 '세계를 개혁한다'는 마르크스적인 명제와 '삶을 변화시킨다'는 랭보적인 명제가 동시에 추구되어야 한다는 본래의 입장을 결론으로 제시하

첫날 불온한 대사와 충격적인 장면 때문에 검열을 받게 되어 많은 부분을 삭제할 수밖에 없었다. 그럼에도 불구하고 상영기간 중 이 영화는 여러 가지 수난을 당하게 되는데, 어떤 때는 애국자연맹 회원들이 상영실에 대거 침입해 들어와 화면 위에 잉크를 뿌리고 관객석의 의자들을 부수는 등의 난동사건이 있기도 했다.

38) A. Breton, *Position politique du surréalisme*, Denoël/Gonthier, 1962, pp.87~88.

였는데, 회의가 끝난 후 『코뮌*Commune*』이라는 잡지에서 발표자들의 글을 모두 수록하게 될 때, 공산주의자들은 브르통의 글을 제외시켰다.

초현실주의에 있어서 시와 예술은 인간의 운명을 개선하려는 목적을 망각하지 않고 드높은 자유의 의지를 보여주면서 인간의 정신적 높이를 계속 확대시키는 방법이다. 이것은 인간의 심층적인 무의식의 세계를 천착하면서 전통적인 관습과 상식적인 도덕의 벽을 부수고 욕망의 잠재적인 폭발력을 이끌어내기 위해서이다. 결국 꿈과 상상력, 직관적 사유로서의 인간의 능력을 자유롭게 발현시기 위해서 인간의 정신적 해방이 물질적 해방과 분리될 수 없는 것이기 때문에 브르통은 계속 예술과 상상력의 자유를 요구한 것이다.

6. 『아르칸 17』과 유토피아적 혁명

비인간적인 전쟁이 1940년대 초기의 유럽에서 맹위를 떨치고 나치즘과 파시즘이 인간의 정신을 황폐하게 만들 때, 브르통은 비시 정권의 탄압을 받다가 미국으로 망명을 가서 『아르칸 17』을 쓰게 된다. 브르통의 시적 산문들 중에서도 매우 난해한 작품으로 알려진 이 책은 '희망의 부활'[39]을 표현한 것으로서 서두부터 독자를 신화적인 공간으로 이끌어간다. 책의 제목이 이미 암시하고 있는 것처럼, 신화적인 요소와 비교적인 요소를 많이 내포하고 있는 이 작품은 그 어느 때보다 더욱 여성적인 힘과 사랑을 예찬한다. 이 책에서 브르통이 찬미하는 위대한

---

39) A. Breton, *Entretiens*, 앞의 책, p.201.

사상가나 시인은 루소, 사드, 랭보, 생 쥐스트, 푸리에, 위고, 로트레아몽 등이며, 이들은 비참한 삶의 조건을 초월하여 온몸을 던져 자유를 사랑하고 유토피아적인 희망과 꿈을 간직하면서 인간해방을 위해 투쟁한 혁명가들로 그려진다. 이들 중에서 브르통이 새롭게 발견한 사상가가 공상적 사회주의자로 알려진 푸리에라는 점은 주목할 필요가 있다. 그가『아르칸 17』을 쓰게 되었을 무렵, 경탄하면서 재발견한 사람이 푸리에라는 것은 무슨 의미를 갖는가? 간단히 말하자면, 그의 관심 속에서 유토피아적 사상가의 출현은 마르크스주의의 혁명이라는 문제가 완전히 후퇴한 것임을 입증한다.『아르칸 17』이전에 발표된 작품들에서 적지 않게 발견되던 마르크스주의자들의 이름이 하나도 나타나 있지 않다는 것은 놀라운 일이 아닐지 모른다. 브르통은 이제『연통관들』에서처럼 마르크스주의적인 세계관과 프로이트적인 해석을 연결 지으려는 노력을 포기하고 아나키스트적인 입장에서 반항적 가치를 갖는 자유의 깃발을 드높이 노래할 뿐이다.

자유: 사람들이 아무리 이 말을 조잡하게 남용해왔다 하더라도, 이 말은 조금도 더럽혀지지 않았다.[40]

브르통은 어떤 이데올로기도 인간의 자유의 본질을 더럽히거나 왜곡해서는 안 된다는 웅변과 함께, 자유는 철학적인 개념도 아니고 어떤 형이상학적인 성찰의 대상도 아니며, 투쟁과 반항과 희생을 통해서 불붙는 힘과 정열이라는 것을 선언한다. 그는 이제 혁명적 행위와 개인적

---

40) A. Breton, *Arcane 17*, Sagittaire, 1947, p.67.

46

자유를 일치시키고, 마르크스와 프로이트를 연결하려는 시도가 거의 불가능하다는 것을 깊이 깨닫게 된다. 그가 말년에 푸리에의 사상으로 기울게 된 까닭은 초현실주의의 한계와 절망적인 현실 상황에 기인한 것이라고 하겠지만, 정신적으로 유대감을 느낀 트로츠키가 암살당한 사건도 한 요인으로 작용했을지 모른다.[41]

7. 초현실주의 혁명에 대한 이해와 결론

지금까지 우리는 초현실주의 혁명이 마르크스주의자들의 유물론적 혁명이 아니라 대체로 정신의 혁명이거나 혹은 개인적인 반항을 의미한다는 것을 브르통의 작품을 중심으로 살펴보았다. 초현실주의의 역사적 흐름 속에서 초현실주의자들은 때로는 반항을 강조하다가 때로는 혁명의 명분을 중시하기도 했지만, 브르통은 결국 유토피아적인 꿈과 신화의 세계로 다가갔다. 그렇다면 초현실주의 혁명은 어떻게 정의될 수 있을까? 초현실주의 혁명이 반항이건 혁명이건 간에, 초현실주의에 있어서 중요한 의미를 지니고 있는 이 어휘는 1938년 초현실주의 그룹이 편집한 『간추린 초현실주의 사전』에 수록되어 있지 않았다. 혁명과

---

41) 브르통과 초현실주의자들이 스탈린주의의 독단적인 예술정책을 비판하고 거부함으로써 당에서 축출된 해인 1933년, 트로츠키는 러시아에서 추방당하고 파리에 망명하려 했으나 그 계획은 좌절된다. 브르통은 트로츠키에게 추방령을 내린 처사를 공격하며 여론을 조성하기도 했고, 1936년 모스크바에서 트로츠키를 재판하는 사건이 있게 되자 스탈린이 인간의 의미를 왜곡할 뿐 아니라 역사를 왜곡한 사람이라고 비난한다. 브르통이 트로츠키를 만난 것은 훗날 1938년 2월 멕시코에서 트로츠키가 암살당하기 두 해 전이었다. 예술에서의 진보주의를, 일정한 정치가와 만나 문학의 사회적 기능을 논의하면서, 예술가는 어떤 정치권력 앞에서도 굴복하지 않고 완전할 정도의 자유와 독립을 누려야 한다는 일치된 견해에 도달한 것이다.

반항을 엄격히 구별하면서 정의 내리기가 어려웠기 때문일까? 사실 초현실주의자들에게 혁명의 의미는 어느 때는 루소의 개념에 가깝기도 하고, 어느 때는 마르크스의 개념에 가깝기도 했다. 그러나 분명한 것은, 표면상의 변화가 어떤 것이든지 간에 근본적인 뼈대가 중요하다고 할 때, 초현실주의의 일관된 주장이 사회적 혁명의 필요성을 잊지 않으면서 개인의 절대적이고 근본적인 반항의 드높은 가치를 조금도 포기하지 않았다는 사실이다. 바로 이런 점 때문에 마르크스주의적 혁명과 초현실주의적 혁명을 혼동해서도 안 되겠지만, 마르크스적 혁명과 다르다고 해서 초현실주의가 추구하는 혁명을 폄하해서도 안 될 것이다. 1935년 4월 1일 엘뤼아르와 함께 프라하의 친구들의 초청으로 체코에 갔을 때 강연한 내용에는 '혁명적'이라는 용어의 의미가 다음과 같이 명백하게 밝혀져 있는데 아마도 이 발언이 브르통의 예술가로서의 입장을 반영한 것이라고 말할 수 있다.

우리는 '혁명적'이라는 형용사를 예술에서 전통과 단절된 것처럼 보이는 지성적인 창조자와 작품을 말할 때 주저 없이 사용해왔다는 것을 알고 있습니다. 나는 이 자리에서 '단절된 것처럼 보인다'고 말했는데, 그 이유는 다른 사람들이 전통에 반기를 든 것이라고 말하는 것도 여러 세기가 지나고 나면 무한한 동화능력에 함몰되어왔기 때문입니다. 어떤 작품이나 어떤 작가를 사로잡는 철저한 반항적 의지를 성급하게 진단했을 때 사용되는 이 형용사의 큰 약점은 세계를 개혁하는 방향에서의 조직적인 단체 활동을 규정지으면서 이 세계의 현실적인 기반을 구체적으로 공격해야 할 필요성을 암시하는 형용사와 혼동되어 있다는 것입니다.[42]

브르통은 혁명적이라는 형용사를 두 가지 방향에서 혼동하여 사용하는 현상을 지적함으로써 초현실주의의 입장은 시와 예술이라는 창조적인 차원에서 작가들이 '철저한 반항적 의지'를 보이는 데 있다는 것을 말하고 싶어 한다. 그런 점 때문에 그는 랭보의 예를 든다. "세계를 근본적으로 개혁하겠다는 의지가 그 누구보다도 가장 극단적인 방향으로 나아갔던 시인, 랭보의 의지는 노동자들을 해방시키려는 의지와 합류하여 자연스럽게 만나는 것입니다."[43] 랭보가 새로운 언어로 이 세계를 표현하는 한, 랭보의 새로운 창조적 시는 그 형태 때문에 혁명적이며, 그의 시는 노동자들을 해방시키려는 혁명의 의지와 결코 모순되지 않는다는 것이 그의 주장이다.

시인과 혁명가, 혹은 시와 혁명을 초현실주의의 관점에서 결합하고 연결시키려는 그 의지는 그것 자체로 정당한 야심이며 모순되거나 불합리한 발상이 아니다. 그것은 누구나 자기가 꿈꾸는 진정한 혁명을 실현하는 방법으로 얼마든지 가능한 태도의 표현이다. 그러나 초현실주의는 과연 끝까지 그러한 긴장을 유지했을까? 현실적인 문제에 부딪치면서 시련을 겪은 초현실주의는 현실세계에 대한 희망을 잃은 나머지 유토피아적인 흐름으로 나아간 것이 아닐까? 유토피아적인 꿈이 나쁘다는 것이 아니라, 그러한 방향은 초현실주의의 본래적인 태도와 어긋나는 것이기 때문이다. 초현실주의가 추구하는 꿈과 신비는 초월적인 것이 아니라 현실적이며, 가장 현실적인 것이 가장 초현실주의적이라는 역설이 가능할 만큼, 삶의 문제를 떠난 초현실주의는 진정한 초현실

---

42) A. Breton, *Position politique du surréalisme*, 앞의 책, pp.17~18.

43) 위의 책, p.31.

주의로 보기 어렵다.

초현실주의는 하나의 문학적 혹은 예술적 미학을 떠나서 새로운 인간형을 혹은 새로운 삶의 태도를 창조한 폭넓은 문화운동이다. 이 문화운동이 실패로 끝난 것이라 할지라도 꿈과 행동이 혹은 시와 삶이 여전히 대립되어 있는 오늘날의 현실에서 그것을 일치시키려고 했던 초현실주의자들의 치열한 정신은 또 다른 차원에서 계승하며 극복할 가치가 충분히 있을 것이다.

제2장
자동기술과 초현실주의적 이미지

1. 초현실주의와 자동기술

자동기술l'ecriture automatique은 초현실주의운동의 가장 중요한 활동이나 성과로 평가되어, 오늘날 초현실주의적이란 말은 바로 자동기술적이란 말과 거의 동의어처럼 인식되기도 한다. 그만큼 초현실주의 활동은 자동기술의 개념을 중심으로 전개되었다고 해도 과언이 아닌데, 「초현실주의 선언문」에서 밝힌 사전적인 정의에 따르면, 초현실주의는 "말로써건, 글로써건 그 어떤 방법으로건 간에, 사유의 실제적 기능을 표현하려는 것을 목표로 삼는 순수한 심리적 자동현상"이며, 또한 "이성에 의한 어떤 감시도 받지 않고, 심미적이거나 도덕적인 모든 관심을 벗어난 곳에서 이루어지는 사유의 받아쓰기"[1]로 규정되어 있다. 브르통이 이 이론을 고안하여 발전시켰고, 시인과 화가를 포함한 대부분의 1920년대 초현실주의자들이 실행에 옮겼던 이러한 자동기술에 대해 브르통은 훗날, 그것이 실패할 수밖에 없었음을 인정하고, "초현실주의에서 자동기술의 역사는 계속적인 불운의 역사"[2]이었음을 고백한 바 있다. 그러나 그의 말처럼 자동기술의 시도가 실패로 끝났다 하더라도, 그것은 여러 가지 관점에서 의미 있는 실패로 볼 수 있을 터이고, 무엇보다 글쓰기의 차원에서 보자면 오히려 긍정적인 성과를 더 많이 보인 것이라고 말할 수 있다.

브르통을 포함한 초현실주의자들이 자동기술에서 기대한 것은 무엇이었을까? 잘 알려져 있듯이, 자동기술은 반수면의 최면 상태에서 이성의 통제 아래 가려져 있었던 무의식과 욕망이 전하는 전언, 그 '속삭이는 소리le murmure'에 귀를 기울여 받아쓴 내용이다. 가능한 한 이성이나 비판적 정신이 개입될 여지없이 그 전언을 충실히 받아쓰려는 이들의 작업은, 적어도 자동기술의 행위를 실천하는 그 단계에서만은, 전통적으로 재능 있는 시인의 시 쓰는 행위와는 완전히 구별되는 작업이었다. 그 당시 브르통은 인위적으로 만든 문학 텍스트의 언어란 생명력을 갖지 못하고 또한 무엇보다 중요한 욕망의 자연스러운 힘을 표현하는 데 한계를 갖는 것으로 보았다. 무의식이나 욕망의 표현을 중시하는 자동기술의 시도는 그런 점에서 의식적인 문학 텍스트의 우월한 가치 기준을 전복시키려 했음은 물론, 문학 텍스트가 소수의 재능 있는 작가에 의해 만들어진다는 인식을 타파하려고 했다. 그러나 초현실주의에 가담한 대부분의 시인들이 재능 있는 사람들이었고, 브르통이 자

1) A. Breton, *Manifestes du surréalisme*, J. J. Pauvert, 1972, p.35.
2) A. Breton, "Le message automatique," in *Point du jour*, Gallimard, 1970. coll. Idées, p.171.

동기술의 실험을 하기 전까지만 해도, 말라르메나 랭보, 발레리의 문학적 성취에 깊은 영향을 받았던 시인이라는 점, 자동기술로 씌어지지 않은 그의 시 중에서도 얼마든지 시적 가치와 생명력이 넘치는 시를 이끌어낼 수 있다는 점을 감안할 때, 위와 같은 그의 주장이나 견해는 어느 정도 모순된 것임을 곧 알 수 있다. 물론 초현실주의에서는 시를 잘 쓰는 것이 문제가 아니라, 존재의 심층이나 '세계의 신비스러움'과 일치되고 소통되는 방법으로써, 그리고 현실적 세계에 종속되지 않는 방법으로써 '시를 실천하는 일'이 중요한 것으로 강조된다. 그러나 우리는 그러한 강조가 시의 정신을 그만큼 중시하고 그 의미를 되새겨볼 필요를 그만큼 역설한다는 것이지, 결코 초현실주의와 시를 잘 쓰는 일이 별개의 것이라고 이해하지는 않는다. 물론 이 경우에, 시를 잘 쓴다는 것이 무엇을 뜻하며, 어떤 기준에서 잘 쓴다는 것인지가 우선적인 논의의 대상이 되어야 할 것이다.

우리는 자동기술의 의미와 성과, 혹은 그것의 실험 조건과 실현 과정을 살펴보면서, 그것이 무엇보다 '글쓰기'의 행위와 관련해서 어떤 중요성을 갖는지를 알아보려 한다. 이러한 작업은 결국 초현실주의적 이미지의 성격과 의미를 파악하려는 작업과 병행하게 될 것이다. 「초현실주의 선언문」에서도 자동기술과 초현실주의적 이미지의 논의가 연속적으로 혹은 병행하여 전개되었듯이, 말의 힘을 믿고 말을 중요시하고 말을 해방함으로써 결국 인간과 세계의 변화를 추구하려는 의도는 자동기술과 초현실주의적 이미지의 목적과도 분리될 수 없는 것이다. 그러므로 그러한 두 주제의 상호 관련성을 인정하고 그것들 사이의 공통된 초현실주의 시학의 핵심을 찾아보려는 것이 이 글의 목적이 된다.

2. 자동기술의 동기

자동기술의 이론을 세우고 그것을 실행했던 브르통이 1924년 「초현
실주의 선언문」을 통해 그 방법과 의미를 설명하고 널리 공표했던 것은
잘 알려진 사실이다. 그러나 그가 자동기술에 대한 착상과 실험을 하게
된 것은 「초현실주의 선언문」이 발표되기 훨씬 전이었다. 사란 알렉상
드리앙은 자동기술에 대한 브르통의 계획이 결심으로 굳혀진 것은
1919년 무렵이었음을 말하고, 브르통이 차라에게 보낸 편지를 인용하
여 그 근거를 밝힌다. "나는 지금 세계를 전복할 만한 계획을 궁리하면
서 이 편지를 쓰고 있습니다. 유치한 짓이라거나 터무니없는 망상이라
고 생각지는 마십시오. 그러나 이러한 쿠데타를 준비하는 데 몇 년이
필요할 것입니다. 당신에게 그 내용을 알려주고 싶은 생각이 간절하지
만, 아직은 당신을 그만큼 잘 알고 있지는 못하기 때문에."[3] 알렉상드
리앙은 이 편지에서 브르통이 말한 '세계를 전복할 만한' 계획이 바로
자동기술로 작품을 쓰겠다는 것이며, 그가 전복하려는 세계는 바로 시
와 예술, 윤리의 세계임을 상기시키면서, 이러한 계획을 세운 그의 심
리적 정황은 아마도 그에게 영향을 준 랭보와 말라르메를 종합하려는
어떤 시적 탐험이 한계에 부딪혔기 때문일 것이라고 추측해본다. 자동
기술을 생각해낸 브르통의 심리적 동기가 무엇인지는 명확하지 않지
만, 논리나 문법의 틀에서 벗어난 말의 자유로움을 생각해본다는 것은
당시의 아방가르드 시인들의 입장에서 볼 때 그렇게 의외의 발상은 아

---

3) S. Alexandrian, *Le surréalisme et le rêve*, Gallimard, 1974, p.91.

니었다. 이미 미래주의의 마리네티는 물론 다다의 피카비아, 트리스탕 차라 등이 말의 자유 혹은 무의미의 언어를 구사하여 전통적 시학과는 다른 새로운 반시적 경향을 예고한 바 있었기 때문이다. 이들의 공통된 태도는 의미를 지향하는 시가 아닌, 의미를 거부하는 시를 통해서 전통적인 시적 창조의 관행을 무시하려는 경향이었다.

의식적이고 의미 지향적인 작시법 대신에 무의식적이고 반미학적인 언어의 표현을 모색하려던 브르통의 계획은 우연한 언어의 체험을 계기를 통해 구체화된다. 그는 이 체험을 「매개물의 등장Entrée des médiums」과 「초현실주의 선언문」에서 두 번에 걸쳐 이야기하고 있다.

1) 1919년, 완전히 혼자인 상태에서, 잠이 들 무렵, 내 정신에 인지되는 다소 불완전한 말들에 주의를 기울이게 되었는데, 그 말에서 어떤 선결적인 요소들은 전혀 찾을 수 없었다. 그 문장들은 통사적으로 이미지가 뚜렷한 것으로서 나에게는 아주 뛰어난 시적 요소처럼 보였다.[4]

2) 그런데 어느 날 밤 잠들기 전에 말 한마디로 바꿔놓을 수 없을 정도로 분명하게 발음된, 그러나 온갖 잡음으로 뒤섞여 정신 집중이 되지 않는, 대단히 이상스러운 구절이 떠오르게 되었다. 내 의식에 기억되는 바로, 그 구절은, 그 당시 내가 관계하고 있었던 여러 가지 외부 사건과 관련된 내용이 아니라 갑자기 머릿속에 떠오른 것으로서, 말하자면 그 말은 유리창에 부딪히듯이 강렬히 느껴진 것이다. 나는 그 말에 대해 생각해보고 계속 주의를 기울이고 싶었는데 문득 그 말의 유기적 성격이

---

4) A. Breton, "Entrée des médiums," in *Les pas perdus*, Gallimard, coll. Idées, 1974, p.124.

제2장 자동기술과 초현실주의적 이미지 55

나를 사로잡았다. 그 말이 나를 놀라게 한 것은 사실인데 유감스럽게도 나는 지금까지 그것을 기억하지는 못하고 있다. "창문에 의해 둘로 절단된 한 남자가 있다." 이 문장에는 애매모호한 점이 없었다. 왜냐하면, 이 문장에 몸의 중심축에 수직으로 세워진 창에 의해 몸 한가운데가 절단된 채 걷고 있는 한 사람의 모습이 어렴풋이 눈앞에 보였기 때문이다. 의심할 나위 없이 문제는 창문에 쏠려 있는 그 사람을 공간적으로 바로 일으켜 세우는 일이었다. 그러나 창문이 그 사람의 움직임에 따라붙어서 이동하였으므로 나는 곧 매우 희귀한 유형의 이미지를 보고 있음을 깨닫고, 그 이미지를 나의 시적 구성의 자료로 삼을 생각을 하게 되었다. 그리하여 내가 이 이미지에 대하여 믿음을 갖게 되자마자 그 이미지에 뒤이어 나를 계속 놀라게 만들고 또한 어떤 무상성의 느낌을 갖게 하는 일련의 문장들이 거의 연속적으로 이어진 것이다. 그러한 느낌은 그때까지 내가 자신에 대해 지니고 있었던 자제력을 허망한 것으로 생각하게 하였고, 나의 내면에서 이루어지는 끊임없는 갈등을 끝내버리고 싶다는 생각만을 불러일으켰다.[5]

자동기술의 착상에 출발점이 되는 이러한 체험을 통해서 "유리창에 부딪히듯이" 떠오른 말과 그 말에 연속적으로 떠오른 일련의 특이한 이미지들은 분명히 시인의 무의식에서 떠오른 표현들이다. 이 표현들이 어떤 현실적 필요성이나 의미 있는 사건과는 관련도 없이 그야말로 '무상성'으로 떠올랐다는 점에서 브르통은 그것에 대해 반수명의 상태에서 관심을 집중하고 그 목소리에 귀를 기울이게 된 것이다. 그리하여 위의

---

5) A. Breton, *Manifestes du surréalisme*, 앞의 책, pp.31~32.

첫번째 예에서 알 수 있었듯이, 그 문장과 이미지들은 의식적인 상태에서라면 결코 만들어질 수 없는 것이면서 동시에 아주 훌륭한 시적 효과를 이루어냈다는 점이 주목된다. 그는 일어나자마자 곧 이러한 언어의 이미지, 즉 그림과 같은 시각적 이미지가 제시한 것보다 더 풍부한 환각의 이미지로 나타난 내면의 언어를 그대로 옮겨 쓰면서, 그것이 표현하는 풍부한 이미지들을 기술적으로 완전히 드러내는 방법을 모색한 것이다. 자유연상 기법은 바로 그러한 모색의 결과이다. 그는 그러한 방법에 의존하여 누구나 펜을 손에 들고 환각적인 흐름을 따르기만 하면 시인이 될 수 있다는 생각을 하게 되었고, 그 결과 '초현실주의적 마술의 비밀'이라고 말한 자동기술의 실행 방법은 다음과 같은 것이었다.

가능한 한 정신을 집중시키기에 적합한 장소에 자리 잡은 후, 글쓰기에 필요한 도구를 갖고 있도록 하라. 가능한 한 가장 수동적이거나 수용적인 상태에 있도록 하라. 자신의 천분이나 재능, 또는 다른 사람들의 재능을 염두에 두지 말라. 문학은 그 무엇과도 통할 수 있는 보잘것없는 길 중의 하나임을 명심하라. 주제를 미리 생각하지 말고 빨리 쓰도록 하라. 기억에 남지 않도록 또는 다시 읽고 싶은 충동이 들지 않도록 빠르게 쓰도록 하라. 첫 구절은 저절로 씌어질 것이다. 물론 객관화되기만을 바라는 우리의 의식적 사고와는 다른 구절들이 시시각각으로 떠오를 것은 분명하다. 다음에 어떤 구절이 떠오를 것인지 미리 알기는 어렵다. 왜냐하면 이미 첫 구절을 썼다는 사실이 최소한의 지각을 자극한다고 인정하더라도 다음에 씌어질 구절은 우리들의 의식적 활동과 동시에 무의식적인 활동에 속해 있기 때문이다.[6]

이러한 상태는 주체가 마치 녹음기의 기능처럼 비판 의식이 제거된 상태에서 완전히 수동성을 취하면서, 어떤 외부적 요소도 개입하지 않도록 그야말로 말의 속도와 일치하는 담화를 기록해두려는 데 목적을 둔 것이다. 그러니까 이 행위에서 일단 말하고 기술한 것은 완전히 잊어버릴 수 있도록 가능한 한 빠르게 진행해야 한다. 만일 그 흐름이 중단되었을 경우, 계속되는 언술은 중단되기 전에 기술된 텍스트 내용의 의식으로부터 구속되지 않도록 한다. 그리하여 그 언술이 완전하게 표현되기 위해서는 결국 씌어진 언술의 의미가 기억되지 않도록 가능한 한 자동기술의 작업 속도를 가속화시키는 일이다. 그렇게 표현된 내용이 바로 "말하여진 사고la pensée parlée"[7]일 것이다.

이러한 방법으로 브르통이 수포P. Soupault와 함께 쓴 『자장Les champs magnétiques』은 그야말로 최초의 초현실주의적 작품le premier ouvrage purement surréaliste이 된다. 브르통이 혼자서 이러한 시도를 하지 않은 것은 무의식의 심연을 탐색하는 모험의 위험한 도정에서 동반자가 필요했기 때문이며, 그 동반자로서 필립 수포를 택한 것은 그의 사고가 다른 누구보다도 경직되지 않은 유연성이나 자유로움을 보였기 때문이라고 한다. 두 사람은 자신들의 이러한 시도가 문학적인 견지에서 어떤 가치가 있을까 하는 문제를 완전히 무시하고 또한 일단 적어놓은 것에 대해서는 전혀 수정을 하지 않기로 합의한 후, 곧 자동기술의 작업으로 들어가게 된다. 1회의 작업은 8시간에서 10시간까지 지속되었고 모두 2주일이 소요되었다고 하는데, 흥미로운 점은 두 사람이 쓴 원고를 서로 읽고 비교해보았을 때 그 결과가 놀랍도록 비슷

6) 위의 책, p.39.
7) 위의 책, p.33.

했다는 것이다.

이를테면 똑같은 구성상의 결함, 비슷한 과오, 특이한 표현에 대한 지나친 기대, 많은 감정의 노출, 우리들 모두가 오래전부터 한 번도 생각하지 못했던 아주 괜찮은 이미지들의 채택, 생동감이 넘치는 표현, 여러 군데서 드러난 날카로운 해학성이 담긴 주장 같은 것들이었다.[8]

이러한 공통점 외에 물론 두 사람의 성격상의 차이를 드러내는 점도 있었는데, 결국 위의 실험을 통해서 확인되는 기질적인 차이보다도 어떤 속도로 썼느냐의 차이가 더 중요한 발견이었음을 브르통은 말한다. 그는 자동기술적 글쓰기의 속도를 V, V^I, V^{II}, V^{III}, V^{IV} 등 5단계로 구분하여, 첫번째 V의 속도를 정상시의 글쓰기 속도보다는 훨씬 빠르지만 초현실주의적 글쓰기의 속도로는 중간의 단계로 기준 삼아서, 가장 느린 속도를 V^I, 가장 빠른 속도를 V^{II}라고 구분했다. 또한 V^{III}는 중간 속도와 극단적인 속도 사이의 중간 상태이며, V^{IV}는 처음에는 V와 V^{III} 사이에 해당하다가 점차적으로 빠른 어조로 전개되어 최종적으로는 V와 V^{II} 사이에 놓이는, 가장 가속적으로 나타난 속도로 보았다. 최대한의 속도는 결국 V^{II}인데, 이 단계는 정신의 현실 인식적 기능이 마비되는, 고통스러운 환각적 도취 상태에 가까운 단계라고 한다. 가령 다음과 같은 내용이 이러한 상태에서 쓰여진 것이다.

유출 대성당 고등 척추동물

---

8) 위의 책, p.33.

그 이론의 마지막 추종자들은 문을 닫는

카페 앞 언덕 위에 자리 잡는다.

타이아 비로드 천의 다리[9]

이 글의 흐름은 거의 환각적 상태의 표현처럼 보인다. 다른 시에서와
는 달리 완전한 문장으로 구성되어 있지 않고, 이미지들이 단속적이다.
그리하여 『자장』에 실린 여러 텍스트를 속도와 관련시켜 설명한 예들은
「비치는 면이 없는 거울La glace sens tain: V」「계절들Sainsons:
V'」「사라지는 빛들Eclipses: V'''」「80일간En 80 jours: V'''」「장벽들
Barrières: V」「흰 장갑들Gants blacs: V'''」「소라게 속의 이야기 I
Le pagure dit I: V'''」「소라게 속의 이야기 II Le pagure dit II: V'''」등
이다.[10] 또한 가장 느린 속도로 씌어진 것이 어린 시절의 회상을 기술
한 「계절들」이었으며, 가장 빠른 속도로 씌어진 것은 수포가 쓴 것으로
「소라게 속의 이야기 II」이다. 이처럼 텍스트마다 속도의 차이를 보였
음은 물론, 한 텍스트 안에서도 시작하는 부분과 끝 부분, 혹은 중간
부분이 동일한 속도로 씌어지지 않았다는 것을 알 수 있다. 자동기술의
속도가 빠를수록 환각적 상태에 가까웠음을 브르통은 이렇게 말한다.
"『자장』은 일주일 동안에 씌어졌다. 여하간 더 이상을 쓰기는 어려웠
다. 환각 상태에 놓였기 때문이다. 더 이상 아무것도 계속할 수 없었다
고 말하는 것은 사실이다. V'''보다 때로는 더 빠르게 V''''로 몇 장을 더

---

9) A. Breton & P. Soupault, *Les champs magnétiques*, Gallimard, 1968, p.46.
10) 이 산문시들의 어떤 부분이 브르통이 쓴 것이고 어떤 부분이 수포가 쓴 것인지 알기는 어
   렵다. 다만 마지막의 「소라게 속의 이야기」가 두 편으로 되어 있는데, 첫번째는 브르통이
   썼으며 두번째를 수포가 썼다는 정도는 밝혀지게 되었다.

계속 썼다면 아마도 나는 지금 이렇게 텍스트를 검토해볼 상태에 있지도 못했을 것이다."[11] 이러한 위험을 동반한 자동기술의 결과가 어떤 문학적 성과를 겨냥한 것이 아니었다 하더라도, 우리는 자동기술의 담화를 통해 전통적인 문학에서의 시적 성취와는 다른 관점으로 새로운 문학적 의미를 추출해볼 수 있다. 물론 자동기술의 중요한 의도가, 이성적 인간이 자신의 내면에서 형성되고 있는 무의식적 흐름을 깨닫게 되는 경험을 보여준다거나, 이 경험을 통해서 이성적 인간의 자기 인식이 어떤 한계를 갖고 있었는지를 깨닫게 하는 것일 수 있다. 또한 자동기술이 단순히 무의식을 표현하는 수단이 아니라 인간의 근원이라고 볼 수 있는 무궁무진한 이미지들의 보고이자, 사고와 언어를 발생시키는 유동적이고 순수한 근원적 요소, 즉 무의식의 풍요로운 자원성을 표현할 수 있었다는 점도 강조될 수 있다.[12] 그러나 무엇보다도 자동기술 역시 글쓰기의 한 방식으로서 그것이 언어와 주체, 언어와 사회 사이의 관계를 새롭게 생각해보는 계기를 마련했으며, 세계의 이미지 혹은 세계의 표상을 변화시킬 가능성의 문을 열었다는 점이 중시되어야 한다. 그것은 글쓰기의 한 시도로서 가치 있게 평가되어야 할 것이지 무의식이나 심리분석의 자료로서 의미를 갖는 것이 아니기 때문이다. 자동기술이 부조리의 논리를 보여주고 낯선 이미지로 구성되어 있다거나 유추적인 비약의 서술로 구성되어 있을지라도, 그것은 의식적인 글쓰기 작업에 비해 결코 의사소통의 실용적 담화가 갖는 한계를 넘어서는 글

---

11) S. Alexandrian, 앞의 책, p.6에서 재인용.
12) 자동기술을 통해 무의식의 내용을 알게 된 것보다 무의식의 풍요로운 자원성을 알게 된 것이 더 중요한 점이었음을 설명한 알렉상드리앙은, "초현실주의 시인은 물고기를 잡는 것으로 만족하지 않고 물을 같이 낚아 올리는 낚시꾼"으로 적절히 비유한 바 있다: 위의 책, pp.97~98.

쓰기인 것이다.

3. 자동기술의 시와 의미

브르통의 자동기술적 방법은 프로이트가 정신분석적 치료의 수단으로서 무의식을 밝히는 데 이용한 자유연상의 방법과 어느 정도 일치한다. 사실상 브르통의 자동기술은 프로이트의 자유연상의 방법에서 그 착상을 이끌어온 것으로 볼 수 있는데, 그런 점에서 양자 간의 일치점은 비판의식의 제거, 자기 자신에 대한 정신 집중, 외부 세계에 대한 망각, 결과를 고려하는 사전 계획의 배제 등의 방법에 의한 자유로운 구술로 볼 수 있다. 그러나 둘 사이의 여러 유사성에도 불구하고 브르통의 의도와 프로이트의 동기는 결코 같은 것일 수 없다. 프로이트의 자유연상 방법이 정신분석적 치료의 목적을 위해서 환자의 무의식, 억압된 욕망을 찾기 위한 것이라면, 브르통의 자동기술은 해석이나 치료의 문제는 관심 밖의 것이며, 앞에서 보았듯이 오히려 환각적 장애를 초래할 만큼의 위험 부담을 각오하는 모험적 글쓰기의 행위이다. 물론 브르통이나 수포가 그 위험에 빠져들 만큼 완전히 자기 통제력을 상실하지는 않았다 하더라도, 그들이 현실적인 논리와 목적에 구애되어 있지 않은 것은 분명했다.

자동기술은 말이나 대상을 관습적인 틀로부터 벗어나게 함으로써 주체를 완전히 해방하는 데 목적을 둔 것이다. 말은 인간의 잃어버린 힘을 되찾게 하고 인간을 변화시키는 수단이기 때문이다. 자동기술의 언어는 그런 점에서 어떤 시적 표현을 만들어내기 위해 고안된 방법이 아니라, 인간 본래의 전체적 모습을 회복시키고 인습적 언어로 왜곡된 모든 굴레에서 인간을 자유롭게 해방시킨다는 인식과 실천의 방법으로 채택된 것이다. 브르통은 자동기술의 실험을 통해 자신의 무의식의 목소리에 귀를 기울이려고 했을 뿐, 그 목소리가 자기를 어디로 이끌어갈지 혹은 무엇을 보여줄 수 있는지의 문제는 전혀 고려하지 않았다고 한다. 또한 그 상태에서 강렬한 감동이나 해방감과 같은 흥분을 체험하였고, 그 체험은 그가 깨어 있는 상태에서 시를 쓰고 고치면서 겪었던 힘든 고역과는 완전히 다른 것이었음을 말한다. 이러한 체험은 결국 전통적인 문학적 가치를 무시하고 문학의 기능을 새롭게 재검토하게 만든 계기가 된다. 「초현실주의 선언문」에서 정의를 내렸던 것처럼 "모든 심미적이고 도덕적인 관심을 떠나, 이성에 의해 이루어지는 모든 통제가 사라진 상태에서"[13] "사유의 받아쓰기la dictée de la pensée"란 감춰진 욕망을 일깨우고 인간으로 하여금 인습과 체념으로부터 벗어나게 하고, 현실에 대한 다른 인식, 다른 세계관의 체험을 가능하게 만든다. 더욱이 이러한 표현이 어떤 특별한 시적 재능을 소유한 사람들에게만 가능한 것이 아니라 모든 사람들에게 개방될 수 있다는 믿음을 갖게 한 점에서 기대가 커지는 것은 당연했다. 물론 이러한 기대는, 나중에 자동기술의 성과가 누구에게나 가능한 것이 아니라 어느 정도의 교양을 갖춘 사람들에게서만 가능하다는 종합적 판단 때문에 기대가 어긋나고 말지만, 브르통이 자동기술의 보편성을 확신했을 당시는 그 특성을 이처럼 자신 있게 정리하여 말할 수 있었다. "초현실주의의 특성은 잠재의식의 메시지 앞에서 모든 인간의 완전한 평등성을 선언했다는 점과

---

13) A. Breton, *Manifestes du surréalisme*, 앞의 책, p.35.

그 메시지가 공동의 유산을 이루어 사람들 저마다 그중에서 자신의 몫을 요구할 수 있는 것이지 어느 경우에도 몇몇 개인들의 소유물로만 취급되어서는 안 된다는 것을 한결같이 주장했다는 점에 있다."[14] 이렇게 자동기술의 가능성을 믿었을 때의 글쓰기는 재능 있는 작가들에게서 특이한 영감이 뮤즈의 여신처럼 떠오르는 글쓰기가 아니라, 누구나 자신의 잠재의식에 귀를 기울이면 그 어떤 의식적 창조작업의 결과보다 더 풍요로운 상상력의 창조성을 획득할 수 있으리라는 믿음의 글쓰기였다. 그가 의도한 바람직한 글쓰기는 우리가 현실이라고 부르는 삶의 좁고 빈약한 세계, 그리고 그 세계와 우주와의 관계를 뛰어넘어 우리가 그동안 알지 못했던 보다 풍부한 세계를 경험하게 할 뿐 아니라 우리 자신의 삶도 그만큼 자유롭게 확산될 수 있으리라는 믿음에 토대를 둔 것이었다. 이것은 그만큼 말의 힘을 믿는다는 것인데, 이 점에 대해서는 수잔 베르나르의 설명이 유익해 보인다. 베르나르에 의하면 초현실주의자들의 언어에 대한 믿음은 중세의 카발리스트들Kabbalistes이 그랬듯이, "인식의 수단"과 "창조의 수단"[15]이라는 이중의 역할을 통해서 가능해진다. 인식의 수단이라는 점과 관련하여서는, 언어의 구조와 세계의 구조 사이의 상동 관계가 있다는 전제 아래 말이 바로 '비의를 일깨워주는initiatique' 가치를 갖고 말에 대한 성찰은 바로 세계를 이해하는 방법의 논리로 연결된다. 그러나 언어의 창조적 힘이라는 측면에서 볼 때, 말의 신비로운 힘을 믿는 시인은 합리주의 문명에 의해 상실된 본래적 말의 힘을 회복하여 인간과 삶을 동시에 변화시키려 한다. 이러

---

14) A. Breton, "Le message automatique," 앞의 책, p.182.
15) S. Bernard, *Le poème en prose depuis Baudelaire jusqu'à nos jours*, Nizet, 1959, p.664.

한 언어의 인식과 창조의 힘에 대한 믿음 때문에 브르통은 자동기술의 모험을 감행한 것이고, 또한 초현실주의를 단순한 문학운동의 범주에 묶어두지 않으려고 했던 것이다.

  그러나 여기서 자동기술에 관한 초현실주의의 모순과 한계를 짚어봐야 할 필요가 있다. 자동기술에 대한 의문은 그것의 의도가 이성이나 논리적 속박으로부터 벗어나 직접적인 삶la vie immédiate에서의 존재를 포착하거나 혹은 무의식의 흐름을 왜곡되지 않은 상태에서 그대로 떠 담으려 하는 것인데, 그 내용을 언어로 된 매개적 메시지로 옮겨놓는 일은 과연 얼마나 완벽하게 이루어질 수 있는 것일까 하는 점이다. 블랑쇼 같은 비평가는 엘뤼아르의 시집 제목을 예로 들어서 '괴롭다'는 느낌과 그것의 언어적 표현이 완전히 일치할 수 있기를 바라는 것이 자동기술을 통한 브르통의 희망이라고 말하면서, 그것의 두 가지 측면을 이렇게 말한다. "자동기술을 통해서 자유롭게 되는 것은 엄밀한 의미에서 말이 아니라 말과 나의 자유가 일체를 이루는 일이다. 나는 말 속으로 들어가고, 말은 나의 흔적을 간직하며 그것은 나의 인쇄된 현실이자 아무것에도 구속되지 않은 완전한 자유성non-adhérence에 동조하는 것이 된다. 그것은 하나의 측면이다. 그러나 다른 한편으로, 말의 자유는 말이 스스로 자유롭게 된다는 것을 뜻한다. 다시 말해서 말은 더 이상 그것이 표현하는 사물에만 완전히 좌우되지 않고, 독자적으로 움직이고 유희를 즐기며, 브르통이 말하듯이 *사랑을 한다*."[16] 다시 말해 첫번째 양상은 「초현실주의 선언문」에 명시되어 있는 '사유의 실제적 기능le fonctionnement réel de la pensée'과 존재의 심층에서

---

16) Blanchot, "Réflexions sur le surréalisme," in *La part du feu*, Gallimard, 1949, p.95.

전개되는 현상의 인식을 가져다주며, 그것은 결국 문학에 대한 거부에 이르게 된다. 여기서 어떤 문학적 시적 의도나 예술적 재능은 전혀 중시되지 않을 것이다. 그러나 다른 한편, 두번째 측면에서 말의 독자적인 자유를 추구하고 말의 힘을 믿는 태도야말로 초현실주의가 또 다른 의미에서 글쓰기의 수사학임을 말하는 것이 된다. 초현실주의자들이 의지의 개입 없는 언어의 유희를 통해 혹은 말의 생명력을 믿고 그것에 귀를 기울임으로써 초현실주의적 이미지의 효과를 만들어내는 방법은 설사 그것이 문학적 성과를 겨냥한 것이 아니었다 하더라도 결국 문학적 의도를 넘어선 새로운 시적 의미를 유출하는 결과에 이른다.

브르통은 자동기술에 대한 희망과 그 이론의 정당성, 실천의 성과를 강조하면서도 그 시도가 실패할 수밖에 없었음을 인정한다. 그것이 실패라는 것은 브르통이 자동기술을 통해서 모든 문학적 관심이나 시적 표현을 배제하려 했는데, 결국 그것이 철저히 수행되지 못했기 때문이다. 그뿐 아니라 자동기술이 인간의 자유와 무의식의 해방을 가져온다는 것은 어디까지나 순간의 상태일 뿐, 지속적이고 실천적인 방법으로 정신의 해방을 가져올 수 있으리라는 기대가 회의적일 수밖에 없다는 점도 작용했을 것이다. 또한 브르통이 앞서 고백했듯이, 그것의 실천이 어느 단계에서 멈추지 않으면, 정신분열의 위험을 초래할 수 있다는 점도 한계점으로 논의될 수 있다. 그는 자동기술이 본래 지향하고자 한 인식과 계시의 목적에 충실하지 않았던 동료 시인들을 공격하면서, 그들이 "자동기술을 통해 새로운 효과를 노리는 문학적 기법만을 보고 싶어 했으며, 자신의 사소한 개인적 창작을 위해 필요에 따라 맞추려는 일에만 급급했던"[17] 점을 비난한다. 그가 여기서 비판의 대상으로 삼는 사람들은 아라공, 엘뤼아르, 수포 등이다. 그가 보기에, 이들은 자동기술의 언어를 통해 다소 의식적인 전개 과정으로 풍부한 시적 표현을 얻으려는 어중간한 방법une demi-mesure을 취한다. 브르통에게 자동기술은, 기존의 문학적 규범과는 상관없이, 그것 자체로 시일 수 있는데, 다른 초현실주의자들은 자동기술을 통해 그것의 복합적이고 내밀한 여러 심리 현상의 요소들로 인위적인 시를 풍부하게 만드는 수단으로 삼았던 것이다. 이러한 차이는 자동기술에 대한 인식의 차이라고 볼 수 있는 것이지, 자동기술의 시도에 철저하거나 불철저했다고 평가할 수 있는 진지성의 차이가 아니다. 엘뤼아르는 한 책의 서문에서 "이 책에 실린 여러 가지 글들—즉 꿈, 초현실주의적 텍스트, 시—을 혼동하지 않는 것이 바람직하다"[18]라고 말함으로써, 초현실주의적 텍스트 즉 자동기술적 텍스트와 시를 구별 지었다. 이런 점에서 그에게 순수한 자동기술은 시가 아니었다. 아라공 역시 "초현실주의는 문체와 상관없는 안전지대가 아니다"[19]라고 말함으로써 초현실주의적 글쓰기, 즉 자동기술이 일반적인 문체의 문제 속에서 벗어날 수 없음을 강조하기도 했다.

완전한 자동기술은 가능한가? 완전한 자동기술만이 의미가 있는 것일까? 완전한 자동기술과 불완전한 자동기술의 차이는 무엇이며 그것은 어떻게 구별 지을 수 있는가? 브르통은 다른 동료들이 만든 자동기술적 텍스트의 형태와 내용에서 많은 특징적 결함, 즉 초현실주의적 표현의 상투성, 아름답게 보이는 몽환적 요소들의 의도적인 삽입 등을 확인하고, 이러한 결함이 자동기술을 실천하는 사람들의 태만함이나 불

17) A. Breton, "Le message automatique," 앞의 책, p.172.
18) Éluard, "Prière d'insérer," in *Les Dessous d'une vie*, Gallimard, 1926.
19) Aragon, *Traité du style*, Gallimard, 1928, p.189.

철저성에 기인한 것으로 본다. 그러나 완전하고 철저한 자동기술일수록 상투성을 완전히 벗어날 수 있다는 주장의 과학적 근거는 없다. 또한 자동기술이 완전하게 이루어졌다 해서 시적 표현 혹은 문학적 감각을 완전히 배제한다고 볼 수도 없다. 가령 브르통과 수포가 함께 쓴 『자장』은 시적 예술적 관심으로부터 완전히 자유로운 것이라고 보기는 어렵고, 오히려 랭보적인 환상성의 세계 혹은 부조리성의 분위기와 초현실주의적 이미지의 전개로 충분히 일관된 시적 골격을 갖춘 것으로 보아도 무방하다. 또한 의사소통적인 일상의 언어와는 달리 구성되어 있는 것처럼 보이면서, 그것은 상당히 일상적인 언어 구조에 의존해 있기도 하다. 그리하여 "가장 진정한 의미에서 자동기술적인 것이라 하여 일상적인 언어 사용과 가장 거리가 먼 것이고 보이지는 않는다. 오히려 문장의 완전한 와해는 검열을 배제하려는 지나친 의도에 따라 좌우될 수 있는 받아쓰기의 왜곡화la falsification de la dictée에서 생긴 결과일 뿐이다"[20]라는 추론도 충분히 가능한 것이다. 그런 점에서 가장 자동기술적인 표현으로 보이는 것이 사실은 가장 의도적이고 의식적인 행위의 결과일 수 있는 아이러니가 얼마든지 가능하다. 그와 반대되는 경우라도 그것을 진정한 자동기술이 아니라고 단정 지을 수도 없다. 자동기술에 관한 어떤 특별한 규칙이나 원칙이 있지 않는 한, 그것의 결과를 분석해서 어떤 공통된 규칙을 찾을 수 있을 뿐이지, 그 규칙에 맞아야만 자동기술적 표현의 정당성이 입증된다는 논리는 성립되기 어렵다. 이러한 논리가 자동기술의 의미와 관심을 일거에 무화시켜버리는 근거로 작용할 수는 없겠지만, 무엇보다 자동기술에 대한 지나친 기대

---

20) G. Durozoi & B. Rechherbonnier, *Le surréalisme*, Larousse, 1972, p.103.

와 환상을 재검토하게 만드는 한 동기가 될 것이다. 중요한 것은 자동기술이 의식적인 시와 완전히 구별되는 별개의 이질적 논리와 구조로 만들어져 있다는 선입견을 버리고, 그것 역시 글쓰기의 한 방법이며, 시적 영역 확대에 보탬이 되는 시의 기술이라고 생각되는 일이다. 이런 점에서 라캉이 말했듯이 무의식은 언어로 구성되어 있으며, 무의식도 무의식의 논리성을 갖고 있다는 인식이 필요하다. 그리하여 자동기술의 시적 논리성을 찾고 그것의 가치를 인정하는 작업이 수반되어야 한다.

자동기술을 통해 글쓴이의 심층적 심리 현상을 찾기보다 그것이 글쓰기의 한 형태로서 그것의 쓰기와 읽기는 문화적인 전통의 범주 밖에서 이루어지는 것이 아님을 역설한 아바스타도는 자동기술에 관한 한 논문의 결론에서 이렇게 말한다. "브르통은 자동기술적 텍스트를 해석하는 데 있어서 글쓰기의 행위를 무시하고, 담화 밖에 있는 심리적 실체를 알려고 함으로써 실패를 기록할 수밖에 없었다. 자동기술의 진정한 문제는 자동 현상이 아니라 글쓰기이다. 텍스트 안에서 읽을 수 있는 것은 글쓰기 이전의 주체성의 모습이 아니라 글 쓰는 행위 속에서 규정되는 주체의 모습이다. 글쓰기의 주체 이론은 주체와 글쓰기를 분리해서 생각할 수 없게 만든다."[21] 아바스타도는, 브르통이 자동기술의 방법을 글쓰기의 차원에서 받아들이지 않고 글쓰기를 넘어선 의미를 부여했기 때문에 자동기술의 시도가 실패한 것임을 지적한다. 글쓰기의 주체는 어디까지나 글쓰기의 행위와 함께 존재하는 것이지, 그 행위 이전에 존재하는 주체와는 구별되어야 한다는 것이다.

---

21) C. Abastado, "Ecriture automatique et instance du sujet," in *Revue des sciences humaines*, n°184, 1981, p.74.

4. 자동기술의 시 분석

자동기술적 시는 본질적으로 의식의 통제를 떠난 무의식의 언어로 기술되는 시이며, 어떤 수정작업도 허용되지 않는 자연발생적인 시라는 점에서, 그것은 인위적이거나 이성적인 말의 결합과는 다른 형태로 전개된다. 다시 말해 그것은 이성적이고 논리적인 문장과는 달리 모든 것이 유추적으로 결합되는 비논리의 흐름을 따른다. 그 흐름 속에서 말은 자유롭게 결합하고, 말을 통해서 보이는 풍경이나 표상도 그만큼 거침없이 펼쳐진다. 브르통이 레이몽 루셀에 대해서 말했듯이, "새로운 표상의 세계가 나타나도록 하기 위해서는 하나의 명사와 또 다른 하나의 명사가 그 무엇에 구속받을 필요 없이 결합되도록 할"[22] 수 있는 것이다. 그런 점에서 초현실주의자들이 이미지에 대해서, 특히 자의적인 이미지에 대해서 얼마나 많은 중요성을 부여했는지를 기억할 필요가 있다. 자동기술적 텍스트인 『자장』과 「용해되는 물고기*Poisson soluble*」의 시적 풍부성이 대부분 풍요로운 이미지들의 다양한 전개에 의존해 있다는 것은 잘 알려진 사실이다. 다음의 두 예를 들어보자.

1) 어느 날, 거대한 두 날개가 하늘을 어둡게 덮고, 사방에는 사향 냄새 가득하여 질식해버릴 날이 오리라. 우리는 얼마나 종소리를 듣고 두려운 마음이 생기는 것을 지겨워하고 있는지! 우리들 두 눈에 담긴 진짜 별들이여, 우리의 머리 주위로 한 바퀴 회전하는 시간은 언제인가? 그

---

22) A. Breton, *L'amour fou*, Gallimard, 1937, pp.116~17.

대들은 곡마장 안으로 들어가지 않고 있었고, 태양은 경멸의 빛으로 만년설을 녹인다. (「비치는 면이 없는 거울」)[23]

2) 비와 나 사이에는 현란한 계약이 지나갔다. 그 계약을 기억하며 해가 떠 있을 때 종종 비가 온다. (「용해되는 물고기」)[24]

『자장』에 실린 1)에서는 기독교적인 주제를 담고 있는 듯, '날개' '하늘' '종소리' '별' 등의 어휘와 함께 불길한 이미지가 제시된다. '어둡게 덮다obscurcir' '질식시킨다étouffer' 등의 어둡고 부정적인 동사들은 나쁜 징조를 나타내는 새의 날개와 같은 표현으로 그 색깔에 부정적 의미를 동반한다. 기독교의 종말론을 짐작할 수 있는 그날은 "질식할" 수밖에 없는 상태가 되겠지만, 진술자는 그 상태를 예견하며 신앙심을 표현하기보다 반항적인 어조로 "우리는 얼마나 〔……〕 지겨워하고 있는지"로 말한다. "진짜 별"은 인간의 눈이고, 그만큼 하늘이 중요한 것이 아니라 인간이 중요하다는 인식을 엿볼 수 있다. 그러나 이러한 단정적 표현을 하고 나자 슬며시 불안감이 생긴다. 그래서 "머리 주위에 한 바퀴 회전"을 물어본다. 머리와 눈이 분리되어 있는 느낌, 즉 분열의 의식과 동시에 세계와의 조화로움을 상실한 소외의식의 표현이 등장한다. "곡마장 안으로 들어가지 않고 있었다"는 그러한 이탈과 소외감의 연속일 것이며, 그처럼 유배된 자의 의식에는 우주적인 조화로움과 통일성이 와해되어 "태양이 만년설을 녹이는" 상태가 도래되는 것이 아닐까? 2)에서는 '비'와 '나' 사이의 이상한 일체감으로, 해가 떠 있을 때

23) A. Breton & P. Soupault, 앞의 책, p.32.
24) A. Breton, *Manifestes du surréalisme*, 앞의 책, p.85.

도 비가 오는 기묘한 풍경을 보게 된다. 이러한 낯선 이미지들은 놀랍고 엉뚱한 세계를 보여주는 방법에 의존해, 혹은 그러한 방법을 애호함으로써, 초현실주의는 이미지에 관한 한 이렇게 정의될 정도에 이른다.

초현실주의라고 불리는 악은 깜짝 놀랄 만한 이미지의 무절제하고 정열적인 사용이거나, 이미지 자체를 위해서 혹은 예측할 수 없는 혼란과 변형의 표상 세계 안에서 그 이미지가 초래하는 대상을 위해 이미지의 무한정한 도발을 정열적으로 구사하는 일이다.[25]

"깜짝 놀랄 만한 이미지stupéfiant image"의 사용으로 초현실주의의 이미지를 특징적으로 설명하려 한 이 글에서 이미지란 말은 사실상 모호하다. 심리학이나 미학의 범주에서도 함께 사용되는 이 말은 지각이나 인식과 관련된 심리적 내용을 가리키는 것일 수 있기 때문이다. 심리적 표상이기도 하고 언어적 표현이기도 한 이러한 이미지는 환각적인 형태를 가리키기도 하고 현실에서 관계없는 요소들이 언어의 결합을 통해서 제시되는 것일 수도 있다. 그러나 초현실주의에서 말의 이미지라고 했을 때는 이미지에 관한 여러 의미가 엄격히 구별되지 않고, 환각적 이미지와 시적 표현으로 이루어지는 이미지가 포괄적으로 사용되는 것임을 알게 된다. 초현실주의자들에게 그러한 이미지의 시학을 형성하는 데 있어서 영향을 준 시인들은 로트레아몽, 랭보, 아폴리네르, 르베르디 등이다. 특히 르베르디는 초현실주의 시인들에게 이미지 이론을 구축하는 데 크게 기여한 바 있다. 그렇다면 초현실주의적 이미

---

25) Aragon, *Le Paysan de Paris*, 1926(réed. Gallimard, coll. Le livre de poche, 1966), p.83.

지의 논의에서 자주 언급되는 르베르디의 입장은 무엇일까?

「초현실주의 선언문」에서 르베르디의 이미지론은 두 번 나타나고 있는데, 그 논의의 문맥은 자동기술과 초현실주의를 정의 내리고 있는 부분을 전후해서이다. 그만큼 르베르디의 이미지론은 초현실주의의 논의와 밀접한 관련성을 보여주고 있는 셈인데, 브르통이 르베르디의 이미지에 대한 정의에 어떤 태도를 보이는가의 문제를 떠나서, 그만큼 그것의 영향과 중요성은 주목을 요한다. 르베르디가 인용되는 첫번째 내용은 널리 알려진 대로 다음과 같다.

> 이미지는 정신의 순수한 창조물이다. 그것은 다소 멀리 떨어져 있는 두 현실의 비교에서 생겨나는 것이 아니라, 그 현실의 접근에서 생겨난다.
> 두 개의 연결된 현실체의 관계가 보다 거리가 멀고 적절한 것이 될수록 이미지는 보다 더 강렬해지고 보다 더 감동의 힘과 시적 현실성을 갖게 될 것이다.[26]

이 정의에 대해 브르통이 취한 입장을 논의하기에 앞서서 르베르디의 정의를 자세히 파악해볼 필요가 있다. 르베르디가 이미지는 정신의 창조물이라고 말했을 때, 그 이미지는 수사학적 비유(문학적 기법으로서의 직유와 같은 것)나 시적 언어의 이론과 관련되는 기법처럼 한정된 것은 아니었다. 그 이미지는 "귀납적인 것이 아니라 선험적인a priori 것"[27]으로서, 어떤 기법이나 의식적인 탐구 과정에 의해서 만들어진 결과가 아닌, 언어 속에서 머릿속에서, 예측할 수 없이 불쑥 솟구쳐 오른

---

26) A. Breton, *Manifestes du surréalisme*, 앞의 책, p.31.
27) P. Caminade, *Image et métaphore*, Bordas, 1970, p.13.

형태와 같다는 것이다. 그러나 브르통은 르베르디의 미학을 '귀납적'이라 단정 지으며, 결과를 원인으로 생각한 논리임을 말한다. 또한 르베르디에게서 이미지가 왜 정신에 의해 만들어지는가 하는 점을 문제 삼는다. 비판적인 측면에서 보자면, 이미지는 정신의 능동적 활동에서 생겨나는 것이 아니라, 시적인 수용 상태에 있는 인간에게 계시처럼 떠오를 수 있는 것이다. 나중에 브르통이 반박한 견해가 바로 이런 점인데, 이것은 정신이 두 현실의 관계를 접근하고 포착한다고 보는 르베르디의 입장과 상충되는 것이라 볼 수 있다. 르베르디는 그만큼 이미지 형성에 있어서 정신의 능동적 역할을 강조하지만, 여기서 사실상 '정신'을 이성적 사유에 가까운 것이라고 단정 짓기도 어렵다. 그것은 때로는 '몽상rêve'과 같은 의미로 쓰어지기도 하기 때문이다.[28] 그러나 이러한 측면을 이해하지 않고, '정신'을 '몽상'과 대립적인 것으로 파악한 것은 결국 브르통이 르베르디를, 적어도 이미지론에 관한 한 넉넉하게 수용하려는 의도가 없었을 뿐 아니라, 이미지와 비이성적 상상력의 밀접한 관련성을 그만큼 강조하여 말하고 싶었던 것임을 알 수 있다.

르베르디는 여하간 이미지 형성에 있어서 정신의 능동적 역할을 강조한다. 그리하여 "다소 멀리 떨어져 있는 두 현실의 접근"에서 이미지가 발생한다고 본 것이다. 왜 '비교'가 아니라 '접근'이라고 했을까? 가령, 보들레르의 「상응Correspondances」에서처럼 "어린아이의 살처럼 싱싱하고, 오보에처럼 부드럽고, 목장처럼 푸른 냄새"라는 비교의 표현은 이미지가 아니라는 것일까? 그렇지는 않다. 르베르디는 '~처럼'

---

28) P. Reverdy, "La pensée c'est l'esprit qui pénétre, le rêve l'esprit qui se laisse pénétrer": *Nord-sud, Self defence et autres ecirts sur l'art et la poésie[1917-1926]*, Flammarion, 1975, p.106 참조.

과 같은 비교의 의미를 그의 주장에서 완전히 배제한 것은 아니기 때문이다.[29] 그러나 이 문맥에서 이해될 수 있는 '두 현실의 접근'이란 comme보다 전치사 à나 de, 혹은 être나 avoir 동사와 함께 결합된 표현들로 보는 것이 옳다. "고양이 암놈 머리 모양의 이슬방울la rosée à tête de chatte"이라거나, "고사리의 머리카락cheveux de fougère"이 그러한 예들이다. 이것들은 대립된 두 현실의 정체성을 그대로 간직하면서 결합된 예이다. 문제는 그다음의 "두 개의 연결된 현실체의 관계가 보다 거리가 멀고 적절한 것이 될수록[……]"이다. 끊임없는 논란을 불러일으킬 수 있는 요소는 결국 '멀고 적절한' 것의 기준이 무엇인가 하는 점이다. 르베르디는 이것에 대해 정확한 규명을 내리지는 않았지만, "장미의 손가락이 있는 새벽l'aurore aux doigts de rose"과 같은 표현이 예가 될 수 있을 것이다. 여기서 '새벽' '장미' '손가락'은 멀리 떨어진 현실체에 해당되는 요소들로 간주되기 때문이다. 그러나 그 현실체들이 멀리 떨어진 것이라고 보는 견해는 어느 정도 의도성이 담긴 주관적인 것이 아닐까? 현실의 요소들이 별개의 것이라거나, 거리가 있다고 말할 수 있는 근거가 객관적으로 확인된다 하더라도, 그 거리의 멀고 가까움이나 정확한 관계를 측정하는 기준은 다분히 주관적일 수 있는 것이다.

브르통은 「초현실주의 선언문」에서 르베르디의 이미지 정의가 대단히 계시적de très forts révélateurs이었음을 밝히는 한편, 그러나 그의 미학이 귀납적이고 결과를 원인으로 생각한 점 때문에 그것에 동조할 수 없음을 말한다. 그는 르베르디식으로 이미지를 생각하면, 우연적으

---

29) Reverdy, *Self Defence*, 1919; P. Caminade, 앞의 책, p.15에서 재인용.

로 떠오른 이미지들을 기존의 어떤 문학적 기준에 따라 분류하게 되지 않을까 하는 우려를 표현한다. 분류한다는 것은 그만큼 가치 판단이 전제된다는 것을 뜻하기 때문이다. 그는 또한 멀리 떨어진 두 현실체를 연결시키는 데 관여하는 의지의 역할을 문제시하기도 한다. 자동기술을 발견한 브르통으로서는 이미지 형성에 있어서 의지의 역할을 거부할 뿐 아니라, 그 이미지를 이루는 두 현실의 관계를 포착하는 정신의 역할에 대해 동의할 수 없었을 것이다. 그런 점 때문에 그는 르베르디에게서 중요한 '적절함'이란 개념 대신에 '임의성이나 자유로움'을 더 강조한다.

「초현실주의 선언문」에서 두번째로 르베르디가 언급·논의되는 대목은 그 선언문의 결론을 말하는 네 개의 주장 가운데 첫번째 주장에서이고, 그것의 요지는 결국 초현실주의적 이미지가 무엇이고 초현실주의적 이미지를 어떻게 만드는가의 문제이다. 브르통은 초현실주의가 "몇몇 사람의 소유물이 될 수 없는 새로운 악으로 나타나고 있음"을 말하고, 초현실주의적 이미지는 "자연발생적으로 또는 강제적으로 떠오르는 아편의 이미지와도 같은 것"[30]임을 강조한다.

> 이미 인용한 르베르디의 정의에 만족한다면, 그가 이른바 "거리가 먼 두 개의 현실체"라고 명명한 것을 자발적으로 접근시킬 수 있으리라고는 느껴지지 않는다. 그 접근이 이루어지는가, 혹은 이루어지지 않는가 하는 것만이 문제일 뿐이다. 나로서는 다음과 같은 이미지들, 즉
> 냇물 속에 흐르는 노래가 있다

---

30) A. Breton, *Manifestes du surréalisme*, 앞의 책, p.45.

혹은

햇빛은 하얀 식탁보처럼 펼쳐졌다

혹은

세계가 가방 속으로 다시 들어간다

와 같은 이미지들이 르베르디에 있어서 조금이라도 숙고된 것이라고 생각한다면, 이것을 단호히 부정하고자 한다. 내 생각으로 "정신이 현존하는 두 현실체의 관계를 포착했다"는 주장은 거짓이다. 정신은 처음부터 그 아무것도 의식적으로 포착하지 못했다. 우리가 지극히 민감히 느끼는 한줄기의 특수한 빛, 이미지의 빛이 솟구쳐 오르는 것은 말하자면 두 단어의 우연적 접근을 통해서이다. 이미지의 가치는 이렇게 해서 얻어진 불꽃의 아름다움에 의하여 좌우되는 것이며, 그것은 두 개의 전도체 사이에서 발생되는 전위차(電位差)에 따라 결정된다. 그 차이가 비교에서처럼 거의 존재하지 않게 될 때, 불꽃은 일어나지 않는다.[31]

브르통이 이렇게 표현하는 이미지의 기능은 그것의 충격적 효과를 통해 불러일으킬 수 있는 혼란의 힘과 감동의 폭을 크게 부각하는 데 있다. 그것들은 이미지가 즉각적으로 발휘하는 계시적 성격과 결부되는 것이어서 그러한 이미지의 특징을 효과적으로 설명하기 위해 브르통은 방전la décharge électrinique과 같은 어휘로 갑작스럽게 전류나 전광이 들어오는 현상에 비유한 것이다. 여기서 이미지란 결코 직유나 은유·환유와 같은 수사학적 차원에서의 수식이 아님은 물론이다. 사실상 시적인 의미에서 이미지의 효과 문제는 적어도 「초현실주의 선언

---

31) 위의 책, p.45.

문」을 쓴 당시의 브르통의 관심사는 아니었다. 브르통은 르베르디의 이미지에 관한 정신의 의지적 측면을 비판함으로써 시적 상상력에 있어서 의지적인 개입의 요소를 단호히 인정히지 않으려 했다. 이미지를 창조하는 데 있어서거나 시적 상상력의 차원에서 능동적이고 의지적인 측면의 배제는 「초현실주의 선언문」에서 눈에 띄게 강조하는 요소이지만, 그러한 주장이 완전한 것은 아니다. 가령 브르통이 로트레아몽의 시에서 예를 든 것 중, "성장의 성향이 분자의 양에 비례하지 않는 성인들에게서 심장의 발육 정지 법칙처럼 아름다운"[32]이라는 표현을 생각해볼 경우, 그렇게 표현하려는 의식적 노력 없이 그러한 표현이 가능했으리라고는 믿기 어렵다. 또한 브르통의 유명한 시, 「자유로운 결합 l'union libre」에서 '나의 아내'의 계속되는 반복적 표현과 육체의 부분들에 대한 꼼꼼하고 다채로운 변화의 이미지들이 어떤 시적인 의도로 만들어진 것이라 하더라도, 인위적인 이미지이기 때문에 그것의 한계와 결함을 말할 수는 없을 것이다. 그 이미지가 의식적으로 만든 것이냐 아니냐의 문제보다 그것이 어떤 효과와 의미에서 힘이 있고 강렬한 이미지인가를 설명하는 일이 더 중요할 것인데, 브르통은 임의성l'arbitraire의 정도가 높은 이미지가 강렬하다는 것을 강조하고 싶어 한다. 그 임의성이 높을 때, 모순적인 관계의 요소들이 거침없이 결합되고, 의식적인 효과나 결과에 대한 기대와 예측을 완전히 벗어나며, 추상적인 것과 구체적인 것의 결합, 혹은 터무니없는 역설, 환각적 연상 등 모든 것이 더 용이할 수 있으리라고 생각한 것이다.

　브르통은 「초현실주의 선언문」에서 상이한 두 현실체를 자유롭게 결

---

32) 위의 책, p.47.

합하여 이루어진 특징적인 이미지들을 열거하는데, 여기서 그러한 이미지들 중 특히 주목되는 특징을 두 가지로 정의해보자. 첫째는 두 개의 현실체의 연결 방법이 반드시 de, à, comme, être와 같은 전치사 혹은 속사의 요소들을 포함하지는 않는다는 것이다. 가령 비트락의 시에서 "불이 붙은 숲에는/사자들이 생기 있었다"[33]와 같은 구절을 예로 들어보면, 두 가지 모순된 요소들이 어떤 전치사의 연결 없이도 잘 결합되어 있음을 알 수 있다. 여기서 '불'과 '생기' 사이에는 유추적인 연결이 가능하더라도 의미상의 대립이 있고, 문맥의 현실적인 논리로 보아도 쉽게 결합될 수 없는 것이다. 또한 대립되거나 모순된 요소들이 그 어떤 문법적 수단에 의존하지 않고도 결합되는 경우와 달리, 장소를 뜻하는 보어의 도움으로, 그러나 현실적인 장소가 아닌 기표적인 언어 공간을 통해서 두 현실체가 연결되는 경우가 있다. 그것이 바로 "로즈 셀라비Rrose Sélavy[34]의 잠에는 밤이 되면 빵을 먹으러 오는 우물가에서 나온 난쟁이가 있다"[35]와 같은 예일 것이다. 이처럼 두 개의 현실체는 미리 존재하는 것이 아니라 그 연결의 갑작스럽고 자연 발생적인 행위를 통해서 이루어진다. 두번째로 de로 연결되는 이미지의 인습적인 골격, 즉 두 개의 항목이나 관계가 그대로 유지되더라도 그 연결 관계의 존재가 그대로 관계의 안정성과 관계 형성을 보장해주지는 않는다는 점이다. 가령 "샴페인의 루비le rubis du champagne"[36]라는 표현은 양자 사이의 관계가 색깔이나 광채로 연결되어 쉽게 이해할 수 있는

---

33) 위의 책.
34) 발음대로 읽으면 '장밋빛 인생'이란 뜻으로 해석될 수 있는 이 말은 마르셀 뒤샹이 말장난으로 만든 그의 가명이다.
35) 위의 책, p. 47.
36) 위의 책, p. 47.

것이라 하더라도, 앞에서 예를 들었던 "성장의 성향이 분자의 양에 비례하지 않는 성인들에게서 심장의 발육 정치 법칙처럼 아름다운"이라는 로트레아몽의 상상을 초월한 표현처럼 그것의 구체적 표상을 떠올리기는 불가능한 것도 있다. 이 경우에 마무리 '처럼'이라는 연결사가 있더라도 이 표현은 비유하는 것과의 연결 관계를 뚜렷이 하기보다 오히려 더 모호하게 만드는 효과를 갖는다.

두 개의 현실체가 결합되는 시적 방식은 다양한 것일 수 있다. 어떤 것은 언어의 의미론적이거나 음성학적인 연결 관계로 나타날 수도 있고, 어떤 것은 사물의 유사성에 착안하여 그것을 토대로 혹은 그것을 왜곡시켜 만들어지는 것일 수도 있다. 「초현실주의 선언문」에서는 이러한 내용이 상세히 검토되어 있지는 않지만, 결국 이러한 이미지는 어떤 대상을 표현하는 것이 아니라, 그것 자체가 대상이 되는 이미지, 즉 상상적인 것이 현실화되는 창조적 이미지가 초현실주의적 이미지의 한 특징임을 알 수 있다.

5. 자동기술의 실험과 새로운 세계인식

「초현실주의 선언문」이 발표되기 몇 달 앞서서 쓴 「현실의 왜소성에 대한 서설Introduction au discours sur le peu de réalité」에서, 브르통은 이 세계의 범용성이나 협소함은 세계에 대해 우리들이 갖고 있는 언술의 힘le pouvoir d'énonciation이 그만큼 빈약하기 때문이며,[37] 시

---

37) A. Breton, *Point du jour*, 앞의 책, p.22.

적 이미지의 현실성은 일상적 세계의 현실성보다 열등한 것이 아니라는 것을 말한다. 여기서 언급되는 진술의 힘이나 시적 이미지의 현실성은 거의 등가적인 것으로 보인다. 그러므로 시적 이미지의 현실성이 강하면 강할수록 진술의 힘은 커지고, 그것은 관습적 현실의 틀을 넘어서는 한편, 그만큼 세계를 풍요롭고 확대시켜 인식하고 받아들이는 방법이 될 것이다. 언어를 통해 그러한 이미지를 만들어낼 때, 언어는 이성적 혹은 실증주의적 해석에 의해 부정되었던 욕망의 힘을 해방시킬 수 있고, 또한 직접적인 현실의 필요성이나 여러 속박의 틀로부터 정신을 해방시킬 수 있다. 초현실주의적 이미지는 일상적 세계의 한계를 파열하고, 그 영역을 확대함으로써, 이성적으로 인식되는 세계의 한계를 넘어서서 그야말로 새로운 세계를 창조하는 방법이 된다. 이러한 방법과 관련된 해방의 힘은 인간을 현실의 예속된 상태에서 분산되거나 분리된 개인이 아닌, 완전한 인간을 회복하고 지향하는 것이며, 또한 이 세계의 전체적인 변혁의 필요성을 강조하는 것이 되기도 한다. 그런 점에서, 초현실주의적 이미지는 현실세계의 논리를 거부하고 초현실적 세계를 구성함으로써 새로운 세계 인식을 표현하는 방법이 될 수 있다.

브르통이 시도한 자동기술의 실험이 시적 창조의 관심에서 만들어진 것이 아니었고, 또한 그 결과가 브르통의 관점에서 만족스럽게 실현되지 못했다 하더라도, 자동기술이 무엇보다 풍부한 이미지를 만들어낼 수 있었다는 것은 부인할 수 없다. 초현실주의적 이미지는 결국 무정부주의적 시의 자유로움을 통해 모든 대립이 소멸되어 현실적인 것과 상상적인 것이 모순되게 인지되지 않는 세계를 창조하려는 점에서 그 의미를 찾을 수 있다. 물론 그 이미지는 글쓰기 이전에 시인이 갖고 있었던 의지를 떠나 글쓰기의 행위 속에서 태어나는 것이며, 그 이미지를 받아들이고 꿈꾸는 독자의 주관적인 독서행위 속에서 생동하고 변형되기도 한다. 다시 말해서 초현실적 이미지는 물질을 역동화시키고, 사고를 물질화시키면서 사고와 물질의 경계를 지우고 인간과 세계를 자유롭게 소통시키는 상상력의 출발점이다. 초현실주의적 이미지의 폭발적 힘은 새로운 세계를 창출하는 시적 가치에 다름 아니다.

비치는 면이 없는 거울

어느 날, 우리는 두 개의 커다란 날개로 하늘이 어두워지는 풍경을 볼 것이고 도처에서 풍기는 사향 냄새로 숨 막히는 상태가 될 것이다. 종소리와 우리를 두렵게 만드는 것이 얼마나 지겹게 생각되는지! 우리들 눈 속의 진짜 별들, 당신의 머리를 맴도는 혁명의 시간은 언제인가? 당신은 더 이상 번잡한 소란 속으로 미끄러져 들어가지 못한다. 그리하여 태양은 하염없이 내리는 눈을 경멸하듯이 구겨버린다!

두세 사람의 손님들이 목도리를 풀고 있다. 번쩍거리는 리쾨르 술이 그들의 목에 전혀 아름다운 밤을 만들어주지 못할 때, 그들은 가스버너에 불을 붙일 것이다. 우리에게 만장일치의 합의를 말하지 마세요. 더 이상 보토의 물의 논리에 어울리는 시간이 아니어서 우리는 계산이 정확한 우리의 톱니바퀴를 감추었다. 유리창이 백악(석회질 암석) 쪽으로 일찍 지나간 하늘의 상점에서 다시 문을 여는 일이 없어도 우리는 크게 아쉬워하지 않는다.

『자장』(1920)

둑 위에 오리 한 마리가 있었다

둑 위에 오리 한 마리가 있었다. 그 오리는 햇빛을 받고 밝게 빛나는 날이 얼마 남지 않았다. 오리는 둑 위에 놓여 있는 베네치아 거울을 이상하다는 듯이 들여다보았다. 바로 그곳에서 어떤 남자의 손이 나타났다. 그것은 당신이 언젠가 말소리를 들어본 적이 있는 들판의 꽃이었다. 오리는 농담하듯이 별 세 개짜리의 이름으로 대답하고 머리를 어느 쪽으로 돌릴지 몰라 하고 있었다. 실크해트가 일곱 갠가 여덟 개의 반사광이 달린 프리즘이듯이 오리의 머리는 7면이나 8면으로 된 프리즘이라는 것을 누구나 알고 있다. 실크해트는 바위 위에서 노래하는 거대한 홍합 모양으로 둑 위에서 흔들거렸다. 그날 아침 바닷물이 거센 흐름으로 빠져나간 다음부터 둑의 존재이유는 사라져버렸다. 게다가 학교에 다니는 아이만 한 크기의 커다란 아치형 램프가 둑 전체를 밝게 비추었다. 오리는 자기가 지나가는 행인을 감동시키지 못하면 어쩔 줄 몰라 했다. 어린아이는 실크해트를 보았고 배가 고파 모자의 내용물을 비워버릴 생각을 했다. 그것은 나비 모양의 주둥이를 한 예쁜 해파리였다. 나비들은 빛과 동화될 수 있을까? 물론이다. 그렇기 때문에 둑 위에서 장례는 중단되었다. 신부는 홍합 속에서 노래하였고 홍합은 바위 속에서 노래했다. 바위는 바닷속에서 노래했다. 바다는 바닷속에서 노래했다. 그리하여 오리는 둑 위에 그대로 남아 있었고 오리는 그날 이후로 학교에 다니는 아이에게 두려운 존재가 되었다.

「용해되는 물고기」(1924)

제3장
브르통과 다다

1. 다다의 중요성

외국문학에 대한 깊은 지식을 갖고 있지 않더라도, 문학적 상식을 어느 정도 갖고 있는 사람이라면 초현실주의의 원동력이 된 다다Dada가 예술을 거부하는 전위적인 문화운동이며, 다다적인 시란 신문지를 가위질하여 토막 난 조각을 제멋대로 연결 지어서 만든 형태라고 정의 내린 트리스탕 차라(Tristan Tzara, 1896~1963)의 반문학적인 선언을 기억할 것이다. 비인간적인 전쟁과 그 전쟁을 정당화시킨 서양의 모든 철학에 대한 절대적인 반항과 혐오감의 소산이라고 간단히 말할 수도 있는 다다운동은 문학사의 연대기적인 측면에서 보자면, 1916년 2월 8일 취리히의 '카바레 볼테르Cabaret Voltaire'에 모인 젊은이들에 의해서 시작하였다. 그리고 이 운동의 핵심인물 중 하나인 차라가 파리에 와서 다다운동을 발전시켜 결국 다다는 1922년 봄, 파리에서 앙드레 브르통을 비롯한 초현실주의자들의 새로운 출발을 위한 해체작업의 과정을 거쳐 몰락할 때까지 여섯 해 동안 지속해오면서 그 나름대로 중요한 의미를 보여준 허무주의적이며 파괴적인 운동이었다.[1] 그러나 차라의 다다운동은 문학적 혹은 예술적 방면에서 끊임없이 많은 관심의 초점이 되어온 초현실주의운동에 비해 정당한 평가를 별로 받지 못했을 뿐 아니라 지나칠 정도로 무시당했다는 인상을 준다. 초현실주의가 기존의 모든 문화적 사회적 가치체계를 파괴하면서 동시에 창조적인 작업을 모색한 반면, 다다주의는 한결같이 의미를 거부하는 부정적 작업으로 일관해왔기 때문일까? 아니면 초현실주의가 문학사에서 풍부한 초현실주의 문학을 낳은 것에 비해, 다다는 파괴적인 특징을 보여주었을 뿐 가치 있는 문학적 유산을 남기지 못했기 때문일까? 오늘날 다다의 뿌리와 나뭇가지는 초현실주의라는 거대한 나무의 그늘 속에 가리어 의미 있는 흔적도 없이 시들어버린 것처럼 보인다. 초현실주의의 중요한 문제들이 이미 다다주의에서 부분적으로나마 거론된 것이며 다다의 거센 물결이 그 당시의 젊은이들에게 폭발적인 힘을 행사했다는 것을 강조하고 아무리 다다의 중요성을 부각시키려 하더라도, 그 울림이 공명의 폭을 넓히지 못한 것은 사실이다. 모리스 나도Maurice Nadeau의 『초현실주의의 역사L'Histoire du Surréalisme』라는 200여 쪽의 책에서 다다에 할애된 장은 겨우 9쪽에 불과하며,[2] 초현실주의를 본격적인

---

1) 프랑스인들은 다다가 새로운 문학의 출발로서 초현실주의의 등장을 예고한 것으로 이해하지만, 독일인들은 일반적으로 다다를 독립적인 문화운동으로 보지 않고 표현주의의 한 양상으로 받아들이는 것처럼 보인다. 사실상, 스위스의 취리히에서의 다다활동은 표현주의와 구별되는 의지를 강하게 보였음에도 불구하고, 그 당시의 모든 아방가르드 운동 중에서 특히 표현주의와의 연계성을 두드러지게 보여주었다.

대상으로 삼아 씌어진 몇 가지 기본적인 이론서, 예컨대 알키에F. Alquié의 『초현실주의의 철학Philosophie du Surréalisme』이나, 카루주M. Carrouges의 『앙드레 브르통과 초현실주의의 기본적인 명제들 André Breton et les Données fondamentales du Surréalisme』과 같은 책에서 초현실주의와 다다와의 관련을 고려한 흔적은 거의 보이지 않는다. 초현실주의의 성립 과정에서 다다의 경험이 쓸모없지 않았으며 다다의 존재가치가 미미한 것이 아니었음에도 불구하고, 초현실주의를 연구하는 데 있어서 다다를 제외시켜버리는 이러한 현상은 거의 일반화되고 있다. 초현실주의의 한 연구자인 아바스타도C. Abastado는 그의 『초현실주의 개론Introduction au Surréalisme』에서 초현실주의의 전신이 다다이며 다다가 발전하여 초현실주의로 되었다는 식으로 이 두 가지 전위적 운동을 지극히 '선조적linéaire'인 전개의 방향에서 이해하는 태도가 잘못된 것임을 지적하면서, 차라가 파리에 도착했을 때는 이미 브르통, 아라공, 수포 등 반항적 젊은이들에 의해 『문학 Littérature』이라는 동인지 그룹이 형성되어 있었고, 차라의 다다가 아니더라도 그것과 유사한 여러 가지 형태의 문학운동이 프랑스의 젊은이들 사이에 유행처럼 확산되어 있었다는 사실을 지적한다.[3] 실제로 프랑스뿐 아니라 스위스, 독일, 미국 등의 여러 지역에서 1920년을 전후하여 비인간적인 전쟁의 광기를 체험한 젊은이들의 반항적 물결은

---

2) 모리스 나도는, 다다가 출현하지 않았더라도 초현실주의운동은 존재할 수 있었겠지만, 그 양상은 아주 달라질 수 있었을 것이라고 진단하면서, 초현실주의의 역사적 전개과정에서 다다의 영향이 중요하다는 점을 강조하고 있기는 하다. M. Nadeau, Histoire du Surréalisme, édition du Seuil, 1947, p.27 참조.

3) Abastado, Introduction au Surréalisme, Bordas, 1971, p.26 참조: 대표적인 아방가르드 잡지로는 피에르 알베르 비로Pirre-Albert Birot의 『시크Sic』(1916)와 피에르 르베르디Pirre Reverdy의 『남북Nord-Sud』(1917)을 들 수 있다.

정확히 분석하기 어려울 만큼 다양한 것이어서, 다다가 출현하지 않았더라도 초현실주의가 등장할 수밖에 없었으리라는 논리는 초현실주의를 중심으로 한 주장이 아니더라도 당연한 관점으로 보인다. 그러나 이러한 가정은 다다의 의미를 지나치게 폄하하는 태도의 반영일 것이다. 중요한 것은 다다와 초현실주의를 비교하면서 한편의 중요성을 강조하기 위해 다른 한편의 중요성을 부정해버리려는 편협한 태도를 버리고 두 개의 대상 사이의 상호관련성을 이해하는 일이다. 「브르통과 다다」라는 이 글의 제목이 「초현실주의와 다다」도 아니며 「차라와 다다」도 아닌 이유는 무엇보다도 초현실주의의 이론을 확립한 브르통의 정신적 문학적 변모과정에서 다다가 어떤 위치를 차지하며, 그가 무슨 이유 때문에 다다를 버리고 떠날 수밖에 없었는지를, 또한 다다의 기본적 입장은 무엇인지의 문제들을 이 운동에 대한 역사적인 관심과 함께 검토해보기 위해서이다.

2. 자크 바셰와 파리에서의 『문학』

'삶을 변화시킨다'는 랭보의 의지가 일종의 열광을 불러일으키기 위해서는, 그리고 도덕이나 문학 혹은 당연하다고 여겨지던 사실들이나 일상사의 습관적 흐름 등에 도전하는 반항만이 젊은이들에게 있어서 유일하게 받아들여질 수 있는 태도라고 여겨지기 위해서는 대전이라는 엄청난 사건이 필요했을 것이다. 다다의 운동을 난폭하고 익살맞은 방식으로 일어난 파리풍의 어떤 스캔들에 지나지 않는다고 여긴다면, 1920년대의 정신적 위기, 무정부적인 개인주의의 경향 그리고 그 숱한 전통적

규범과 지난 시대의 믿음들을 뒤집어 엎어놓은 거부 태도를 전혀 이해하지 못하게 되고 만다.[4]

보들레르에서 초현실주의에 이르는 현대시의 줄기를 정신의 모험이라는 맥락에서 파악한 마르셀 레몽은 여기서 1920년을 전후하여 전개된 젊은이들의 반항이 전쟁과 어떤 관련을 맺고 있는 것이며, 그것의 사회적 의미가 무엇인지를 잘 설명해주고 있다. 서구문명의 몰락과 위기가 비인간적인 전쟁이라는 형태로 귀결되었다면, 그 전쟁을 체험한 젊은 시인들의 사회에 대한 분노와 저주가 바로 이성과 도덕과 합리주의적 정신에 토대를 두면서 발전해온 서양문명의 한계를 근본적인 시각으로 돌이켜보게 만든 계기가 된 것이 사실이다. 물론, 서양의 많은 지성들이 20세기 초에 이미 서양문명의 위기를 진단해왔고, 19세기의 보들레르를 비롯한 '저주받은 시인들'이 고통스러운 삶과 절망적인 언어로 부르주아 사회의 허위를 꿰뚫어 보긴 하였지만, 그들은 다다나 초현실주의 시인들처럼 위기의 사회에 대한 집단적인 반항으로 격렬한 사회참여의 운동을 통해 영향력을 행사하지는 못하였다. 초현실주의자들은 랭보와 로트레아몽의 시에 공감하고, 그러한 선배 시인들의 삶과 문학에서 삶의 교훈적인 지침을 발견하고, 인간을 물질적 정신적으로 황폐하게 만든 사회의 모든 인습적 사고의 형태를 파괴하는 데 정열을 바치게 된다. 전쟁이 편협하고 공격적이며 지배적인 사회의 한 양상을 반영해주는 것이라면, 전쟁을 체험한 젊은 세대들은 그 시대의 폭력과 부조리에 대항하여 합리주의의 얼굴을 한 허위의 논리를 파괴하는 언

---

4) 마르셀 레몽, 『프랑스 현대시사―보들레르에서 초현실주의까지 De Baudelairre au Surréalisme』, 김화영 옮김, 문학과지성사, 1983, p.343.

어와 폭력적인 이미지를 구사하면서 그 시대의 얼굴에 침을 뱉는다. 질서를 표방하면서 이성을 중시한다는 사회의 얼굴이 자기 만족적이며 위선적인 허위로 가득 차 있다는 사실을 알게 된 젊은이들은, 그 사회를 향해 그리고 그 사회의 전형인 '개 같은 인생la vie des chiens'을 향해 차가운 조소와 냉소적인 유머를 던지게 된다. 브르통이 전쟁 때 만난 자크 바셰Jacques Vaché는 바로 그러한 '블랙 유머l'humour noir'의 본질적인 의미를 날카롭게 일깨워준 사람인 동시에 브르통으로 하여금 다다적인 반항에 몰두하게 만든 분명한 근거를 마련해준 인물이다. 편지에 쓴 글을 제외하고는 시를 한 줄도 쓴 적이 없으며,[5] 그의 일화가 단편적으로 전해지기만 했던 바셰의 모습이 브르통의 다다와 초현실주의의 성립 과정을 살필 때 빠뜨릴 수 없는 이름으로 나타나고 있는 이유는 무엇일까?

브르통이 바셰를 처음으로 만나게 된 것은 1916년 초, 프랑스의 서쪽에 위치해 있는 항구도시 낭트의 한 병원에서였다. 브르통은 전쟁이 터졌을 때, 의과대학 학생이라는 신분 때문에 그 병원의 임시 군의관으로 배속되었고, 바셰는 다리에 입은 부상 때문에 환자로 입원해 있었다. 미술대학을 다닌 적이 있는 갈색 머리의 이 젊은이는 기성의 가치관과 세상의 모든 허위적인 것을 야유하고 냉소적인 태도를 보이면서 문학과 예술에 대한 경멸적인 언사를 서슴지 않았다. 이러한 그의 댄디적인 반항의 모습은 브르통의 정신에 충격과 감동을 주기에 충분한 것

---

5) 바셰가 자살한 후, 브르통은 친구의 편지들을 『전시의 편지들Lettres de Guerre』이라는 제목으로 묶어 발표한다. 이 편지에서 엿보이는 문학적 가치가 브르통이 바셰를 신화적인 인물처럼 부각시킬 만큼 과연 전율적인 힘과 감동을 주는 것인지에 대해서는 논란의 여지가 많겠지만, 바셰의 중요성은 편지에 담긴 문학성 여부에 좌우되어 평가될 수는 없을 것이다. 중요한 것은 그의 삶의 태도와 언행이 브르통을 변모시켰다는 점에 있다.

이었다.

　〔……〕 나에게 가장 큰 영향을 미친 사람은 자크 바셰이다. 내가
1916년 낭트에서 그와 함께 보낸 시간은 거의 황홀한 느낌으로 떠오른
다. 나는 그의 모습을 결코 잊지 못할 것이다. 내가 여러 사람들과 만나
면서 어떤 관계를 맺더라도 그와의 사귐처럼 마음 놓고 빠져들지는 못할
것이다.[6]

　말라르메나 랭보의 영향권에서 아직 벗어나지 못하고, 감수성이 예
민한 문학청년이었던 브르통의 입장에서 바셰의 괴팍한 여러 가지 행
동은 무엇보다 매력적으로 보였을지 모른다. 그는 여러 가지 점에서 브
르통과 달랐다. 사람을 만나도 손을 내밀고 인사하는 법이 없었고, 관
심이 없는 사람의 편지에는 답장을 하지도 않았다. 전날에 만났던 친구
들에게 인사하기는커녕 아는 시늉도 하지 않았다. 19세기 낭만주의 시
인들이 그랬던 것처럼 브르통과 그의 친구들이 여성을 통한 구원을 모
색하고 여성을 이상화시켰다면, 바셰는 하녀 루이즈를 애인으로 두고
그녀와 잠자리를 같이하면서도 손 하나 만지지 않는 이해할 수 없는 태
도를 보이기도 했다는 것이다. 브르통이 삶의 어려운 문제를 해결하기
위해서 문학적인 시의 구원을 생각했다면, 바셰는 문학을 넘어선 시적
인 삶을 살고 초현실주의자들이 강조하는 시적인 정신을 지녔던 것으
로 보인다. 그는 철저히 세계와 거리를 두면서 세계에 대한 부정적인
시간을 견지하였다. 마르그리트 보네가 보들레르의 댄디 개념을 통하

---

6) A. Breton, "La Confession Dédaigneuse," in *Les Pas Perdus*, Gallimard, coll. Idées,
　1974, p.9.

여 적절히 설명한 것이기도 하지만,[7] 바셰는 자기를 돋보이는 독창적인 행동을 통하여 그 시대의 풍속을 따르지 않고 시대에 유행하는 흐름을 역류하려는 의지를 강하게 표현한다. 그러므로 그는 자기의 신분을 감추고 변장의 유희를 즐기기도 한다. 스탕달이 자기의 본래적인 모습을 감추고 끊임없이 새로운 가명을 갖기를 원했던 것처럼, 바셰는 변장을 하고 다니는 것을 좋아했을 뿐만 아니라 자기의 이름을 숨기고, 여러 가지 가명을 만들어 사용하기를 좋아했다. 또한 "그는 끊임없이 군복을 바꿔 입고 다니는데, 때로는 비행사 복장을 하고, 때로는 경기병 복장으로 거리를 산책하기도 한다. 때로는 아군인지 적군인지 구별할 수 없는 모호한 복장을 하고 다니기도 했다."[8] 군병원에서 퇴원한 후, 그는 항구에서 짐 부리는 하역부 일을 하기도 하고, 아편을 피우고 싸구려 술집을 자주 드나들면서 자기의 이름을 제멋대로 틀리게 말한다. 어떤 때는 길에서 브르통을 마주칠 때 알은체도 하지 않았으며, 어떤 때는 브르통을 다른 사람에게 소개하는 자리에서 앙드레 살몽André Salmon[9]이라고 제멋대로 이름을 대기도 한다. 브르통의 첫번째 초현실주의 소설인 『나자』의 서두에 나오는 바셰와 관련된 일화에 의하면,

---

7) 앙드레 브르통의 연구자로 유명한 보네는 보들레르가 분석한 댄디주의dandysme의 개념으로 바셰의 태도를 이해할 수 있다고 말한다. 즉, 보들레르에 의하면 댄디는 남을 놀라게 하면서 자기는 놀라지 않으려는 오만한 만족감의 소유자이며, 또한 모든 쾌락에 무감각할 수 있는 사람이면서 고통을 겪는 사람이기도 하다는 것이다. 세속적인 유행과는 상관없이 남과 다른 옷을 입으려는 댄디의 노력은 의지를 강하게 만들고 영혼을 단련시키는 방법이 된다고 한다. 그것은 누구나 돈을 버는 장사꾼이 되려 하고, 누구나 출세하려는 야심으로 치닫는 속물적인 사회에서 남들과 다르게 행동하려는 반항적 성격을 반영하는 것이기도 하다. 바로 그런 점에서 바셰의 남다른 행동에서 보들레르가 말하는 댄디의 요소를 발견할 수 있다: Marguerite Bonnet, *André Breton*, José Corti, 1975, pp.90~91.
8) Alexandrian, *Breton*, Édition du Seuil, 1971, p.14.
9) 앙드레 살몽(1881~1869)은 20세기 초 프랑스의 대표적인 모더니스트로서 아폴리네르와 함께 『이솝의 잔치Le Festin d'Esope』를 간행한 시인이다.

브르통은 바셰를 파리에서 만나 함께 영화관에 들어가서는, 음식점에 들어간 것처럼 술을 마시고 빵을 요란하게 씹으며 큰 소리로 떠들기도 했다는 것이다. 이러한 파행적인 행동과 모험의 취향에서 사회의 규율을 깨뜨려보려는 특이한 개인주의자의 반항이 엿보인다. 삶에 대한 긍정적인 시각과 인간적 삶의 기쁨을 선사하기는커녕, 젊은이들에게 오직 권태만을 주입시킨 사회에 대해서 그러한 반항은 극도의 절망적인 표현과 같은 것이다. 그는 사회의 속물적 가치관, 세속적인 영광, 애국심, 도덕, 군대, 교회 등, 모든 것에 대하여 가차 없는 경멸을 쏟을 뿐 아니라, 브르통이 가장 확실한 구원의 길로 생각했던 시와 예술에 대해서도 관심을 보이지 않았다. 그가 보기에 예술은 속임수이며 바보 같은 짓이었다.

다다주의자처럼 허무주의적 사고와 행동을 보여주었던 바셰는 1919년 1월 초의 어느 날 갑자기 이 세상을 떠난다. 그의 죽음을 자살이라고 말하는 사람도 있고 지나치게 복용한 아편 때문에 생긴 우연적 사고라고 말하는 사람도 있지만, 세상을 거부하는 그의 절망적 태도와 자기파괴적 몸짓으로 미루어보아 그의 죽음은 어렵지 않게 자살이라고 규정될 수 있을 것이다.[10] 그 자신이 초현실주의자는 아니었지만, 초현실주의의 역사에서 첫번째 자살자로 기록될 수 있는 이 인물을 신비화시켜 그에 대하 신화적인 해석을 내릴 필요는 없다. 그러나 그의 삶과 죽

---

10) 그의 자살을 증언하는 한 자료에 의하면, 바셰가 죽기 몇 주일 전에 다음과 같은 말을 했다고 한다. "나는 죽게 될 때 죽지 않고, 내가 죽고 싶을 때 죽을 것이다. 그러나 나는 혼자서는 죽지 않겠다. 혼자서 죽는다는 것은 너무나 재미없는 일이다. 누군가를 죽음의 길로 끌어들여야겠다. 우선 내가 보기에 죽는 것이 아주 괜찮을 것 같은 내 친한 친구들 중의 하나쯤을"(Bonnet, 앞의 책, p.96에서 재인용). 이 말을 어떻게 믿어야 할지 모르겠지만, 바셰의 시신이 두 사람의 동료들의 시신과 함께 있었던 것은 사실이다.

음에 관련된 많은 신화적인 이야기들의 진상이 무엇이든지 간에, 중요한 것은 그와의 관계를 통하여 브르통이 말라르메를 중심으로 한 상징주의의 영향을 벗어나면서 모든 문자화된 문학의 의미를 근본적으로 뒤집어볼 수 있게 되었다는 사실이다. 브르통이 바셰를 만나지 않았다면, 그가 차라가 앞장서서 기획한 온갖 파괴적인 다다활동에 대해 공감하고 관심의 방향을 그토록 날카롭게 예각화시키지는 못했을 것이다. 그가 차라를 만나기 전에 소문과 글을 통해서 머릿속에 떠올린 차라의 모습은 바로 바셰와 일치하는 모습이었다고 한다. 차라가 파리에 나타난 해가 1920년 1월이라면, 그 시기는 바셰가 자살한 지 1년이 지나서였다. 그 후 차라가 파리에서 브르통, 아라공, 수포, 엘뤼아르 등과 함께 다다 돌풍을 일으킨 것은 사실이지만, 그가 등장하기 전에 이미 브르통은 바셰를 통하여 블랙 유머 정신을, 또한 로트레아몽의 시를 통하여 격렬한 시적 이미지의 힘을 배웠고 기성문화의 가치체계를 전복하려는 어떤 열정을 키우고 있었는데, 그는 이 같은 정열은 『문학』지를 통해서 구체화되었다.

발레리의 권고로 제명이 '문학'이라고 정해졌다고 알려져 있는 이 잡지는 루이 아라공, 앙드레 브르통, 필립 수포 등 세 명의 시인에 의해서 1919년 3월부터 1921년 8월까지 모두 20호가 발간되었고, 한동안 중단되었다가 1922년 3월부터 1924년 6월까지 다시 1호부터 13호까지 계속되었다. 제2기에 해당되는 이 잡지가 1호부터 재발간된 사정은 브르통의 초현실주의와 차라의 다다가 결별함으로써 야기된 것이기 때문에, 제2기의 『문학』지가 초현실주의의 출발을 가리킨다면, 제1기의 『문학』지는 파리에서의 다다운동을 주도한 역할로써 평가될 수 있다. 제1기의 『문학』지가 다다의 선언문을 수록하고 차라의 시를 실으며 다다의 활동을 긍정적으로 소개하면서 모든 허위의 우상들을 파괴하는 작업을 보여준 것은 분명하지만, 처음부터 이 잡지가 다다적인 양상을 드러낸 것은 아니었다. 지드나 발레리와 같은 선배 문인들을 포함하여 많은 문학인들이 다양한 성격의 글로 기고를 한 초기의 이 잡지는 비교적 온건한 문학 동인지의 느낌을 주었다. 그러나 그 당시에 유명한 여러 작가와 시인들에게 보낸 「왜 글을 쓰는가?」라는 설문과 그것의 응답을 실은 9호에서부터 이 잡지의 다다적 성향은 서서히 윤곽을 드러내기 시작했다. 오늘날 많은 잡지 편집자들이 상투적인 기획으로 던져볼 수 있는 이 설문은 어떤 절실한 동기에 의해서 제기된 것이라 하더라도 늘 만족할 만한 응답을 얻어내지 못하게 마련이지만, 1919년 이 설문은 작가들이 재치를 부린 응답으로 인해 진실성의 여부를 가리기 힘들다고 할지라도[11] 비교적 의미 있는 수확을 거두었던 셈이다. 발레리는 '약하기 때문에' 글을 쓴다고 했고, 크누트 함순Knut Hamsun은 "시간을 압축하기 위해서 글을 쓴다"고 했다. 웅가레티Ungaretti는 "내가 삶에 당당한 사람이라면, 책을 출판하는 일에 흥미를 느끼지 않을 것"이라고 대답함으로써, 삶에 적응하기 못하기 때문에 글을 쓰는 것임을 우회적으로 말하였다. 비교적 진지한 목소리로 응답한 이 세 사람의 말은 무엇보다도 그 시대의 문학적 상황, 혹은 작가적 태도가 몹시 비판적이고 회의적이었음을 입증한다. 『문학』지의 편집 동인 중의 한 사람인 수포는 훗날, "나는 할 말이 전혀 없기 때문에 선언문을 쓴다.

---

11) "나는 스위스인도 아니고 유대인도 아니기 때문에 프랑스어로 글을 쓴다"(장 지로두). "부자가 되고 존경받기 위해서"(폴 모랑). "편집자는 나에게 물어보기 위해서 글을 쓰고 나는 답변하기 위해서 글을 쓴다"(피에르 르베르디). "나는 그 이유를 정말 모르겠다. 앞으로도 계속 모르기를 바란다"(피카비아). 이와 같은 유형의 답변들은 프랑스인의 재치를 엿볼 수 있다는 것 외에 다른 의미를 이끌어내기는 어려운 것이다.

문학은 존재하지만, 멍청한 바보들의 가슴속에서나 존재할 뿐"이라고 글 쓰는 행위의 무의미를 선언하면서 전통적인 의미에서의 문학적 행위를 부정한다. 그것은 문학의 존재에 대한 근본적인 불신이라기보다 무기력하고 자기 만족적인 문학에 동의할 수 없다는 젊은 의지를 반영한다. 흥미 있는 것은 브르통이 글 쓰는 행위에 '사람들을 만나기 위해서'라는 긍정적인 의미를 부여한 데에 반하여 차라는 부정적인 반응을 보였다는 사실이다. 차라는 이렇게 편지를 쓴다.

친애하는 브르통 씨, 나의 생각으론 당신은 사람들을 찾고 있습니다. 글을 쓴다는 것은 어떤 관점에서 보더라도 도피일 뿐입니다. 나는 직업적으로 글을 쓰지 않습니다. 내가 권태를 느끼지 않을 수 있는 어떤 하나의 일에 매달릴 만큼 강인한 육체와 단단한 신경을 지녔다면, 나는 훌륭한 공적을 세우는 위대한 모험가가 되었을 것입니다. 만나고 싶은 새로운 사람들이 별로 없다는 이유 때문에 글을 쓰기도 하고 습관 때문에 글을 쓰기도 합니다. 사람들을 만나기 위해서거나 직업적인 일을 하기 위해서 글을 발표하기도 합니다. 그런데 그 모든 것은 아주 바보 같은 짓이지요. 하나의 해결방법이 있는데, 그것은 아주 간단히 말하여 체념하는 것입니다. 아무 일도 하지 마세요.[12]

차라의 말은 모든 예술이나 문학에 대하여 믿음을 갖지 않는 바셰의 태도와 일치하는 듯이 보인다. 그러나 모든 인간적 활동은 헛된 것이며 모든 작품은 근본적으로 허위라고 소리 높여 비난한 차라가 형태 파괴

---

12) Sanouillet, *Dada à Paris*, J. J. Pauvert, 1965, p.449.

적으로건 아니건 간에 글을 쓰게 된 이유는 무엇일까? 부정하기 위해서 그리고 파괴하기 위해서 글을 쓴다면, 그것은 '바보 같은 짓'에서 벗어날 수 있다는 말인가? 이러한 의문은 결국 차라의 다다가 지향하는 것이 무엇인가에 대한 근본적인 성찰을 요구하게 된다.

'왜 쓰는가?'라는 문제가 문학의 기존 개념을 반성하고 거부할 수 있는 어떤 출발점을 마련했다 하더라도, 『문학』지는 아직 결렬한 전투적 성격을 보이지 않았다. 이 잡지가 파괴적인 다다운동의 기관지와 같은 역할을 하게 된 것은 피카비아와 뒤샹Duchamp,[13] 그리고 차라의 뒤늦은 참여를 통해서였다. 화가인 피카비아와의 만남은 브르통에게 중요한 의미를 지니는 것이었다. 왜냐하면 스위스에서 온 이 아나키스트 화가가 파리에서 다다의 활동을 처음 실현했을 뿐 아니라 『문학』지의 다다적 방향을 이끌어나가는 데 결정적인 기여를 했기 때문이다. 그는 예술보다는 삶을 선택해야 하고, 사는 일을 제외하고는 인생에서 모든 것에 지쳐 있어야 하며, 여러 나라와 여러 도시를 여행하듯이 여러 사상을 섭렵해야 하며, 정신의 방랑자가 되어야 한다는 것을 역설한다. 보네는 피카비아에 대해 다음과 같이 말한다.

그는 삶을 위하여 예술적 재능의 개념을 거부하고 상투적으로 반복되는 예술의 존재를 파괴하였으며, 상업주의적 예술과 예술에 미치는 예

---

13) 뒤샹은 뉴욕에서 혁명적인 회화의 모험을 시도한 미래파의 주역인데, 초기에는 입체파의 경향을 보이다가 나중에는 다다주의의 중요한 활동을 떠맡는다. 기계나 금속 물체의 역동적 이미지에 깊은 관심을 갖게 된 그는 '레디메이드ready made'라는 것을 창조하여, 일상적이며 반미학적인 물건을 예술작품으로 변모시킴으로써 팝아트의 선구자적 모습을 보이기도 한다. 「수염 달린 모나리자」와 「샘물」이라는 제목을 붙인 변기 작품 등이 유명하다.

술팡 같은 태도를 모두 공격하면서, 일단 작품이 완성되면 그 작품을 내던져버렸다. 그의 모든 태도는 삶을 위한 것이었다. 그는 자기의 책에 두 가지 일화를 삽입하고 있는데, 하나는 앉는 법이 없는 새의 일화이며, 다른 하나는 권총을 씹어 삼켜야 하는 사람의 일화로써 그 야릇한 동작을 한순간이라도 중단하게 되면 총알이 발사된다는 것이다. 이 두 가지 이야기는 창조하는 작가의 조건을 상징적으로 정의 내리고, 보다 넓은 의미에서의 삶의 진정한 법칙, 즉 '정지란 죽음을 의미한다'는 것을 가르쳐준다. 그에게는 그 어떤 인습과 경직성의 위험도 없고, 그림과 시에 있어서 습관적으로 되풀이하는 것들을 찾아볼 수가 없다. 그는 또한 시인이기도 하다. 그의 다양한 재능, 그의 지성, 그의 역설, 유머와 환상과 날카로운 직관과 섬광처럼 번득이는 재치 속에 담긴 고통과 슬픔의 여운으로 이어지는 그의 화술, 사는 방식의 유연함, 그를 아는 모든 사람들이 저항감을 느끼지 않는 그의 사교계의 입장과 그의 유명도와 그의 매력, 이 모든 것이 뒤섞여 변화를 이루면서 그를 매력의 초점으로 만들고, 또한 파리의 다다 그룹 안에서나 밖에서 모두 다다의 중심인물로 떠오르게 만들었다.[14]

끊임없는 변화를 보여주는 피카비아의 이러한 매력은 브르통에게도 예외는 아니었다. 그는 사실상 다다의 대변자로서 비난과 찬사를 한몸에 받으면서 고독한 의지를 굽히려 들지 않았다. 그러나 그보다 더 강렬하고 더 전투적인 차라의 출현은 『문학』의 다다적 성격을 결정적으로 심화시키는 계기가 되었다. 이미 시와 선언문을 통해서 『문학』뿐 아니

---

14) M. Bonnet, 앞의 책, pp.206~07.

라 다른 프랑스의 잡지를 통해서 다다의 돌풍을 일으킨 차라가 1920년 대 초 파리의 문단에 나타날 때까지의 작업은 과연 어떤 것이었을까?

3. 파리에서의 차라

모리스 나도는 스위스의 취리히에서 차라가 전개한 다다운동이 비교적 온건한 행동과 주장으로 이어졌다고 말하면서 그것의 자동기술적 시도를 긍정적으로 평가한다.

파리에 오기 전까지 차라는 다다의 선언문들을 중심으로 잡지를 여러 호 만들어가며 '사고는 입에서 이루어진다'는 중요한 명제를 작성한다. 이 명제야말로 사변적인 관념론에 치명적인 타격을 입히는 것이었고 또한 '자동기술주의 l'automatisme'에의 문을 활짝 열어놓은 것이었다.[15]

초현실주의의 자동기술적인 표현방법이 이미 다다주의자들에 의해서 시도된 것임을 암시하는 이 글은, 그들의 작업이 사회적인 문제보다는 문학적인 혹은 언어표현의 관습체계를 뒤엎어보려는 의도에서 전개되었기 때문에, 차라가 외형적으로 과격해 보이는 사건들을 일으키지 않았음을 설명하려는 것이기도 했다. 그러나 취리히에서 차라를 포함한 다다주의자들이 해온 작업이 과격하지 않았다는 것은 어디까지나 파리에서의 다다운동과 비교해서 상대적으로 말할 수 있는 것이지, 그들의

---

15) M. Nadeau, 앞의 책, p.27.

행동과 주장을 객관적으로 해석한 것이라고 보기는 어렵다.

차라는 본래 스위스인이 아니라 루마니아인이었고, 취리히에 거주하게 된 것은 단순히 다른 아나키스트들과 마찬가지로 전쟁을 거부하고 병역을 기피하기 위해서였다. 그가 고향을 떠나 취리히에 들어서던 1915년에 그의 나이는 19살이었다. 다다와 독일의 표현주의와의 관계를 깊이 연구한 포슈로가 그 당시 차라의 모습을 서술한 부분은 다음과 같다.

취리히를 향해 떠나면서 젊은 학생 차라는 뚜렷한 의식이 없이 다다라는 폭탄을 들고 간 것이다. 그 도시에서 그가 만나게 될 몇 사람의 결정적인 인물들이 그를 돕지 않았다면 분명히 그 폭탄은 터지지 않았을지 모른다. 그러나 무슨 상관이랴. 그때는 1915년 가을이었다. 몇 권의 철학책과 루마니아어로 번역된 한 묶음의 프랑스 시들이 들어 있는 가방 속에 폭탄을 넣어 가지고 떠난 이 젊은이는 시골뜨기의 모습을 그대로 간직하고 있었다.[16]

차라는 프랑스의 젊은 시인들 못지않게 랭보와 니체를 읽고 그들의 글에 심취한 사람이기도 했다. 그가 루마니아에서 성장할 무렵, 루마니아 문학은 프랑스 상징주의의 영향을 깊이 받았으며 프랑스어로 씌어진 루마니아 잡지가 적지 않게 발행되었다는 것이다. 취리히로 떠나기 전의 차라는 이미 프랑스어로 시를 쓰는 훈련을 여러 번 해본 재능 있는 문학청년이었다. 루마니아어와 프랑스어 그리고 독어까지 3개 국

---

16) S. Fauchereau, *Expressionisme, Dada, Surréalisme et Autre Ismes*, Denoël, 1976, t. I, p.198.

어에 능통한 차라는 취리히에서 아폴리네르와 표현주의와 미래파의 작품을 포함하여 모더니즘과 아방가르드적 경향의 작품 등에 대한 자유로운 독서를 할 수 있었다.

전쟁을 혐오하면서 병역을 기피한 아나키스트적인 작가와 예술가들은 처음에는 '오데옹 카페Café de l'Odéon'에 드나들면서 그들의 분노와 파괴적 열정을 함께 나누다가 서서히 다다의 운동을 모의하기에 이른다. 그들의 모임은 '볼테르 카바레'를 통하여 더욱 구체화되었는데, 다다를 결성한 사람들의 이름은 차라를 포함하여 발Ball, 위엘센베크 Huelsenbeck, 아르프Arp, 양코Janco 등이었다. 이 다섯 사람 가운데 아르프와 양코 등은 화가였기 때문에 그들의 관심은 문학에 한정되지 않고 예술 전반에 걸친 문제로 확산되었으며, 또한 모든 예술이 통합된 어떤 예술 형태를 창조하고 표현하려는 목적으로 그들은 일치될 수 있었다. 볼테르 카바레의 밤은 음악과 춤과 시와 그림의 향연으로 제법 번성했고, 그 당시 일반인들은 이 모임을 위험하고 두려운 눈빛으로 바라보지는 않았다. 그들의 초기 활동이 폭발적인 파괴의 힘을 행사하지 않았기 때문이다. 그런 와중에서 계속되는 전쟁과 그 전쟁을 방관하는 대중들의 나태한 정신에 대하여, 그들은 분노의 반항을 표현하면서 그들의 열정을 불붙여갔다. 그들 중에서 제일 연장자였던 발이 쓴 일기에 의하면, 그들의 그 당시 관심은 세 가지로 압축될 수 있다는 것인데, 첫째는 스위스 밖에서 이루어진 모든 전위적인 문학운동 및 예술행위, 즉 아폴리네르와 같은 프랑스 시인들의 입체파 경향이라든가 혹은 이탈리아의 미래파 등에 대해서 보다 정확한 이해와 면밀한 주의를 기울인 것이며, 둘째는 정신분석에 대한 관심으로 취리히 정신분석협회의 활동에 대한 지지였다. 끝으로 세번째는 그들의 문학적 혈통을 연결 지을 수 있는 과거의 작가들 즉 휠덜린, 노발리스, 사드, 자리, 랭보, 로트레아몽 등의 작품과 정신을 옹호하는 것이었다.[17] 바로 이러한 점들이 다다주의자들과 프랑스의 미래의 초현실주의자들이 얼마나 잘 일치할 수 있는지를 증명해준다. 특히 랭보에 대한 평가는 절대적이었다.

우리들 위에 떠 있는 별들 가운데, 랭보의 이름은 빠뜨릴 수 없는 이름이었다. 우리들은 알게 모르게, 그리고 어쩔 수 없이 랭보주의자들이다. 그는 우리들의 온갖 태도와 협잡의 지휘자이며, 현대 미학의 폐허 위에 떠 있는 별이다. 랭보의 모습은 둘로 나뉜다. 하나는 시인이며 다른 하나는 반항자인데, 이 두번째 모습이 절대적으로 중요한 것이다.[18]

아무것도 의미하지 않는 다다라는 용어가 랭보를 염두에 둔 '시인과 반항자'의 의미와 결부되어 나타난 것은 1916년 봄이었다. 그들은 랭보의 정신을 정점으로 공통된 의식을 지니면서 미래주의와 표현주의의 그늘로부터 벗어날 수 있었다. 미래주의의 마리네티가 전쟁을 찬미한 것이나 표현주의자들이 애국심을 옹호한 것은 그것만으로도 충분히 배척해버릴 수 있는 이유가 되었다. 차라는 다다와 자기 세대의 절망적이며 냉소적인 감정을 그 당시의 상황을 떠올리면서 이렇게 분석한다.

'나의 세대'는 1914~1918년의 전쟁을 겪는 동안 삶을 향해 열려 있는 순수한 젊음의 육체를 갖고서, 주위에 보이는 진리가 넝마 조각 같은 허영의 옷을 입고 계급간의 저열한 이해관계라는 탈을 쓰고 수모당하는 것

---

17) 위의 책, p.224 참조.
18) 위의 책.

때문에 고통스러워했다. 이 전쟁은 우리의 전쟁이 아니었다. 우리는 온 갖 허위의 감정과 온갖 진부한 구실을 통해서 전쟁을 겪었다. 그 당시 젊은이들의 정신 상태를 반영하는 다다가 스위스에서 태어났을 때의 상황은 바로 그러한 것이었다. 다다는 도덕적인 요청에 의해서, 절대적인 도덕의 상태에 도달하려는 단호한 의지에 의해서, 모든 정신적 창조물들의 중심에 있는 인간이 인간의 실체에 대한 초라해진 개념과 죽어버린 사물과 잘못 얻은 재산에 대하여 자기의 우월성을 내보이려는 깊은 생각에서 태어난 것이다. 다다는 또한 주위의 역사와 논리와 모럴을 조금도 고려하지 않으며, 개인으로 하여금 자기의 본성에서 우러나오는 심원한 욕망에 완전히 일치하여 행동하기를 원하는 모든 젊은이들의 공통된 반항에서 태어난 것이다. 명예, 조국, 도덕, 가족, 예술, 종교, 자유, 우정 등, 내가 아는 한 이 모든 개념들은 인간의 필요에 의해서 만들어진 것인데, 본래의 내용이 상실되어버린 지금은 해골 같은 인습밖에 남아 있지 않았다.[19]

차라의 이러한 진술은 다다의 반항이 어떤 근거에서 돌출된 것인지를 선명히 밝혀준다.

1916년 7월, 최초의 다다선언문이라고 할 수 있는 「앙티피린느 씨의 선언문Manifeste de Monsieur Antipyrine」이 발표된다. 이 선언문은 2년 후에 등장한 유명한 「1918년 다다선언문Manifeste Dada 1918」에 비해서 과격성의 정도가 덜한 것이지만, 조롱과 야유의 어조를 담고 있다. "다다는 쇠약한 유럽의 테두리 속에 남아 있는 너절한 것이긴 하지

---

19) T. Tzara, *Le Surréalisme et l'Après-guerre*, Nagel, 1947, p.17.

만, 이제부터 우리는 예술의 동물원을 각국 영사관의 깃발로 장식하기 위하여 여러 가지 색깔로 된 똥을 누려고 한다."[20] 예술에 대한 이러한 야유적 태도는 시와 삶을 구별 짓는 모든 인습적 사고를 비난하는 것으로 연결된다. "우리는 우리의 혐오감을 선언하고, '자발성spontanéité'을 삶의 규범으로 삼았다. 우리는 시와 삶의 구별이 있는 것을 원치 않았다. 우리의 시는 바로 존재양식이었다."[21] 다다의 이러한 주장은 시에서는 자유를 노래하고 현실생활에서는 체제에 순응하여 편협한 사고를 하는 위선적인 기성문인들에 대한 신랄한 비판의 의미를 함축한 것이었다. 차라가 말한 것처럼, "그들은 전쟁에 봉사하고, 겉으로는 훌륭한 생각을 표현하면서 실제로는 추악한 특권의식, 감정의 빈곤, 부정과 야비함을 그들의 명성으로 은폐하고 있었다."[22] 이러한 기성문인들과 그들의 문학을 단호히 거부해야 한다고 주장하는 「앙티피린느 씨의 선언문」은 예술의 모든 진지한 탐구를 조롱하면서, 예술은 어렵고 심각한 것이 아니라 쉽게 할 수 있는 것임을 역설한다. 이러한 태도는 이 선언문과 함께 수록된 차라의 '극시Poème Dramatique'에서 그대로 나타난다. 작중인물들 사이에 어떤 대화도 없고 일관된 줄거리도 보이지 않는 이 작품은 작품이라고 말하기 어려울 만큼 희곡의 약속과 규칙이 극도로 파괴되어 있다. '도도도도' '보보보보'와 같은 말더듬이의 의미 없는 언어와 이따금 제대로 조립된 어휘의 연결은 그야말로 예술의 진지성을 간단히 무시해버린 작가의 의도를 그대로 반영한다. 「앙티피린느 씨의 첫번째 하늘의 모험」이라는 제목의 이 극시는 관객이나 독자

---

20) Lampisteries, *Sept Manifestes Dada*, J. J. Pauvert, 1963, p.15.
21) 위의 책, pp.18~19.
22) T. Tzara, 앞의 책, pp.18~19.

를 즐겁게 하기 위한 것이 아니라 분노와 야유의 감정을 끌어내기 위한 것이다. 이 작품이 결국 다다의 본질적인 주제를 보여준다고 말할 수 있는 것은, 사고보다는 말에 우월성을 부여하면서 자유로운 말의 결합과 연상, 말의 장난을 과감하게 시도했다는 점에 근거를 둔다. 훗날, 차라가 말한 '사고는 입에서 이루어진다'라는 다다의 명제는 이미 여기서부터 가다듬어진 것이다. 다다주의자들의 이러한 언어의 실험은 초현실주의자들의 그것과 거의 유사한 것처럼 보인다. 가령 두 사람이 공동 작업으로 일정한 주제 없이 대화를 교환하면서 작품을 엮어가는 다다주의자의 수법은,[23] 브르통과 필립 수포가 함께 자동기술적인 방법으로 만든 『자장』에서 그대로 재현되고 있다.[24]

그러나 그들 사이에 중요한 차이가 있다면, 초현실주의자들은 이러한 기법으로 풍부한 문학적 결실을 이룩한 반면에 다다주의자들은 새로운 개념을 발견한 후 그것에 지속적으로 천착하지 않고 하나의 실험적인 시도로 그치고 말았다는 점이다. 다다주의자들은 계속 작품을 발표하고 전위적인 발표회를 열면서 대중들에게 그들의 의도를 전달하려는 노력을 끊임없이 기울였지만, 뚜렷이 새로운 전기를 마련하지 못한 상태에서 1917년 3월에는 초창기의 중요한 구성원이었던 위엘센베크

---

23) 이러한 방법의 대표적인 예는 위엘센베크와 차라의 공동 작업으로 이루어진 「마부와 종달새와의 대화Dialogue entre un Cocher et Alouette」와 같은 것이다.

24) 브르통과 수포가 이러한 시도를 해본 것이 차라의 작업에서 암시를 얻었다는 추측이 있다. 왜냐하면 차라보다 먼저 파리에 온 피카비아는 1918년 말, 스위스에서 차라와 자주 만나면서 다다활동을 한 경험이 있기 때문이다. 그러나 중요한 것은 어디까지나 작품의 결과일 것이다. 브르통과 수포의 『자장』은 파괴적인 텍스트가 아니라, 부정정신을 극복하고 상상력과 꿈의 자료를 동원하여 자동기술의 수법으로 문학작품을 만들어보려 한 시인들의 의도를 그대로 증명해주고 있다. 이 작품에서 그들은 문장 전개의 논리적 흐름을 거부하지 않으면서 비합리적인 욕망의 분출을 자연스럽게 드러내기 위해 밀도 있는 서정성과 불꽃같은 이미지의 탄력을 최대한 살리고 있다.

가 다다의 작업을 포기한 후 독일로 떠나고, 발 또한 아방가르드적인 모든 작업에 회의를 느끼면서 예술을 버리고 가톨릭으로 개종하게 된다. 남아 있는 다다주의자들의 모임은 볼테르 카바레에서 '다다 화랑 Galerie Dada'으로 바뀌고, 그 화랑이 다시 문을 닫게 되자 다다의 활동은 중단된 듯이 보였다. 그러나 짧은 기간이었지만 성찰의 시간을 가지면서 새로운 방향을 모색한 듯, 1917년 7월에 『다다』라는 프랑스어로 된 간행물이 나오게 된다.[25] 차라는 그의 파괴적인 시가 남긴 이 간행물을 유럽의 여러 나라에서 아방가르드적인 활동을 하는 사람들에게 발송하면서 그들의 호응을 얻으려 했다. 이 간행물에 대한 반응 가운데 차라에게 가장 만족스러웠던 것은 프랑스의 『남북Nord-Sub』지와 『시크Sic』지에서 그의 작품을 게재한 것이었다. 이 잡지들에 소개된 것을 계기로, 차라는 앙드레 브르통을 비롯한 프랑스의 젊은이들에게 알려지기 시작한다. 그러나 그의 중요성이 결정적으로 부각된 것은 「1918년 다다선언문」을 통해서였다.

「1918년 다다선언문」은 여러 가지 점에서 중요성을 갖고 있다. 차라는 이 선언문을 통하여 새로운 철학과 새로운 윤리와 새로운 삶의 방식을 구현함으로써 다다의 역사에 중요한 이정표를 마련했다. 그것은 그동안 취리히에서 전개된 다양한 아방가르드 운동의 결산이면서 종합이었을 뿐 아니라, 멀리 파리에 있는 브르통과 그의 친구들로부터 열광적인 호응을 얻을 수 있는 계기가 되었기 때문이다. 로트레아몽의 영향을 깊이 받고 있었던 그 당시의 브르통은 차라의 우상 파괴적인 폭력의 언

---

25) 다다의 문학활동은 처음에 참가한 작가들이 독일어권에 속해 있는 사람들과 프랑스어권에 속해 있는 사람들로 양분되어 있었기 때문에 프랑스어와 독일어로 씌어졌다. 그러나 『다다 1』에서부터는 이 활동에 관여했던 독일인들의 탈퇴로 인하여 프랑스어가 주된 언어가 되었다. 다다의 활동이 프랑스 문학에 수렴될 수 있는 이유는 그런 점 때문이다.

어가 로트레아몽의 그것과 다를 바가 없다고까지 생각했다. 이 선언문의 부정적이며 파괴적인 치열한 어조는 유럽의 젊은 지식인들이 귀를 기울일 만한 가치가 충분히 있었다.

우리는 여기서 저 비옥한 땅에 닻을 던진다. 전율과 각성을 체험한 우리에게는 선언할 권리가 있다. 힘에 넘쳐 돌아온 우리는 무사안일의 육체 속에 담긴 화음을 부숴버린다. 우리는 저 어지러운 열대식물의 풍요함으로 저주가 넘쳐흐르는 강물이며, 흘러나오는 고무와 내리는 비는 우리의 땀이며, 우리는 피 흘리고 갈증에 불타오르며, 우리의 피는 힘이다. 〔……〕

동정은 필요 없다. 살육이 끝난 후에, 우리에게 남아 있는 것은 순화된 인간의 희망이다. 그러므로 다다의 독립의 의지와 공동체에 대한 불신에서 태어났다. 우리와 뜻을 같이하는 사람들은 모두가 자기들의 자유를 간직하고 있다. 우리는 어떤 이론도 인정하지 않는다. 내가 단언하건대, 어떤 새삼스러운 출발은 없으며, 우리는 두려워하지 않고 우리는 감상에 빠지지 않는다. 우리는 분노한 바람처럼 구름과 기도의 옷자락을 찢어버리고, 거대한 재난의 무대와 방화와 파괴를 마련하고 있다.[26]

허무주의적인 파괴의 의지가 드높은 이 선언문은 앞서 나온 「앙티피린느 씨의 선언문」보다 훨씬 격렬하게 모든 가치관을 부정하면서 자유로운 인간으로서의 개인주의적 입장을 옹호하고 있다. 어떤 감상도 거부하고 어떤 절대적 진리의 믿음도 거부하고 있는 이 선언문은 '다다주

---

26) Lampisteries, 앞의 책, pp.12~13.

의의 위대한 복음서'[27]로서 다다와 초현실주의의 토대가 될 만한 가치가 충분히 엿보인다.

우리는 우리들 속에 담긴 눈물 짜는 성향을 내던져버렸다. 모든 사람들은 소리쳐야 한다. 이룩해야 할 거대한 파괴적 부정적 작업이 있는 것이다. 소멸시키고 제거해야 한다. 여러 세기를 찢고 파괴하던 도둑들의 손에 맡겨진 이 세계의 공격적이며 완전한 광기, 이 광기의 상태가 지난 후에야 개인의 결백이 입증되었다.

도덕은, 코끼리나 유성처럼 크게 자라서 사람들이 좋다고 하는 두 개의 비곗덩어리가 된 자비와 동정심을 결정지었다. 그것들은 선한 것이 아니다. 선이란 투명하고 분명하고 단호한 것이며, 정치와 타협에 대해서는 가차 없는 태도를 보이는 것이다.

가족 개념을 부정해버릴 수 있는 정도의 모든 반항의 소산이 '다다'이다. 온몸으로 파괴적 활동을 하려고 주먹을 쥔 항거가 '다다'이다. 안일한 타협과 정숙한 성 모럴로 지금까지 거부해온 모든 수단의 인식이 '다다'이다. 논리의 제거와 창조에 있어서 무능력한 자들의 춤이 '다다'이다.[28]

이 선언문의 공격은 때로는 모럴과 논리를 겨냥하다가, 때로는 예술과 정치와 심리학을 대상으로 삼으면서 문화적 사회적 전통 속에서 배척되어온 정신적 가치를 새로운 가치개념으로 부각시킨다. 그런 점에서 이 선언문은 부르주아 사회가 가치를 부여해왔던 모든 개념과 정면

---

27) Sanouillet, 앞의 책, p.138.
28) Lampisteries, 앞의 책, pp.13~14.

으로 충돌하고 있다. 가령, 부르주아 예술이 삶의 탄력을 제거해버리면서 삶을 '분류'하고 '개념화'하고 인위적인 작업을 강조한 것이라면, 차라가 말하는 새로운 예술가란 삶의 무한한 가능성을 열어두기 위하여 기존 세계를 부정한다. 중요한 것은 표현하는 것이 아니라 창조하는 것이며, 남을 즐겁게 하는 것이 아니라 고통을 주는 것이며, 정의를 내리는 것이 아니라 해방시키는 것이며, 제한하는 것이 아니라 무한히 확대하는 것이다.

새로운 예술가는 저항하는 사람이다. 그는 (상징적이며 마술적인 재현을 목표로) 그림 그리는 사람이 아니라 돌과 나무와 쇠와 주석으로 직접 바윗덩어리를 창조하거나 순간적인 감각의 투명한 바람에 의해 사방으로 돌아갈 수 있는 유동체들을 창조하기도 한다.

모든 회화적인 혹은 조형적인 작품은 쓸모없는 것이다. 그것은 노예 같은 정신에 충격을 주는 괴물이 되어야 하지, 인간의 슬픈 우화를 보여주는 풍경처럼 인간의 복장을 한 동물들의 식당을 장식하기 위한 달콤한 것이어서는 안 된다. 하나의 그림은 화폭 위에서, 우리들의 시선 앞에서, 새로운 조건과 가능성에 따라 옮겨진 세계의 현실 속에서, 기하학적으로 평행을 이룬 두 선이 교차되도록 만든 예술이다. 이 세계는 작품 속에서 한정되는 것도 아니며 규정되는 것도 아니다. 세계는 보는 사람에 따라서 무한히 변화하는 것이다. 작품을 만든 사람에게 세계는 원인이 따로 있는 것도 아니며 이론이 따로 있는 것도 아니다. 질서=무질서, 자아=비자아, 주장=부정, 이러한 상태에서 절대적인 예술의 드높은 빛이 넘쳐흐른다.[29]

차라의 이러한 주장은 모든 대립과 모순을 극복해야 한다는 초현실
주의 선언문의 주장과 근본적으로 일치하고 있다. 헤겔 변증법의 주제
를 엿볼 수도 있는 이러한 선언을 통하여 차라가 강조하는 진리는 역사
적인 것이 아니라 '순간의 현실'이라는 것에 유의해야 한다. 순간 속에
서, 모순이 담긴 삶의 순간적인 현장 속에서 삶의 전체를 포착할 수 있
다고 차라는 믿었던 것 같다. 그는 '모순'을 위협이나 거부해야 할 어떤
부정적 현실로 받아들이지 않았다. 모순은 침체를 막고 삶에 강렬함을
부여할 뿐 아니라 삶을 끊임없이 새롭게 만든다는 점에서 환영할 만한
것이었다. 기존의 가치를 옹호하면서 세계를 고정시키려는 모든 체제
는 제거해야 한다. 차라의 선언문은 그런 점에서 체제에 봉사하며 자기
의 행위를 합리화하고 자기만족에 빠져 있는 사람들을 공격한다. 그들
은 모순을 받아들이지 못하는 사람들이다. 차라는 그러나 모순 속에서
삶의 원동력을 발견하고 장애를 극복하는 유일한 방법은 장애의 대립
된 요소들을 별개의 것으로 파악하지 않고 대립을 그대로 유지시키면
서 그 요소들을 결합하는 것이라고 생각했다. 질서와 무질서, 자아와
비자아, 주장과 부정과의 관계는 그런 각도에서 제시된 예이다.

새로운 예술의 가능성은 이러한 관점에서 열려 있다. 차라의 선언문
에서 표현된 '절대적' 예술 혹은 새로운 예술은 미적인 규범이나 미의
기준이 존재하지 않는 곳에서 가능하다. 시에서 전통적으로 중시되던
작시법이 규범의 틀 속에 맞지 않는 요소들을 제거해버림으로써 결국
예술을 빈약한 것으로 만들었다는 결론이, 차라로 하여금 완전한 표현
의 자유로 실현되는 예술의 형태, 즉 "절대적인 예술의 드높은 빛이 넘

---

29) 위의 책, pp.20~21.

쳐흐르는"상태를 열망하게 한 것이다. 이러한 예술에서 중시되는 개념이 있다면 그것은 '우연과 자발성le hasard et la spontanéité'이다. '우연'은 어떤 목적이나 의도를 떠나서 제멋대로 말을 조립하여 텍스트를 만든다는 의미로 나타나고, '자발성'은 초현실주의의 대명사처럼 되어버린 자동기술의 개념과 동질적인 것으로 이해된다. 다다의 우연 역시 나중에 초현실주의의 중요한 이론으로 확립된 '객관적 우연le hasard objectif'의 개념과 상이한 것이 아니다. 자발성은 과학이나 철학이 인간의 품위있는 삶을 개선하지 못하고 진보에 대한 허망한 꿈만을 인간에게 주입시켰다는 점에서 그것들과 대립되는 개념이다. 자발성은 단순히 허무주의로 치닫는 것이 아니라 부르주아 세계의 논리와 모럴을 매장하고 모은 억압적 권력을 부정하면서 삶을 찬미하는 새로운 세계로의 창조적 열망을 지향하는 것이기도 하다.

차라는 이 선언문을 통하여 새로운 랭보의 화신처럼 인식된다. 파리에서 전위적인 활동을 전개하던 미래의 초현실주의자들 가운데 특히 아라공은 차라를 파리코뮌에 동조한 랭보의 모습과 동일시하면서 그의 감동을 고백하고 수포는 그를 신의 분노처럼 떨어져 내리는 천둥과 폭탄에 비유하기도 했다.[30] 브르통은 차라에게 보내는 편지 속에 「1918년 다다선언문」을 읽은 후의 감동을 표현하면서, 그의 용기를 그 누구에

---

30) 수포는 차라의 등장이 프랑스 문단에 던진 충격을 이렇게 묘사한다. "우리는 아폴리네르의 시 한 구절인 '드디어 그대는 이 낡은 세계에 지쳐 있노라'라는 것을 슬로건처럼 되풀이하고 있었다. 나는 그 당시 우리가 더 이상 원하는 것은 없으며, 또한 어디로 가고 싶은지 방향도 모른다는 사실만을 분명히 알고 있었다는 것을 인정해야겠다. 우리는 우리가 고통스러워하는 소심함이나 아니면 사람들이 훌륭한 교육을 받았다고 놀라면서 말하는 그러한 교육에도 불구하고 무섭도록 파괴하려는 열정에 사로잡혀 있었다. 내가 폭탄에 비유할 수 있는 트리스탕 차라의 도착은 하나의 출발점이며 반항의 기회였다." : Soupault, *Profils Perdus*, Mercure de France, 1963, p.154.

112

게서도 발견할 수 없는 대단한 것이라고 말하기도 했다. 이처럼 파리의
『문학』지 그룹 내부에서는 폭탄 같은 존재인 차라의 등장을 환영할 마
음의 준비가 충분히 가다듬어져 있었다. 다다의 열기가 식어가는 취리
히에서는 더 이상 그의 작업을 실현할 수 없다는 예감과 판단으로 차라
는 프랑스의 젊은 시인들과 합류할 수밖에 없었다.

4. 파리에서의 다다

1920년 1월 17일 아침, 차라는 초라한 차림으로 그리고 주머니에는
돈 한 푼 없이, 그러나 사물을 꿰뚫어 보는 눈빛과 세계를 부정하는 혁
명적 정신으로 충일한 상태에서 파리에 도착했다.[31] 그는 곧 브르통과
아라공의 『문학』지에 관여하게 되었고, 그때까지 이 잡지가 보여주었
던 문학적 경향을 '반문학적anti-littéraire' 경향으로 전환시키는 데 결
정적인 기여를 했다. 다다정신은 드디어 파리에서 본격적인 파문을 일
으키며, 그와 더불어 「다다 회보Bulletin Dada」라는 제목의 다다 1호
가 발표된 것은 차라가 파리에 나타난 후 3주일이 채 경과하기도 전이
었다.
차라는 아방가르드의 문학에는 별로 관심이 없는 사람이었다. 필요
한 것은 오직 부정적인 행동밖에 없다고 생각한 그는 파리의 점잖은 대
중들 앞에 나서서 "나를 잘 바라보라! 나는 바보이며, 코미디언이며,

---

31) 차라가 파리에 오게 된 구체적인 경위는, 1919년 초, 취리히에 머물던 피카비아가 차라
를 만났을 때 그에게 파리에 올 수 있는지 어떤지 의향을 물었고, 가능하면 자기의 집으
로 숙소를 정하자고 말한 것이 계기가 되었다고 한다.

협잡꾼이다. 나를 잘 바라보라! 나는 못생기고, 내 얼굴은 무표정하고 나는 키가 작다. 나는 당신들과 같은 사람이다!"[32]라고 소리 지르며 작은 소란을 일으키거나, 아니면 여러 가지 형태의 데모와 즉흥적인 연극으로 주위의 사람들에게 권태와 혐오를 주입시키는 데 모든 노력을 기울였다. 이러한 활동 중에서 가장 성공적이었던 것은 1920년 5월 26일에 열린 '다다 축제Festival Dada'이었다.

리브몽 데세뉴[33]의 전시회를 위한 서막으로 연출된 이 모임은 다음과 같은 광고를 내어 사람들을 모이게 했다.

기상천외한 사실, 즉 다다주의자들은 여러 사람들이 보는 앞에서 제 머리를 면도날로 밀어버릴 것이다. 또 다른 흥밋거리는 고통이 없는 격투, 다다 마술가의 소개, 진짜 사기꾼, 거창한 오페라, 남색가의 음악, 스무 명의 목소리로 만든 심포니, 움직이지 않는 춤, 두 편의 연극 작품, 선언문과 시 등이다. 끝으로 다다의 성기를 보여줄 것이다.[34]

이러한 각본대로 진행된 것은 아니었지만, 여하간 이 모임에는 많은 관객들이 호기심 때문에 모여들어 성황을 이루었다. 그들은 때로는 야유를 하고 때로는 환호성을 지르면서 흥분의 도가니에 빠진 듯하다가 '다다의 성기'가 등장할 때는 고함을 치기 시작했다. 그것은 몇 개의 풍

---

32) Lampisteries, 앞의 책, p.45.
33) 리브몽 데세뉴(Ribemont-Dessaignes, 1884~1975)는 화가이며, 음악가이며, 시인이며 또한 열렬한 논쟁가로서 다다활동에 적극적으로 참여한 사람이다. 한때는 브르통의 초현실주의운동에 관여하였으나, 브르통과의 의견대립으로 초현실주의 그룹을 떠나면서, 브르통에게 '경찰' '사제' 등의 격렬한 비난을 퍼부은 적도 있는 그는 누구보다도 다다정신에 충실한 사람이었다.
34) Sanouillet, 앞의 책, pp.173~74.

선 위에다 남자의 성기 형태를 흰 종이로 만들어 세워놓은 거대한 실린 더였다. 이 모임이 끝난 후 신문에 실린 비평가들의 평가에 의하면, 다 다주의자들에게는 희극적 의미나 유머 감각이 결여되어 있었다는 것인 데, 그것은 희화적 연출을 주관한 사람들의 의도를 이해하지 못했다는 사실을 드러낸다.[35]

이러한 다다적 활동과 더불어, 『문학』은 다다의 기관지로서 「23개의 다다 선언문Vingt-trois Manifestes Dada」을 소개하고 다다의 시를 발 표하기도 한다. '다다 선언문'의 재수록은 단순한 재수록이 아니라 다 다의 성격을 새롭게 조명하고 그것을 확대한다는 의미에서 시도된 것 인데, 그만큼 다다의 의미를 본질적으로 반성해보려는 의도가 동인들 사이에 강렬했음을 보여준다. 가령, 엘뤼아르는 사고를 경직시키는 모 든 인습적 언어에 반역을 시도할 수 있다는 점 때문에 언어에 대한 관 심을 통하여 다다를 이해했고, 수포는 모든 낡은 개념들 즉 대문자로 시작하는 어휘들인 문학·예술·아름다움 등의 개념이 담고 있는 공허 한 요소들을 청산해버릴 수 있다는 점 때문에 다다를 옹호했다. 그렇다 면, 브르통은 다다를 어떻게 받아들인 것일까?

다다는 그에게 예술이라는 거대한 환상을 종식시킬 수 있는 파괴적 세력으로 보였고, 또한 일반적인 모더니스트의 운동과는 달리 현대적 인 삶의 개념을 구현할 수 있는 수단으로 이해되었다. 브르통은 다다를 당시의 유행처럼 만연했던 많은 사조들과 분명히 구별 지으려 했고, 다

---

35) 브르통의 첫번째 부인이 된 시몬 칸Simone Kahn은 다다의 연출이 '용서할 수 없을 만 큼 조잡하고 형편없는 것d'une grossièreté d'une pauvreté qui se rendent l'une l'autre inexcusables'이라고 비난을 했는데, 이 비난을 듣고 브르통은 농담 반 진담 반으로 자기 는 다다주의자가 아니라고 대답했다는 것이다. 브르통은 그 당시 이미 다다의 활동에 회 의를 느끼고 있었는지 모른다.

다가 단순한 예술의 파괴가 아니라 진정한 삶의 출발을 가르쳐주는 것으로 기대를 걸었다. 그가 다다운동의 불꽃 튀는 투쟁에 뛰어들면서 쓴 여러 글들은 그의 그러한 입장을 명백히 반영하고 있다.

입체파는 회화의 한 유파이고 미래파는 정치운동이었는데, 다다는 '정신상태'이다. 이것을 같은 차원에 놓고 다른 것과 대립시킨다는 것은 무지와 자기기만을 반영한다.[36]

공기를 들이마시는 것과는 전혀 다른 것으로 정신의 기쁨을 이해한다는 것은 나로서 불가능한 일이다. 거의 모든 책마다, 거의 모든 사건마다 정신을 가두고 있는 이 한계상황에서 정신이 어떻게 편안한 상태로 있을 수 있겠는가? 〔……〕 파괴적인 것을 삼가려는 것은 완전히 체념하지 못한 모든 것에 대하여 엄격한 태도를 취하는 것을 의미한다.[37]

브르통은 그의 초현실주의에 대한 태도가 그랬듯이 다다를 문예사조의 한 유파로 간주하는 경향을 무지와 자기기만으로 매도해버리고, 다다의 가치는 정신을 신선한 바람 속에 열어두게 한 것에 있다고 역설한다. 또한 언어에 대한 다다의 공격적 입장은, 언어가 수단이 되고 교환가치의 기능밖에 수행하지 못한 현실에서 언어의 가치를 회복시키는 데 기여한다는 점에서 그의 공감을 얻기에 충분한 것이었다.

가장 일반적인 말의 의미에서 우리는 무엇보다 우선 최악의 관습인 언

---

36) A. Breton, 앞의 책, p.64.
37) 위의 책, p.73.

어를 공격하고 있다는 점 때문에 시인이라고 불린다. 우리는 '안녕'이라는 말을 잘 알고 있으면서 1년이나 헤어졌다가 다시 만나게 되는 여자에게 '아듀'라는 인사를 할 수도 있다.[38]

언어의 관습을 뒤집어보려는 이러한 의도는 사회의 약속을 깨뜨리는 행위로서 혼란을 야기시킬 수 있을 것이다. 이러한 관습의 파괴는 브르통에게 상상세계의 창조라는 측면에서 발전하지만, 다다는 계속 부정의 단계에 머물고 만다. 브르통이 다다의 가치를 어떻게 평가했건 간에, 그는 다다가 목적이 아니라 어느 한 시기에 거쳐야 될 과정이라고 생각하기에 이른다. 그것은 「다다를 위하여」라는 글에서 이렇게 압축되어 있다.

　예술적인 규범과 도덕적인 규범에 대한 우리의 공통된 반항은 우리에게 일시적인 만족만을 주었다. 현재의 다다운동보다 더 '다다'적일 수 있는 어떤 억누를 수 없는 환상적인 개성의 세계가 저편 어딘가에 자유롭게 펼쳐질 것이라는 사실을 우리는 잘 알고 있다.[39]

다다가 '일시적인 만족'만을 주는 것이라면, 그리고 다다를 넘어서 엿볼 수 있는 어떤 환상적인 세계가 펼쳐진다면, 브르통의 입장에서 다다를 오랫동안 붙잡고 있을 필요가 없었을 것이다. 사실상 브르통과 다다, 혹은 브르통과 차라와의 관계는 결렬될 수밖에 없는 여지가 많다. 브르통은 모럴을 비판하는 사람이었지만, 또한 누구보다도 모럴리스트

---

38) 위의 책, p.77.
39) 위의 책, pp.92~93.

였다. 그러므로 그는 긍정을 위한 부정으로서의 어떤 파괴적인 작업에
동조한 것이었지, 철저히 부정으로만 일관된 허무주의적 광란에는 기
질적으로 동의할 수 없었다. 그는 또한 예술을 비판하는 사람이면서 한
번도 시인의 입장을 떠난 적이 없었다. 다다가 훌륭한 시에 대하여 계
속 거부반응을 보이고 무관심해하는 것을 그는 결코 이해할 수 없었다.
차라는 글을 쓴다는 행위가 누구나 할 수 있는 '소변을 보는' 행위와 다
를 것이 없다고 생각했다. 그에게 문학은 생명의 자연스러운 한 기능일
뿐이지 존경스러운 눈빛으로 찬미할 대상이 아니었다. 그가 문학을 저
주하면서 글쓰기를 포기하지 않는 까닭은 그의 입장에서 모순이 아니
라 자연스러운 일이었다. 왜냐하면 글쓰기를 포기해야 할 만큼 문학이
영광스럽고 명예로운 어떤 특별한 것이 아니었기 때문이다. 그의 관점
에서 시인이나 예술가는 비범한 창조자도 초인간적 능력을 지닌 천재
도 아니며, 예언자도 아니고 신비를 밝혀주는 예시자도 아니고 프로메
테우스적인 불의 도둑도 아니고 악마도 아니도 천사도 아니며 신도 아
니었다. 그는 자기 자신을 비하시킬 정도로 철저히 작가에 대한 환상의
껍질을 벗기면서, 작가를 '오줌 누는 사람'이라고 말하기도 했다. 문학
혹은 문학인 데 대한 허위를 공격한다는 점에서는 차라와 브르통이 일
치하지만, 시를 오줌과 같은 배설물로 간주하고 시에 대한 어떤 기대도
혹은 어떤 가능성도 믿지 않는 차라의 태도를 브르통이 동의할 수는 없
었다. 브르통은 소설을 공격하면서도 시를 비난한 적은 없는 시인이었
다. 이러한 의견 대립에 덧붙여서 말해야 할 것은 브르통과 차라의 기
질적인 차이였다. 또한 그들의 삶의 태도나 행동 목표는 같지가 않았
다. 이러한 차이에서 증폭된 두 사람 사이의 미묘한 갈등과 대립은 마
치 한 그룹 내부에서 그룹의 방향을 결정하려는 싸움처럼 심각한 상태

로 발전하였다.[40] 두 사람의 대립은 두 그룹의 대립을 의미했다. 갈등과 대립의 양상은 여러 가지 문제에서 드러나게 되었는데, 특히 '모리스 바레스 재판Procès de Maurice Barrès'이 중요한 계기가 되었다.

브르통과 아라공의 제의로 이루어진 이 모의재판은 그 당시 문학적인 명성과 정치적 영광을 동시에 누리던 한 원로 문인을 도덕적으로 규탄하기 위한 모임이었다. 바레스는 민족주의자이고 군대의 가치를 역설한 사람이었으며 애국자연맹의 회장이고 국회의원이었으며 또한 아카데미 회원이었다. 드레퓌스 사건 때 그는 졸라의 반대편에 서서 국가의 이익이 우선되어야 한다고 주장한 사람이기도 했다. 그러나 그의 출발은 결코 그처럼 전통을 옹호하고 애국을 강조하는 보수주의자의 입장이 아니었다. 그는 무엇보다도 자유로운 개인주의의 윤리를 제시한 『자아의 예찬Le Culte du Moi』의 작가로서 젊은이들의 존경을 받았었다. 그런 점에서 그는 초기 초현실주의자들에게 무시할 수 없는 영향을 미친 작가의 한 사람이었다.[41] 그의 『자아의 예찬』이나 『피와 쾌락과 죽음에 관하여Du Sang, de la Volupté et de la Mort』와 같은 책에서는 욕망과 정열의 가치를 말하고 시와 사랑을 찬미하여, 문학보다 삶이

---

40) 브르통이 다다활동에 회의를 느끼게 될 무렵, 그는 시몬 칸이라는 여자를 알게 되고 사랑을 한다. 극심한 회의와 절망에 빠져 있었던 그는 사랑의 믿음을 통하여 서서히 가치관을 바꾸게 되고 그녀를 만나기 전의 자기 자신을 반성하면서 과거의 자기가 유치한 회의주의에 빠져 있었음을 고백한다. 그 무렵부터 그는 다다활동에 대한 흥미를 잃은 것 같은 태도를 취하지만 바레스 재판이 터지기 전까지는 다다에 대한 적의를 노골적으로 표명하지는 않았다: Marguerite Bonnet, 앞의 책, pp.235~36 참조.

41) 모리스 나도는 모리스 바레스에 대하여 이렇게 증언한다. "이 작가는 초기의 작품에서 미래의 초현실주의자들의 공감을 얻을 만한 확실한 문학적 재능과 도덕적 이상을 지니고 있었는데 나중에는 그의 재주를 땅과 죽은 사람들과 조국에 봉사하고 말았다. 바로 이러한 가치들은 『문학』그룹이 분노를 하면서 거부하는 것들이었다.": M. Nadeau, 앞의 책, p.35.

중요하다는 인식을 보여주고 상상력을 옹호하는 내용이 적지 않게 나타난다. 더욱이 꿈과 현실의 이원론을 지양하며 양자 간의 조화를 염두에 두고 있는 그의 입장은 여러 가지 점에서 브르통과 같은 젊은 세대에게 감명을 주기에 충분한 것이었다. 그의 시각은 삶의 영역을 넓히고 상상력의 힘을 자극하는 것처럼 보였다. 그는 또한 사회적인 문제에도 관심을 기울이면서 마르크스주의가 민중의 물질적 조건을 개선할 수 있으리라는 기대를 갖기도 했다. 이러했던 작가의 변모는 배반이라는 낙인이 찍힐 수 있는 것이었다. 그의 배반을 규탄하려는 의도의 표현이면서, 동시에 다다의 새로운 방향전환을 모색하려는 의미도 함축하고 있는 '바레스 재판'은 그 재판이 있기 전의『문학』지 18호(1921년 3월)에서 다룬 인물평가와 같은 맥락에서 실현된 것이다. 역사적 위인을 포함하여 생존해 있는 중요한 인물들을 평가하는 이 기획은 초현실주의자들이 종종 시도하던 것으로서 학교에서 성적을 평가하는 방법과 동일하게 20점 만점을 기준으로 한 것인데, 차라는 대상이 된 모든 인물들에게 한결같이 −25점을 부여함으로써 철저한 무관심과 경멸을 보인 반면에 브르통은 신중한 반응을 나타냈다. 그는 로트레아몽에게는 최고의 점수인 20점을 주었고, 랭보에게는 18점, 바셰에게는 19점, 아폴리네르와 르베르디에게는 14점, 헤겔과 발레리에게는 15점, 프로이트에게는 16점, 지드에게는 12점 그리고 바레스에게는 13점을 주었다.[42] 바레스가 얻은 이 점수는 낙제점수는 아니라고 하더라도 그에 대한 실망을 반영해주고 있는 점수임에는 틀림이 없다. 그에게는 바레스가 문

---

42) 이러한 인물 평가에 유머가 완전히 배제된 것은 아니다. 브르통은 예수 그리스도와 마호메트에게는 낙제점수를 주었고, 무명용사에게는 −25점을 부여했다. 이러한 점수들이 설사 말장난에서 나온 것이라 하더라도, 그것을 가볍게 넘겨버릴 수 없는 까닭은 브르통과 초현실주의자들의 모럴과 '사람을 보는 눈'이 이 점수와 대체로 일치하고 있기 때문이다.

학적 재능을 세속적인 이데올로기에 예속시키는 가짜 작가이고 문학의 사기꾼처럼 보인 것이다.

1921년 5월 13일 오후 8시 30분에 당통가 8번지에서 열린 이 재판은, 실제 재판의 진행과 거의 동일하게 구성되어서 다다주의자들은 판사와 검사, 변호사의 역할을 나누어 했고, 피고석에는 나무로 만든 마네킹을 바레스처럼 그려서 앉혀두었다. 무명용사로 분장한 증인도 있었고 방청석에는 이 사건을 취재하러 온 기자들도 적지 않게 섞여 있었다. 재판장의 역할을 한 브르통은 우선 기소장을 낭독했다. 이 기소장에서 바레스의 변모 혹은 배반을 문제 삼는 대목은 신중하게 처리되었다고 봐야 한다. 브르통은 사람이란 누구나 변모할 수 있고 자기 자신의 언행이 삶의 흐름에서 모순될 수도 있다고 생각한 사람이다. '삶을 변화시켜야 한다'는 랭보의 명제를 무엇보다도 앞세웠던 미래의 초현실주의자의 입장에서 삶의 모순과 변화를 그 자체로 비난할 수 없다는 인식이 단정적인 논조를 갖지 못하게 했던 것이다. 모순은 지적인 측면에서나 도덕적인 측면에서 필요한 것이고 또한 그것은 삶의 깊이와 탄력을 반영해주는 것이기도 하다. 그러나 모순된 면을 갖는 인간의 권리는 무한히 허용될 수 있는 것일까? 한계가 있다면 어느 정도의 것인가? 브르통 자신은 바로 이러한 문제를 스스로 제기하다가 결국 랭보의 삶에서 해답을 이끌어오게 된 것이다. 이 기소장에서 바레스와 랭보를 밤과 낮처럼 양극화시켜 비교한 까닭은 바로 그런 점 때문이다. 랭보는 끊임없이 세계와 부딪치면서 삶을 살았고 이 세계의 예속으로부터 해방되기 위한 노력을 한 번도 포기해본 적이 없는 사람이었다. 그는 19살까지는 뛰어난 시를 쓰다가 돌연히 문학을 떠나서 장사를 하고 이름 없는 모험의 삶을 살다가 죽은 사람이다.

그의 생애의 후반기에 전반기의 활동과 아무런 관계도 없는 어느 삶의 형대를 선택한 〔……〕 랭보와 같은 사람은 전반기의 활동을 완전히 부정하게 되지는 않았다. 랭보는 아비시니에서 장사를 했다. 그는 수많은 함정을 빠져나온 사람이기 때문에 그의 말년의 모습을 외판원처럼 떠올린다는 것은 조잡한 이미지로 비친다. 랭보는 세계에 대하여 그전과 다름없는 증오심을 계속 보였다. 그는 절망적으로 노예 상태를 벗어나려고 애쓰고 그렇게 되지 못한다는 확신이 들었더라도 그의 삶의 길은 변함이 없었을 것이다. 여하간, 랭보의 소위 냉소주의는 이처럼 지울 수 없는 욕망을 가라앉히지 못했다.[43]

세계에 대한 불만과 끊임없이 솟아오르는 자유에 대한 갈증이 결국 랭보로 하여금 대륙을 헤매고 다니는 방랑의 길로 접어들게 한 것이다. 랭보의 모순된 삶은 대립된 것이 아니라 끊임없이 자유를 위협하는 일상의 감옥과 쇠사슬로부터 탈출한다는 의미에서 일치된 것이다. 그러나 바레스는 처음에 강조하던 자유의 가치를 외면하고 안일한 예속의 길로 빠져들었다. 그는 명예에 눈이 멀고 '호화롭게 사는 사람un homme opulent'이 되고 싶어 한 것이다. 그는 내면의 진정한 욕망에 귀를 기울이지 않고 용의주도한 계산대로 움직이면서 어떤 위험에도 부딪치려고 하지 않았다. 바레스의 이러한 태도와 처신을 비판하는 것은 바레스라는 한 개인에 대한 질타라기보다 누구에게나 가능하나 약점을 공개적으로 비판하려는 점에서 큰 의의를 찾을 수 있다. 기소장에

---

43) Breton, "Acte d'Accusation II"(M. Bonnet의 앞의 책 *André Breton*에서 재인용).

적혀 있는 다음과 같은 내용은 바로 그러한 의미를 보여준다.

삶의 의미는 그 삶을 살아온 사람에게만 관계되는 것이 아니다. 우리가 따르게 되는 심리적인 규범과 도덕적인 규범은 이러한 삶을 모델로 삼기 때문이다. 그 삶이 보다 분명히 밝혀지면 질수록, 그것은 다른 개인들이 발전하는 데 도움을 준다. 바로 그런 점에서 어떤 태도를 명예롭게 만들거나 아니면 형편없이 만드는 일, 비망록을 쓰고 장작을 쌓아올려 불태울 준비도 해야 할 의무가 우리에게 있는 것이다. 우리는 마지막 승부에 무관심할 수가 없고, 우리가 기꺼이 희생자가 되기를 원하지도 않는다. 바레스는 임무를 완성하지 못했을 뿐 아니라, 그가 누리고 있는 지극히 화려한 지위가 그의 작품들이 계속 미치고 있는 영향력과 합세하여(그가 계속 재판을 내도록 허락하는 이유를 알 수 없지만) 모든 혁명적인 열기의 가치에 대하여 회의하도록 만들고, 우리의 현재의 활동을 미래의 활동에 종속시키도록 하거나 그 어느 활동에도 한결같은 상대적 중요성을 인정하지 못하게끔 할 수도 있는 것이다.[44]

이 기소장에서 확인되듯이, 브르통은 바레스의 생애와 작품이 모두 악영향을 끼칠 수 있다는 사실과, 또한 모든 건강한 개혁의 의지를 나쁘게 해석함으로써 젊음의 훌륭한 뜻을 포기하도록 만드는 결과를 낳는다는 사실을 상기시켰다. 바레스는 자유의 입장을 지키고 있다고 말하지만 사실상 그는 절충적인 타협의 명수였다. 또한 그의 생각은 계속 변화하긴 했지만, 한 번도 근본적인 것을 문제 삼은 적은 없었고, 그의

---

44) 위의 책.

삶과 문학적 변화는 언제나 표면적일 뿐이었다.

　이 재판에서 흥미 있는 것은 차라의 태도였다. 이 계획이 논의되기 전부터 이러한 재판의 형식을 싫어했던 차라는 개인적인 불만이 있더라도 다다에 유익한 일이라면 동조할 수밖에 없다는 소극적인 자세를 보였었다. 그러나 증인의 역할을 하기 위해 이 재판정에 나타났을 때, 이미 그는 엄숙하고 단조로운 실내의 분위기를 일거에 깨뜨려버려야겠다고 작정한 듯이 보였다. 그는 증인석에 출두한 후, 재판정에서 관례적으로 묻는 말, 즉 "당신은 진실을 말하겠다고 선서하겠습니까?"라는 물음에 "아니요"라고 대답했다. 그는 처음부터 재판장인 브르통의 논리에 전혀 말려들지 않으면서 다음과 같이 말하였다. "나는 이 재판이 다다에 의해서 계획된 것이라 하더라도 재판이라는 것을 전혀 신뢰하지 않습니다. 재판장님, 우리 모두가 속물의 일당일 뿐이며 큰 속물이냐 작은 속물이냐 하는 사소한 차이는 전혀 중요하지 않다는 사실에 동의하시겠지요?" 이다음에 이어지는 물음과 대답이 흥미롭다.

　물음 : 왜 당신에게 증인을 부탁했는지 아시겠지요?
　대답 : 당연히 알지요. 내가 트리스탕 차라이기 때문이지요. 설사 내
　　　　가 이 사실을 확신하지 못한다 하더라도.
　물음 : 트리스탕 차라는 어떤 사람입니까?
　대답 : 모리스 바레스의 정반대입니다.
　물음(수포) : 변호인은 증인이 피고의 운명을 부러워한다고 확신하
　　　　며, 증인이 그러한 사실을 고백할 수 있는지 심문하겠습니다.
　대답 : 증인은 변호인에게 똥이라고 말하겠습니다.
　물음 : 모리스 바레스 다음에 증인이 열거할 만한 더러운 사람들이 있

습니까?

대답 : 네, 앙드레 브르통, 프랑켈, 피에르 드 발, 조르주 리브몽 데
세뉴, 루이 아라공, 필립 수포, 자크 리고, 피에르 드리외 라
로셸, 벤자멩 페레, 세르주 샤르슌 등입니다.

물음 : 증인은 지금 열거한 사람들이 친구들인데, 그들에 대해서나 모
리스 바레스에 대해서나 똑같이 생각하고 있다는 것을 말하려
는 것이겠지요?

대답 : 맙소사! 여기서 문제되는 것은 더러운 사람들이라는 것이지
똑같은 생각은 무슨 똑같은 생각이란 말입니까? 내 친구들은
나에게 공감을 하고 그 반면에 바레스는 반감을 주고 있다는
것이지요. 〔……〕

물음 : 증인은 완전히 바보 행세를 하려는 것입니까? 아니면 징역을
살고 싶어 안달을 하는 것입니까?

대답 : 네, 나는 완전히 바보 행세를 하려는 것입니다. 그러나 내가
일생을 보내야 할 이 안식처를 굳이 빠져나가려고 애쓰지는 않
습니다.

물음 : 증인은 베르덩Verdun에서 부상당한 적이 있지요?

대답 : 나는 거짓말 앞에서는 조금도 물러서지 못하는 성미입니다. 부
상당한 것은 사실입니다. 다다주의의 베르덩에서 말입니다. 재
판장님, 나는 사람이 비열해서 요컨대 나에게 흥미가 별로 없
는 이야기에 끌려들어가고 싶어 하지 않는다는 것을 아시겠지
요.

물음 : 증인은 모리스 바레스를 개인적으로 알고 싶습니까?

대답 : 나는 1912년에 그를 알았습니다. 그런데 여자 문제 때문에 그

와 싸웠지요.

물음 : 변호인은 증인이 우스갯소리를 하면서 시간을 때우고 있다는
　　　것을 인정해야 합니다.

대답 : 〔……〕 나는 심판하지 않겠습니다. 아무것도 심판하지 않겠습
　　　니다. 나는 늘 나 자신을 심판하고 나 스스로 키 작은 불쾌한
　　　녀석이라고 생각하며 바레스보다 나을 것이 없는, 비슷한 요소
　　　를 나에게서 발견합니다. 모든 것은 상대적이지요.[45]

　이러한 물음과 대답에서 확인되는 브르통과 차라의 날카로운 의견
대립은 이 재판을 브르통이 의도한 방향대로 발전시켜가지 못했을 뿐
아니라 결국 다다의 균열과 와해의 순간이 결정적으로 다가왔음을 예
감할 수 있게 한다. 더욱이 검사로 등장한 리브몽 데세뉴는 이 재판이
다다정신과 아무런 관련이 없으며, "다다의 범죄자, 비열한 놈, 약탈
자, 도둑놈 등이 될 수 있지 재판관이 될 수는 없다. 처음으로 하는 이
러한 기소는 우리의 입만을 깔깔하게 만들고 우리의 기분을 우울하게
만든다"고 선언함으로써, 피고를 신랄하게 비판하기를 바랐던 브르통
의 기대를 저버렸다. 아라공과 브르통이 동시대의 가장 영향력이 많은
문학인들 중의 한 사람을 놓고 그의 문학인의 삶의 태도를 진지하게 비
판해보려 했던 이 모임은 결국 어수선한 분위기 속에서 방청석에 모인
관객들에게 큰 충격을 주지도 못한 채 끝나고 만다.[46] 브르통은 이 사
건을 통해서 철저히 파괴적이고 부정적인 차라의 다다와 결별할 수밖

---

45) M. Sanouillet, 앞의 책, pp.263~64.
46) 재판장은 피고에게 강제노동 20년이라는 언도를 내렸다. 이 형벌은 예상했던 것보다 그
　　렇게 가혹한 것은 아니었다.

에 없다는 생각을 굳히게 된다. 모리스 나도는 이렇게 말한다. "의심할 나위 없이 그는 제 길로 들어선 것이다. 다다는 외치는 것으로 만족할 수 없었고 행동을 해야만 했다. 그것은 우선 보다 덜 아나키스트적으로, 보다 효과적으로 행동하는 일이다."[47] '보다 덜 아나키스트 적이며' '보다 효과적으로 행동하는' 길은 결국 초현실주의로 넘어가는 길일 것이다.

'바레스 재판'을 통하여 분명히 노출된 브르통과 차라의 상반된 입장이 다다 그룹의 분열로 나타나자, 브르통은 새로운 전기를 마련하고 어떤 공통된 구심점을 찾기 위한 움직임으로, 아니 다다를 과거로 돌려 버리기 위해서 대규모의 회의를 구상한다. '현대적 정신'esprit moderne' 혹은 모더니즘의 정신을 옹호하고 규명하기 위한 이 모임은 다다를 '입체파'나 '미래파'와 다름없는 전위적 운동으로 간주함으로써, 이 회의를 제안한 브르통의 입장이 은연중에 다다에서 벗어나 있는 것임을 입증하고 있다.

〔……〕 나는 입체주의, 미래주의, 다다가 결국 서로 다른 별개의 운동이 아니며 우리가 아직 정확하게 그 의미나 넓이를 알지 못하는 보다 광범위한 어떤 운동의 성격을 띠고 있다고 생각한다. 입체주의, 미래주의, 다다를 연속적인 흐름으로 파악하는 것은 현재 얼마만큼의 높이에 도달해 있다가 자기에게 주어진 곡선을 계속 그려나가기 위하여 새로운 충격만을 기다리는 어떤 이념의 분출을 추적하는 태도이다.[48]

---

47) M. Nadeau, 앞의 책, p.51.
48) Sanouillet, 앞의 책, p.322.

브르통은 다다를 입체주의와 미래주의에 연결 지으면서 과거의 것으로 환원시키고, 또한 다다를 예술사나 문학사의 한 흐름 속에 위치시켜 버린다. 이러한 브르통의 태도는 어떤 모더니즘의 경향과 다다를 철저히 구별 짓고 싶어 한 차라의 입장과 정면에서 충돌하게 된다.

나는 다다와 입체주의, 미래주의가 공통한 바탕에서 세워졌다고 말하는 것이 잘못이라고 생각한다. 입체주의와 미래주의의 경향이 기술적이며 지적인 어떤 완성의 개념에 토대를 두었다면, 다다주의는 그와 반대로 어떤 이론에 근거를 둔 것이 전혀 아니며 그것은 어디까지나 '항의'일 뿐이다.[49]

다다가 예술의 한 표현으로 이해되는 것을 용납할 수 없었던 차라는 그 모임에 동의하지 않음은 물론 참석하지도 않겠다고 했다. 이러한 논의가 계속되는 과정에서 차라와 브르통 사이의 격렬한 논쟁은 급기야는 다다의 조종을 울리는 사건으로 끝나게 된다. 브르통은 차라와 다다의 역할이 보잘것없는 것이었다고 단정 짓고, 그의 앞으로의 작업이 다다활동의 연속이 아니라는 것을 분명히 밝히면서 다다의 죽음을 선언한다. 다다의 역할이 얼마나 중요한 것인가 아닌가 하는 문제는 문학사가들이 평가할 문제라 하더라도 브르통이 다다의 철저한 부정정신과 허무주의적 태도를 극복하고 싶었던 것만은 사실이다. "모든 것을 버려라./다다를 버려라./당신의 부인을 버려라, 당신의 애인을 버려라./당신의 희망과 당신의 두려움을 버려라./숲의 한구석에서 당신의 아이

---

49) 위의 책, p.323.

를 배게 하라./망령을 위하여 먹이를 버려라./필요할 경우에는 안일한 삶을, 미래의 안정을 위하여 당신에게 주어진 것을 버려라./여러 갈래의 길 위로 떠나라."[50] 방황과 자유를 외치는 브르통의 이 글은 초현실주의를 향해 떠나는 길이 새로운 정신의 모험을 지향하는 것임을 시사한다.

5. 다다와 초현실주의의 상호보완성

초현실주의자들이 다다 시절을 거치지 않고도 오늘날처럼 다양하고 풍부한 초현실주의 문학을 이룩할 수 있었을까? 이러한 물음은 객관적인 해답을 가져오지 못하는 비논리적인 질문일지 모르지만, 초현실주의자들의 다다활동이 유익한 것이었음을 결론지으려는 이 부분에서 논지의 실마리를 푸는 하나의 열쇠가 될 수는 있을 것이다.

앙드레 브르통과 미래의 초현실주의자들이 다다를 만나기 전에 상징주의의 영향을 깊이 받고 있었던 것은 사실이다. 그 당시의 많은 전위적 활동이 있었다 하더라도 다다의 파괴적인 작업은 다른 활동과 구별되는 개성을 보여주었고, 그 개성이 말라르메와 발레리 등의 상징주의 시인들의 시적 경향을 답습하고 있었던 젊은 시인들에게 충격과 매력을 준 것은 분명하다. 다다라는 마력적 어휘가 제1차 세계대전이라는 암울한 시대에 살고 있던 젊은이들의 분노를 규합할 수 있었던 구심점이 된 것은 무엇보다도 이성에 기반한 문명적인 모든 가치를 근본적으

---

50) A. Breton, 앞의 책, p.110.

로 회의하며 그것의 허위성을 비판한 다다의 반항적 시각 때문이었다. 파리의 다다주의는 그러므로 '왜 쓰는가?'라는 문학적 문제와 더불어 시작했다. 예술과 시에 대하여, 아니 그것들이 갖는 의미에 대하여 아무도 의심을 표명하지 않았던 시대에 그러한 태도는 충분히 값진 것이었다.

다다는 과거와 미래를 거부하고 순간 속에서 살며 어떤 의무도 떠맡지도 않았다. 차라는 다다가 아무것도 아니며, 아무것도 되고 싶지 않다고 말했다. 그는 다다가 어떤 형태나 어떤 방법 속에 굳어져버리는 것을 철저히 거부했다. 그는 또한 초현실주의의 대명사라고도 말할 수 있는 자동기술과 크게 다를 바 없는 자발성과 자유로운 표현을 강조하고 아울러 모든 가치기준과 가치판단을 거부했다. 바로 이러한 다다의 특징들은 앞에서 검토한 것처럼 초현실주의와 부분적으로 일치하며 또한 부분적으로 대립되는 요소들이기도 하다. 다다는 초현실주의와 마찬가지로 삶의 태도와 모럴을 중시했지만 그것을 표현하는 방법이 같지 않았다. 무엇보다도 '바레스 재판' 때 노골적으로 표명된 가치관과 도덕적인 관점의 대립이 이 두 가지 운동을 갈라서게 만든 계기가 되었지만, 그러한 이유 때문에 다다와 초현실주의를 도식적으로 명확히 구별 짓는 태도는 위험할지 모른다. 브르통이 그의 『대담집*Entretiens*』에서 밝힌 것처럼 "초현실주의를 다다에서 파생된 운동이라고 소개한다거나, 또는 건설적인 방향으로 다다를 복원시킨 것으로 보는 관점은 틀린 것이며, 연대기적으로 보더라도 그것은 잘못된 일이다. 다다와 초현실주의는——초현실주의만 아직 영향력을 발휘하고 있다 하더라도——서로 감싸며 돌아가는 두 개의 물결처럼, 상호보완적으로 이해할 수밖에 없을 것이다."[51] 차라와의 거친 논전에서와는 달리 이미 초현실주의라는 큰 물결을 일으키고 20세기 문화에 큰 영향을 미친 사람으로서 다다를 포용하는 관용과 여유가 엿보이는 이 말은 다다와 초현실주의 와의 관계를 온당한 입장에서 설명해주고 있다. 우리가 이러한 설명에 완전히 동의하는 입장이 아니라고 하더라도, 여하간 초현실주의를 이 해하는 데 있어서 다다의 의미를 쉽게 폄하하거나 제외시켜서는 안 될 것이다.

다다의 허무주의를 비난하기는 쉽다. 다다의 독단적인 주장과 파괴 적인 형태의 시가 철없는 젊은이들의 병적인 반항이라고 규정짓는 것 도 쉬운 일이다. 그러나 우리가 관심의 초점으로 삼아야 할 것은 그들 이 무엇에 대항하여 싸웠는가 하는 문제이며, 절망적인 몸짓으로라도 그렇게 싸울 수밖에 없었던 그들의 순수한 반항이 무엇 때문인가를 이 해하는 일이다. 중요한 것은 그러므로 그들의 행위를 어떤 선입관에서 성급히 비판하는 일도 아니며, 또한 그들의 반항을 지나치게 신비화시 켜서 해석하는 일도 아닐 것이다. 그들의 반항이 그 시대와 그 사회에 서 가능했던 정직한 반응이라면, 그리고 그러한 반항이 언제 어디서나 되풀이될 수 있는 것이라면, 우리 시대의 현실 속에서 그러한 문제를 새롭게 제기해볼 수 있어야 한다. 다다의 철저한 부정, 그것은 진정한 긍정의 세계를 맞이하려는 젊은이들의 열망에서 표현된 순수한 인간적 몸짓이라고 믿기 때문이다.

---

51) A. Breton, *Entretiens*, Gallimard, coll. Idées, 1952, p.62.

제4장
『나자』와 초현실주의적 글쓰기의 전략

1. 「초현실주의 선언문」과 현실주의 소설 비판

'초현실주의 소설'이란 말은 '초현실주의 시'란 말보다 어색하게 들린
다. 초현실주의의 중심적인 장르가 시이기 때문이기도 하겠지만, 세속
적 현실의 문제에 초연해 있으려는 초현실주의 정신은 소설의 정신보
다 시의 정신에 가까운 것으로 생각되기 때문이다. 실제로 앙드레 브르
통이 소설, 특히 현실주의 소설에 대한 비판과 거부의 태도를 보이면
서, 초현실주의적 글쓰기를 소설의 반대편에 두려고 했던 것은 널리 알
려진 사실이다. 그는 「초현실주의 선언문Manifeste du surréalisme」
(1924)에서 초현실주의적 글쓰기란 현실로부터 인간의 자유와 해방을
추구한 것인 데 반해, 현실주의 소설은 사람들로 하여금 생활의 사소한
측면이나 잡다한 인간사에 관심을 갖게 함으로써 독자로 하여금 반항

과 해방의 정신을 고취시키지 못한다고 비판하였다. 현실주의 소설에 대한 그의 비판은 작가적 태도나 정신에 관한 것과 소설적 기술의 방법이나 형태에 관한 것으로 나누어볼 수 있는데, 그러한 논리의 근거는 현실주의 소설이 현실을 재현하고, 현실의 논리를 따르려고 함으로써 독자로 하여금 능동적이고 자유로운 상상력을 갖게 하지 못하였고, 작가가 자신의 현실 인식을 독자에게 그대로 보여주려고 함으로써 다양한 인식의 가능성을 열어두지 못하였다고 보는 데 있다. 「초현실주의 선언문」에서 현실주의 소설에 대한 비판과 관련되는 부분을 인용해보자.

[……] 성 토마스 아퀴나스에서 아나톨 프랑스에 이르기까지 실증주의의 계시를 받은 현실주의적 태도는 모든 이지적이고 정신적인 비약을 거부하는 것처럼 보인다. 나는 그러한 태도가 평범함과 증오심, 그리고 진부한 자기만족으로 만들어진 것이기 때문에 혐오스럽다. 현실주의적 태도야말로 오늘날 판을 치는 바보 같은 책들과 모욕감이 느껴지는 작품들을 낳은 원인이다. 현실주의 태도는 신문을 통해서 끊임없이 강화되고 있으며 가장 저속한 취미의 대중적인 여론과 야합함으로써 학문과 예술의 발전을 방해하고 있다. 그리고 명확성이란 바보 같음이란 말과 다름없이 되었고 인간의 삶은 개 같은 인생이 되었다. 가장 훌륭한 정신의 소유자들도 그 영향을 받는 활동을 하게 되고 무사안일의 법칙은 그들에게나 다른 사람들에게나 한결같이 수용되기 마련이다. 이러한 사태로 빚어진 우스운 결과가 문학의 경우 소설의 범람이라는 것이다. 저마다 자기 나름의 사소한 '관찰'로 소설을 꾸며댄다. 그러한 현상을 정리할 필요성이 있어서 폴 발레리 씨는 최근에 가능한 한 많은 양의 소설의 도입 부분과 거기서 쉽게 예상되는 터무니없는 것을 앤솔로지 형식으로 묶어

보자고 제안했었다. 그렇게 해본다면 가장 유명한 작가들이 수록의 대상으로 될 것이다. 전에 소설에 관한 이야기를 했을 때, 자기라면 후작부인은 5시에 외출했다라는 식으로 쓰지 않겠다고 단언했던 폴 발레리의 그러한 발상은 그의 명예를 한층 더 높여줄 만한 것이다. 그는 이 약속을 과연 지켰던가?[1]

현실주의 소설에 대한 이러한 비판에서 첫번째로 주목되는 것은 '명확성la clarté'이란 말이 바보 같고 개 같은 인생이란 말과 다름없이 언급되었다는 점이다. 명확성이란 이성의 다른 말이라고 할 수 있다. 이런 점에서 명확성에 대한 비판은 이성에 대한 공격과 같은 맥락에서 광기를 옹호하고 상상력을 찬양하는 초현실주의의 주장을 환기시킨다. 위의 인용문에서 두번째로 주목해야 할 대목은 "후작 부인은 5시에 외출했다"는 문장이다. 이 문장에서 우리가 쉽게 파악할 수 있는 언어학적 혹은 문법적 특징은 주어가 삼인칭이며 동사 sortit는 단순과거라는 사실이다. 다시 말해서 그것은 작가의 이야기가 아니라 제삼자의 이야기임을 보여준다. 그것은 만들어진 시간과 공간 속에서 전개되는 가짜 현실의 허구적 인물을 전제로 한 것이다. 후작 부인은 그러므로 언어의 차원에서만 존재하고, 그녀에 대한 언급이 사라지면 그녀는 존재하지 않는 것과 다름없는 것으로 볼 수 있다.[2] 또한 "외출했다"라는 단순과거의 동사는 그 사건이 체험된 것이 아니라 이야기된 것임을 의미한다. 왜냐하면 그 문장이 말하는 화자의 현재와 관련되어 있지 않고 임의적

---

1) A. Breton, *Manifestes du surréalisme*, J. J. Pauvert, 1962, pp.17~18.
2) 에밀 방브니스트의 용어를 빌리면 삼인칭으로서의 후작 부인은 '부재인칭non-personne' 이다. 왜냐하면 삼인칭으로서 '그는 부재하는 사람'이기 때문이다.

으로 선택된 어떤 과거의 한순간과 연결되어 있기 때문이다. 그 행동은 그런 까닭에 살아 있는 것이 아니라 과거의 한 시점에 고정되어 죽어 있다. 꾸며대는 거짓의 허구적인 이야기를 과거형으로 서술하는 것 대신에 작가 자신의 진실한 체험을 생생한 현재의 양상으로 써야 한다는 브르통의 입장[3]을 여기서 짐작할 수 있다. "후작 부인은 5시에 외출했다"(이하 "후작부인…")에서 주목해야 될 또 다른 측면은 간결하고, 명확하며, 빈틈없는 메시지를 전달해주는 이 문장의 구성이 시적인 상황이나 분위기를 전혀 암시하지 않고 있다는 사실이다. 그것은 눈앞에 보이는 세계를 명확하게 묘사할 뿐 보이지 않는 세계, 꿈과 무의식의 세계를 그리지는 못한다. 초현실주의적 표현방법은 존재하는 것을 묘사하려 하지 않고, 현실주의적 논리를 초월하면서 상상력을 촉발시키는 데 가치를 둔다. 그럼 점에서 산문과 시의 근본적인 차이를 발견할 수 있을지도 모른다. "후작 부인…"의 산문적인 논리가 일상생활의 인습에 길들여진 독자의 정신에 충격을 주면서 일깨우는 것이 전혀 아니라 친숙하게 저항감 없이 수용된다는 점을 지적할 수도 있다. 르베르디의 이미지론을 인용하지 않더라도 멀리 떨어져 있는 두 현실을 분리된 상태로 두지 않고 하나의 이미지 속에 충격적인 결합을 종종 시도한 초현실주의적 이미지의 표현방법이 내적인 긴장과 역동적인 상상력을 지향하는 것이라면 "후작 부인…"의 현실주의적 이미지는 현실의 인습적인

---

3) 브르통이 1924년 9월에 쓴 "Introduction au discours sur le peu de réalité"에는 작가들로 하여금 자기의 진실한 체험을 이야기하도록 호소하는 글이 이렇게 적혀 있다. "당신 자신의 이야기를 해보세요. 당신들에 대해서 더 많은 것을 알려주어야 합니다. 당신들 마음대로 들락날락하는 가짜 인간들을 죽이고 살릴 권리가 여러분들에게 없습니다. 당신들의 회상록을 보여주는 것으로 만족하세요. 그리고 진짜 이름을 밝혀야지요. 주인공들을 함부로 다루지 못했다는 것을 증명해야지요." Breton, *Point du jour*, Gallimard, coll. Idées, p.9.

이미지와 일치된 차원에 머문다. 현실의 논리를 존중하는 현실주의적 서술은 비논리적인 시적 비약을 허용하지 못할 것이다.[4] "후작 부인…"의 예를 통해서 결국 브르통이 현실주의적 기술의 결함을 표현하고 싶었던 것을 다시 요약해서 말하자면, 첫째 그 문장이 삼인칭 주어로 구성된 비주관적 문장이라는 것, 둘째 그것이 단순과거의 동사로 전달되어 글 쓰는 사람의 현재와 단절된 비활성적 문장이라는 것, 셋째 그것은 역사적인 인과관계를 전제로 한 연속적인 논리의 문맥에 들어가 있다는 것, 넷째 내적인 긴장과 상상력을 자극하는 역동적 요소가 결핍되어 있다는 것이다.

「초현실주의 선언문」의 현실주의를 비판하는 흐름에서 "후작 부인…"에 뒤이어 "무조건적인 보고서식의 문체le style d'information pure et simple"와 작중인물과 공간에 대한 상투적 묘사도 문제시되고 있다. 브르통은 장황하고 따분한 묘사의 예로 도스토옙스키의 『죄와 벌』에서 한 문장을 인용하지만, 발자크나 졸라의 어떤 소설을 인용하더라도 마찬가지일 것이다. 그의 논리를 따르면 현실주의적인 범속한 인물묘사 (가령 머리는 금발이며 양복의 색깔은 검은색이라는 등등의 외형묘사)는 작중인물의 신비스러운 심층적 내면의 세계를 전혀 고려하지 않고 있다는 점 때문에 독자의 상상력을 차단시켜버릴 뿐만 아니라 독자의 인간에 대한 이해 혹은 현실에 대한 판단을 왜곡시킨다는 것이다. 소설을 구성하는 데 중요한 요소의 하나인 묘사가, 작가의 진실을 밝히는 데 얼마든지 유익한 수단이 될 수 있다고 반론을 제기할 미셸 뷔토르와 같

---

4) '연결시키는 선이 없는sans fil'이라는 말을 애호하고 '그러므로donc'라는 논리적 접속사를 증오한다는 브르통의 말을 떠올릴 수 있다. 그가 "Introduction au discours sur le peu de réalité"에서 무선전신, 무선전화와 같은 무선 상상력imagination sans fil을 이야기하는 것은 위의 논리의 흐름에서 쉽게 이해될 수 있다: 위의 책, p.7.

은 작가가 있겠지만,[5] 브르통의 관점은 묘사 자체의 의미를 부정한 데 있는 것이 아니라 현실주의적 묘사의 허구성을 비판하려는 데 있다. 중요한 것은 어떤 대상의 외형적인 모습이 아니라, 그 대상 속의 어떤 요소가 우리의 내면을 자극하고, 우리에게 계시révélation를 주는가의 문제이다. 다시 말하자면 브르통은 주관적인 것과 객관적인 것의 구별이 제거된 상태에서 주체와 객체와의 강렬한 정서적 만남을 전달하는 표현에 가치를 부여한다. 그러한 만남이야말로 자아와 세계와의 상투적 관계가 변화하여 진정한 관계에 도달하는 것이기 때문이다.

「초현실주의 선언문」에서 나타난, 현실주의 소설에 대한 비판과 초현실주의 문학이 지향하는 글쓰기의 암시를 종합해보면, '초현실주의 소설'이란 말은 마치 '산문시'라는 말이 그렇듯이 모순되고 역설적인 요소들이 결합된 말처럼 보인다. 물론 「초현실주의 선언문」은 초현실주의 소설의 선언문은 아니다. 그러나 「초현실주의 선언문」에서 현실주의 소설을 공격적으로 비판한 내용을 근거로 초현실주의 소설의 선언문 같은 내용을 생각해본다면 그것은 어떤 형태일까? 브르통은 「초현실주의 선언문」을 쓸 때만 해도 기존의 소설이거나 현실주의 소설을 공격하는 논리만 생각한 것이지, 초현실주의 소설을 쓰려는 야심과 계획을 갖고 있지도 않았다. 그가 막연히 현실주의 소설과는 다른 어떤 초현실주의 소설의 존재를 염두에 두고 있었더라도, 그것은 로브그리예나 미셸 뷔토르 같은 작가들이 새로운 글쓰기의 전략으로 내세운 '누보로망'과 같은 어느 정도 새로운 공통적 요소를 갖춘 체계적 형태의 소설은 아니었다. 물론 초현실주의 소설은 체계적인 틀로 유형화되기 어렵

5) Michel Butor, "Le roman comme recherche," "Le roman et la poésie," in *Essais sur le roman*, Gallimard, coll. Idées, 1969.

다. 그 이유는 초현실주의의 형태가 흐르는 물과 같아서 고정된 형태가 없기 때문이기도 하겠지만, 시적 정신을 지키고 유동적인 삶과 글쓰기의 관련성을 중시하는 초현실주의에서 고정된 소설적 글쓰기의 전략은 부재하는 편이 자연스럽기 때문이다. 그럼에도 굳이 초현실주의적 소설의 글쓰기 전략을 추정한다면, 그것은 현실주의 소설의 형식이나 "후작 부인은 5시에 외출했다"의 문장 형태와는 반대되는 것이며, 허구적인 삼인칭 소설과도 다른 것이라는 점이다. 또한 명확한 논리보다는 암시적인 서술이 많을 것이고, 심리분석이나 상세한 묘사가 없이 시적 이미지를 풍부하게 전달할 것이고, 허구적인 소설이 아니라 작가의 진정한 삶의 이야기가 될 것이라는 점이다. 텍스트의 해석에 독자의 참여를 유도할 수 있게끔 '열린 작품'의 요소들을 갖출 것이라는 점도 충분히 예상되는 부분이다. 로베르 브레숑의 정의를 따르자면 다음과 같다.

고전적 작품은 아무리 기복이 많더라도 심리적 만족감을 주는데, 초현실주의 작품은 지적인 자극, 결핍감, 도발 혹은 도전의 느낌을 자아낸다. 그것의 주요 수단은 모호성이다.[6]

이처럼 일반적인 초현실주의 작품의 특성이 명확성이나 균형성이 아니라 불균형성과 모호성이며, 완성된 형태보다는 미완성의 형태를 지향한다는 것은 초현실주의 소설에도 어김없이 적용될 수 있는 논리이다. 미완성의 형태는 독자에게 상상력을 촉발시킬 뿐 아니라 작품의 해석에 적극적으로 관여하게 만들 수 있기 때문이다.

---

6) R. Bréchon, *Le surréalisme*, Armand colin, 1971, p.164.

「초현실주의 선언문」이 발표된 지 4년쯤 후에 나온 『나자』(1928)는 초현실주의 소설의 가능성을 점검해보는 중요한 자료가 된다. 『나자』가 출간되기 전에 이미 아라공의 『파리의 농부 *Le paysan de Paris*』 (1926)나 데스노스의 『자유 아니면 사랑을! *La liberté ou l'amour!*』 (1927)이 발표되었지만, 그것들을 초현실주의 소설의 전형이라고 말하기는 어렵다. 물론 그 소설들은 허구적이고 상상적인 소설이 아닌, 작가 자신의 현실적 체험과 시적 서술을 담은 산문의 공통점을 갖고 있지만, 초현실주의의 문학적 가치를 고려해볼 때, 초현실주의 소설의 첫번째 자리에 놓일 수는 없다. 아무래도 그 자리에는 『나자』가 가장 적합할 것이다. 초현실주의의 이론가인 브르통이 쓴 소설récit이어서가 아니라, 기존의 소설적 성격을 거부하면서도 소설적 흥미를 내포하고, 사실적이면서도 신비스러운 느낌을 주는 초현실주의적 소설로서 『나자』를 능가하는 소설은 없다. 이런 점에서 『나자』를 검토해보면, 초현실주의 소설의 전형성이 떠오른다고 말할 수 있다. 『나자』의 형태와 의미는 그대로 초현실주의 소설의 경우로 일반화시킬 수 있는 것이다.

2. 비논리성과 불확실성의 글쓰기

『나자』는 과연 소설인가? 자전적 이야기와 서정적인 고백투의 서술, 초현실주의에 관한 사실적인 자료, 사진과 그림, 시인이자 이론가인 저자의 철학적이고 도덕적인 성찰, 일기와 편지, 이탤릭체의 기술과 적지 않은 분량의 주석 등 여러 가지 잡다한 형태와 내용으로 이루어진 이 작품을 기존의 소설 장르에 선뜻 분류해 넣기는 어렵다. 더욱이 서술의 흐름이 첫 장부터 마지막까지 직선적인 흐름으로 구성되어 있지도 않을 뿐 아니라, 여러 에피소드들이 단절되어 있듯이 이어져 있지만, 그것들 사이에는 논리적인 연결고리도 없고, 명확한 이해를 돕는 합리적인 설명도 보이지 않는다. 소설의 여러 에피소드는 일상적 현실에 근거를 둔, 사실적이고 객관적인 이야기이지만 그것은 독자에게 신비스럽고 당혹스러운 느낌으로 다가온다.

브르통은 『나자』의 「들어가면서Avant-Dire」에서 그의 소설이 객관성과 진정성에 의거한 '반문학적 명제impératifs anti-littéraires'[7]에 충실하려 했으며, 소설의 인물이나 공간에 대해서도 기존의 소설처럼 불필요한 묘사를 하지 않고, 묘사의 역할을 사진으로 대체하고자 했음을 밝힌다. 그러나 실제로 소설의 텍스트 안에서는 사진이 묘사를 완전히 대신한 것도 아니고, 사진의 존재를 염두에 두었다고 해서 작가가 묘사를 철저히 배제하고 있지도 않다. 미셸 보주르가 말한 것처럼, "브르통은 그의 소설에서 필요할 때마다 묘사를 하고 있다"[8]는 것에 동의할 수는 없지만 묘사가 완전히 제거된 소설이라고 말하기가 어려운 것도 사실이다. 숯가게 진열장 정경이나 벼룩시장에서 발견했다는 이상한 물건, 나자의 눈과 그림 등, 사진과 묘사가 함께 있는 장면들도 있고 사진은 없고 묘사만 있는 경우도 적지 않다. 이런 점에서 사진은 묘사를 완전히 제거하기 위해서 수록되었다기보다, 관련되는 대상들의 묘사를 불필요한 것으로 만들어놓기 위해 채택된 것처럼 보이기도 한다. 물론 사진과 묘사가 동시에 있다고 해서, 사진의 시각적 기능과 문자로 표현된 묘사의 기능이 일치하는 것은 아니다. 사진은 단순히 대상의 존재를 증

---

7) A. Breton, *Nadja*, Gallimard, coll. Folio, 1964, p.6.
8) M. Beaujour, "Qu'est-ce que *Nadja*?," in *N.R.F.* n°172 du 1ᵉʳ avril 1967, p.786.

명하는 사실적 자료가 아니라 암시적이고 상징적인 의미를 담을 수도 있기 때문이다. 실제로 『나자』에서 사진은 텍스트의 의미를 풍부하게 만드는 여러 가지 기능을 수행하고 있기도 하다. 문제는, 저자가 서문에서 약속했듯이 사진의 존재가 묘사를 제거하게 되었다는 것은 아니라는 점이다. 그렇다면 그 이유는 무엇일까? 저자가 아무리 약속을 지키려 해도 지킬 수 없을 만큼 묘사의 필요성이 강했기 때문일까? 아니면 초현실주의적 서술의 전략이 그렇듯이, 합리적인 계획이나 의도가 계속 어긋나고 지연될 뿐 아니라 그러한 흐름을 단절시키는 우연성의 개입이 그만큼 많다는 것을 보여주려고 했기 때문일까? 이러한 의문들은 성급하게 정리될 수 있는 문제들이 아니다.

이 소설의 시작을 알리는 첫 문장은 "나는 누구인가?Qui suis-je?"[9]라는 물음이다. 물론 이 물음이 내포하는 의미는 소크라테스식의 인식론적 물음의 의미가 아니다. 그것은 실존적 물음이기도 하고 삶을 변화시킨다는 랭보의 명제와 세계를 변혁하고 인간의 삶을 해방시킨다는 마르크스적 명제와 개인적 삶의 태도가 연결될 수 있는 문제이기도 하다. 그것이 어떤 의미이건, 여기서 우리가 언급해야 할 것은 그러한 물음의 의미가 명확한 추론으로 연결되지 못하고 있다는 점이다. 그 물음은 결정적인 해답의 내용을 이끌어오기보다 모호하게 처리되어 있을 뿐 아니라 어느새 엉뚱해 보이는 다른 이야기로 전환되어 있기 때문이다. 화자가 자기인식의 문제를 제기하면서 그것에 대한 대답을 회피하는 이유는 무엇일까? 자기인식의 문제가 이 소설에서 중요한 것은 사실이지만, 화자는 이것을 단순히 인식론적 문제로 한정시켜 이해하지

9) Breton, *Nadja*, 앞의 책, p.9.

않고, 일상의 차원과 개인의 삶, 현재의 삶을 넘어서는 어떤 미래 지향적이고 보편적인 가치를 지향하는 모험의 삶과 연결 짓는 것으로 생각해볼 필요가 있다. 물론 자기인식의 모험을 주제로 한 소설로 받아들이더라도, 소설의 서술을 담당하는 화자이건, 작중인물의 역할을 하는 사람이건, 어느 누구에게도 자기인식과 관련된 전개과정에서 명확한 인식과 깨달음은 보이지 않는다. 분명한 것은 브르통이 나자를 만나 겪었던 모험을 통해서 자기인식의 문제를 넘어선 경험과 확신을 이끌어내었다는 것뿐이다. 우리는 이러한 모험적 행동의 의미가 소설의 후반부에 가서 거의 이야기를 끝낼 무렵에, 첫 장의 "나는 누구인가?"라는 물음과 상응하는 물음의 "누구인가?Qui vive?"[10]라는 자기 자신에 대한 긴장된 회의의 물음으로 이어질 뿐 그러한 물음이 어떤 명증한 앎과 인식의 해답을 얻지 못하고 또 다른 물음의 차원으로 전환되었음을 알 뿐이다.

『나자』에는 현실에서 가능할 것 같지 않고 쉽게 믿기도 어려운 여러 사건들의 이야기가 담겨 있다. 나중에 『열애』에서 '객관적 우연le hasard objectif'이라고 불리게 되는 이러한 사건들은 『나자』에서 "미끄러운 길처럼 이어지는 사건들faits-glissades"과 "낭떠러지처럼 급격히 연결되는 사건들faits-précipices"로 명명된다. "미끄러운 길처럼 이어지는 사건들"은 브르통이 나자를 만나기 전 경험했던 여러 가지 우연적 일들이거나 특별한 사물이나 공간에 대한 친화감과 연상 작용에 관련된 것들이다. 가령 브르통이 엘뤼아르와 페레Péret를 우연적으로 만났다거나, 그가 수포와 함께 쓴 『자장』 마지막 쪽에 등장한 "나무숲BOIS-

---

10) 위의 책, p.172.

CHARBONS"이라는 말과 죽음의 이미지가 숯 파는 가게 앞을 지나다가 환각적인 체험으로 떠오르게 되었다는 것, 테아트르 모데른Theaéâtre moderne의 이상한 분위기와 어두운 무의식적 세계의 일치 등이다. 또한 "낭떠러지처럼 급격히 연결되는 사건들"은 이 소설에서 핵심적인 주인공이라고 볼 수 있는 나자를 브르통이 만나게 된 중요한 우연적 사건과 같은 것이다. 이런 점에서 그가 경험한 여러 "미끄러운 길처럼 이어지는 사건들"은 "낭떠러지처럼 급격히 연결되는 사건들"로 귀결될 수 있는 예비적 사건이기도 하다. 나자라는 신비스러운 여인을 만나면서 브르통이 겪게 되는 온갖 기이한 체험과 우연의 일치는 소설의 중심부에서 일기체로 서술되고 있지만, 중요한 것은 그러한 우연적이고 신비스러운 사건들이 논리적인 설명을 동반하지 않고 있다는 점이다. 이것은 작가의 의도적인 서술의 전략 때문이다. 그러니까 논리적인 설명 없이 화자가 경험한 우연의 사건들을 인과관계를 떠나서 자유롭게 서술하는 것도 화자의 무계획적인 계획으로 이해된다. "이제 내가 하려는 이야기와는 먼 지점에서, 내 인생에서 가장 인상 깊었던 에피소드들을, 그것의 유기적인 측면과는 상관없이 내가 이해하는 대로, 즉 가장 중요한 것뿐 아니라 사소한 것에 이르기까지 우연의 흐름에 놓여 있는 범위 내에서, 내가 갖고 있는 상식적인 생각과 어긋나는 삶이 나로 하여금 갑작스러운 연결과, 망연자실하게 만드는 일치의 세계, 그 어떤 정신 상태의 자유로운 비상을 능가하는 반사적 행동과, 피아노처럼 동시에 연주되는 화음의 세계, 아직 다른 빛들만큼 빠르지는 않더라도 보여주고 볼 수 있게 만드는 그와 같은, 빛의 세계와 같은 금지된 세계 속으로 나를 이끌어갈 수 있는 그런 범위 내에서 이야기해볼 생각이다."[11] 화자의 말처럼 주인공이 유기적인 측면과 상관없이 겪게 되는 우연적 사건들 사이에는 인과관계가 있을 수 없다.

나자의 모습을 예로 들어도 그것은 마찬가지이다. 브르통이 그녀를 처음 만난 날의 장면에서 그녀의 걸음걸이와 그녀의 눈에 대한 강렬한 느낌이 묘사되고 그날 이후 그녀의 비합리적이고 놀라운 행동이 객관적으로 서술되어 있더라도, 독자는 그녀에 대해 여전히 모호하고 신비스러운 느낌을 떨쳐버릴 수 없다. 독자의 상상 속에서 그녀의 모습을 완전히 떠올리기 어려울 만큼 그녀의 이상한 언행의 동기는 불분명하고 암시적으로 그려질 뿐이다. 이야기를 이끌어가는 화자의 합리적 설명도 없고, 결정론적인 심리분석도 보이지 않는다. 이런 점에서 독자로 하여금 명확히 이해하지 못하도록 하는 것이 화자의 서술전략이고, 이러한 이야기 방식은 합리주의적 논리와 인식론을 거부하려는 논리의 반영이다. 나자의 모습과 공존하는 신비스러운 매력과 에로티슴의 분위기는 이성적인 앎의 의지와 이해의 논리와는 반대되는 것이기 때문에 그러한 분위기에 걸맞은 서술로 이해할 수도 있다. 그런데 그녀가 정신병원에 갇히게 된 후, 그녀가 남긴 그림과 글의 내용은 그야말로 명확한 의미 파악이 어렵게 되어 있다. 또한 호텔에 투숙한 후, 자신이 머무르는 방의 번호를 계속 잊어버린다는 들루이 씨M. Delouit[12]의 이

---

11) 위의 책, p.21.
12) 너무나 어처구니없는 내용이면서도, 매우 우울하고 한편으로는 참으로 감동적이기도 한 이야기를 예전에 누군가 내게 들려준 적이 있었다. 어느 날 한 신사가 호텔에 들어가서 자기 신분을 밝히고 방 하나를 빌리고자 했다. 그가 빌린 방 번호는 35호였다. 잠시 후, 그 신사는 프런트로 내려가 열쇠를 맡기면서 말한다. "실례합니다. 내가 워낙 기억력이 없거든요. 미안하지만 내가 나갔다 들어올 때마다 '들루이'라는 내 이름을 말할 테니, 그 때마다 내 방 번호를 알려주시면 고맙겠습니다." "알겠습니다, 손님." 잠시 후 그는 다시 돌아와서는 사무실 문을 반쯤 열고 말한다. "들루이." "35호입니다." "감사합니다." 잠시 후 온통 진흙투성이에다, 피까지 흘리면서, 거의 인간의 모습이라 할 수 없을 정도로 엉망이 된 한 남자가 매우 흥분된 모습으로 사무실에 들어와 말한다. "들루이." "뭐라구요?

144

야기는 어떻게 해석해야 할까? 그것은 왜 소설 속에 끼어 있는 것일까? 또한 브르통이 사랑의 가치를 깨닫고 새로이 만난 여자에게 쓴 편지는 어떻게 해석해야 할까? 소설이 끝나기 직전에 삽입된 무선통신사의 메시지는 무슨 의미일까? 『나자』는 이처럼 여러 가지 사건이나 에피소드들, 혹은 담론들이 논리적으로 연결될 만한 이유 없이 중첩되고, 독자가 납득할 만한 설명 없이 제시된다. 그것은 독자의 의식을 당혹스럽게 만들거나 끊임없이 긴장시키고, 독자로 하여금 종종 이야기의 핵심적 줄기를 놓쳐버리게 한다. 독자는 합리적으로 연결되지 않는 담론의 혼돈 속에서 당연히 모호한 의문의 세계 속으로 빠지게 된다. 이것은 결국 초현실주의적 에피소드나 이야기가 우연성의 지배를 받고, 이야기가 진행되면 될수록 확실하고 분명해지는 것이 아니라 불확실하고 모호해진다는 것을 작가가 의도적으로 보여주려 했기 때문이다.

이 소설은 크게 세 부분으로 나뉘어 있다. 나자가 등장하는 두번째 부분이 소설의 중심 뼈대라고 볼 수 있다면, 첫번째 부분은 브르통이 나자를 만나기 전의 우연적 사건들을 개별적인 단절의 에피소드들로 엮은 것이고, 세번째 부분은 그가 나자와 헤어질 무렵부터 그 이후에 경험하고 생각한 여러 가지 이야기들이다. 앞에서 말했듯이 세번째 부분에는 들루이 씨의 이야기와 편지 형식의 이야기 등이 삽입되어 있다. 이러한 줄거리의 배열은 어느 정도 시간의 순차적 흐름을 따른 것처럼 보이기도 하고, 논문의 형식처럼 서론과 본론과 결론의 논리를 따른 것처럼 보이기도 한다. 그렇다면, 독자가 소설의 후반부에 가까이 갈수

들루이 씨라구요? 그런 말 마십시오. 들루이 씨는 방금 막 방으로 올라가셨어요." "미안하지만, 그 사람이 바로 나요. ……방금 창문에서 떨어졌소. 내 방 번호가 어떻게 되는지 알려주시겠습니까?": 위의 책, pp.147~48.

록 일반적 소설 형태에서 그렇듯이 이야기가 마무리되는 어떤 결론에 해당되는 명료한 인식을 가져야 하겠지만, 사정은 그렇지가 않다. 소설적 주제와 결론은 분명히 제시되지 않을 뿐 아니라, 후반부에 이를수록 난삽하고 혼란스러운 부분이 오히려 증폭되어 있기 때문이다. 독자는 미로의 숲과 같은 그 모호한 소설 속에서 결국 자신의 열쇠를 찾아야 한다.

독자가 찾아야 할 메시지는 기호signe가 아니라 신호signal의 차원에 있기 때문일까?[13] 사실 이 소설 속에는 무수히 많은 신호가 신호등처럼 반짝이면서 독자에게 어떤 행동을 재촉하게 한다. 이런 점에서 작가는 독자로 하여금 소설의 의미를 단순히 판독하는 차원에 머무르게 하지 않고, 행동의 차원으로 나아가도록 소설의 전략을 세운 것이다. 브르통의 의도는 삶의 우연과 신비를 독자가 자신의 삶과 현실을 통해서 직접적으로 만날 수 있게끔, 소설을 떠나 일상의 거리로 뛰어들게 하려는 것이다. 그러므로 논리적이고 이성적으로 독자를 설득시키지 않으면서, 합리적인 언어로 표현할 수 없는 세계를 가능한 한 독자가 직접 경험하도록 한다는 것이다.

---

13) 피에르 알부이는 『나자』의 화자가 자아의 탐구 혹은 자신의 운명에 대한 탐구를 보여주는 가운데, 삶의 행동을 적극적이고 능동적으로 감행하게 만드는 신호signal의 의미를 그만큼 중요하게 받아들이고 있음을 지적했다. 그의 논지의 일부를 그대로 옮기면 다음과 같다. "푸른 불의 신호등은 내가 길을 건널 수 있게 하고, 붉은 불의 신호등은 내가 길을 건너지 못하게 한다. 기호signe가 해석되기를 요구하는 것이라면, 신호signal은 복종의 행동을 요구한다. 그렇기 때문에 『나자』의 어휘는 관념적 사색의 영역보다 도덕적 정신의 영역에 속해 있는 것이다.": Albouy, "Signe et signal dans *Nadja*," in *Les critiques de notre temps et Breton*, Garnier, 1974, p.127.

3. 메타서술적 기호들의 의미

『나자』의 서문에서, 브르통은 그가 체험한 온갖 우연적이고 신비스러운 체험들을 '의학적인 관찰'의 객관성으로 정확히 서술하겠다는 의도를 밝힌다. '반(反)문학적인 필요성'이라는 것은 이러한 의도로 만들어진 표현이다. 소설의 앞에서 브르통이 자신의 서술 계획을 말한 것은 결국 독자에게 작가가 주관적인 감정의 표현이나 과장을 덧붙이지 않고, 자신이 경험한 사실 그대로만 이야기하겠다고 밝힘으로써 독자에게 그것이 실제로 일어난 사건임을 설득시키기 위한 것이다. 여기서 작가인 브르통뿐 아니라 다른 여러 사람들의 이름이 실제의 이름이고, 도시와 거리, 카페의 모든 장소가 실제의 경우와 동일한 것도 그것이 꾸며낸 이야기가 아니라는 것을 작가가 보여주려 한 의도에서이다. 소설 속에 많은 사진들을 수록한 것도 사진이 보여주는 객관적 사실성을 부각시키기 위해서이다. 물론 사진의 효과가 객관적 사실성에만 한정되어 있는 것이 아니지만 신문의 사건 기사와 함께 쓰어진 사진의 역할을 생각하면 우리는 사실과 관련된 사진의 필요성을 절감할 수 있다. 이런 점에서 사진뿐 아니라 괄호 속의 말이나 이탤릭체의 표현들, 논문을 연상시키는 각주가 많은 것도 마찬가지로 해석된다. '메타서술적 기호'[14]

---

14) G. 프랭스는 롤랑 바르트가 『S/Z』에서 서술의 주석commentaires narratifs이라고 언급한 내용과 관련하여 '메타서술적 기호les signes narratifs' 이론을 세워 『나자』에서 그러한 기호들이 많은 이유를 설명하고 있다. 그의 설명에 따르면, 그러한 기호들은 텍스트의 서술을 보충해주는 역할을 하지 않고, 보완해주는 형식을 보이면서 실제로는 텍스트의 흐름을 일탈하고 있다는 것이다. 그런 의미에서 메타서술적 기호는 독자의 주의력을 긴장시키게 하면서 동시에 혼란스럽게 한다: G. Prince, "Remarques sur les signes méta-narratifs," in *Degré*, n°11~12, 1979, p.e/2.

로 분류할 수 있는 이러한 요소들은 서술의 흐름을 중단시키면서 독자의 시선을 방해하는 것이지만, 그것들의 일차적 기능은 사건의 서술을 좀더 명확히 하고, 그것에 대한 독자의 각별한 주의를 환기시킴으로써 소설을 읽는 독자의 이해를 도와주려는 데 있다. 그러나 이러한 메타서술적 기호들은 텍스트의 보완적 기능을 하는 장치처럼 보이면서도, 모호한 부분들을 명료하게 만드는 역할을 하지 않고 서술의 흐름을 복잡하고 불투명하게 만드는 서술적 특징을 갖는다. 물론 그러한 모든 기호들이 이해할 수 없게 불투명한 것은 아니다. 문맥에 따라서 다르겠지만, 이러한 기호들의 역할이 일단 현실주의 작가들의 이해와 설명방식과는 구별된다는 것이다. 『나자』의 작가는 중요한 사건이나 이야기가 독자에게 실제의 것임을 인식시키도록 하면서 동시에 그것을 기존의 상투화된 인식의 틀 속에 환원시켜버리지 않도록 모호하고 신비스러운 여운을 남기게 하는데, 이것이 바로 초현실주의 소설의 메타서술적 기호들의 전략이라는 것이다. 이 기호들 중에서 '괄호 속의 말'의 기능에 주목해보자. 사실 괄호 속의 말은 사건을 서술하는 화자의 말이라기보다 사건의 서술을 중단하고 글 쓰는 현재의 상황에서 개입하는 저자의 말이라고 할 수 있다. 물론 저자의 존재가 아니라 발화자의 존재라 하더라도 그것은 발화자의 발화행위l'enonciation, 즉 발화자의 현재적 글쓰기의 상황을 보여주는 것이다. 일반적으로 이러한 '괄호 속의 말'이 필요한 것은 일반 텍스트에서 각주의 말이 그렇듯이, 해설이나 주해glose의 성격을 지니는 것으로서 본문의 이해되지 않을 것 같은 부분이거나 독자에게 보충적으로 설명해야 할 부분이 있을 경우이다. 그런데 『나자』에는 이러한 괄호 속의 말들이 적지 않은 부분을 차지하고 있어, 우선 이야기의 연속적 흐름을 중단시키고 있다. 몇 가지 예를 검토해보자.

1) 얼마 지나지 않아 그 방문의 목적은 그녀를 보낸 사람이자 곧 파리에
와서 정착하게 될 사람을 내게 '추천하는' 일이었음이 분명해졌다(나는
"문학에 투신하려는 사람"이라는 표현을 기억해두었는데, 그 이후 이 말에
잘 들어맞는 사람을 알게 된 다음부터 나는 이 표현이 아주 특이하고 인상적
이라는 생각을 하게 되었다).¹⁵⁾

2) 최근에도 역시, 어느 일요일 같은 날, 내가 친구와 함께 생투앙에 있
는 '벼룩시장'에 들렀을 때(내가 벼룩시장에 자주 가는 이유는 다른 어떤
곳에서도 찾을 수 없는, 낡고 깨지고 사용할 수 없으며, 뭐가 뭔지 거의 알
수도 없는, 그리고 좋은 의미에서 [……]))¹⁶⁾

『나자』의 앞부분에서 발췌한 이 예문들 중 '괄호 속의 말'은 사건이
전개되었을 때의 상황이 아니라 글을 쓰고 있는 당시의 상황을 보여주
면서 1)에서는 "그 이후" 지금까지의 느낌을 부각시키고, 2)에서는
"벼룩시장에 자주 가는" 현재적 상황을 보여주려 한다. 『나자』의 앞부
분에서 밝혔듯이, 이것은 "미리 정해놓은 순서 없이" "떠오르는 것을
떠오르게 내버려두는 시간의 우연에 따라"¹⁷⁾ 자연스럽게 삽입된 말처럼
보인다. 그렇다면 굳이 '괄호 속의 말'로 화자가 달리 써야 할 이유가
무엇이었을까 하는 의문이 생긴다. 가령 1)의 '괄호 속의 말'에서 중요

---

15) Breton, *Nadja*, 앞의 책, p.33.
16) 위의 책, p.62.
17) 위의 책, pp.23~24.

한 것은 "문학에 투신하려는 사람"이라는 표현이다. 이 표현이 화자에게 재미있는 것으로 생각되어 이것의 각별한 느낌을 강조해야 했다면 '괄호 속의 말'에 넣기 전 일단 본문의 서술 속에 포함시키는 것이 더 타당했을 것으로 보인다. 다시 말해서 "문학에 투신하려 한다"는 페레 Péret의 말을 전해주려 했다는 내용은 괄호가 나오기 전의 본문 속에 들어가 있어야 할 터인데 괄호 속의 내용으로 들어가 있는 것이다. 물론 '괄호 속의 말'에 집어넣어 화자는 관련된 말을 글 쓰는 당시에도 생생하게 기억하고 있다는 느낌을 전달할 수 있는 효과를 거두긴 했지만, 그것이 괄호 속의 말로만 되어 있으므로 관례적인 이해의 틀을 깨뜨린 것은 분명하다. 2)의 경우도 마찬가지이다. '벼룩시장'에서 브르통이 찾는 물건들의 특징이 '괄호 속의 말'로 표현되어 있지만, 사실 그러한 표현은 괄호 밖의 본문 속에 들어가 있어도 상관없었을 것이다. 그러나 그것이 '괄호 속의 말'로 됨으로써 독자가 빠질 수 있는 독서의 연속적 흐름은 끊어진다. 괄호의 형식으로 독자는 화자의 이야기가 허구적 이야기가 아니라 실제의 이야기라는 느낌을 전달받는다. 작가는 그렇게 함으로써 의도적으로 소설적 환상을 깨뜨리고, 소설에 대한 독자의 관습적 기대감을 무너뜨리는 것이다. 또한 '괄호 속의 말'은 괄호 밖의 텍스트 진행과 별도로 진행되는 또 다른 글쓰기의 언술 상황을 보여주기도 한다. 또 다른 예는 다음과 같다.

3) 나자의 시선은 이제 주변의 집들을 돌아본다. "저기, 저 집의 창문이 보이세요? 다른 집 창문들처럼, 저 창문도 검은색이지요. 잘 보세요. 잠시 후면 창문에 불이 켜질 테니까. 창문은 붉은색이 될 거예요." 1분이 지났다. 창문이 환해졌다. 실제로 거기에는 빨간 커튼이 있었다. (나자

의 예언이 이런 식으로 들어맞는 걸 어쩌면 믿기 어려운 일이라고 생각하는 건 유감스럽지만, 나로서는 달리 어쩔 수가 없다. 하지만 원망스러운 것은 이런 식으로 서술 방식을 결정하게 된 점이다. 나는 어두웠던 그 창문이 붉은색으로 변했다는 점을 인정하는 것에 그치겠다. 그것만 말하겠다.)[18]

4) 식사의 처음부터 끝까지(우리가 다시 믿을 수 없는 일이 벌어지게 되는데), 깨진 접시를 세어보니 열한 개나 되었다.[19]

이 인용문에서 '괄호 속의 말'에 쓰여진 동사는 직설법 현재형이다. 흔히 과거의 사실을 생생하게 표현하려 했을 때 현재형의 동사를 쓰고, 이러한 동사를 '역사적 현재'라고 말하는 것은 잘 알려진 사실이다. 여기서 3)과 4)의 '괄호 속의 말'은 1)과 2)의 경우와 다르게 분명히 주석에 충실한 말이다. 괄호 밖 본문의 이야기된 내용이 독자의 편에서 믿을 수 없는 것처럼 생각되니까, 그것이 믿을 만한 실제의 사실임을 덧붙여 설명하기 위해 '괄호 속의 말'이 쓰였다는 것이다. 다시 말해서 이러한 '괄호 속의 말'은 잠재적 독자를 염두에 둔 화자가 그러한 독자를 설득시키기 위한 것이다. 그런데 3)에서 화자는 더 이상 어떤 표현이나 논리를 이끌어내기보다 자신의 글쓰기의 한계를 고백하는 말만 되풀이하고 있다. 그것은 마치 "이것은 사실이다. 그 말밖에 더 이상할 수 없어 안타깝다"는 내용을 동어 반복적으로 하고 있는 것과 같다. 또한 4)의 경우는 나자가 레스토랑에서 시중드는 사람의 넋을 잃게 만드는 마력을 발휘해 그가 실수로 접시를 열 장이나 넘게 깨뜨리게 되었

---

18) 위의 책, p.96.
19) 위의 책, pp.114~15.

다는 사건의 이야기이다. 4)의 '괄호 속의 말'에서 주목해야 할 것은 "우리on"라는 대명사의 사용과 "믿을 수 없는 일"이라는 표현이다. 화자는 자신과 잠재적 독자를 뒤섞온 '우리'라는 대명사를 사용함으로써 독자를 자신의 편에 끌어들이는 한편, "믿을 수 없는 일"이라는 표현을 미리 사용함으로써 독자의 예상되는 의아심과 반발을 가라앉히는 효과를 거둔다. 다시 말해서 화자는 이 사건이 믿기 어렵겠지만, 믿어야 할 진실임을 이야기하려 한 것이다. 굳이 '괄호 속의 말'을 이용하지 않더라도, 이와 같은 수사학적 방법은 도처에서 발견된다. 때로는 표현의 어려움을 말하고, 때로는 알 수 없고 이해하기도 어렵다는 식의 말을 하지만, 결코 합리적으로 이해할 수 있는 차원으로 끌어내려 사건을 설명하지는 않는 것이다.

또한 '말줄임표나 점선'의 표현형식도 주목해야 할 요소이다. 『나자』의 텍스트에서 중심적인 공간이 나자가 등장한 이후 일기체로 쓰인 부분이라고 한다면, 바로 이 부분에서 두 개의 점(p.109, p.125)이 있는 것과 에필로그에 이르러 세 개의 점(p.142, p.148, p.153)이 있는 형태가 주목된다. 이것은 화자가 정확한 말을 찾지 못해 점선의 표현방식으로 말없음의 의미를 담으려 한 뜻이 이 소설의 후반부에 갈수록 많아지게 되었다는 것을 의미한다. 점선의 표현은 소설의 흐름에서 생략된 내용을 암시하는 것만이 아니라 서술의 인습적 흐름을 깨뜨리는 정지의 틈이다. 그 틈은 한가로운 휴식의 틈이 아니라 많은 언어와 감정을 응축한 긴장의 틈으로서 독자의 주의력을 분산시키지 않고 오히려 집중시키는 효과를 갖는다. 또한 그것은 점선을 예상하지 못했던 독자로 하여금 점선의 표현 속에 함축된 말이 무엇이었을까 생각하게 만든다. 점선의 암호문을 해독해야 할 사람은 누구일까? 결국 그것은 독자일 수밖에 없다. 화자는 자기가 해야 할 말을 하지 않고, 그것을 독자의 몫으로 넘기는 방법을 취한다. 이처럼 독자의 암호 해독을 요구하는 부분은 소설의 여러 곳에서 발견되지만, 후반부에 들루이 씨 이야기와 수신자가 밝혀져 있지 않은 사랑의 편지에서 두드러져 보인다.

4. 의문을 일깨우는 서술방식 혹은 '열린 책'의 의미

"나는 누구인가?"로 시작하는 이 소설에는 물음표로 끝나는 문장들이 많다. 그 물음이 화자의 자문이건 독자를 염두에 둔 물음이건 간에, 질문의 형식은 독자의 호기심과 기대, 긴장과 의문을 불러일으키는 한편, 명확한 해답을 유보함으로써 독자의 의식을 불확실성의 상태에 머무르게 한다. 가능한 한, 확실한 믿음이나 신념을 표현하는 말 대신에 불확실성의 문제의식을 통해 작가는 독자로 하여금 『나자』의 전언을 질문의 형식 속에 수용하도록 한 것이다. 극심한 건망증에 걸린 들루이 씨의 이야기도 질문의 형식은 아니지만 질문의 이야기로 해석될 수 있다. 이 에피소드에서 들루이 씨는 혼자서 호텔 방에 투숙하고 있다가 창밖으로 뛰어내려 온몸이 피투성이가 되어버렸다. 그는 이 상태에서도 여전히 호텔 문을 열고 들어와 프런트에 자기 방 번호를 물어본다. 그렇다면 이것은 지독한 건망증의 의미를 부각시키기 위한 것일까? 아니면 투신자살을 시도할 만큼 현실부정 혹은 자기부정의 행위가 철저했다는 것을 보여주는 것일까? '나자'라는 명칭이 러시아어로 '희망의 시작'을 뜻하는 것이라면,[20] 나자와 헤어진 자리에서 브르통이 찾은 사랑은 희망의 결과 혹은 희망이 육화된 모습으로 이해될 수 있을 것이다. 그렇다면 그 사랑을 찾게 된 브르통의 정신적 상황은 완전히 과거의 이픈 기억으로부터 벗어나 새로운 현재와 미래로 열린 상태임을 뜻하는 것으로 볼 수 있을지 모른다. 사실 들루이 씨의 이야기에 사랑의 편지가 연속되어 있는 것은 그러한 추측을 가능케 하는 점이다. "당신은 이제 기억하지 못하겠지만, 당신을 알게 된 지 얼마 되지 않았을 때, 당신에게 바로 이 이야기를 해주고 싶었는데,"[21] 그러나 이러한 서두로 시작하는 사랑의 편지를 보고 당황하지 않을 독자는 없을 것이다. 바로 위에 있는 서술의 흐름과도 다르고 이 편지의 수신자인 당신이 누구인지도 알 수 없을 뿐 아니라, 화자가 그렇게 편지를 쓸 만한 사정이 무엇이었는지도 잠작하기 어렵기 때문이다. 주관적이고 격양된 감정에 사로잡혀 있는 '나'는 독자에게 아무 예고도 하지 않은 상태에서 '당신'을 향해 고백을 한다. 여기서 '당신'의 자리는 '나자'가 사라지고 난 후에 마련된 자리이고 '당신'에게 쓰는 편지의 어조는 조심스럽고 주저하는 어조가 아니라 흥분되고 자신에 찬 어조로 되어 있다. 물론 자신이 가득 담긴 어조라고 해서 말의 내용이 단정적이고 명확하다는 것은 아니다. "당신은 나에게 불가사의한 존재가 아닙니다"라며 화자는 자신 있게 말하지만, 불가사의한 존재가 아닌 모습이 과연 무엇을 의미하는지는 분명치 않다. 이야기의 세목을 이해할 수 없기는 마찬가지이다.

이러한 편지의 끝에서 다시 점선의 표시와 한 줄의 여백이 있은 후, 서술의 형식은 바뀌고, 화자는 끝으로 아름다움의 문제를 화두로 삼는다.

---

20) 위의 책, p.75.
21) 위의 책, p.184.

아름다움을 열정의 목표로만 생각해왔다는 것은 너무나 분명한 사실인데, 이제 그런 아름다움에 대해 필연적으로 어떤 태도를 취해야 한다는 것이 결론입니다. [……] 이성의 정신은 거의 어디서나 자기에게 없는 권리들을 부당하게 취득하려고 합니다. 역동적이지도 정태적이지도 않은 아름다움, 지진계처럼 아름다운 인간의 마음. 침묵의 절대적인 힘…… 조간신문은 언제나 나의 근황을 충분히 잘 알려줄 것입니다.

X……, 12월 26일. 사블르 섬에 위치한 무선전신 기지를 책임지고 있는 무선통신사는 일요일 저녁 그 시간에 그에게 발송된 것 같은 한 토막의 메시지를 포착했다. 그 메시지는 [……]

아름다움은 발작적인 것이며 그렇지 않으면 아름다움이 아닐 것이다.[22]

이렇게 아름다움은 여러 번 언급되고, 아름다움의 개념을 설명하는 부분도 분명히 있지만, 그 개념은 불확실하고 모호하게 정리된다. 여기서 분명한 것은 아름다움과 격정passion이 일치된 의미로 사용된다는 것인데, 무엇보다도 그 개념들이 모두 인간을 크게 진동시킨다는 공통점을 보여주기 때문이다. 그것들은 고정된 상태에서 그 의미가 살아있을 수 없고, "지진계처럼 아름다운" 인간의 마음이란 표현에서 알 수있듯이 기반이 흔들릴 정도의 진동을 통해 비로소 그 의미가 살아 있게된다. "아름다움은 발작적인 것이며 그렇지 않으면 아름다움이 아닐 것이다"는 소설의 마지막 문장은 아름다움에 대한 모호한 정의이긴 하

___
22) 위의 책, pp.188~90.

지만, 아름다움에는 어떤 강렬한 진동의 느낌이 동반돼야 한다는 것으로 이해될 수 있다. 그러나 무선전신 기지의 무선통신사가 포착한 실종된 비행기의 알레고리가 무엇을 의미하는지 알 수가 없다. 무선통신사가 실종된 비행기의 위치를 포착하게 되었다면, 그것은 "나는 누구인가?"라는 소설의 첫 문장과 어떻게 관련이 되는 것일까? 찾을 수 없는 비행기지만, 그것의 실종된 지점을 무선통신사가 포착하게 되었다면, 그것은 나자의 사랑에 관한 메시지 혹은 시적 가치의 아름다움이란 문제와 충분히 연결될 수 있는 문제로 보인다. 그러나 그 문제의 정답은 어디에도 없다. 화자의 교묘한 서술 전략은 정답이 없고, 독자가 정답을 찾도록 하는 것으로 일관한다. 관습적인 독서의 틀을 깨뜨리는 이러한 서술은 독자의 정신을 심각하게 교란시키는 방법임이 분명하다. 그러므로 소설의 이해할 수 없는 많은 부분을 작가가 결정하지 않고 '열린 책œuvre ouverte'의 의미가 그렇듯이 독자로 하여금 자신의 삶에 의문부호를 갖고 삶을 돌아보게 하고 삶에 뛰어들게 하는 것이 초현실주의적 글쓰기의 전략이라고 말할 수 있다.

제5장

『열애』와 자동기술의 시 그리고 객관적 우연

1. 초현실주의자들과 도시

낭만주의가 자연적이라면 초현실주의는 도시적이라고 말할 수 있다. 초현실주의가 도시적이라는 것은, 이 운동의 주역들이 도시적인 감수성을 많이 갖고 있는 시인들이기 때문이 아니다. 무엇보다 그들에게 파리는 문화 활동의 본거지였을 뿐 아니라, 그들의 문화적 탐구와 상상력은 파리라는 대도시의 생활과 공간을 근거로 하여 전개된 것이기 때문이다. 그들은 합리적인 논리와 현실적인 사고방식이 지배하는 도시의 외형 속에 감추어진 신비롭고 비합리적인 초현실의 세계를 추구하였다. 또한 그들의 탐구방법은 초현실주의의 대명사인 자동기술의 글쓰기가 그렇듯이, 의도적이고 계획적인 것이 아니라 무의지적이고 우연적인 특징을 갖는 것이었다. 가령 브르통이나 아라공은 도시의 거리를 목적 없이 걷다가 우연히 시선을 이끄는 사물이나 기호가 있으면 그쪽으로 다가가서 특별한 목적이 없어도 발걸음이 이끄는 대로 걸어간다. 그렇게 걷는 길에서 전혀 예상하지 않았던 사건을 경험할 수 있고, 이 상한 사람이나 특이한 물건도 발견할 수 있는 것은 그것이 감춰져 있던 자신의 내면적 욕망을 일깨우는 계기가 되기 때문이다. 그들에게 우연적 발견la trouvaille이나 우연적 만남la rencontre이 중요한 것은 그런 이유에서이다. 모든 도시가 이런 발견이나 만남을 가능하게 하는 공간이겠지만, 브르통은 파리와 낭트가 특히 그런 체험을 가능하게 만드는 도시라고 말한다.

파리와 더불어 아마도 프랑스의 도시들 중에서 어떤 의미 있는 사건이 내게 일어날 수 있으리라는 인상을 갖게 된 유일한 도시라고 할 수 있는 낭트는, 넘치는 정열로 불타오르는 시선과 마주칠 수 있는 곳이고 〔……〕 나에게는 삶의 리듬이 다른 곳과 같지 않은 곳이다. 모든 모험을 능가하는 모험정신이 아직도 여러 사람들을 사로잡고 있는 도시 낭트는, 여전히 나를 만나러 와준 친구들이 있는 곳이다.[1]

브르통은 이렇게 파리와 낭트가 '어떤 의미 있는 사건'이 발생할 수 있고 '삶의 리듬'이 특이한 도시임을 말하였다. 여기서 '의미 있는 사건'이란 '넘치는 정열로 불타오르는 시선'과 '모험정신'의 소유자를 만날 수 있다는 기대감에서 비롯된 표현일 것이다. '모험정신'이 많은 초현실주의자들은 자기들과 비슷한 '모험정신'의 소유자들을 거리에서 만나

---

1) 앙드레 브르통, 『나자』, 오생근 옮김, 민음사, 2008, p.31.

고 싶어 했다. 물론 그들이 만나고 싶었던 대상은 사람들만이 아니라 온갖 사물이나 존재들, 혹은 기호들이 되기도 한다. 그들은 이렇게 발견한 대상들을 문학과 미술의 형태 속에서 다양한 초현실적 기법으로 표현한다. 초현실주의 소설의 대표작인 『나자』와 『파리의 농부』를 예로 든다면, 브르통이 목적 없이 걷다가 거리에서 우연히 만난 나자의 이야기가 중심이 된 『나자』에서 사실적 묘사를 배제하고 독자에게 상상의 여지를 많이 남기기 위해서 사진을 삽입한 글쓰기의 시도가 있듯이, 아라공의 『파리의 농부』에서처럼 특별한 사건이 없어도 도시에서의 경험과 관찰을 토대로 한 다양한 표현법이 콜라주 형식으로 혼합된 글쓰기도 있는 것이다.

이처럼 초현실주의자들의 개성적이고 다양한 글쓰기가 있듯이, 그들이 거닐기 좋아하는 파리의 거리와 도시적 공간도 각양각색이다. 가령 아라공은 『파리의 농부』에서 오페라 아케이드와 뷔트 쇼몽 공원을 집중적으로 보여주고 있지만, 브르통은 파리의 북쪽 몽마르트르 주변과 그 아래쪽 거리를 즐겨 산보하거나 그 거리의 카페와 레스토랑에서의 이야기를 문학적 배경으로 삼는다. 이처럼 그들이 좋아하는 거리와 도시적 공간은 다를 수 있지만, 그들의 도시 공간에 관한 공통점은, 작품 속에서 파리를 방문하는 관광객들이 많이 모이는 샹젤리제 같은 거리는 절대로 등장하지도 않고, 19세기의 낭만주의자들이 자주 거닐기를 좋아했다는 뤽상부르 공원 근처의 산책로 쪽으로 그들의 발길이 옮겨가는 일도 없으며, 1920년대와 1930년대 화가와 시인들이 자주 모이던 몽파르나스 쪽으로 가지도 않는다는 것이다. 물론 노동자들의 투쟁이 생생하게 연상되는 대혁명의 바스티유나 파리코뮌의 기억이 남아 있는 페르 라셰즈 거리가 언급되지 않는 것도 마찬가지이다.[2]

그들은 부유층의 거주지도 아니고 노동자들의 거주지도 아닌, 다양한 계층의 사람들이 살고 지나다니는 거리와 공간을 좋아한다. 이런 점에서 그들의 공간적 이념은 매우 초현실적이라고 말할 수 있다. 또한 그들이 선호하는 도시의 거리는 모든 이념적 대립을 초월하고, 옛날의 역사와 자취가 20세기적 도시의 혼잡한 분위기와 뒤섞여 있는 공간이다. 물론 파리의 거리에는 과거의 역사와 관련된 건물이나 궁전, 혹은 성문이 많이 남아 있다. 그러나 그러한 역사적 건물은 초현실주의자들의 관점에서 현재와 단절된, 위대한 문화유산으로 보존되는 건축물이 아니라, 그들의 상상세계에서 현재와 과거의 기억이 의미 있게 연결될 때 가치를 갖는다. 그들에게 역사적 공간은 과거의 기억을 바탕으로 현재의 상상을 부각시키거나 현재의 상상이 과거의 역사와 신비롭게 접목되는 '양피지Palimpseste'와 같은 형태일 것이다.

그의 눈에 건축물들은 과거에 소멸된 수많은 의미들을 보여주는 양피지들이고, 벼룩시장에서 구입한 이상한 물건들과 같은 역할을 하는 촉매들이다.[3]

이처럼 오래된 도시의 역사적 건축물들은 초현실주의자들에게 '벼룩시장에서 구입한 이상한 물건들'과 마찬가지로 상상력의 촉매 역할을 한다. 상상력의 촉매 역할은 무엇인가? 그것은 「초현실주의 제2선언문」에서 언급했듯이 현실과 비현실, 의식과 상상, 과거와 현재 등 모든

---

2) J. Gaulmier, "Remarques sur le thème de Paris chez André Breton," in *Les critiques de notre temps et Breton*, Garnier, 1974 참조.
3) 위의 책, p.131 재인용.

대립을 초월하고 소통될 수 없는 것들을 소통시키는 역할이다.

　　모든 것으로 보아 삶과 죽음, 현실세계와 상상세계, 과거와 미래, 소
통할 수 있는 것과 소통할 수 없는 것, 높은 것과 낮은 것이 모순되게 인
식되지 않는 어떤 정신의 지점이 존재한다는 것을 믿을 수 있다. 그런데
도 초현실주의의 활동에서 이 지점에 대한 확고한 희망이 아닌 다른 동
기를 찾으려는 것은 쓸데없는 일이다.[4]

　「초현실주의 제2선언문」에서 유명한 이 구절의 의미는 모든 모순과
대립을 헤겔식의 논리로 극복한다는 것이 아니라 시적으로 혹은 초현
실적으로 종합한다는 것이다. 초현실주의자들은 모든 모순과 대립이
소멸되는 '정신의 지점'이 존재한다는 것을 확신하고, 그 지점을 꿈꾸
고 지향한다. 이러한 그들의 정신적 편향은 공간에 대한 상상력에서도
그대로 반영된다. 이러한 공간의 상상력과 함께 상상력이나 시적 직관
을 통해서 모든 대립된 요소들을 통합하고 초현실적 경이의 세계를 발
견하려는 브르통의 의지는 도시의 잡다한 현실 속에 감춰진 신비를 포
착하려는 초현실주의적 세계관과 일치한다고 말할 수 있다.

2. 브르통의 『열애』와 '객관적 우연'

브르통이 1934년부터 1936년까지 겪은 특이한 경험과 사건을 기술

---

4) A. Breton, *Manifestes du surréalisme*, J. J. Pauvert, 1962, p.133.

하면서 자신의 철학적 성찰을 치밀하고 객관적으로 서술한 『열애 *L'amour fou*』(1937)는 『나자』와 『연통관들』 다음에 간행된 세번째 이 야기récit이다. 이 책의 제목에서 짐작할 수 있듯이, 이성의 논리를 초 월한 열정적 사랑은 브르통의 유명한 시, 「자유로운 결합*L'union libre*」의 사랑을 연상시킨다. 사실 브르통뿐 아니라 초현실주의자들에 게 사랑은 처음부터 중요한 가치를 갖는 주제였다. 그러나 『열애』에서 의 사랑이 초기의 초현실주의에서 내세운 사랑과 구별되어야 할 점은, 브르통이 이 작품에서 과거의 어느 때보다도 관능적이고 육감적인 사 랑을 역설한 점에서뿐 아니라, 이러한 사랑을 강조한 시점이 그가 초현 실주의자들과 함께 정치적 참여의 필요성을 주장하고 공산당에 가입한 후 공산당의 이념과 마찰을 빚고 좌절을 겪으면서 제시되었기 때문이 다. 브르통은 1935년 8월에 쓴 「초현실주의자들의 판단이 옳았던 시대 에 관해서」에서 공산당과의 결별이 사상의 자유를 용납지 않는 러시아 의 경직된 파시스트 체제와 스탈린 정책 때문이라고 비난한 바 있다. 이러한 상황에서 그가 내세운 정열적 사랑의 가치는 결국 정치적 혁명 의 이념에서 후퇴한 이후에 모색한 새로운 해결책과 같은 것으로 볼 수 있다.

　『열애』는 초현실적 사랑의 개념뿐 아니라 '객관적 우연le hasard objectif'의 개념을 확립한 작품으로 잘 알려져 있다. 초현실주의에서 객관적 우연이란 무엇인가? 간단히 말한다면 이것은 '우연'이나 '우연 적 만남'보다 논리적 골격을 갖춘 개념이라고 할 수 있다. 브르통은 자 동기술의 방법을 생각했을 때부터 우연의 의미를 중요시했지만, 그것 을 이론적으로 정립한 것은 자동기술의 논리를 말한 이후 10여 년이 지난 다음에 쓴 『열애』를 통해서였다. '객관적 우연'에 대한 그의 논리를 설명하기 전에, '객관적 우연'에 해당하는 경험들을 말하자면, 앞에서 언급한 것처럼 도시의 거리에서 이루어질 수 있는 사람이나 사물과의 우연적 만남, 혹은 모든 우연적 발견, 우연적이고 특이한 오브제의 창조, '시적인 우연의 일치' 같은 것들이라고 말할 수 있다. 이 중에서 '시적인 우연의 일치'에 적합한 예는 '옹딘느'의 일화일 것이다.

브르통은 1934년 4월 10일 공동묘지가 가까운 작은 레스토랑에서 점심 식사를 하는데, 갑자기 "여기 식사해요Ici, l'Ondine"라고 말하는 접시 닦는 남자의 소리를 듣고 난 다음에, "그래요, 여기서 식사하지요 Ah, Oui, on le fait ici, l'on dîne!"라는, 여종업원의 말장난 같은 대꾸를 듣게 되었다는 것이다. 여기서 '우리는 식사한다'는 말은 북구 신화에 등장하는 물의 요정 '옹딘느'와 발음이 같기 때문에, 브르통은 그 말을 듣는 순간 자기의 상상 속에서 불현듯 머지않아 자기에게 '옹딘느'와 같은 여인이 나타날 것이라는 믿음을 갖게 된다.[5] '옹딘느'의 이러한 연상은 '황금사자에서au lion d'or'라는 말이 '침대에서 우리는 잔다au lit on dort'라는 말과 같기 때문에 말장난을 하는 것과 같은 논리인데, 프랑스에 황금사자라는 호텔 이름이 많은 이유가 이런 점 때문이다. 그러니까 이러한 말장난은 평범한 일상적 대화 속에서도 자신의 무의식적 욕망과 일치하는 신화적 요소를 발견할 수 있다는 논리의 바탕이 된다. 실제로 브르통이 '옹딘느'와 같은 여성을 만나게 된 것은 그로부터 한 달 반쯤 지난 5월 29일이었고, 그의 두번째 부인이 된 그 여성이 그 레스토랑 바로 앞에 있는 아파트에 살고 있었다는 것은 논리적으로 설명하기 어려운 우연의 사건이라고 할 수 있다.

---

5) A. Breton, *L'amour fou*, Gallimard, 1937, p.27.

『열애』에서 브르통이 '객관적 우연'의 개념을 정의한 것은, 위에서처럼 '옹딘느'를 서술한 부분과 「벼룩시장」에서 자코메티와 함께 산책하면서 겪은 일을 상세히 언급한 부분 사이에 있다. 그는 이 개념을 설명하기 전에, 자신이 엘뤼아르와 함께 『미노토르』[6]에서 300명 정도의 문화계 사람들을 대상으로 두 가지 질문의 앙케트를 했던 경험을 이야기한다. 그 질문은 다음과 같다. "당신이 살아오는 동안 가장 중요한 만남은 무엇이었다고 생각하는가? 그 만남은 어떤 느낌을 주었는가? 그것은 우연이었다고 생각하는가, 필연이었다고 생각하는가?" 이 물음에 응답한 140명의 글을 읽은 다음에 그가 정리한 결론은 이렇다. "자연적인 필연과 인간적인 필연이 일치되는 어떤 결정이 그것들을 구별할 수 없을 만큼 빈틈없이 정확하게 이루어지는 순간이 있는 법이다. 우연이란 것이 외적인 인간관계와 내적인 합목적성의 만남으로 정의되는 것이기에, 중요한 것은 어떤 종류의 만남이—여기서는 가장 중요한 만남, 당연히 극단의 주관적 만남 같은 것이라고 할 수 있는데—즉각적인 논점선취의 오류를 범하지 않으면서도, 우연의 각도에서 고찰해 볼 수 있다는 것을 아는 일이다."[7] 이처럼 브르통은 우연을 '외적인 인간관계'와 '내적인 합목적성'의 만남으로 정의하면서도, 삶의 바다에서 배의 키를 잡고 있는 사람은 혼자가 아니라는 생각을 깊이 파고든다. 그렇다면 그의 자유는 누구에 의해서, 무엇으로 제한되는 것인가? 우연의 사건이 주체적인 결정이 아니라 외적인 인간관계에 좌우되는 것이라면 주체의 '내적인 합목적성'은 무엇이고, 이것에는 어떤 역할을

---

6) 『미노토르Minotaure』는 1933년, 많은 초현실주의자들이 편집위원으로 참여한 A. Skira 출판사의 문화예술 잡지이다.
7) Breton, L'amour fou, 앞의 책, pp.28~29.

부여할 수 있는 것일까? 브르통은 이러한 의문들을 염두에 두면서 우연의 논리를 심화시킨다.

여기서 그가 얻은 결론은 다음과 같다. 우리의 삶에서 만남이 중요한 것은 우리가 찾고 기대하던 어떤 것과 마주쳤을 때인데, 그러한 만남은 기대한 것이 우연적으로 나타남으로써 기대와 우연이 일치되었을 경우라는 것이다. '우연'이 중요한 것은 우리의 무의식적 욕망과 기대가 실현되었을 때이다. 브르통은 아름다움을 느끼는 감정도 이와 마찬가지라고 생각한다. 우리가 아름답다고 생각하는 대상은 우리의 욕망이 객관화된 것이라고 볼 수 있기 때문이다. 우리의 삶에서 중요한 만남이 가장 아름다운 순간으로 기억되는 것은 우리의 감정 혹은 무의식의 욕망이 외적으로 실현되었기 때문이라는 것이 브르통의 주장이다. 브르통은 "우연이란 인간의 무의식 속에 길을 튼 외적 필연성의 표현 형태일 것"이라고 하면서 이러한 주장은 "엥겔스와 프로이트를 대담하게 해석하여 연결시킨"[8] 결과라고 설명한다. 우연에 대한 이러한 정의는 인간의 내면적 욕망을 관련시키지 않고 외적인 객관성만으로 우연을 설명하던 과거의 정의와는 달리, 우연의 영역 속에 무의식의 존재를 이끌어들인 새로운 시도로 해석될 수 있을 것이다.

『열애』는 작가가 자신의 우연적 만남의 경험을 『나자』에서 말한 것처럼 '의학적인 관찰'과 자기분석적인 성찰의 관점에서 세밀하게 서술하고 기록한 책이라고 말할 수 있다. 물론 '의학적인 관찰'의 객관성은 시적 정신 혹은 시적 서술과 대립되는 것이 아니라 결합되어 있다. 브르통은 자신의 '객관적 우연'의 논리를 자기의 생활 속에서 입증하기 위

---

8) 위의 책, p.31.

해 모든 사물, 모든 존재와의 우연적 만남을 기대하는 자신의 욕망을
이렇게 기술한다.

　오늘도 나는 열린 마음disponibilité으로, 우연적 만남을 갖기 위해 떠
돌아다니고 싶은 갈증에서 아무것도 기대하는 것이 없지만, 그 만남이
또 다른 열린 마음의 소유자들과 신비롭게 소통함으로써 마치 우리가 갑
자기 만나기로 되어 있는 것처럼 그렇게 만날 수 있기를 확신한다. 나의
삶에서는 오직 파수꾼의 노랫소리, 기다림과 어긋나는 그런 노랫소리만
남아 있기를 바라는 것일지 모른다. 그런 만남이 이루어지건, 이루어지
지 않건, 기다림이란 얼마나 아름다운 것인가.[9]

　브르통이 자코메티와 함께 벼룩시장에서 철가면과 목기 숟가락을 발
견한 이야기는 이렇게 '기다림'과 '우연적 만남'을 찬미하고 난 다음에
서술된다. 그는 『나자』에서 벼룩시장에 자주 들른다고 말한 바 있지만,
분명한 것은 그곳에 갈 때 어떤 물건을 구입하기 위한 목적으로 가지는
않았다는 것이다. 그러나 『열애』에서 벼룩시장을 찾을 때의 그들의 심
리적 상황을 말한다면, 브르통은 절실하게 사랑을 기다리고 있었고,
자코메티는 소형 입상 작업의 마무리가 되지 않아 고민하던 중이었다.
특히 자코메티는 조각 작품의 얼굴을 만드는 과정에서 어떤 얼굴을 만
들어야 할지 영감이 떠오르지 않아 고민했다는 것이다. 이런 상태에서
조각가에게 벼룩시장에서 먼저 눈에 들어 온 것은 투구를 연상시키는
길이가 짧은 철가면이었고, 브르통의 시선을 끈 것은 나무로 만든 특이

---

9) 위의 책, p.39.

한 숟가락이었다. 그들의 욕망을 자극하여 그들이 구입한 그 물건들은 그들에게 어떤 의미를 갖고, 그들의 정신에 어떤 영향을 미친 것일까? 우선 철가면을 갖게 된 자코메티는 그것으로부터 영감을 얻어 중단했던 작품을 완성시킬 수 있었다는 것이다. 그러나 브르통의 경우는 자코메티처럼 단순히 미학적인 작업의 문제가 아니라 훨씬 복잡한 심리적이고 감정적인 문제에 사로잡혀 있었기 때문에, 그러한 문제들의 실타래를 헤치고 어떤 명확한 해석을 빠른 속도로 도출하기는 어려웠다는 것이다. 우선 브르통은 그 물건들이 "빈틈없이 꿈과 같은 역할을 수행"하여 꿈을 꾼 사람의 불안감이 꿈을 통해서 해소되고 "극복할 수 없다고 생각했던 장애물을 넘어선"[10] 느낌을 갖게 한 촉매 역할을 중시한다. 그러나 그 목기 숟가락이 자신의 욕망을 자극한 필연성의 해답을 찾지 못한 상태에서, "몇 달 전 잠에서 깨어날 때 떠오른 '상드리에 상드리옹-Cendrier Cendrillon(신데렐라 재떨이)'이라는 구절과 관련해서 오래전부터 꿈속에서 본 것이면서 꿈 밖에서 본 것 같기도 한 오브제를 널리 유포시키고 싶은 유혹에 사로잡혀,"[11] '신데렐라의 잃어버린 실내화'[12] 같은 작은 신을 자코메티에게 작품으로 만들어달라고 부탁했던 일을 떠올린다. 그는 조각가 친구에게 그런 부탁을 했을 때, 나중에 그것을 재떨이로 사용할 생각에서 회색 유리로 만들어달라고 했던 일, 그러나 여러 번 친구에게 부탁을 환기시켰는데 친구는 그의 요구를 즉각적으로 들어주지 않고 미루거나 잊어버리곤 하여, 결국 그 신에 대한 욕망과 상실감이 그런 물건으로 변형되어 자기의 시선을 이끌었다는

---

10) 위의 책, p.44.
11) 위의 책, p.46.
12) 본래 신데렐라가 신었던 신은 다람쥐 가죽신pantoufle de vair인데, 동화작가 페로가 vair를 verre(유리)로 잘못 써서 유리구두가 되었다는 것이다.

것이 브르통의 추리이다. 그렇다면 그 숟가락이 어떻게 '신데렐라 재떨이'로 전환된 것일까?

잘 알려져 있듯이, 왕자와 밤새도록 함께 춤을 추던 여자가 신발만을 남겨두고 떠났다는 신데렐라 이야기는 많은 정신분석적 해석을 이끌어 낼 만한 줄거리를 갖고 있다. 정신분석 비평가인 벨맹 노엘은 '자기 발에 맞는 구두를 찾다trouver chaussure à son pied'라는 말이 '제 짝을 만나다'라는 의미로도 해석될 수 있는 점을 환기시키며, 브르통의 성적인 자기분석에 의해서 만들어낸 등식(신발＝숟가락＝남자 성기＝남자 성기의 완전한 거푸집)에서 남자 성기와 여자 성기가 혼동되어 쓰인 것은 브르통의 성적 욕망이 위장 혹은 변형되어서 나타났기 때문이라고 말한다.[13]

브르통의 이러한 자기분석 능력과 설명방법은 놀라울 정도의 통찰력을 보여준다. 그는 자신의 행동을 객관화시키고, 그 행동의 불가해한 요소들과 이상한 상황들을 철저히 해부하려고 한다. 이러한 과학적 탐구방식과 시적 상상력을 병행시켜 서술하는 그의 독특한 글쓰기는, 한 연구자의 표현대로 "정신분석에 대한 시적 직관"의 능력이 뛰어난 솜씨로 표현된 것이다. 그의 자기분석은 과거 지향적이 아니라 미래 지향적이다. 또한 그것의 가치는 프로이트의 정신분석적 방법이나 과학주의의 원칙에서 판단될 수 있는 것이 아니라 자신의 삶에 성실한 입장과 자기를 객관화시켜보려는 엄정하고 정직한 시선의 기준에서 평가될 수 있는 것이며, 시적인 것과 과학적인 것을 결합하려는 초현실주의적 정신을 반영하는 것이기도 하다. 결국 그의 무의식적 욕망의 표현으로 벼

---

13) J. L. Steinmetz, *André Breton et les surprises de l'Amour fou*, P.U.F., 1994, p.37.

룩시장에서 '뜻밖의 발견'을 경험한 이후, 객관적 우연이 실현됨으로써 그가 절실하게 기다린 사랑이 '지독하게 아름다운Scandaleusement belle' 여성의 모습으로 현실에서 나타난다.[14]

3. 자동기술의 시 「해바라기」 해석

『열애』에서 중요한 사건은 브르통이 '지독하게 아름다운' 여인이라고 묘사한 자클린과의 만남과 '만남' 전후의 이야기이겠지만, 그것 못지않게 문학적으로 비중 있는 의미를 갖는 것은 그가 11년 전에 자동기술의 방법으로 쓴 시를 그녀와 함께 보낸 밤의 산책과 관련시켜 해석한 대목이다. 그는 과거에 이성의 통제를 벗어난 상태에서 자동기술적으로 쓴 자신의 시 「해바라기」가 어떻게 해석되고 어떤 의미를 갖는지를 알 수 없었지만, 그녀를 우연히 만나 밤새도록 파리의 중심가에서 긴 시간을 함께 산책하고 난 후, 문득 『땅 빛Clair de terre』이라는 시집에 실린 예전의 그 시가 떠올라서 그것을 끄집어내 읽다 보니까 이해할 수 없었던 구절들이 의미를 분명히 알 수 있게 되었다는 것이다. 모두 31행으로 구성된 이 시를 그대로 인용하면 다음과 같다.

여름이 저무는 시간 중앙시장을 지나가는 외지의 여인은
발끝으로 걷고 있었다
절망은 하늘에서 아주 예쁜 커다란 아름 꽃을 굴리듯이 떨어뜨렸고

---

14) G. Durozoi & B. Lecherbonnier, *André Breton, l'écriture surréaliste*, libraire Larousse, 1974, p.197.

그녀의 핸드백에는 나의 꿈

하느님의 대모만이 맡을 수 있는 각성제 병이 들어 있었다

무기력 상태가 안개처럼 펼쳐 있었다

'담배 피우는 개'에

긍정과 부정이 들어왔다

젊은 여자의 모습은 비스듬히 보이거나 제대로 보이지 않았다.

내가 마주하고 있는 존재는 화약의 사자使者인가

아니면 우리가 관념이라고 부르는 검은 바탕 위의 흰 곡선인가

순진한 사람들의 무도회는 절정에 달했다

마로니에 나무들에서 초롱불은 느리게 불이 붙었고

그림자 없는 여인은 퐁 토 샹주Pont-au-change 위에서 무릎을 꿇었다

질르쾨르Gît-le-Cœur 길의 음색은 예전과 같지 않았다

밤의 약속들은 마침내 실현되었다

전령 비둘기들 구원의 입맞춤들은

미지의 아름다운 여인의

완전한 의미의 그레이프 속에 솟아오른 젖가슴에서 합류했다

파리의 중심가에 있는 농가는 번창하고 있었다

농가의 창문들은 은하수 쪽으로 나 있었지만

뜻밖의 손님들 때문에 농가에는 아무도 살고 있지 않았다

뜻밖의 손님들은 유령들보다 더 충실한 존재로 알려진 사람들이다

그 여인처럼 어떤 이들은 헤엄치는 모습이다

그들의 실체의 일부분이 사랑 속으로 들어온다

그것은 그들을 마음속에 내면화한다

나는 감각기관의 힘에 좌우되는 노리개가 아니지만

재의 머리카락에서 노래 부르던 귀뚜라미가
어느 날 밤 에티엔 마르셀 동상 가까운 곳에서
나에게 예지의 눈길을 보내며
말하는 것이었다 앙드레 브르통은 지나가라고[15]

　자동기술로 쓴 시가 대체로 그렇듯이 이 시는 얼핏 보아 해석이 불가
능할 것처럼 난해해 보인다. 그러나 브르통은, 꿈이 예언적인 역할을
하듯이 이 시가 11년 후의 미래를 예시해주는 '예언적 시un poème
prophétique'라고 주장하면서, 그녀와 밤의 산책을 하고 난 다음에 시
의 의미가 분명해졌음을 설명한다. 그의 설명에 의하면, 이 시의 첫 구
절 "외지의 여인은 발끝으로 걷고 있었다"는 1934년 5월 29일에 만난,
조용한 걸음걸이로 걷는 여자의 모습과 일치하고, '여름이 저무는 시
간'은 '낮이 저무는 시간'과 동의어이면서 '여름이 다가오는' 5월 말의
시간과 연결될 수 있다는 것이다. 그는 이런 식으로 시에서 중요한 요
소들, '절망' '담배 피우는 개' '순진한 사람들의 무도회' '초롱불' 등의
의미를 분석하고 '퐁 토 샹주' '질르쾨르' 등의 장소들과 그날 밤의 산책
길이 정확하게 일치한다는 것을 강조한다. 그러나 그의 설명과 분석은
문학 연구자들이나 비평가들의 경우와는 다르게, 논리적이라기보다 시
적이고, 설명적이 아니라 암시적이다. 그렇기 때문에 독자들은 그의
설명을 읽으면서 그 시에서 언급된 인물들의 동선과 분위기가 시인이
밤의 산책에서 경험했던 것과 일치한다는 것을 알게는 되지만, 그가 자
동기술의 시를 의식적으로 완전하게 해설해주지 않기 때문에 의아심을

---

15) Breton, *L'amour fou*, 앞의 책, pp.80~81.

품게 된다. 그러나 이런 의아심은 오히려 독자로 하여금 그의 시를 적극적으로 해석하게 만드는 동기가 된다. 이런 의미에서 그의 시를 해석해보자.

이 시의 첫 행에서 '외지의 여인'은 어디에서 온 사람일까? 브르통은 그 여인과 만났던 상황을 설명하기 위해 몽마르트르의 카페에서 친구들과 만났던 일과 그 카페에 그녀가 들어와서 그들이 앉았던 자리와 멀지 않은 곳에 자리를 잡을 때 '불의 옷을 입은 것처럼comme vêtue de feu' '지독하게 아름다운' 여인의 느낌을 받았다고 말한다. 또한 그녀가 앉아서 누군가에게 보내는 편지를 쓰고 있었는데, 나중에 알고 보니까 그 편지의 수신인이 앙드레 브르통이었다는 것이다. 두 사람이 같은 카페에 앉아 있다는 사실을 모르는 채, 한 사람이 독자로서 저자인 브르통에게 보내는 편지를 쓴다는 우연이 어떻게 가능할 수 있을까? 여하간 그들은 자정에 다시 만나기로 약속한다. 그들은 그날 밤 몽마르트르에서 센 강 쪽으로 걷다가 중앙시장을 가로질러 가게 된다. 5월 말의 밤은 아름다웠고, 그녀의 걸음걸이는 "발끝으로 걷고 있었다"고 할 만큼 경쾌했다. 그녀를 만나기 전, 브르통은 절망적 상황에서 사랑을 갈구한 것인데, 그것은 "절망은 〔……〕 커다란 아름 꽃을 〔……〕 떨어뜨렸다"로 표출되어 있다. 아름 꽃은 백합처럼 하얀 꽃이라는 점에서 순결한 사랑과 희망을 표상한다고 할 수 있다. 물론 아름 꽃에서 희망의 상징인 별의 이미지를 떠올릴 수도 있을 것이다. 그녀의 '핸드백'은 프로이트식으로 말하면 여성 성기의 상징인 만큼 그 '핸드백' 속에 남성의 꿈이 담겨 있다는 것은 자연스럽다. 그러나 그 꿈이 "하느님의 대모만이 맡을 수 있는 각성제 병"과 동격인 이유는 무엇일까? 단순하게 생각하면 그 여인이 다른 세계에서 온 것처럼 신비스러운 모습이기 때문에 그녀를 "하느님의 대모"라고 표현한 것일 수 있고, '각성제'는 꿈과 대립되는 것이지만, 「초현실주의 제2선언문」에서 중요하게 언급되었듯이 모든 모순과 대립이 소멸되는 '정신의 지점'이 존재한다는 믿음과 관련시킬 때, 이러한 대립의 결합 논리는 초현실주의의 관점에서 볼 때 자연스러운 것일 수 있다.

"무기력 상태가 안개처럼 펼쳐 있었다"는 구절은 절망의 내면심리를 반영한 것으로 해석된다. '담배 피우는 개'는 술집 간판이지만, '무기력 상태가 안개처럼 펼쳐'진 내면의 풍경과 담배 연기가 자욱한 술집의 분위기가 잘 어울리는 느낌을 준다. "찬성과 반대가 들어왔다"는 것은 무엇일까? 장 뤽 스타인메츠에 의하면, 앞서 「초현실주의 제2선언문」에서 인용한 것처럼, "긍정과 부정, 에로스와 타나토스, 여성성과 남성성이 합쳐진 '정신의 지점'처럼, '외지의 여인'은 이원적 대립을 벗어난 존재"[16]로 부각되었다는 것이다. 그렇지 않으면 그녀의 마음이 시인의 마음속에 갈등을 불러일으킨 것으로 해석될 수도 있다. 여하간 그 카페에서 브르통은 "비스듬히 보이거나 제대로 보이지 않았"기 때문에 그녀를 더 잘 보려고 가까이 다가간다. 그녀와 가까운 자리에 앉아서 '마주하고' 있다 보니까 그녀의 모습에서 불꽃같은 '화약'의 느낌과 동시에 냉정한 이성의 '관념'이 뿜어져 나온다. 여기서 '검은 바탕 위의 흰 곡선'은 어두운 본능적 욕망과 명석한 이성적 사고를 대비시킨 것으로 보인다.

또한 '순진한 사람들의 무도회'는 무엇일까? 여기서 우선 주목해야 할 것은 '순진한 사람들'과 관련하여, 그곳이 무고하게 죽은 사람들의

---

16) J. L. Steinmetz, 앞의 책, p.52.

묘지가 있었던 곳일 뿐 아니라 중세 때 그곳에서 살았던 유명한 연금술사 니콜라 플라멜의 이름을 붙인 광장이 있으며, 그 광장의 한복판에는 16세기식으로 물의 요정 등을 장식한 형대의 분수가 있는 지역의 명칭과 역사성이다. '무도회'는 프랑스의 모든 광장들이 그렇듯이, 혁명기념일(7월 14일)이면 시민들이 모두 나와 초롱불 밑에서 춤을 추는 장면을 연상시킨다. 그러므로 그녀의 '화약' 같은 불의 존재성과 무도회에서의 불의 이미지가 분수의 물과 결부되어 연금술적 변화를 일으킨 것으로 볼 수 있다. 사실 과거의 연금술사에게 물과 불이 대립된 두 요소가 아니었듯이, 초현실주의적 상상력에서도 그들이 하나인 것은, 이미 『나자』에서 '방황하는 영혼'의 나자가 물과 불이 같은 것이라고 말했던 부분에서 거듭 확인되는 점이기도 하다.[17] 그리고 '그림자 없는 여인'은 비물질성이 느껴질 만큼 가벼운 그녀의 이미지를 표현한 것이다.[18] 또한 센 강 북쪽과 시테 섬을 연결한 '퐁 토 샹주' 다리의 이름에 '변화하다'라는 의미의 '샹주'가 있다는 것도 눈여겨볼 수 있는 점이다. 초현실주의자들에게 '삶을 변화시켜야 한다'는 랭보의 명제처럼 중요한 것도 없기 때문이다. 그다음에 나오는 '질르쾨르'는 파리의 대학로인 라틴가에서 가장 길이가 짧은 길 중의 하나로서, '마음이 잠들어 있다'는 의미를 나타내는 것으로 해석된다. '마음이 잠들어 있다'는 것은 사랑의 존재 앞에서 마음이 굴복한 상태일 것이다. 마음이 굴복한 상태가 행복한 상태인 것은, 무엇보다 갈등의 원인이 제거되었기 때문이다.

---

17) 브르통, 『나자』, 앞의 책, p.88.
18) 장 뢱 스타인메츠는 "그림자 없는 여인이 '퐁 토 샹주' 위에서 무릎을 꿇었다"는 구절에서 파리의 수호자인 성녀 주느비에브가 기도를 하는 모습을 떠올릴 수 있다는 것을 말하고, '그림자 없는 여인'은 원죄가 없는, 그야말로 순수한 성녀의 모습으로 해석한다: J. L. Steinmetz, 앞의 책, pp.52~53.

"밤의 약속들은 마침내 실현되었다"는 것과 '구원의 입맞춤들'은 모두 육체적인 접촉을 암시하는 '사랑의 만남이 실현되었다'는 것과 같은 의미이다. 두 사람은 다시 센 강을 건너서 파리의 중심에 있는 시테 섬의 꽃시장이 있는 쪽으로 걸어간 흔적을 보인다. 꽃시장에서 농가가 연상되었을 것이다. 그러므로 "농가의 창문들은 은하수 쪽으로 나 있었지만 뜻밖의 손님들 때문에 농가에는 아무도 살고 있지 않았다"는 구절은 은하수가 표현하는 풍요로움의 이미지와 함께 행복한 전원의 풍경을 환기시킨다. 여기서 '뜻밖의 손님들'이 '유령들'과 대립된 관계인 것은 새로운 사랑이 과거의 사랑과 대립된 관계인 것에 비유될 수 있다. '뜻밖의 손님들'의 한 사람인 그 여인은 '헤엄치는 모습'으로 경쾌하고 유연한 움직임을 보이고, "그들의 실체의 일부분"과 '사랑'은 자연스럽게 일체가 된다. 이러한 몽환적 풍경은 현실 원칙에 따라 화자의 초자아 의식이 되살아나면서 서서히 깨어나게 되어, 화자는 "감각기관의 힘에 좌우되는 노리개가 아니"다라는 진술을 하기에 이른다.

끝으로 "재의 머리카락에서 노래 부르던 귀뚜라미"는 무엇일까? 불이 재로 변한 것이라면, 불의 이미지를 갖는 여인의 머리카락은 재의 이미지로 변용된 것이고, 귀뚜라미는 지혜로운 곤충의 대명사이기 때문에 귀뚜라미가 '예지의 눈길'을 보냈다는 것은 그녀에게서 '예지의 눈길'이 느껴졌다는 의미로 해석된다. 또한 '지나가라'라는 명령형도 다리를 건너가듯이, 혹은 그 여자의 계시를 따라서 '변화해야 한다'는 것과 같다. 물론 '지나가라'는 명령형이 아니라 '지나간다'라는 사실을 확인하는 뜻으로 해석해도 의미가 크게 달라지는 것은 아니다. 그러나 중세의 정치적 혼란기에 시장이었던 에티엔 마르셀이 무엇보다 파리인들의 자유를 수호하여 자유의 상징이라고 할 수 있는 인물이기 때문에,

그의 동상 가까운 곳에서 화자가 인식한 자유와 변화의 메시지는 바로 사랑과 시의 의미를 함축한 의미로 이해될 수 있다. 그 여인이 사랑의 다른 이름인 것처럼 시는 바로 자유이기 때문이다.

4. 결론을 대신하여

「해바라기」의 끝부분에서 화자가 여성의 존재를 통해 변화의 힘을 얻게 된 것처럼, 브르통은 이 책에서 줄곧 사랑과 여성의 힘을 예찬한다. 그가 찬미하는 여성의 힘은 흔히 말하듯이 모성적인 힘이나 구원의 존재라는 의미에서가 아니라, 남자의 삶과 세계를 변화시키는 역할을 하는 존재라는 의미에서이다. 그는 이 책의 끝 부분에서 사랑과 삶의 관계를 이렇게 말한다. "나는 사랑과 삶이 대립하고 있다는 것을 부정하지 않는다. 내가 말하고자 하는 것은 사랑이 이겨야 하고, 그렇게 되기 위해서는 사랑이 필연적으로 마주치게 되는 모든 적대적 세력이 당연히 사랑의 영광을 만드는 중심에 있다는 그러한 시적 의식의 차원에 도달해야 한다는 것이다."[19] 이것은 무조건적으로 사랑의 가치를 강조한 것이 아니라 '모든 대립적인 세력'을 거부하고 그 세력과의 싸움을 전제로 한 상태에서, 그것을 해결하기 위한 현실적 방법으로 '사랑의 시적 의식'을 강조한 것이다. 이것은 현실적인 방법이기도 하고 초현실적인 방법이기도 하다. 이렇게 사랑의 가치와 무의식적인 욕망의 힘을 다각적으로 탐구한 『열애』에서 사랑과 변화를 예시하는 「해바라기」라는

---

19) Breton, *L'amour fou*, 앞의 책, p.172.

자동기술의 시가 '객관적 우연'과 의미 있는 연관성을 갖는 것은 분명하다. 미셸 카루주는 자동기술과 객관적 우연을 비교하면서, 전자가 무의식에 의존한 텍스트이기 때문에 그 안에서 모든 오브제들이 개인의 무의식 세계와 관련된다면, 후자는 세계라는 거대한 텍스트를 이해하게 하는 수단이므로 객관적 우연의 모든 오브제들이 개인에게 그 자체로 신비로운 마법적 힘을 갖는 것이라고 주장한다. 그가 말하는 '세계라는 거대한 텍스트'는 바로 도시의 거리에서 신비롭게 경험할 수 있고, 경이롭게 지각할 수 있는 모든 기호들이라고 할 수 있다.

객관적 우연은 일상생활 속에 경이적 현상의 침투를 나타내는 현상들의 총체이다.[20]

이렇게 일상생활 속에 경이적 현상의 침투를 발견하려는 것은 모든 대립을 초월한 '절대의 지점'을 추구하고 도달하려는 초현실주의자들의 시적 탐구방법이라고 할 수 있다. 목적 없이 도시의 거리를 배회하는 그들의 모습은 시적 주제나 계획을 떠올리지 않는 자동기술적 글쓰기와 상응한다. 또한 브르통과 초현실주의자들에게 객관적 우연은 그들 자신의 무의식적 욕망을 탐구하는 방법이자 동시에 시와 삶의 구별을 초월하면서 시 속에서 진정한 삶을 찾고 삶에서 시를 실현하려는 초현실적 모험의 중요한 수단인 것이다.

---

20) M. Carrouges, *André Breton et les données fondamentales du surréalisme*, Gallimard, 1950, p.246.

제2부

초현실주의 시와 소설의 다양성

제6장
엘뤼아르와 초현실주의 시의 변모

1. 엘뤼아르와 자동기술

모리스 블랑쇼는 「초현실주의에 대한 성찰」에서 "엘뤼아르의 시는
초현실주의가 감지하고 찬양한 직접적인 삶의 시로써 본질적으로 초현
실주의 시"이며, 또한 "투명한 시가 아닌, 투명성의 시"라고 말한다.[1]
그러나 블랑쇼가 이처럼 '본질적으로 초현실주의 시'라고 찬양한 엘뤼
아르의 시에서 초현실주의적 글쓰기의 대명사나 다름없는 자동기술의
시도는 별로 없었고, 이런 점 때문에 브르통과 종종 대립된 입장을 보
였다는 것을 생각하면, 그의 이러한 평가는 매우 역설적으로 보인다.
물론 블랑쇼는 초현실주의 시인으로서 자동기술의 시를 어떻게 썼는가

---

1) M. Blanchot, *La part du feu*, Gallimard, 1949, p.94.

의 문제와는 상관없이, 자동기술의 본래적 취지가 언어의 자유나 자연스러움을 철저히 추구하고 인간의 본래적인 모습에 가장 가까이 다가갈 수 있는, 즉 인간과 그 자신 사이의 가장 직접적이고, 가장 진정성이 있는 관계를 찾기 위한 시도였다는 것에 초점을 맞추어, 이러한 글쓰기의 목표에 가장 근접한 시를 엘뤼아르의 시라고 이해했을 것이다. 이런 관점에서 그가 강조한 '직접적인 삶la vie immédiate'이 엘뤼아르가 초현실주의운동에 적극적으로 참여했을 때의 시집 제목이라는 것은 의미심장하다.

사실 엘뤼아르는 자동기술의 의미를 인정하면서도 자동기술의 시를 선호하지는 않았다. 브르통은 엘뤼아르의 이런 태도를 당연히 비판적으로 보았다. "엘뤼아르가 초현실주의운동에 참여한 기간이 얼마나 지속적이었건 간에, 그에게는 늘 갈등이 따르고 있었던 것 같다. 그것은 초현실주의와 전통적인 의미의 시 사이에서 비롯된 것인데, 그러한 갈등에서 결국 그의 목표가 되는 것은 후자이다. 이것은 초현실주의의 관점에서 보자면 중대한 이단적 태도이다. 〔……〕 꿈과 자동기술의 텍스트, 시를 분명히 구분하면서 그는 모든 것을 시에 유리하게 이용하려고 한다. 그가 아주 분명한 의지로 시를 만들려는 생각에서 이렇게 장르구분을 한 것이 나에게는 곧바로 극단적인 복고주의자처럼 생각되었는데, 이것은 초현실주의 정신과 명백히 어긋나는 점이었다."[2] 브르통의 말처럼, 엘뤼아르가 꿈과 자동기술의 텍스트, 시를 구별하고, 꿈과 자동기술의 내용을 어디까지나 좋은 시를 만드는 데 필요한 수단이나 자료로 생각했던 것은 분명하다. 그렇다고 해서 그가 자동기술의 의미를

---

2) A, Breton, *Entretiens*, Gallimard, 1973. coll. Idées, pp.109~10.

원천적으로 부정한 것은 아니다. 그는 자동기술이 "무의식으로 통하는 통로를 끊임없이 열어주고, 또한 무의식을 의식의 세계와 대면하게 함으로써 그것의 중요성을 증가시킨다"고 이해했기 때문이다.[3] 다시 말해서 그는 자동기술이 의식과 세계의 영역을 넓혀줌으로써 시에 유익한 자산이 될 수 있다고 생각했으며, 자동기술을 통해 시를 반성하는 기회를 삼기도 했다. "자동기술이 시를 쓸모없는 것으로 만든다고 생각할 수도 있겠지만, 그렇지 않다. 자동기술은 시의 자기반성적 영역을 풍요롭게 만들고, 또한 발전시키는 것이 분명하다. 의식이 완전할 경우라도, 자동기술에 의해 내면세계에서 추출된 요소들과 외부세계의 요소들은 균형을 이룰 수 있다. 균등하게 표현된 그러한 요소들이 뒤섞이고, 혼합되어 시적 통일성을 형성하는 것이다."[4] 쉬잔 베르나르가 『보들레르부터 현대까지의 산문시』에서 지적한 것처럼, 자동기술에 대한 엘뤼아르의 이러한 긍정적 인식은 "초현실주의가 엘뤼아르에게 기여한 몫과 엘뤼아르가 초현실주의를 떠난 이유"를 동시에 이해할 수 있게 한다.[5] 왜냐하면 엘뤼아르는 자동기술을 통해 시를 반성하면서 그의 시세계를 넓히고 발전시킬 수 있었지만, 결국 브르통의 자동기술 논리와 계속 충돌함으로써 초현실주의를 떠나기로 결심했다고 이해할 수도 있기 때문이다. 사실 초현실주의자로 활동하면서도 그의 주된 관심은 어디까지나 의식적이고 의미있는 시의 창출에 있었지, 무의식적인

---

3) P. Éluard, *Donner à voir* in *Œuvres complètes, tome I*, Gallimard, coll. Bibliothèque de la Pléiade, 1968, p.981. 앞으로 이 장에서 나오는 엘뤼아르의 시들은 이 플레이아드 판본을 기초로 한 것이며, 페이지만을 본문에 괄호로 표기하겠다.
4) 위의 책, p.980.
5) S. Bernard, *Le poème en prose, de Baudelaire jusqu'à nos jours*, Nizet, 1959, p.679.

자동기술에 있었던 것이 아니다. 이것은 자동기술에 대한 브르통의 초현실주의적 입장과는 분명히 대립된 태도이다. 그들은 자동기술에 대한 의견의 차이가 있었음에도 불구하고 자동기술의 공동작업을 한 적이 있다. 브르통은 1919년에 수포와 함께 『자장』이라는 자동기술의 시를 썼던 것처럼, 1930년에 엘뤼아르와 함께 같은 방법으로 「무염수태 L'Immaculee Conception」[6]를 쓰면서, 정신과 의사들이 치료의 명분으로 병동에 가두는 광기와 정신착란의 언어를 실험한 것이다. 이 실험을 통해서 그들은 인간의 정신에 잠재해 있는 광기의 존재를 인정하고 광기의 현실을 거부할 것이 아니라 수용해야 한다는 주장을 펴려고 했다. 이러한 작업을 수행하기 위해 그들은 정신병적 증상이나 광기의 언어를 모방하는 방법을 사용하거나 광기의 증상을 흉내 내기도 하면서, 의식적으로 이성의 언어를 사용하지 않는 자동기술을 통해 좋은 시에 대한 선입견을 배제하려고 노력하기도 했다.

그러나 엘뤼아르는 「무염수태」를 쓸 때에만 이런 원칙을 지켰던 것이지, 그 이후에도 계속 시작의 방향을 바꾸거나, 좋은 시를 쓰겠다는 생각을 포기한 것은 아니었다. 좋은 시에 대한 그의 열망과 단호한 입장은 전통적인 시를 거부하고 장르의 개념을 타파하려는 브르통의 초현실주의와 어떻게 연결되는 것일까? 아니 이러한 입장과 갈등 때문에 그는 결국 초현실주의 그룹을 떠난 것이 아닐까? 이 문제를 검토하기 위해서는 우선 엘뤼아르의 다다 시절로 거슬러 올라가야 할 필요가 있다.

---

6) 「무염수태」는 역설적인 의미에서 남자의 임신이라는 것과 오염되지 않은 자동기술적 언어라는 의미를 동시에 암시하는 말이다.

2. 엘뤼아르와 다다

엘뤼아르의 '다다' 시절은 어떤 것이었을까? 엘뤼아르가 브르통, 아라공, 수포 등 『문학』의 구성원들과 만나게 된 것은, 이 잡지의 창간호가 발간된 1919년 이후였다. 이 당시 그는 전통적인 시의 형식과 크게 다르지 않은 단순하고 짧은 시들을 묶어서 『의무와 불안』(1917), 『평화를 기원하는 시들』(1919) 등, 두 권의 두껍지 않은 시집을 낸 시인이었다. 전쟁을 혐오하고, 순수한 사랑을 꿈꾸는 젊은이로서 불안과 희망을 담은 그의 시들은 음악적이고 세련된 시적 언어로 동시대의 젊은이들이 공감하는 꿈과 고통을 노래하였다. 특히 폐결핵 요양원에서 지내는 동안, 그는 휘트먼의 「풀잎」을 여러 번 읽으면서, 휘트먼처럼 민중의 불행에 공감하면서 민중이 공감하는 언어로 시를 써야 한다는 것을 마음속으로 굳게 다짐하기도 했다. 인간의 삶에서 시가 사람들에게 고통과 불행을 극복하고 희망과 행복을 지향하게 만드는 데 기여해야 한다는 그의 생각은 초기 시집들에서 잘 반영되어 있다. 엘뤼아르의 초기 시집들에는 친숙한 거리의 풍경, 인간이 사랑하는 동물들, 어둠을 지우는 빛과 따뜻한 행복의 주제를 담은 친근하고 인간적인 이미지들이 많다. 특히 『의무와 불안』 속에서, 이러한 이미지를 형상화한 시들 중에서 가장 뛰어난 시는 3연으로 구성된 「여기에 살기 위해서pour vivre ici」이다. '하늘이 나를 버려 불을 만들었네'로 시작하는 이 시는, 2연에서 '빛이 나에게 준 것을 그 불에 던졌다'고 함으로써 프로메테우스적인 정신으로 삶의 열정을 뜨겁게 불태우겠다는 의지를 힘차게 부각시키고 3연에서 '나는 닫혀 있는 물속에서 침몰하는 선박과 같았다'고

하여, 죽음의 위기의식을 표명하기도 하지만, 그렇다고 해서 이 시가 절망적 의식으로 끝난다는 것을 의미하지는 않는다. '같았다'는 동사가 반과거로 표현되는 것에서 알 수 있듯이, 이것은 불을 만들려는 의지의 원인이 되는 상황을 나타낸 것이기 때문이다.

엘뤼아르의 초기 시집 중에서 『평화를 기원하는 시들』이 장 폴랑을 알게 만든 계기가 된 것은 유념해야 할 점이다. 작가이자 마다가스카르어의 통역자이고 『목격자Le Spectateur』라는 잡지의 주간인 장 폴랑은 엘뤼아르의 시를 좋아하는 독자이자 비평가로서 상당히 오랜 기간 동안 엘뤼아르에게 고전적 시의 언어를 유지하게 만드는 데 큰 역할을 했기 때문이다. 어떤 비평가는 엘뤼아르가 브르통과 아라공 등의 『문학』 편집인들과 만나 다다운동과 초현실주의운동에 참여하면서도 자동기술의 시를 선호하지 않았던 까닭을, 장 폴랑의 영향이라고 보기도 한다. 어떤 의미에서 엘뤼아르는 폴랑과 브르통 사이의 삼각관계에 놓여 있는 사람이라고 말할 수도 있다. 그만큼 그들은 시의 언어에 대해서 상반된 이론을 갖고 있으면서 엘뤼아르에게 영향을 미친 것이다. 시에 대한 두 사람의 입장 차이를 간단히 말하자면, 브르통에게는 시 쓰는 일이 논리적 사유의 배제와 의미의 소멸을 전제로 한 것이었고, 언어가 구원의 수단이라고 인식한 폴랑에게 시 쓰기는 언어를 올바르게 사용하듯이 올바르게 생각하는 일이었다.

또한 엘뤼아르가 브르통을 만나기 이전에 폴랑을 만났고, 두 사람이 시적 언어의 문제에 대해서 공감을 하여, 1920년 『격언Proverbe』이라는 잡지를 만들었다는 것도 주목해야 할 일이다. 이 잡지는 "언어의 비밀, 문법의 비밀, 문자들, 모순되지 않은 반의어들, 구문, 어휘, 그것들의 무거움과 가벼움, 그것들의 의미와 무의미"[7]의 문제를 실험적으로 다룸으로써 엘뤼아르의 언어에 대한 탐구와 관심을 반영해주었다. 창간호의 첫머리에 인용된 "인간은 어떤 문법학자도 말할 수 없는 새로운 언어를 추구해야 한다"[8]는 아폴리네르의 『칼리그람Calligrammes』에서의 시구는 그들에게 아폴리네르의 영향이 그만큼 컸다는 것을 확인시켜주는 증거이다. 이 잡지는 언어와 문장의 구조를 전복하는 실험뿐 아니라, 관용구와 진부한 일반적 표현들, 문어와 구어의 차이를 반성하고, 격언투의 관습적인 말들을 해체하면서 새로운 언어의 조립을 시도하는 실험을 하기도 했다. 엘뤼아르의 이 잡지와 다다의 활동 사이에 근본적인 차이점이 있다면, 그것은 전자가 실험적 유희의 규칙성을 지켰던 반면에 후자는 그렇게 하지 않았다는 점이다. 엘뤼아르는 『속담』을 창간한 이후 브르통과 아라공 등의 『문학』지 편집에 관여하고, 그들의 선언문을 공동 작성하는 일에도 동의한다. 그러나 브르통과 차라가 중심적 역할을 한 다다의 과격한 활동에 참여하는 기간에 씌어진 엘뤼아르의 시에서 전통적인 시 형식을 파괴하고 자동기술의 모험을 추구한 흔적은 보이지 않는다. 오히려 이 시기에 나온 그의 시집 『동물과 인간들』의 시들은 동물에 대한 인간적 애정을 전통적인 시 형식에서 크게 벗어나지 않은 리듬으로 표현하고 있다. 이 시집의 서문에서, 시인은 시의 목적이 아름다움이 아니라 독자와의 소통이며, 소통의 의미를 중시하는 일이 시인의 역할임을 강조한다. "수다스러운 사람들에게 어울리는 불쾌한 언어, 그와 비슷한 사람들의 머리에 쓰는 옛날 왕관처럼 죽은 언어, 그러한 언어를 매력적이고, 진실하고, 우리가 보편적으

---

7) G. Hugnet, *Dictionnaire du dadaïsme*, 1916~1922, Jean Claude Simoën, 1976, p.286.
8) 위의 책.

로 공유할 수 있는 언어로 바꾸면서 언어를 변화시키는 일에 앞장서자"
(p.37). 그는 이렇게 언어를 변화시켜야 한다는 입장을 견지하면서도,
그 언어가 많은 사람들이 공유하지 못하는 언어가 되는 것에는 유보적
인 태도를 갖고 있었던 것이다.

다다 시절의 엘뤼아르는 이렇게 터무니없는 언어의 실험보다 어디까
지나 언어의 시적 효과와 언어를 시적으로 만드는 일에 관심의 비중을
두었다. 이런 점에서 엘뤼아르는 진정한 의미의 다다주의자는 아니었
다. 그러나 다다의 활동이 어떤 식으로건 그의 시적 발전에 유익한 경
험으로 작용했다는 것은 분명하다. 이 시기에 발표된 시들을 예로 들어
다다의 영향을 검토해보자.

> 암소를 수용하는 풀은
> 비단 실처럼 부드러워야 한다
> 우윳빛 실처럼 부드러운 비단 실
>
> ──「암소」(p.40)

> 고양이는 어둠 속에서 울기 위해 자리를 잡는다
> 어둠 속에서 고양이가 우는 소리는 널리 퍼져간다
> 마치 사람처럼 슬프게 우는 소리를 사람은 듣는다
>
> ──「발」(p.47)

이 두 편의 시에서 다다적인 요소는 거의 발견되지 않고 있다. 그러
나 이 시들이 엘뤼아르의 이전 시들과 다르게 보이는 것은 화자의 일인
칭 시각으로 서정적 언어의 유희를 시도하였다는 점이다. 3행으로 구

성된 「암소」는 A→B, B→C의 시적 전개를 통해 '암소'와 '풀'의 부드러운 일치성을 불필요한 요소들의 삽입 없이 완벽하게 표현하고 있다. 또한 「밤」은 고양이의 울음소리가 사람의 울음소리처럼 처연하게 들려온다는 것을 "울다crier"라는 동사의 원형을 부정법의 crier, 동사의 crie, 명사의 cri 등으로 마지막 철자를 한 개씩 떼어내는 표현방식으로 시의 각운을 변형시키는 재치를 보인다. 이런 식으로 단순하면서도 절제된 언어로 구성된 시들 외에 다음 시는 의미를 파악하기 어려운 다다적인 파격의 요소가 발견된다.

> 길이 곧 나온다;
> 사람들은 그 길에서 뛰고, 걷고, 종종걸음으로 가기도 한다,
> 사람들은 그 길에서 멈춰 선다.
>
> ──「길 안내」(p.46)

「길 안내」라는 이 시에서는 제목과는 달리 본문에서 '길 안내'와 관련되는 어떤 구절도 보이지 않는다. 이 시를 통해서 시인이 무엇을 이야기하려는 것인지도 분명하지 않다. 길 위에서 사람들이 걷거나 멈춰서 있는 모습은 흔한 풍경이고, 별다른 의미도 없을 터인데, 그것을 시의 형식으로 표현하는 시인의 의도를 알 수가 없다. 그럼에도 굳이 해석하자면 이것은 순진한 어린아이의 시각으로 본 거리의 풍경이라고 할 수 있을지 모른다. 이런 점에서 시의 의미를 찾는 어른의 시각으로는 이해할 수 없는 어린아이의 관점과 말투는 어느 정도 다다적인 표현방법을 연상시킨다. 이러한 시가 소극적인 다다의 표현이라면, 『삶의 필연과 꿈의 결과』에서는 다다적인 요소들을 보다 적극적으로 반영한 시들이

많다. 그중 하나를 예로 들어보자.

몇몇의 아이들이 노인을 붙잡고 노인을 기쁘게 한다

나는 산보할 것이다 + 나는 산보한다 +
나는 산보할 텐데 + 나는 산보했다
나는 산다
나는 너처럼 살았다
『삶의 필연과 꿈의 결과』에서 발췌(p.97)

이것은 시인가? 언어의 유희인가? 이것이 시라면 '산보한다se promener'라는 대명동사의 미래형, 현재형, 조건법 현재형, 복합과거형으로 연결되거나 반복되는 일상의 삶이 인생이란 의미를 나타낸 것으로 볼 수 있을 것이다. 엘뤼아르의 이 시는 아라공의 다다 시, 「덧문 Persiennes」과 「자살Suicide」의 표현법과 유사하다.

Persiennes

Persienne?
Persienne   Persienne   Persienne
Persienne persienne persienne persienne persienne
persienne persienne persienne persienne persienne
persienne persienne persienne persienne persienne
Persienne persienne persienne persienne

Persienne?

      Suicide

      A b c d e f

      g h i j k l

      m n o p q r

      s t u v w

      x y z

아라공의 전기를 쓴 피에르 데는 이러한 다다 시들을 예로 들면서 아라공이 결코 무의미한 언어의 유희를 하지 않았고, 활판인쇄의 형태적 측면을 중요시하면서 시의 운율과 시니피앙의 추상적 배열로 시를 만들고자 노력했다는 것을 강조한다.[9] 다시 말해서 아라공은 단순히 다다 형태의 시를 쓰려고 했을 뿐, 다다 시를 통해 시의 본질이나 시적 특징을 완전히 파괴하지는 않았다는 것이다. 이러한 해석은 엘뤼아르에게도 그대로 적용될 수 있는 논리이다. 전통적인 시의 형태를 파괴하고 시의 의미를 거부하는 글쓰기의 모험을 다다적 글쓰기의 특징이라고 한다면, 엘뤼아르의 다다 시는 형태적 파괴와 동시에 새로운 형태의 창작을 모색했고, 전통적인 시의 의미를 거부하면서도 새로운 의미의 가능성을 탐색한 것으로 해석될 수 있기 때문이다. 다시 말해서 다다 시절에 쓴 엘뤼아르의 시는 시적 의미를 완전히 거부했다고 말하기도 어렵고, 그것을 지향하고 있다고 말할 수도 없다. 이런 점에서 엘뤼아

---

9) P. Daix, *Aragon, une vie à changer*, Éditions du Seuil, 1975, p.109.

르의 다다 시는 시인의 개성인 부정과 긍정의 균형감각을 드러내기도
한다.

한 가지 예를 더 들어보자. "시간은 지나가지 않는다. 시간은 존재하
지 않는다: 오래전에 시간은 더 이상 가지 않고 있다. 내가 그리고 있
는 모든 사자들은 살아 있고, 경쾌한데, 움직이지 않는다. 나는 제물이
된 양처럼 순교자로 산다./그들은 십자형으로 된 4개의 창문으로 들어
왔다. 그들이 아는 것은 오늘의 이성이 아니다"(p.89).「라르질라르되
르L'argyl'ardeur」라는 생경한 어휘의 제목을 갖고 있는 이 산문시는
정상적인 문법구조를 따르고 있지만, 시의 메시지는 앞에서의 다다 시
처럼 분명하지 않다. 또한 이 시의 후반부에서 '그들'이란 대명사가 무
엇을 가리키는 것인지도 불확실하다. 문법적으로 '그들'은 '내가 그리
고 있는 모든 사자들'인데, 이것을 끝의 문장에 주어로 옮겨놓았을 때
에도 이 문장은 자연스럽게 해석되지 않는다. 물론 사자들을 환상이나
상상 속에 떠오르는 이미지로 본다면 해석이 불가능한 것은 아니다. 또
한 엘뤼아르가 페레와 함께『현대적 취향에 맞게 쓴 152개의 속담』은
기존의 속담이나 격언들을 패러디하여 만든 것으로서 다다적인 파행과
유머, 일반적 상식을 전복한 부조리성의 표현들을 흥미롭게 보여준다.
가령 '쇠는 뜨거울 때 두드려야 한다'는 속담을 '엄마는 젊을 때 때려야
한다'로 패러디하고, 강자가 없을 때는 약자가 왕이라는 뜻의 속담인,
"고양이가 없을 때는 쥐가 춤춘다"라는 문장을 '고양이' 대신 '이성'으
로 바꿔놓은 것이다(p.156). 이렇게 속담을 패러디하는 다다적인 방법
에는, 난센스와 비논리, 상식에 어긋나는 언어 사용을 통해 관습적으
로 씌어진 속담에 담긴 기성의 윤리관이나 가치관 전복시키려는 의도
가 담겨 있다. 물론 다다 시절에 엘뤼아르의 언어실험이 다다적인 성격

을 얼마나 많이 보여주었는가 아닌가의 문제는 크게 중요한 것이 아닐 수 있다. 중요한 것은 시인이 전통적인 시 형식을 모범생처럼 존중하지 않고, 그것을 부정하는 작업과 동시에 새로운 글쓰기의 모험을 통해 시적으로 훨씬 더 성숙할 수 있었다는 사실이다.

엘뤼아르는 다다 이후의 초현실주의 시대를 보내면서 자동기술의 문제를 제외한다면 브르통과 특별한 갈등을 겪지는 않았다. 엘뤼아르는 문학적으로나 기질적으로 다다보다 초현실주의를 선호하였다. 전통적인 시를 파괴하고 의미 있는 시 쓰기를 거부하려는 다다의 문학관보다, 전통적인 시의 현대적 계승을 중요시하고 이념을 달리하는 사람과 대상을 공격하기보다 오히려 다른 사람의 입장을 이해하는 편이었던 엘뤼아르는 파괴적이기보다 창조적이었던 초현실주의를 훨씬 더 가깝게 생각하였다. 다시 말해서 그는 다다보다 건설적이고 개방적인 가치와 목표를 지향했던 초현실주의의 활동들, 가령 꿈과 무의식의 탐구, 사랑과 성의 문제에 대한 관심, 문학과 삶의 문제를 연결시키려는 열정, 정치와 사회에 대한 적극적 의식 등 초현실주의의 모든 문제에 훨씬 더 공감할 수 있었다. 그러나 당시의 이 모든 초현실주의의 활동 중에서 그가 완전히 동의하지 못했던 것은 예술을 거부해야 하고 심미적 관심을 배제해야 한다는 브르통의 초현실주의 이념이었다. 물론 브르통의 입장에서도 반문학적anti-littéraire 초현실주의의 이념과 어긋나는 아름다운 시적 표현을 포기하려고 하지 않았던 엘뤼아르의 태도를 용납하기 어려웠을 것이다.

3. 엘뤼아르와 초현실주의의 갈등

다다의 소멸 이후, 새롭게 전개된 '초현실주의 활동'에서는 요란한 공연les spectacles이나 충격적인 행사보다 사회적 정치적 문제에 대해서 그들의 견해와 입장을 선언문이나 공개서한의 형식으로 밝히는 일이 주종을 이룬다. 또한 초현실주의자들의 모임에서는 문학의 문제와 철학적 주제, 문학과 삶의 관계에 대한 문제 등이 논의의 대상이 되었다. 그들은 이성적인 사고와 논리적인 언어로 이러한 문제들을 논의하지는 않았고, 놀이하듯이 그러나 진지하게 문제를 파고들었다. 특히 1922년 말부터 '잠의 시대L'époque des sommeils'에 접어들면서, "이들은 불을 끄고 의식 없이 말하는 망각의 순간을 위해서만 사는"[10] 사람들처럼 지낸다. 그들은 잠에 빠지거나 잠드는 시늉을 하면서 반수면의 상태에서 헛소리를 말하기도 했다. 브르통이 「초현실주의 선언문」에서 자동기술을 정의한 것처럼, '사고의 실재적 기능'과 꿈, 무의식에 대한 탐구도 이 시기에 집중적으로 이뤄진 것이다. 그러나 엘뤼아르는 이러한 '잠의 회합les séances de sommeils'에서 잠자는 일도 없었고, 꿈의 이야기를 하지도 않았다. 초현실주의자들 중에서 데스노스가 쉽게 잠이 들고, 반수면의 상태에서 글을 쓰거나 그림을 그리는 일에 선수 같은 사람이었다면, 엘뤼아르는 그와는 완전히 상반된 모습을 보였다. 그는 '잠의 회합'에 유보적인 입장을 갖고 있었다. 그러나 엘뤼아르는 이 모임에 한 번도 빠지지 않았고, 초현실주의의 다른 활동에도 열

---

10) M. Nadeau, *Histoire du surréalisme*, Éditions du Seuil, 1964, p.53.

심히 참여하였다고 한다.

　1924년은 초현실주의의 역사에서 매우 중요한 해이다. 이 해에 초현실주의 그룹이 공식적으로 결성되고, 브르통의 「초현실주의 선언문」이 작성되었기 때문이다. 또한 초현실주의 그룹이 결성된 이후, 첫번째 공동작업으로 그 당시 원로 문인이었던 아나톨 프랑스가 타계하자 그의 삶과 문학을 격렬히 비난하고 성토하는 팸플릿 「시체Cadavre」를 만들었고, 초현실주의의 공식적인 잡지인 『초현실주의 혁명』의 창간호가 간행된 것도 이 무렵이었다. 엘뤼아르는 「시체」와 『초현실주의 혁명』 창간호에 모두 중요한 필자로 참가한다. 특히 『초현실주의 혁명』 창간호부터 이 잡지가 여러 해 계속 발간되는 동안 그는 시와 꿈의 이야기 서평 등 여러 가지 형태의 글을 쓰면서, 독자와의 소통을 적극적으로 모색하고 문학인들의 혁명적 역할이라는 주제를 깊이 성찰하게 된다. 그는 다른 초현실주의자들보다 앞서서 사회주의적 이념을 지지했고, 사회에서 소외된 사람들, 광인들, 절망에 빠진 사람들, 노동자와 빈민들에 대한 공감을 표현하는 한편, 부르주아들이나 금리생활자들 등 부유층에 대한 적대감과 함께 권위주의나 완고함, 경직된 사고방식과 파시즘, 모든 권위와 숨 막히는 질서를 공격했다. 그러나 그는 정치적 활동과 예술작품의 표현은 별개의 것이라고 생각한 것처럼, 그의 시 속에서 사회주의적 성향을 드러내지도 않았고, 정치적인 메시지를 담으려 하지도 않았다. 이러한 그의 모습과는 완전히 다른 뜻밖의 시가 돌출적으로 나타난 것은, 초현실주의 시절의 지적 성과로 꼽힐 수 있는 시집 『직접적인 삶』에서였다. 이 시집의 주제는 친근하고 익숙한 현실의 삶을 넘어서서 정신과 세계의 일체성을 의미하는 '직접적인 삶'을 열망하는 것이었다. 또한 이러한 '직접적인 삶'은 브르통이 「초현실주의 제2선언문」에서 강조한 바 있는 모든 대립적인 것과 이원적인 것들이 소멸되는 최고의 지점 혹은 상태와 같은 것이었다. 「아름답고 변함없는」 「사랑의 계절」 「끝없이」 등, 아름답고 신비로운 내부분의 운문시들과 함께 「함께 지낸 밤들」이란 초현실주의적 주제를 담은 긴 산문시가 실려 있기도 한 이 시집의 끝에 수록된 「시의 비판」은 매우 이질적이다.

> 좋아요 난 증오해요 부르주아들의 지배를
> 경찰과 사제들의 지배를
> 그러나 내가 더욱 증오하는 건
> 나처럼 모든 힘을 다해서 이들의 지배를
> 증오하지 않는 사람이라구요
>
> 난 침을 뱉지요 자연보다 훨씬 왜소하고
> 나의 모든 시보다 바로 이 「시의 비판」을 더 좋아하지 않는 그 사람의
> 얼굴에
>
> ──「시의 비판」(p.404)

이 시는 초현실주의 시절의 엘뤼아르가 쓴 시로 보기가 어려울 뿐 아니라, 일반적인 시의 기준에 비추어 보더라도 시적 가치는 별로 높아 보이지 않는다. 시의 주제를 해석할 필요도 없을 만큼, 분명하고 직설적인 메시지를 담고 있는 이 시는 어떤 의미에서, 아라공이 초현실주의 그룹을 떠나기 전, 소련의 영광을 찬양하고 프랑스의 지배체제를 타도해야 한다고 쓴 선동적인 시, 「붉은 전선Front rouge」를 연상케 한다.

196

레옹 블럼Léon Blum 같은 정부의 지도자들과 경찰들을 살해해야 한다는 내용의 팸플릿 같은 이 시 때문에 아라공은 살인교사 죄로 기소되어 5년의 징역형을 받는 위기에 빠지게 된다. 아라공은 브르통과 초현실주의자들의 구명운동으로 간신히 위기를 모면했지만, 이 사건 이후로 초현실주의 그룹을 완전히 떠난다. 물론 엘뤼아르의 시가 아라공의 시처럼 과격한 것은 아니지만, 「붉은 전선」에 노정된 아라공의 절박한 심리를 엘뤼아르가 어느 정도 공감하고 있었기 때문에 「시의 비판」 같은 참여시의 형태가 나타난 것으로 볼 수 있다. 아라공이 초현실주의를 부정하고 공산주의자가 된 시기가 1932년이라면, 엘뤼아르가 브르통과 초현실주의 그룹을 결정적으로 떠나게 된 때는 1938년이다. 아라공이 먼저 떠난 후, 6년 동안 엘뤼아르는 초현실주의자로 있으면서도, 문학관 혹은 브르통의 초현실주의와는 일정한 거리를 두었고 아라공의 입장에 공감하고 있었던 것으로 이해된다. 「시의 비판」에서 '시의 비판'을 좋아하지 않는 사람의 얼굴에 침을 뱉는다고 쓴 구절에서 브르통과 초현실주의자들의 얼굴을 떠올리지 않기는 어렵다.

아라공은 사둘Sadoul과 함께 1930년 말, 소련의 카르코브에서 열린 '세계혁명작가회의'에 참가한 이후, 초현실주의자의 모습이 아닌 공산주의 작가의 모습을 드러낸다. 또한 그는 '세계혁명작가연맹'에 보낸 편지에서 "이상주의, 이상주의 형식과 같은 프로이트의 정신분석, 트로츠키주의를 모두 규탄하고"[11] 공산당에 충성할 것을 선언한다. 이 무렵에 쓰어진 엘뤼아르의 「시의 비판」은 그의 시적 전개과정에서 하나의 전환점을 보여준 시로 해석된다. 물론 이 시 이후에도 엘뤼아르는 사랑

---

11) 위의 책, p.145.

의 시나 몽환적인 시, 미학적으로 아름다운 시를 쓰기도 하지만, 그 시
들은 더 이상 초현실주의적 시의 풍성한 이미지를 담은 것이 아니다.
그의 시들은 더 이상 신비롭고 모호한 이미지로 만들어지기보다 투명
한 이미지와 메시지로 구성되고, 시의 메시지는 더욱 명확해진다. 이
러한 시적 변화에 따른 그의 시론은 1936년 초현실주의 전시회가 런던
에서 열렸을 때 행한 다음과 같은 그의 강연에서 분명히 드러난다.

이제 모든 시인들은 다른 사람들의 삶, 우리 모두의 삶에 깊이 관여되
어 있다고 주장할 권리와 의무를 갖는 시대가 도래했습니다. 〔……〕
순수시라고요? 시의 절대적 힘은 인간들, 모든 인류를 정화시키는 것
입니다. "시는 모든 사람들에 의해서 만들어져야 한다"는 로트레아몽의
말에 귀를 기울여야 합니다. 모든 상아탑은 무너지고, 모든 언어는 신성
한 언어가 되어, 결국 인간이 자기의 현실과 일치된 다음에 눈을 감으면
경이로운 시계의 문이 열리는 것입니다. 〔……〕
시인은 영감을 받는 사람이기보다 영감을 주는 사람입니다. 〔……〕
오늘날 시인들의 고독은 사라졌습니다. 시인은 인간과 더불어 사는 인
간일 뿐이고, 인간은 그들에게 형제입니다.[12]

이 인용문에서 엘뤼아르는 인간 공동체의 한 사람인 시인의 입장을
여러 번 강조한다. "시인은 영감을 받는 사람이기보다 영감을 주는 사
람"이라는 말은, 현대의 시인이 19세기 낭만주의 시인처럼 고독한 존
재로 있어서는 안 되고, 다른 사람들과 소통하고 형제의식을 갖는 사람

---

12) P. Éluard, *L'évidence poétique* in *O.C.* I, pp.513~19.

이 되어야 한다는 것을 역설한 것이다. 또한 엘뤼아르의 이 강연에서 주목해야 할 것은 "인간이 자기의 현실과 일치된 다음에"라는 구절이다. 물론 '인간이 자기의 현실과 일치된다'는 의미는 현실에 조화롭게 적응해야 한다는 뜻이 아니라 현실의 모순에 대해 명증한 의식을 가져야 한다는 의미일 것이다. 그러니까 이것은 현상에 대한 분명한 일체감이 선행되면 꿈꾸기는 저절로 따라온다는 뜻으로 해석될 수 있다. 이렇게 시인은 꿈보다 현실을 앞세우고, 시인의 고독보다 대중과의 연대의식을 중요시한다. 또한 그는 시인이 꿈꾸는 사람이 아니라 꿈에서 깨어난 사람 혹은 깨어 있는 상태로 꿈꾸는 사람le rêveur éveillé이라고 정의하며, '초현실주의 시'라는 제목의 강연을 하는 자리에서 자신은 초현실주의 시라는 말보다 '시의 명징성L'évidence poétique'이라는 제목을 더 좋아한다는 것을 강조한다. 결국 그가 이 강연 이후 2년도 되지 않아서 초현실주의 그룹을 떠나게 된 것은 당연한 결과일 것이다.

4. 엘뤼아르의 산문시

이렇게 엘뤼아르가 현실과의 일체감과 대중과의 연대성을 강조하게 됨에 따라 시의 언어와 이미지는 더욱 단순하고 명료한 특징을 보인다. 이러한 시적 변화를 산문시에서 운문시로의 변화와 관련지은 쉬잔 베르나르는 "엘뤼아르의 산문시는 그의 시적 활동 중에서 가장 초현실적인 시기와 일치한다"[13]는 것을 통찰력 있게 지적하였다. 그의 이 말은,

---

13) S. Bernard, 앞의 책, p.687.

결국 엘뤼아르의 산문시를 검토해보면, 초현실주의 시의 특징과 서술 방식을 알 수 있다는 의미로 이해된다. 그의 산문시는 브르통을 포함한 대부분의 초현실주의 시인들이 자동기술로 쓴 산문시와 다르게 난해하지 않다. 엘뤼아르의 산문시는 산문시라는 장르의 어떤 형식적 규칙으로부터 자유롭지만, 대체로 절제된 언어사용과 단순하고 유연한 이미지들로 구성된 특징을 보여준다. 한 예를 들어보자.

아주 어렸을 때, 나는 순수를 향해 팔을 벌렸다. 그것은 내 영원의 하늘에서 퍼덕이는 날갯짓, 사랑이 정복한 연인들의 가슴속에서 두근거리는 마음의 파동과 같은 것이었다. 나는 이제 쓰러지지 않을 수 있었다.
사랑을 사랑하기에. 진실로 눈부신 빛이 나를 에워쌌다. 나의 내면에 가득한 빛을 갖고 나는 밤새도록, 밤마다, 밤을 바라볼 수 있었다.
모든 여자아이들은 다른 모습이었다. 나는 언제나 한 여자를 꿈꾸었다.
학교에서 그 여자아이는 까만 앞치마를 두른 모습으로 내 앞의 벤치 위에 앉아 있었다. 그 아이가 어떤 문제를 풀어달라고 나에게 요청할 때, 그 눈의 순수한 빛 때문에 내가 너무나 당혹스러워하자, 그 아이는 나의 혼란을 애처롭게 생각하여 자기의 팔로 내 목을 감싸고 안아주었다.
　　　　　　　　　　　　　　　　　—「유리부인」에서 발췌(p.202)

엘뤼아르가 아마 첫사랑이었을지도 모르는 어린 시절의 사랑을 기억하며 쓴 이 산문시는 시라기보다 아름다운 산문처럼 보인다. 그러나 이 산문시의 장점은 어린 시절의 순수한 감정을 꾸밈이나 과장 없이 표현하고 있으면서, 단순하면서 투명한 이미지들을 자연스럽게 조립하는 데 있다. 이 시가 중요한 것은 엘뤼아르의 시에서 핵심적인 주제인

'빛' '눈' '사랑' '순수'의 관계들을 명확하게 보여주고 있다는 점이다. 『고통의 수도』에 실린 다음의 산문시는 산문적 이야기의 수준을 훨씬 넘어서서 긴장된 시적 흐름을 담고 있다.

나는 분노로 쓰러졌다, 피로 때문에 나의 얼굴은 엉망이 되었지만, 수선스런 여인들이여, 말 없는 별들이여, 나는 여전히 당신들을 알아볼 수 있다, 언제나 알아볼 수 있을 것이다 당신들이 광기인 것을.

그리고 너, 별들의 피가 흐르는 너, 너는 별들의 빛으로 견디고 있다. 꽃들 위에서, 너는 꽃들과 함께, 돌과 함께 돌 위에서 몸을 일으킨다.

추억의 불이 꺼진 하얀, 누워 있는, 별이 총총한, 흘러내리는 눈물로 빛나는. 나는 가망이 없구나.

——「하나의」(p.188)

엘뤼아르의 첫번째 부인이자, 그와의 이혼 후 달리의 부인이 된 갈라를 주제로 한 이 시에서 여성은 자연의 존재로 그려진다. 엘뤼아르가 폐결핵으로 스위스의 한 요양소에 입원했을 때 알게 된 갈라는, 결혼생활에서 시인에게 기쁨과 행복을 주기도 했지만, 많은 갈등과 고통을 겪게 한 여자였다. 이런 점에서 본다면, 이 시는 부부 사이의 갈등, 혹은 여인의 광기와 치명적 유혹을 알면서도 그 유혹에 이끌릴 수밖에 없는 나약한 남편의 모습을 시적으로 승화시킨 작품으로 짐작된다. 이 시에서 여인은 '별'의 존재로 표현된 반면, '나'는 피곤 때문에 엉망이 된 얼굴을 하고 '분노로 쓰러지'는 지상의 한 육체일 뿐이다. 이렇게 뚜렷한 두 사람의 대비는 대립적인 모습으로 표현되지만, 전체적인 흐름은 조화롭게 전개되어 있다.

빛은 그러나 우리들 만남의 아름다운 음화들의 영상을 나에게 주지 않았다. 내가 너를 빛 속에서 변화시키듯이, 샘물을 물 잔에 담아서 샘물을 변화시키듯이, 한 사람의 손이 다른 사람의 손을 잡게 되어 그의 손을 변화시키듯이 내가 변화시킨 그 사람들 중에서 내가 부르고 싶은 그 이름, 변함없는 이름, 너의 이름, 다양성으로만 정당화될 수 있는 그 사람들의 이름으로 나는 너를 알아볼 수 있었다. 우리들 뒤로 수정으로 된 사랑의 맹세들이 녹아버리는 고통스러운 스크린이었던 눈(la neige), 그 눈조차 보이지 않았다. 지상의 동굴 속에서는 형체가 분명한 나무들이 출구의 모양이 드러난 부분을 찾고 있었다.

눈부신 혼란을 향해 긴장된 모습으로 있는 거대한 어둠이여, 나는 모르고 있었다. 너의 이름이 덧없다는 것을, 그것은 내 입 위에만 있다는 것을, 조금씩 유혹의 얼굴이 현실적이고, 완전하고 하나뿐인 모습으로 나타난다는 것을.

그때 비로소 나는 너를 향해 몸을 돌렸다.

　　　　　　　　　　　　　　——「함께 나눈 밤」(p.374)

이 산문시는 「함께 나눈 밤」이라는 긴 산문시의 일부인데, 다양한 시적 요소들이 단절과 긴장의 통일성을 이루면서 사랑의 열정과 기다림을 아름답게 형상화한다. 빛의 이미지가 등장하는 시의 앞부분은 대상을 포용하면서 변화시키는 여성적 빛의 특징을 그대로 보여준다. 여성적 빛은 부드러우면서 강렬한 힘으로 대상 속에 스며들어가 대상과 동화를 이루고, 어떤 차가운 눈이라도 녹여버리는 뜨거운 힘으로 대상을 새롭게 태어나게 만들기도 한다. 그것은 사랑의 힘이기도 하고, 동시에 새로운 사랑의 탄생을 의미하는 것이기도 하다. 이 시의 후반부에서 "하나뿐인 모습으로 나타나"는 '너의 이름'은 바로 사랑의 얼굴이라고 할 수 있다.

엘뤼아르의 산문시 중에서 다음의 시는 무엇보다 초현실주의적이면서도 시적 완성도가 높은 시이다.

비로드와 자기로 된 도시 안으로 돌아오라, 대지를 떠난 꽃들은, 있는 그대로의 빛을 보여주는 꽃병이고, 그것은 창문으로 되어 있을 것이다.

침묵은 보아라, 침묵의 입술에 입맞춤을 하여라. 그러면 도시의 지붕은 초라한 날개의 예쁘고 우울한 새가 되어 있을 것이다. [……]

―『고통의 수도』에서 발췌(p.191)

초현실적인 환상의 세계가 펼쳐지는 이 시에서 도시의 풍경은 우리가 일상적으로 생활하면서 친숙하게 바라보는 삭막한 도시가 아니라, 꿈속에서 완전히 새롭게 태어난 도시로 묘사된다. 이러한 도시를 꿈꿀 수 있는 시인, 아니 꿈꾸듯이 바라보는 시인의 상상력은 어떤 경계나 장벽을 뛰어넘어 초현실적 세계를 그린다. 그러나 엘뤼아르의 이러한 시적 풍경은 그 혼자만의 독백적인 언어로 그려져 있지 않다. 시인은 풍경을 독자가 이해할 수 없는 비현실적 풍경으로 만들지 않고, 독자에게 새로운 시각으로 현실을 바라보게 하는 데 초점을 맞추고 있기 때문이다. 다시 말해서 엘뤼아르는 초현실주의의 핵심적인 역할을 수행하던 시절에도, "시는 독자에게 현실의 다양한 측면을 새롭게 보여주는 수단"이고, "시인은 그가 상상하는 것의 구체적 현실을 독자가 감지할 수 있도록 써야 한다"[14]는 생각을 갖고 있었으므로, 어떤 방식으로건

"시가 소통의 수단"이란 문제를 외면할 수 없었던 것이다.

5. 엘뤼아르의 초현실주의 시와 그 이후

엘뤼아르가 브르통과 초현실주의 그룹을 떠난 것은 초현실주의 역사에서뿐 아니라 엘뤼아르의 시적 전개과정에서도 중요한 사건으로 기록된다. 그 이후부터 그는 초현실주의적 상상력과 거리가 먼, 현실 참여 시인으로 대중과 소통하는 시적 언어를 사용한다. 그의 시에서 이러한 변모는 초현실주의와의 완전한 단절을 의미하는 것으로 해석된다. 그렇다면 초현실주의 시인이었을 때의 시와 참여시인 혹은 저항시인으로 활동할 때의 시는 어떤 차이가 있는 것일까? 한 연구자는 엘뤼아르의 시에서 똑같이 사랑을 주제로 삼더라도, 전자의 경우에는 자연스럽고, 생생하고, 신선한 이미지들이 풍부하게 나타나는 것에 반해, 후자의 경우에는 고전적이고 균형 잡힌 형식 속에서 이미지들이 훨씬 빈약하고 경직되게 표현되어 있음을 지적한다.[15] 문학사가의 객관적인 시각에서는 흔히 초현실주의의 가장 아름답고 풍부한 시집으로 엘뤼아르의 『고통의 수도』(1926)를 꼽는다. 이 시집에 담긴 시들의 자유롭고 다양한 주제들과 단순하면서도 신비로운 언어들의 향연은 사물과 세계를 호기심의 눈으로 바라보는 시인의 경탄하는 마음에서 비롯된 것이다. 그러나 그의 후기 시에서 젊은 날처럼 새로운 가치를 추구하는 눈과 마

---

14) S. Bernard, 앞의 책, p.685.
15) A. Kittang, *D'amour de poésie: essai sur l'univers des métamorphoses dans l'œuvre surréaliste de Paul Éluard*, Lettres modernes Minard, 1969, pp.116~17 참조.

음의 힘을 발견하기는 어렵다.

그렇다면 엘뤼아르가 브르통의 '자동기술'과 같은 글쓰기에 충실하지 않으면서도 초현실주의의 대표적 시인으로 꼽히는 모순을 어떻게 설명할 수 있을까? 우리는 앞에서 엘뤼아르가 자동기술을 시에 무익하지 않고, 시를 반성하게 만들고 시의 영역을 풍부하게 만드는 수단이라고 말한 것에 주목하였다. 그러니까 그는 자동기술의 긍정적 의미마저 부인한 것은 아니었다. 그에게 중요한 것은 어디까지나 시와 '시적 의식'이었다. 이렇게 깨어 있는 '시적 의식'을 중요시하게 되면, 의식과 절연된 무의식의 흐름에 빠져들기가 어려웠을 것이다. 또한 엘뤼아르의 입장에서는 자동기술에 몰입하면 외부세계 혹은 현실세계와 단절하게 된다는 위기의식도 작용했을지 모른다. 물론 처음에 엘뤼아르를 포함한 대부분의 초현실주의자들은 인간의 내면에 담긴 언어의 자유로운 분출을 가로막는 의식의 장애를 타파하고, 예술작품을 창작한다는 의지로 만들어진 정형화된 시를 파괴하려는 자동기술의 본래적 취지에는 공감하였다. 그들은 언어의 유희와 자유로운 초현실적 이미지들의 혼란스러운 사용을 통해 상투적이고 관습적인 표현들을 넘어선 새롭고 전복적인 가치를 추구하는 초현실주의적 미학과 이념을 공유했으며 그것을 자기들의 작품에서 실천하려고 했다. 엘뤼아르는 초현실주의자로서 이들과 대부분 같은 생각을 갖고 공동보조를 취했지만, 자동기술의 문제, 독자와 소통할 수 있는 시적 언어의 문제에 관한 한, 같은 입장을 갖지는 못했다. 그의 아름다운 초현실주의 시가 그러한 갈등과 긴장의 소산이라면, 그에게 초현실주의 그룹과의 결별은 결국 갈등과 긴장의 소멸을 의미하는 것이 되기도 한다. 초현실주의 그룹을 떠난 이후, 그는 삶과 세계의 신비를 모색하고 질문하는 초현실주의자가 아니라 행동의 명분이 분명하고 도덕적으로 갈등이 없는 참여시인으로서 그리고 공산당원으로서 행동하고 시를 쓴다. 그의 시적 메시지는 더욱 분명해지고 웅변적인 수사도 확대되지만 시의 긴장성과 이미지들의 섬세한 생동감은 그만큼 축소되어버린 것도 사실이다. 그러나 엘뤼아르의 모든 참여시를 과거의 초현실주의 시와 비교해서 시적 긴장이 떨어진 단순한 시로 낮게 평가할 수는 없다. 「자유」를 비롯한 많은 시들은 시적 이미지의 전개가 자유로우면서도 역동적이고, 시의 메시지도 다양한 해석을 독자가 이끌어낼 수 있을 만큼 풍부한 시적 자장을 보여주기 때문이다. 그 시들에서 초현실주의의 흔적을 발견하는 일은 어렵지 않다.

제7장

아라공의 『파리의 농부』, 현실성과 초현실주의

1. 들어가며

초현실주의 문학에서 아라공의 『파리의 농부Le Paysan de Paris』 (1926)는 브르통의 『나자』, 데스노스의 『자유 아니면 사랑을!』과 더불어 초현실주의적 소설의 성과로 주목되는 작품일 뿐 아니라 1920년대 초현실주의 작가의 삶과 문학의 방식 혹은 세계를 보는 시각을 독특하게 보여주는 소설로 평가된다. 또한 이 소설은 아라공의 문학적 이력 속에서 『무한의 옹호La Défense de l'infini』『방탕Le Libertinage』과 함께 그가 사회주의적 현실주의 소설의 작가로 변모하기 전, 초현실주의 그룹의 중요한 시인으로 활동하던 시기에 쓴 작품으로 널리 알려져 있다.[1]

---

1) 『무한의 옹호』는 『방탕』이나 『파리의 농부』와 마찬가지로 아라공의 초현실주의적 경험에서 태어났다: P. Daix, *Aragon, Une vie à changer*, Seuil, 1975, p.199.

그러나 브르통의 『나자』를 읽은 후에 이 소설을 읽게 된 독자라면 우선 이 소설과 초현실주의의 관계에 대해 의아심을 품게 되는데, 그것은 사물을 묘사하는 아라공식의 특이한 방법 때문이다. 브르통의 「초현실주의 선언문」이나 『나자』에서 브르통이 사실주의적 묘사와 현실주의 소설에 대해 비판하고 거부한 것을 기억하는 독자의 입장에서는 『파리의 농부』를 읽으면서 당연히 아라공식의 반(反)사실주의적 묘사를 예상하거나 기대하기 마련이다. 그러나 그런 예상과는 달리 『파리의 농부』에는 어떤 사실주의 소설보다 더 세밀한 묘사가 과도할 정도로 많아, 독자는 당혹감을 갖게 된다. 물론 사물에 대한 세밀한 묘사들이 일관되게 전개되어 있는 것은 아니지만, 이 소설의 중심부에 있는 「오페라 아케이드*Le Passage de l'Opéra*」의 장에서 특히 집중적으로 나타나는 극사실주의적*hyperréaliste* 묘사와 서술은 독자를 당혹스럽게 만들기에 충분하다.

이처럼 과도한 묘사의 부분들을 제외한다면, 『파리의 농부』는 삼인칭의 허구적 소설이 아니라 작가의 실제 체험을 일인칭으로 이야기했고, 도시에서의 낯설고 경이로운 초현실적 이미지를 찾으려 했으며, 사변적인 산문의 흐름 속에서도 행위의 원인과 결과를 설명하는 논리적 서술을 택하지 않고 이질적 요소들이 우연적으로 결합되거나 병치되는 전개방식을 취했다는 방법 등에서 초현실주의 소설의 특징을 공유한다고 말할 수는 있다. 한 연구자는 아라공의 후기 소설에서 초현실주의의 요소가 어떤 방식으로 남아 있는지를 탐색하는 논의를 통해 아라공의 초현실주의가 초현실주의 그룹에서 독창적이었음을 지적한다.[2] 다시 말해서 『파리의 농부』와 같은 소설이 초현실주의 소설의 전형과

---

2) J. Bernard, *Aragon, La permanence du surréalisme dans le cycle du monde réel*, Librairie José Corti, 1984, p.16.

다르게 보이면 보일수록, 그렇게 보인 부분은 그만큼 초현실주의 소설의 영역을 새롭게 넓혀놓은 것과 마찬가지로 해석할 수 있다는 것이다. 그러나 아라공의 소설이 초현실주의 소설의 외연을 확대시켰다고 보는 비평적 견해는 일정한 시간적 거리를 두고 초현실주의를 객관화할 때 가능한 시각이지, 이 소설이 발표되었을 때부터 그렇게 이해된 것으로 보이지는 않는다. 초현실주의적 글쓰기가 바로 '자동기술'처럼 인식되는 1920년대의 상황에서, 브르통을 제외한 대부분의 초현실주의자들은 『파리의 농부』를 '스캔들처럼comme un scandale'[3] 받아들였다고 한다.

그렇다면 초현실주의에서 아라공의 역할은 무엇이고, 『파리의 농부』는 어떤 점에서 초현실주의 소설이라고 말할 수 있을까? 논란의 핵심이 되는 아라공식의 묘사가 초현실주의적 글쓰기와 대립된다고 보는 것은 과연 타당한 생각일까? 이 소설에서 초현실주의의 특징적인 이미지와 서술방식은 무엇인가? 이 소설의 서두에 실린 「현대적 신화 서문」과 도시에서의 산보 혹은 도시공간에 대한 산보자의 관찰은 어떤 관계를 갖는 것일까? 우리는 대략 이런 문제들을 중심으로 이 소설을 검토해보려고 한다.

2. 묘사의 문제

이 소설의 목차는 일반적인 소설과는 다르게 에세이처럼 「현대적 신

---

3) R. Garaudy, *L'itinéraire d'Aragon*, Gallimard, 1961, p.138.

화 서문」「오페라 아케이드」「뷔트 쇼몽 공원에서의 자연에 대한 감정」「농부의 꿈」이란 제목으로 구성되어 있다. 이질적인 제목과 상이한 문체로 각각 다른 시기에 씌어진 이 네 개의 부분들에서 글의 분량이 적은 첫번째와 네번째를 각각 서론과 결론에 해당되는 것으로 본다면, 본론의 내용은 결국 두번째와 세번째의 글이라고 할 수 있다. 그중에서 세번째의 글이 어둠이 내린 뷔트 쇼몽 공원에서 화자가 산책하면서 보이는 풍경과 떠오른 생각을 사실적이고 서정적인 문체로 표현한 것이라면, 두번째의 글은 파리의 아케이드를 걸으면서 거리의 풍경과 상점의 내부를 꼼꼼히 그리면서 자신의 생각과 상상의 세계를 보여준 것이다. 그러니까 이 소설에서 사실주의적 묘사의 문제가 논의될 수 있는 대목은 두번째와 세번째 장인「오페라 아케이드」와「뷔트 쇼몽 공원에서의 자연에 대한 감정」에서이다. 그러나 이런 묘사의 문제가 첫번째의「현대적 신화 서문」과 관련되어 있기 때문에 이 소설에서 사실주의적 성격의 서술방식을 이해하기 위해서는 먼저「현대적 신화 서문」의 내용을 살펴봐야 한다.

아라공은 이 서문에서 이성적 사고와는 다른 감각적 인식이나 환각이 우리의 올바른 판단을 그르치게 하거나 인식의 오류에 빠지게 한다는 데카르트적 이성의 논리를 공격한다. "내가 감각la sensualité의 지배를 받고 있다는 것을 이성이 아무리 비난하려 해도 소용없는 일이다."[4] 그는 데카르트의 논리와는 다르게, 감각적인 직관에서 생겨난 환상이 이성의 올바른 판단을 그르치게 하는 함정이 아니라, "그 무엇으로도 밝힐 수 없는 목적지에 도달할 수 있는 특이한 길de curieux chemins"[5]

---

4) Aragon, *Le Paysan de Paris*, Gallimard, 1975, p.11.
5) 위의 책, p.13.

이라고 말한다. 그는 이렇게 이성보다 폄하되는 감각에 높은 의미를 부여하고 이성의 오류와 같은 환각의 중요성을 강조한다. 이것은 브르통이 「초현실주의 선언문」에서 이성의 속박으로부터 상상력의 해방을 주장하고, 광기의 입장을 옹호했던 것과 일치하는 주장이다. 아라공은 또한 감각과 이성이 의식과 무의식처럼 분리될 수 없다는 것을 말하면서, 대상에 대한 무의식의 인식이 중요하기 때문에 감각의 인식 혹은 감각의 오류가 현실의 무의식적 심층세계, 혹은 상상의 세계에 접근할 수 있는 유일한 통로임을 강조한다.

이런 주장과 함께 아라공은 현대의 사회에서 현대인은 새로운 신화를 찾아야 한다는 논리와 의지를 표명하는데, 그가 말하는 신화는 감각의 오류 혹은 오류의 진실과 동의어처럼 쓰이기도 한다. 그는 「오페라 아케이드」에서 거듭 신화의 문제를 제기하고 신화의 가치와 기능, 혹은 신화의 전개에 대한 섬세한 논의를 보여주는데, 여기서 그가 말하는 신화는 허구나 우화의 의미와 크게 다르지 않다. 또한 아라공은 자신이 그 당시 읽었다는 셸링의 『신화의 철학』의 논리를 빌려 신화가 감성의 한 방식이고, 절대l'Absolu가 의식에 나타나는 과정에서의 필연적인 단계라는 점을 역설하기도 한다. 아라공은 여기서 셸링의 '절대' 대신에 무의식을 놓아두고, 의식으로 하여금 무의식과의 심층적인 관계를 인식하게 만드는 모든 대상이나 풍경이 신화가 될 수 있다고 하면서 신화의 범위를 넓히고 있다. 그러니까 '설명할 수 없는 논리성의 의식la conscience d'une cohérence inexpliquée'[6]을 체험하게 하는 풍경이나 장소, 대상들이 신화처럼 감각에 자극을 주고 영향을 미친다는 것이

---

6) 위의 책, p.18.

다. 풍경과 대상은 그것을 보고 특이한 감각적 전율이나 감동의 상태에 빠진 사람의 상상력 속에서 신화의 성격이나 지위를 갖고 마술적인 신비한 힘을 발휘하는데, 그는 이것을 경이le merveilleux의 징후들이라고 부르거나, 시적인 신성la divinité poétique이라고 말한다.[7] 그러니까 시인의 역할은 당연히 구체적인 현실세계에 산재해 있는 이러한 현대의 신화 혹은 신성을 찾는 일이다. 세계의 유한한 외양의 모습에서 '무한의 얼굴le visage de l'infini'[8]을 발견하고 일상의 현실에서 신비로운 경이를 체험하는 일이 중요한 것이다. 결국 『파리의 농부』에 나타난 대상이나 장소에 대한 묘사의 문제는 이런 전제에서 이해해야 할 것으로 보인다.

이 소설에서 묘사가 과도하게 나타나는 곳은 두번째 장에서 오페라 아케이드의 상점들과 아라공이 친구들과 만나는 장소로 자주 이용했던 카페 세르타Café Certa와 세번째 장에서 그가 즐겨 산책했던 뷔트 쇼몽 공원이다. 특히 카페 세르타의 묘사는 마치 대상을 현미경으로 들여다보듯 세밀하고 뷔트 쇼몽 공원은 축소판 지도를 보는 것처럼 묘사되어 있다. 화자 자신은 자신의 서술방법을 '현미경microscope'[9]의 시각에 비유하는데, 이러한 서술방법이 무엇을 위한 것이고 어떤 효과를 얻기 위한 것인지를 확실하게 밝히지는 않는다. 그러나 카페에 대한 실증적 자료를 마련해두려는 화자의 개인적 관심 때문이 아니라는 것은 분명하다. 또한 이처럼 세밀한 묘사들이 여행자에게 관광지를 안내하는 설명서의 시각도 아니고, 아름다운 풍경에 감탄하며 그 느낌을 자세히

---

7) 위의 책, p.17.
8) 위의 책, p.18.
9) 위의 책, p.40.

과장하여 묘사하는 낭만주의자의 시각도 아니라는 것은 더욱 분명한 사실이다. 무엇보다 아라공의 이런 세밀한 묘사방법을 누보로망의 작가 로브그리예의 주관을 배제한 카메라 앵글의 묘사와 비교한 미셸 메이에는 두 사람의 묘사방법이 모두 현실과 대상을 편견 없이 자유롭게 바라보기 위한 목적에서는 일치하지만, 그것은 어디까지나 표면적인 일치일 뿐이라고 말한다. 그는 두 작가의 공통된 시각 속에 감춰져 있는 이념의 차이를 이렇게 설명한다.

누보로망은, 나중에 구조주의가 그렇듯이, 자기 자신에 대한 주체적이고 자율적인 개인에 대한 믿음이 환상이며, 주체는 언어와 현실의 지배를 받아 종속되어 있다는 것을 보여주기 위한 시도로써 결국은 전통적인 인간중심주의의 비판과 연결된 작업이다. 물론 초현실주의는 서구적 이성의 문화와 전통에 대한 통념을 거부하지만 인간에 대한 믿음을 갖고 인간을 관심의 중심적 위치에 놓아둔다.[10]

메이에는 누보로망의 묘사가 인간보다 언어에 비중을 둔 서술이라면 아라공의 묘사는 언어보다 인간에 대한 관심을 갖는 초현실주의에 가까운 것이고 또한 문학적 언어의 무용성을 내세우는 다다의 이념에 가까운 것임을 구분지어 설명한다. 특히 아라공의 묘사가 다다의 이념에 가까운 서술방법임을 강조하기 위해 그는 '묘사의 다다주의un dadaïsme descriptif'[11]라는 표현을 사용하면서 아라공에 대한 다다주

---

10) M. Meyer, *Le Paysan de Paris d'Aragon*, Gallimard, coll. foliothèque, 2001, pp.30~31.
11) 위의 책, p.31.

의의 영향을 언급한다. 그의 관점에서 아라공의 세밀한 묘사는 문학적인 의미를 갖는 것이 아니라 무의미에 가까운 무상성la gratuité과 부조리성l'absurdité의 성격을 갖는 것이기 때문이다.

우리는 이런 점에서 아라공의 묘사가 사물에 대한 무위성의 묘사이면서 동시에 무위성을 발판으로 한 초현실적 상상력의 도약을 염두에 둔 묘사임을 강조하고자 한다. 이 책의 서문에 해당하는 부분에서도 언급하였듯이, 작가에게 중요한 것은 이성의 논리를 넘어선 감각과 상상력의 문제이고, 또한 꿈과 상상력이 현실과 어떤 관계를 맺으면서 경이의 인식을 일깨울 수 있는가의 문제이다. 브르통이 사실주의 소설의 진부한 묘사를 비판하면서 일체의 묘사를 거부하자고 했던 것은 그러한 묘사가 독자의 상상력을 전혀 자극하지 않는다는 점 때문이었다면, 아라공 역시 상상력의 문제를 중요시하면서 자기 나름의 새로운 묘사를 만들어낸 것이다. 다시 말해서 아라공은 사실주의적 묘사를 완전히 거부하는 브르통과는 다르게 극도의 사실적 묘사를 통해서 독자에게 대상에 대한 주의를 기울이게 하는 한편, 동시에 낯선 느낌을 갖게 하면서 현상의 신화적 요소를 발견하도록 한 것이다. 이런 점에서 아라공의 극사실주의적 묘사가 무의미한 것처럼 보이기도 하지만, 그것은 초현실적 이미지처럼 의외성과 우연성과 관련되어 촉발될 수 있는 독자의 상상력을 염두에 둔 작가적 포석이라고 말할 수 있다.

3. 초현실적 이미지와 콜라주의 글쓰기

이 책에서 아라공은 꿈과 상상력의 중요성을 언급하면서 초현실적 이미지의 의미와 가치를 매우 독특한 시각으로 정의한다.

초현실주의라는 이름의 악은 마약과 같은 이미지의 착란적이고 정열
적인 사용법이고, 보다 정확히 말하자면 예측할 수 없는 혼란과 변신이
재현되는 영역에서 이미지가 초래하는 결과를 얻기 위한 것으로써 이미
지를 위한 이미지의 무제한적 도발의 사용법이다. 사실 모든 이미지는
저마다 그것을 받아들이는 사람으로 하여금 세계 전체를 변화시키게 만
든다. 또한 인간은 누구나 세계 전체를 무화시킬 만한 이미지를 찾을 수
있다.[12]

아라공의 이러한 초현실적 이미지의 정의는 「초현실주의 선언문」에
서 브르통이 내린 정의와 큰 차이를 보이지 않는다. 브르통은 선언문을
통해 초현실주의에 열중한 사람에게 초현실주의는 마약un stupéfiant
처럼 작용하여 다채로운 신비한 효과와 즐거움을 준다고 말하면서 "여
러 가지 점에서 초현실주의는 하나의 새로운 악덕un vice nouveau으
로 나타나고 있는데, 그것은 단지 몇몇 사람들에게 한정된 속성이 아니
라, 신경이 아주 예민한 사람들이라면 누구나 만족할 만한 마약과 같
다"[13]고 말한 바 있다. 이렇게 아라공과 브르통은 모두 초현실주의를
악덕le vice이라고 말하고, 초현실적 이미지와 관련하여 이성의 정신을
취하게 하는 마약에 비유하면서, 그것의 통제할 수 없는 비합리적 성격
의 특징을 진단한다. 결국 그들이 공통적으로 인식하는 초현실적 이미
지의 중요한 역할은 세계에 대한 이성적 구분을 혼란스럽게 만들면서

---

12) Aragon, 앞의 책, p.80.
13) A. Breton, *Manifestes du surréalisme*, J. J. Pauvert, 1972, p.45.

현실을 변화시켜 새로운 세계를 창조하거나, 세계에 대한 인식을 새롭게 하기 위한 것이다.

아라공의 이러한 초현실적 이미지에 대한 인식은 콜라주에 대한 태도에서도 동일하게 나타난다. 아라공은 현실에 대한 콜라주 기법의 전복적 효과를 지지하고, 그것의 역설적이고 모순된 성격 때문에 그러한 기법을 애호한 작가로 알려져 있다. 그는 회화에서의 콜라주와 문학에서의 인용문을 구별하지 않는다고 말하면서, 자신의 글 속에 다른 사람이 쓴 것을 옮겨넣거나plaquer, 광고문이나 벽보, 신문기사처럼 일상생활의 현실에서 발견할 수 있는 내용을 그대로 텍스트에 옮겨놓는 방법을 콜라주라고 정의한 바 있다.[14] 훗날, 아라공은 자신의 젊은 날을 돌아보면서, 자신이 콜라주의 강박증la hantise du collage[15]에 사로잡혀 지내던 때가 있었다고 말한 바 있는데, 『파리의 농부』는 바로 그런 시절의 작품이라고 말할 수 있다. 그만큼 이 책에는 광고문이나 벽보처럼 현실세계에서 이끌어온 많은 요소들이 인용문처럼 실려 있어, 독자로 하여금 화자의 시각적인 이동과 글쓰기의 행위가 특이하게 연결된 느낌을 준다. 다시 말해서 도시의 거리를 걸으면서 화자가 마주치는 온갖 이질적 풍경들은 텍스트 속에 문자로 서술되면서도 가능한 한 직접적으로 옮겨놓듯이 표현된다. 그리하여 콜라주의 모순성과 부조화 혹은 이질성의 효과는 초현실적 이미지처럼 현실을 생생하게 드러내면서 또한 새로운 세계로 변형시키거나 일상성의 세계에서 비일상적 기이함 l'insolite을 발견할 수 있는 수단으로 쓰였음을 알 수 있다.

장 폴랑은 그림에서의 콜라주를 이렇게 설명한 바 있다. "정성을 기

---

14) Aragon, *Les Collages*, Hermann, 1993(1965), p.26.
15) 위의 책, p.107.

울이지 않은 듯한 표현la négligeance, 불완전한 것과 미완성적인 것의 취향, 아름다움에 대한 무관심, 매력적 형태의 거부, 익명성, 허술함la fragilité, 일시적인 것, 이질적 요소들의 우연한 마주침, 개인적인 미술의 종말."[16] 넓은 의미에서 이러한 콜라주의 요소들은『파리의 농부』의 전체적인 구성부터 내용에 이르기까지, 또 주제에서 문체에 이르기까지 여러 가지 형태로 나타난다고 볼 수 있다. 『파리의 농부』를 쓸 때 아라공이 '콜라주의 강박증'에 사로잡혔다는 말처럼, 넓은 의미로 콜라주의 개념을 이해하면, 이 소설이야말로 콜라주의 전시장이라고 볼 수 있는 것이다. 충분히 생각한 다음에 글을 쓰기보다 펜을 들고 글을 쓰면서 생각한다고 말한 바 있는 아라공은 처음부터 한 권의 책을 계획하여 글을 쓰려 하지 않았고 무계획적으로 글을 쓰면서 우연의 흐름 속에 정형화된 틀을 가능한 한 깨뜨리려 했던 작가이다. 특히 이 책에서 그는 이질적인 요소를 중첩시키면서 어떤 완전한 것과 아름다운 것의 전형을 전혀 의식하지 않는 것처럼 글을 썼다고 볼 수 있다. 또한 그는 의도적으로 자신의 주관성을 부각시키려 하지 않았고, 개인의 서정성과 상상력을 표현하면서도 가능한 한 익명성의 태도를 지키려 했다. 그러므로 익명성과 우연성의 흐름 속에서 여러 가지 이질적 요소들은 산문의 정형화된 흐름을 방해하듯이 나타나게 된 것이다. 때로는 다다의 실험적인 시와 같은 것이 나타나는가 하면, 때로는 광고, 벽보, 신문기사, 카페의 가격표, 극장의 입장권 요금표 등, 거리나 건물의 벽면에서 볼 수 있는 것들이 텍스트 속에 축소된 형태로 삽입된 느낌을 주기도 한다. 현실의 요소들이 문학 속에서 변형되지 않은 형태로 놓여

---

16) J. Paulhan, *La peinture cubiste*, Gallimard, folio Essais, 1990, pp.159~60.

있는 이러한 콜라주의 방법은 뷔트 쇼몽 공원의 교차로에서 볼 수 있는 게시문les inscriptions과 관련하여 10쪽(pp.194~204)이나 될 만큼, 길게 이용되기도 한다. 이것은 분명히 현실성을 토대로 한 비현실싱의 효과를 염두에 둔 작가적 의도의 반영이지, 현실의 풍경을 거울처럼 반영하려는 사실주의 작가의 표현방법이 아니다. 미셸 메이에의 말처럼, 콜라주의 방법에 의존함으로써 " '비현실화'의 효과는 분명해"진다.[17] 사실적인 자료들은 텍스트 속에서 부조리하고 낯선 느낌을 주면서 일상적인 것의 비일상적인 효과를 자아낼 수 있는 것이다.

또한 장 폴랑이 콜라주를 설명한 것 중에서 '이질적 요소들의 우연한 마주침'이 모순과 부조화를 의미한다면, 『파리의 농부』야말로 모순과 부조화의 집합이라고 말할 수 있다. 논리적인 서술과 시적인 언어, 현실적인 형태와 초현실적인 이미지, 구체적 사실과 현대적 신화, 진실성의 어조와 아이러니의 시각, 객관적 시각과 개인적 서정 등, 여러 가지 이질적 요소들은 단절과 전환의 흐름 속에서 중첩되듯이 연결된다. 또한 '개인적인 미술의 종말'과 같은 콜라주의 요소는 초현실주의의 성격이 그렇듯이 개인적인 의지를 떠난 우연과 유희의 흐름 속에 자아를 맡기는 모습으로 표현된다. 우연과 유희의 흐름은 초현실주의에서 인간의 가장 중요한 가치로 내세우는 자유의 욕망과 관련되어 있다. 물론 자유의 욕망은 사회의 법과 규범의 한계에 부딪칠 수밖에 없겠지만, 그러한 제한이 아니라면 화자는 구체적 현실 속에 감춰져 있는 무한을 발견하고 그 무한의 세계 속에서 자아를 소멸시키려는 의지를 보이기도 한다. 욕망의 무한대를 지향하는 화자의 자아와 정체성을 파괴하려는

---

17) M. Meyer, 앞의 책, p.44.

의지는 절망적인 것이지만, 그만큼 새로운 자아를 모색하려는 절실한 희망의 모색으로 해석될 수 있다.

4. 도시적 삶과 초현실성의 발견

『파리의 농부』의 화자는 현실의 구체적인 세계 속에 산재해 있는 신비와 경이, 신화와 초현실의 요소를 발견하거나 그러한 체험을 위해서 산책하기를 좋아한다. 이 책의 결론과 같은 부분, 『농부의 꿈』에서 "나는 구체적인 것을 모색한다Je cherche le concret"[18]와 같은 문장이 잘 보여주듯이 그에게 중요한 것은 무질서한 현실의 구체적인 세계이다. 구체성의 세계는 현실의 세계이면서 초현실의 세계이고 또한 시적으로 나타낼 수 있는 세계이다. "구체적인 것이야말로 시적인 것이다Il n'y a de poésie que de concret."[19] 이처럼 아라공에게 구체적인 사물과의 접촉이 강조되는 것은 구체적인 것을 통해 시적인 초월과 초현실성을 찾으려 했기 때문이다.

『파리의 농부』에서 중요한 것은 초현실주의운동이 아니라 초현실성의 탐구일 것이다. 여기서 초현실성이란 현실 속에서 초월을 추구하고, 초월적 체험을 하는 일인데, 아라공은 이러한 초월적 현존la présence을 '신화'라거나 신적인 것divin으로 명명한다. 또한 이러한 초현실성은 생리적이고 형이상학적인 반응의 전율la frisson로 정의되기도 한다. "나는 전율에 이르는 길을 제시했고, 빛바랜 요정들이 죽어가는 먼지

---

18) Aragon, *Le Paysan de Paris*, 앞의 책, p.248.
19) 위의 책, p.247.

덮인 가지들을 흔들었다."[20] 아라공이 여기서 '전율에 이르는 길'이라고 말한 것은 논리와 이성의 길이 아니라 감각과 쾌락의 길을 의미한다. 오페라 아케이드는 그런 점에서 감각과 관능을 일깨우며 전율의 감동을 촉발시킬 수 있는 공간으로 서술된다. 화자가 아케이드의 미용실에서 미용사의 손길로부터 감지되는 각각의 즐거움을 섬세하게 표현하거나 그러한 관능적 쾌락을 누리지 못하는 산책자에 대해서 사고방식이 경직되고 답답한 사람을 보듯이 아쉬움을 표현하는 것은 모두 감각과 관능에 중요성을 부여하기 때문이다. 아라공은 현대의 도시인들이 단조롭고 규범적인 생활 속에 속박되어 있기 때문에 그러한 감각의 능력이 마비되었을 것으로 생각한다. 그런 관점에서 '전율의 감동'을 느끼지도 못하고 초현실의 욕망을 갖지도 못하는 도시인들은 불행한 사람처럼 보일 것이다. 그러나 여기서 우리가 주의해야 할 것은 아라공이 말한 감각과 관능의 즐거움이 소비사회의 향락산업에서 욕망이 소비되는 말초신경의 자극적 쾌락과는 구별되어야 한다는 것이다. 왜냐하면 아라공이 말하는 관능의 즐거움은 신화와 초현실성과 무한에의 욕망과 연결된 것이기 때문이다. "떠나자. 무한의 세계를 찾아서!"[21]는 무한과 초현실이 같은 의미를 갖고 있다는 것을 보여주는 진술이다. 그것은 현실 세계에서 진정한 에로스를 발견하고, 에로스의 세계가 도래하기를 염원하는 의지의 표현이기도 하다. 아라공은 초현실성을 "괴이한 것le saugrenu"으로 정의하기도 한다. 그는 『파리의 농부』를 쓰기 전, "괴이한 것은 우스꽝스러운 의외의 것l'inattendu burlesque이며, 진정한 현대적 서정성이다. 참으로 서정적이 되기 위해서는 사람들이 경멸하

20) 위의 책, pp.226~27.
21) 위의 책, p.64.

는 것, 비웃는 것을 찬미해야 한다"[22]고 밝힌 바 있다. 이런 의미에서 '괴이한 것'의 미학이라고 부를 수 있는 관점이 아라공으로 하여금 오 페라 아케이드와 뷔트 쇼몽 공원을 산책의 공간과 관심의 대상으로 만 든 원인으로 생각된다. 아케이드의 상점들과 그곳에서 볼 수 있는 사람 들은 사회의 통념상 주목받을 만한 위치에 있지 않고 오히려 다른 사람 들이 '경멸하는' 대상일 수 있기 때문이다. 이발소나 구두닦이의 점포, 우표판매점과 같은 곳이 상세하게 그려진 것도 아라공의 독특한 미학 이 반영된 것으로 해석된다. 그는 일반적으로 심미적 관심의 대상이 되 지 못했던 사소한 물건이나 도구를 새로운 시각으로 묘사하고 찬양한 다. 그렇게 함으로써 도시의 일상적이고 사소한 물건은 초현실적이 되 는 것이다.

초현실성의 또 다른 성격으로 주목해야 할 것은 '우연'이다. 이것은 브르통의 『나자』에서 잘 나타나듯이 도시에서 여러 가지 우연적 현상을 발견하고 우연을 체험하는 일이다. 초현실주의의 대명사처럼 알려진 자동기술의 방법이 계획적인 글쓰기가 아니라 우연적인 글쓰기이고, 초현실주의자들의 온갖 유희도 우연을 즐기는 재미라고 말할 수 있듯 이, 그들의 사는 방식도 우연의 관계를 중시하는 것이라고 말할 수 있 다. 이러한 삶의 방식이나 현실에 대한 시각은 『파리의 농부』의 전체적 흐름을 지배하는 한 요소로 보인다. 특히 「뷔트 쇼몽 공원에서의 자연 에 대한 감정」이란 제목의 글에서 우연을 중시하는 화자의 견해는 이렇 게 진술된다. "마음이 들떠 있기도 하고 음침하기도 한 요즈음 같은 때, 내 마음의 문제보다 늘 나의 관심사가 더 좋아서, 여러 신성 가운

---

22) Aragon, *Le Libertinage*, Gallimard, coll. L'imaginaire, 1964, p.21.

데 유일하게 자신의 위상을 지키고 있는 우연을 찾아서, 우연에 몸을 맡기고 지냈다."[23] 그는 도시의 거리에서 우연의 발견이 신화의 발견과 다름없는 것이라고 말한다. 여기서 "우연에 몸을 맡기"는 일은 자동기술적인 글쓰기처럼 도시의 거리를 계획 없이 걸으면서 도시의 무의식을 찾아 움직이는 행위로 해석된다.

5. 파리의 신비와 오페라 아케이드

『파리의 농부』에서 도시는 '신비le mystère'의 세계로 나타난다. 아라공에게 파리는 '신비'의 세계로 인식된다고 말할 수 있을 만큼 '신비'와 '신비스러운mystérieux'이란 표현은 파리를 가리키는 데 자주 쓰인다. 그 도시에 "사람들이 편안하게 자신들의 신비스러운 삶에 열중하며 지내는 여타의 장소들"[24]이 있고, "오늘의 신비가 사라진 곳에 내일의 신비가 태어날 것"[25]이라는 것은 그런 예들이다. 이것은 앞에서 현대의 신화를 창조하고 우연을 찾아 거리를 나선다고 말한 것과 관련이 있다. 도시의 풍경이 어떤 것이건, 그 도시에서 우연을 찾아 나선 사람에게 신화와 신비의 요소들은 풍부하고 새롭게 발견될 수 있을 것이다.

우리의 발걸음 속에서 새로운 신화가 태어난다. 인간이 사는 곳, 인간이 살아온 곳에서 전설이 시작한다. 나는 나의 생각을 보잘것없는 그러

---

23) Aragon, *Le Paysan de Paris*, 앞의 책, p.137.
24) 위의 책, p.17.
25) 위의 책, p.20.

한 변형된 내용으로만 채우고 싶다. 삶에 대한 현대적 감정은 하루하루가 다르다. 신화는 만들어지다가 소멸되기도 한다.[26]

이 말은『파리의 농부』의 서문에 실린 핵심적인 내용의 하나이지만, 현대의 일상적인 도시공간에서 신화를 발견하고 신화를 창조해야 한다는 초현실주의 작가의 삶의 방식이기도 하다. 이런 시각으로 도시공간을 바라보았을 때, 그곳은 "많은 현대적 신화를 은닉한 장소"가 되기도 하고, "환각의 풍경le paysage fantomatique"이 되기도 한다.[27]『파리의 농부』에서 그러한 현대적 신화를 찾을 수 있는 무대로 설정된 곳이 바로 오페라 아케이드와 뷔트 쇼몽 공원이다.

아라공이『파리의 농부』에서 비중 있게 다룬 오페라 아케이드의 풍경은 나중에 벤야민이『아케이드 프로젝트』를 구상하는 데 큰 영향을 미친 것이기도 하다. 19세기 초반에 세워진 파리의 아케이드 혹은 파사주le passage는 근대적 상가 아케이드의 기원이라고 알려져 있는데, 1852년에 나온 파리 관광안내서에 소개된 바로는 다음과 같다. "아케이드는 오래전부터 실내의 대로le boulevard로 간주되어왔으며, 실외의 진짜 대로와 연결된다. 이들은 산업사회가 새로이 발견한 사치품으로서 유리 지붕과 대리석 벽으로 만들어진 보도이며, 블록을 이루는 건물들을 관통한다. 건물주들이 이러한 투기성 사업에 공통으로 참여하였다. 조명을 받으며 보도의 양편을 장식하는 것은 가장 멋진 상점들이다. 이렇듯 아케이드는 자체로 하나의 도시이며, 세계의 축소판이다."[28]

---

26) 위의 책, p.15.
27) 위의 책, p.19.
28) 수잔 벅 모스,『발터 벤야민과 아케이드 프로젝트』, 김정아 옮김, 문학동네, 2004, p.15.

벤야민은 이것을 읽고 "아케이드에 대한 최고의 표현"이라고 말했다고 한다.

이러한 아케이드의 공간은 길이면서 동시에 넓은 홀le hall이다. 그곳은 외부의 빛이 들어오면서도 외부와 차단되어 있기 때문에 외부와 내부의 이중성을 갖는다. 『파리의 농부』에서 주요무대가 되는 오페라 아케이드에는 카페, 레스토랑, 지팡이 판매점, 이발소와 미용원, 손수건 판매점, 안마시술소, 매춘업소, 총기 판매소, 인공보정기구 및 붕대 판매점, 서점, 공중목욕탕 등 다양한 상점과 업소들이 있다. 앞에서 인용한 파리 관광안내서의 소개처럼 작은 도시라고 말할 수 있는 아케이드의 유흥업소에서 사람들은 도덕의 속박을 벗어나 욕망의 자유를 추구할 수 있을 것이다. 벤야민의 『아케이드 프로젝트』를 연구한 수잔 벅모스는 아케이드의 유흥가를 이렇게 설명한다.

"아케이드는 '상품 자본주의의 원조 신전'이었다. 아케이드—이것은 동화 속 동굴처럼 제2제정기의 파리를 환하게 비췄다. 〔……〕 아케이드 안에 있는 불경스러운 유흥가는 요리의 완성도와, 취하게 해주는 음료와, 일하지 않고 돈을 벌게 해주는 룰렛 바퀴와, 보드빌 극장의 춤과 노래를 가지고, 그리고 멋지게 차려입은 1층 갤러리의 천사 같은 밤의 숙녀들이 판매하는 성적 쾌락의 황홀경을 가지고, 행인들을 유혹했다. 〔……〕 나폴레옹 3세의 제2제정기에 도시의 환등상은 비좁은 아케이드에서 터져 나와 파리 전역에 퍼졌으며, 진열된 상품은 훨씬 더 화려하고 훨씬 더 과시적인 형태가 되었다."[29] 이것은 아케이드 유흥가의 화려한 풍경을 설명하면서 동시에 자본주의적 도시의 덧없는 변화성을

---

29) 위의 책, p.117.

보여주는 것이다. 더욱이 20세기에 접어들어 새로운 도시계획에 의해 아케이드가 철거될 것이 확실한 상태에서 그 안에 있는 상점들의 영업은 임시적이고, 한시적일 수밖에 없다. 지난 시대의 유물로서 새로운 시대에는 사라져버릴 이 상점들은 아라공이 보기에 "어제는 이해할 수 없었고 내일의 운명은 알 수 없는 그러한 쾌락과 저주받은 직업들의 유령 같은 풍경"[30]이 된다. 아라공은 이러한 아케이드의 풍경을 졸라의 소설처럼 생활의 차원에서 그리지도 않고, 낭만주의자의 과장된 시각과 회한의 감정을 담아 그리지도 않는다. 그는 마치 모든 것이 덧없이 변화하는 도시의 원형적 속성을 바라보듯이 잡다한 도시적 풍경을 그릴 뿐이다. 그러면서 초현실주의자들이 주관적인 것과 객관적인 것의 혼합을 추구했듯이, 그는 상점들의 겉과 속, 간판을 중심으로 보이는 외부와 간판과는 다른 내부의 모습, 알 수 있는 현실과 알 수 없는 세계의 상반된 양상을 혼합적으로 서술한다.

아케이드에는 기압계 회랑la Galerie du Baromètre과 온도계 회랑 la Galerie du Thermomètre이라고 불리는 두 개의 통로가 있다. 아라공의 산책은 온도계 회랑의 남쪽에서 북쪽을 향해 가다가 출발점으로 다시 돌아와서 두번째 회랑을 도는 것이다. 이렇게 왕복을 하기 때문에 어떤 상점에 대한 묘사는 가는 길에 한 것인지 오는 길에 한 것인지를 분명히 알 수는 없다. 화자는 미로 속을 걷는 것처럼 회랑의 분위기를 묘사하면서 상점의 진열창이 거울처럼 반사되는 풍경을 순간적으로 다채롭게 변화하는 영화의 화면처럼 그리기도 한다. 비아르 카페의 많은 거울들과 지팡이 판매점의 진열창 풍경은 비현실적이고 모호한 분위기

---

30) Aragon, *Le Paysan de Paris*, 앞의 책, p.19.

를 연출한다. 카페의 거울들은 화려한 궁전의 내부를 연상시키고, 진열창의 지팡이들은 "해조처럼 완만하게 흔들리는"[31] 느낌을 주면서 그 것을 바라보는 시인의 상상력을 바다 쪽으로 이동시키는 역할을 한다. 이런 점에서 상점의 유리창들은 화자에게 안과 밖을 구별 짓거나 안과 밖을 소통시키는 도구라기보다 현실의 세계와 꿈의 세계의 경계를 모 호하게 만드는 장치로 묘사된다. 손수건 판매점이나 안마시술소처럼 화자의 눈에 수상하게 보이는 상점이나 건물의 문은 현실세계와 욕망 의 세계, 성적 욕망을 금지하는 세계와 그것을 충족시켜주는 세계 사이 의 경계가 사라지는 수단으로 서술되기도 한다. 화자는 그런 장소의 내 부로 들어가지 않고 외부의 시각에서 그곳을 찾아온 고객들이 문을 열 어주는 안내원의 안내를 받아 어두운 내부로 들어가는 뒷모습을 관찰 한다. 이런 장소의 쇼윈도에 전시된 상품들은 단순히 판매를 위한 상품 이 아니라 다른 의미를 갖기도 한다. 한 연구자는 손수건 판매점의 진 열창을 이렇게 설명한다.

진열창은 상품의 모호한 성격을 감추면서 동시에 드러낸다. 진열창에 장식된 손수건들은 저 안쪽에서 일어나는 일을 보지 못하게 한다. 그런 데 그 손수건들은 모두 유행이 지난 것들이다. 게다가 어두운 색깔과 이 상한 모양으로 된 치마들이 손수건과 함께 걸려 있는데, 그 치마는 상점 안쪽의 고객에게는 비밀의 기호이다.[32]

---

31) 위의 책, p.29.
32) Kiyoko Ishikawa, *Paris dans quatre textes narratifs du surréalisme*, L'Harmattan, 2000, p.135.

이것은 손수건 판매점이 손수건을 판매하면서 또한 매춘의 장소로 이용되는 것을 지적한 것이다. 또 매춘업소의 창녀들은 아케이드의 거리를 산책하듯이 느리게 걸으면서 고객을 유혹한다. 그들은 때로는 근처의 서점에서 책을 들척이며 점잖게 보이는 남자들을 곁눈질하고 유혹의 틈을 노리기도 한다. 화자는 이들의 모습을 관찰하듯이 바라보면서 도덕적인 비판의 시각을 전혀 보이지 않는다. 어떤 경우에 그들은 일시적인 사랑을 주관하는 여사제처럼 묘사되기도 한다. 화자가 직접 매춘의 유혹에 빠질 경우에도 죄의식이 동반되는 경우는 없다. "문이 열린다. 내가 고른 여자가 스타킹만 신은 채 애교를 부리며 다가온다. 나는 알몸이다. 그녀는 자기가 내 마음에 드는 여자라는 것을 알기 때문에 미소를 짓는다. 아가야 몸을 씻어줄 테니까 이리 오렴."[33] 창녀는 이렇게 어린아이를 목욕시켜주는 어머니의 역할로 묘사되고, 창녀의 고객이 된 화자는 순간적으로 어린아이로 돌아간 듯한 상태의 행복감을 느낀다. 그는 위선이나 꾸밈의 표현을 취하지 않고 매춘을 통한 순간적인 사랑이 상상 속에서 얼마든지 신비롭게 변용될 수 있음을 보여주려 한다. 매춘의 행위는 얼마든지 '신비'와 '신화'의 차원에서 해석될 수 있는 것으로 표현된다. 이것은 도덕적이고 이성적인 판단보다 비이성적인 무의식과 상상의 논리가 훨씬 더 중요하다는 것을 보여주는 초현실주의의 가치관을 반영하는 것이기도 하다.

---

33) Aragon, *Le Paysan de Paris*, 앞의 책, p.127.

6. 뷔트 쇼몽 공원과 사랑의 인식

　화자의 발걸음이 오페라 아케이드를 떠나서 뷔트 쇼몽 공원으로 이동하는 것은 '초현실주의자들의 파리'를 알고 있는 독자들에게는 의외의 일처럼 보일 수 있다. 세계의 어느 도시이건 크고 작은 공원을 갖기 마련이지만, 도시의 공원이 도시인의 삶을 표상하는 공간이라고 생각되지는 않기 때문이다. 더욱이 화자가 도시의 거리를 걸으면서 현대적인 신화를 만든다고 했을 때, 그의 발길이 벼룩시장le marché aux puces 같은 곳이 아니라 자연적이면서 인공적인 공원으로 옮겨가리라는 것을 예상하기는 어렵다. 이 공원은 도시의 한복판이 아니라 변두리에 위치함으로써 화자는 이곳을 묘사할 때 "파리 주변의 분명치 않은 넓은 교외cette grande banlieue équivoque"[34]라고 말한다. 여기서 '분명치 않은'이란 표현은 모호하고 여러 가지 의미를 함축한다는 뜻으로서 '신비스러운'이란 표현과 큰 차이가 없는 것임을 알 수 있다. 아라공이 친구들과 그곳을 가게 된 것은 우연이다. 그러나 그곳을 가기 전에 화자는 권태에 사로잡혀 있었고, 권태로부터 벗어나기 위해 브르통의 제안으로 어두워질 무렵 택시를 타고 그곳을 가게 되었으며, "도시의 무의식이 깃들어 있는 '공원'"[35]에 "정복감과 자유로운 정신의 황홀한 도취감"을 느꼈다고 서술한다.

　공원은 자연을 떠난 도시인의 원초적인 꿈이 살아 있는 공간이자 '도시의 무의식이 깃들어 있는' 곳이다. 어둠이 내린 공원에는 가로등이

---

34) 위의 책, p.165.
35) 위의 책, p.167.

켜져 있고 밤안개가 내리는 가운데 빛과 어둠이 공존한 신비스러운 분위기에서 나무들은 이상한 모습으로 서 있다. 이런 신비스런 풍경은 화자의 상상력을 자극하고, 비이성적인 몽상에 사로잡히게 한다. 아라공은 논리적으로 설명하기 어려운 이날 밤의 산책을 몽유병적인 산책 cette promenade somnambulique이라고 말한다. 이러한 산책과 도시의 신화와의 관련에 대해서는 다음과 같은 설명이 적절해 보인다. "아라공이 도시의 새로운 신화를 위해서 뷔트 쇼몽 공원을 신성화한 것은 문명의 발전이란 이름으로 모더니즘이 억압해온 인간의 비합리성을 공원에서 찾을 수 있기 때문이다."[36] 이러한 말처럼 도시의 신화가 공원에서 재현될 수 있다는 것은 그곳에서 도시인의 잃어버린 꿈과 상상력의 세계를 만날 수 있기 때문이다.

그렇다면 뷔트 쇼몽 공원에서 새로운 신화의 발견은 어떻게 실현되고 있을까? 화자는 밤의 공원에서 신비로운 체험을 하고 현대문명을 주제로 한 사색에 잠기게 되었다고 진술하면서도, 아케이드의 거리를 걸었을 때처럼 여러 가지 사물과 풍경의 발견을 통한 상상의 전개를 보여주지 않는다. 물론 공원의 풍경이 아케이드의 거리처럼 다양하게 전개될 수는 없을 것이다. 그런데 어두운 공원의 신비스러운 풍경 속에서 밤의 힘을 찬미하던 화자는 어느 순간 아름답고 서정적인 어조로 여성의 존재를 찬양하기 시작한다. 훗날 "남자의 미래는 여자이다"[37]라는 경구적인 진술로 남성 중심적인 문명사회의 문제들을 해결해줄 수 있는 여성의 중요한 역할을 예언적으로 말했던 아라공의 모습을 생각하면, 여기서 화자의 여성에 대한 찬미의 발언은 별로 놀라운 것이 아니

---

36) K. Ishikawa, 앞의 책, p.141.
37) Aragon, *Le Fou d'Elsa*, Gallimard, 1951, p.166.

다. 그러나 이러한 언술이 나오기 전까지 이 책에서 여성에 대한 그와 같은 언급이 없었고, 아케이드의 창녀에 대한 호의적인 시각의 묘사가 있었다는 정도를 관련지어 보더라도 이 책의 끝부분에 이르러 돌출되 듯이 나타난 여성과 사랑의 찬가는 의외의 일처럼 보인다.

　　내 옆에 있는 이 여자, 나는 온몸으로 한 여자가 있다는 것을 깨닫는 다. 내가 갈피를 잡을 수 없는 모든 생각 속에 그 여자가 자리 잡고 있 고, 모든 생각마다 분명히 그 여자의 존재와 같은 것이 있다는 것을 깨 닫는 것이다. 〔……〕
　　여인이여, 그대는 모든 형태를 대신하는 존재이다. 〔……〕 하늘 위를 걷는 그대의 발걸음이 그림자를 만들며 나를 감싸준다. 밤을 향한 그대 의 발걸음에 나는 낮의 기억을 완전히 잃어버린다. 매력적이고 헌신적 인 여인이여, 그대는 경이로운 세계, 자연세계의 축소판이다. 하여 내가 눈을 감을 때마다 그대는 다시 태어난다.[38]

　화자는 시적인 문체로 추상적인 여성의 존재를 신비롭고 경이롭게 느껴지는, 모성적인 자연의 세계와 동일시한다. 또한 여성의 변신과 세계의 변화를 결합시키며 이성적 세계의 한계를 넘어설 수 있는 여성 의 능력과 역할의 중요성을 강조한다. 물론 공원의 자연적 형태와 숲과 대지의 모성성이 공원을 산책하는 사람에게 유년기의 기억과 모성에 대한 그리움을 떠오르게 하는 것은 자연스런 현상일지 모른다. 그러나 아라공이 여기에서 여성의 존재와 역할을 환기시키는 것은 그 이상의

---

38) Aragon, *Le Paysan de Paris*, 앞의 책, pp.206~08.

의미를 갖는다. 분명한 것은 여성이 어떤 모습으로 연상되건, 아라공이 『파리의 농부』를 쓸 무렵에 초현실주의자들에게 여성과 성 혹은 사랑의 주제가 중요한 문제로 부각되었음을 관련지어 생각해야 한다는 점이다. 그 무렵에 쓴 『방탕』(1924)도 그러한 주제를 담고 있는 책이라는 점과, 비슷한 시기에 나온 『초현실주의 혁명』의 마지막 두 호에서도 사랑과 성에 대한 탐구를 특집으로 삼았다는 점은 모두 초현실주의에서 사랑의 주제가 갖는 중요성을 반영한다.

7. 글을 맺으며

『파리의 농부』는 제목이 암시하듯이 도시와 농촌, 도시인과 농부의 대립적 의미를 깨뜨리면서 초현실적 상상력에서의 도시와 낭만적 영혼의 농촌을 결합시키려 한 작가적 의도의 결과이다. 아라공은 이 소설을 통하여 현대적 도시의 풍경을 신화화했을 뿐 아니라 도시인의 새로운 감수성과 상상력의 가능성을 보여주었다. 현대적인 문명의 도시에서 유용성이나 실용성의 의미로만 이해되던 도시적 공간과 사물은 아라공의 초현실적이고 신화적인 상상력을 통해서 신비하고 경이로운 존재로 변용되었다. 사물에 대한 독특한 묘사와 친숙한 것을 낯설게 만드는 특이한 표현방법으로, 신화는 현실과 대립하지 않으면서, 신화는 현실이 되고 현실이 신화로 된 것이다. 『파리의 농부』는 이런 점에서 도시에 대한 새로운 시각의 상상력을 보여준 소설일 뿐 아니라 변화하는 도시의 특징을 새로운 언어로 기술한 책으로 평가될 수 있다.

콜라주 수법을 포함한 새로운 언어의 실험에서 이 책의 지나친 사실적 묘사가 초현실주의 시적 서술과 대립되는 것처럼 보이기도 했지만, 그러한 묘사는 전통적인 사실주의 소설의 묘사와는 다르게 현실의 차원을 넘어선 아이러니와 초현실적 상상세계를 촉발시키기 위한 것이었다. 그것은 평범하고 친숙한 산문적 묘사가 아니라 낯설고 시적인 초현실적 묘사라고 말할 수 있다. 이시카와는 "『파리의 농부』가 초현실주의의 입장에서건 그 어떤 문학의 입장에서건 도시에 대한 글쓰기의 새로운 차원을 열어준 소설이라고 말할 수 있는 것은 과장이 아니다"[39]라고 말했다. 우리의 입장도 이와 같다고 말할 수 있다. 특히 아라공은 초현실주의의 현실인식과 상상세계의 범위 안에서 자신만의 독특한 시각으로 새로운 도시감각과 새로운 언어감각으로 도시를 인식하는 도시사용법을 보여준 것이다.

---

39) K. Ishikawa, 앞의 책, p.155.

제8장
데스노스의 『자유 아니면 사랑을!』과
도시의 환상성

1. 초현실주의와 파리

　도시와 문학이란 주제에서 볼 때, 초현실주의와 파리처럼 밀접한 관계를 맺고 있는 것도 없다. 이렇게 초현실주의와 파리의 연관성을 처음부터 강조하는 이유는 초현실주의가 파리에서 발생한 문화운동이었기 때문이 아니라, 초현실적 세계의 탐구는 파리라는 대도시의 문명과 현실을 전제로 한 것이라고 말할 수 있기 때문이다. 초현실주의자들에게 파리는 삶의 공간이었을 뿐 아니라 현실에서 초현실적 요소를 발견하고 초현실의 경험을 이끌어낼 수 있는 영감의 원천이었다. 이미 19세기의 보들레르에서부터, 도시의 풍경과 군중들 속에서 도시의 새로움을 발견하고 문학적 영감을 얻는 것이 문학과 예술의 한 전통이 되었기에, 초현실주의자들의 이러한 시도는 그 자체로 새로운 것이라고 말하기는 어렵다. 초현실주의 이전에, 아폴리네르는 『알코올Alcools』의 서시 「변두리zone」의 화자를 통해서 파리의 거리를 걸으며 자신의 현재와 과거, 내면의 고통과 도시의 풍경을 시적으로 기술하고, '에스프리 누보esprit nouveau'의 시학을 부각시킨 바 있다. 그러나 초현실주의자들은 새로운 도시의 시학을 보여주면서 시와 삶을 단순히 결합한 차원을 넘어서서 도시에서의 시 혹은 시적인 삶을 실천하고 현실에 감춰진 실재의 모습과 초현실적 세계를 탐구한다. 브르통은 "현실의 외양 속에 감춰진 것을 보고, 드러내는 일이 중요하다"[1]고 말한 바 있는데, 이러한 모든 탐구는 언어와 꿈의 영역에서건, 거리와 카페의 도시적 공간에서건, 초현실주의적 모험으로 이해될 수 있었다.

초현실주의 시인들은 파리의 거리와 광장, 오래된 건물과 새로운 건물, 카페와 레스토랑, 상점의 간판과 진열창에 전시된 물건들, 도시의 온갖 기호들에서 외형적이고 관습적인 차원을 떠난 새로운 어떤 감춰진 의미를 판독한다. 그들이 일상의 풍경 속에서 일상을 초월하는 꿈을 꾸고, 현실을 넘어선 초현실적 요소를 찾으며, 관습적인 것에서 성스러운 것le sacré을 발견하려는 시도는 어떤 의미에서 도시의 무의식과 대면하는 일이다. 또한 그들이 파리의 번잡한 거리를 목적의식 없이 걷거나 중고품 시장을 즐겨 찾는 것은 도시의 무의식과 자신의 무의식을 발견하기 위해서이다. 그들에게 중요한 것은 도시의 화려한 외관이나 문명의 발전된 양상이 아니라 문명사회에서 감춰진 원시적 힘을 드러내는 일이다. 초현실주의의 파리와 모더니즘의 파리가 다른 것은 모더니즘이 문명화된 도시의 발전과 기술의 진보를 문학 속에서 적극적으

---

1) André Breton, *Entretiens*, Gallimard, 1969, p.139.

로 수용해야 한다는 입장이기 때문이다.

초현실주의자들의 꿈과 도시적인 삶의 형태는 그들의 소설에서 다양하게 발견된다. 대체로 파리를 배경으로 한 대표적인 초현실주의 소설을 열거하자면, 브르통의 『나자』, 아라공의 『파리의 농부』, 페레의 『빵집 여주인이 있었다』, 수포의 『파리의 마지막 밤들』, 데스노스의 『자유 아니면 사랑을!』이라고 말할 수 있다. 이중에서 브르통과 아라공의 소설이 저자와 주인공이 일치하는 일인칭으로 씌어졌다면, 페레, 수포, 데스노스의 소설은 저자와 주인공이 다른 삼인칭으로 씌어진 작품들이다. 물론 저자와 주인공이 일치하는 소설이라도 그 소설들에 나타난 화자의 관점, 즉 파리의 거리와 건물 혹은 상점을 묘사하는 방법은 작가에 따라 다르게 나타난다. 그러나 그 소설들은 도시의 구체적이고 사실적인 풍경이 초현실적으로 변형되어 있지는 않다는 공통점을 보여준다. 대체로 저자의 경험과 일치되는 일인칭 소설들과는 달리 삼인칭 소설들에서는 초현실적 변형이 훨씬 자유롭게 펼쳐진다는 이점을 갖는다. 가령 페레의 소설에서는 마치 초현실주의 화가 르네 마그리트의 그림에서처럼 빵이 하늘을 날아다니고, 기차가 굴뚝에서 나오기도 하고, 수포의 소설에서는 이해할 수 없는 사건들이 설명 없이 전개되는 가운데 현실과 사물의 환상적 분위기가 강조되고 도시의 여성화가 느껴진다. 물론 대부분의 초현실주의 작가들에게 도시가 여성 혹은 모성의 존재로 인식되지만, 수포의 경우 여성이 도시와 관련되는 것은 도시가 신비로운 모성의 고향으로 나타나고, 도시가 세계의 구조를 변형시키는 창조적 역할로 그려진다는 점에서 그 특징을 말할 수 있다. 수포의 소설에서 도시와 여성의 일치 혹은 동일시는 다른 어느 작가의 경우보다 두드러져 보인다.

다른 초현실주의 작가들과는 달리 데스노스의 소설에 나타난 도시는 작중인물들이 끊임없이 배회하고 이동하는 공간으로 나타나면서 초현실직이고 상상적인 변형을 이루고 있는 점에서 주목된다. 이시카와는 데스노스가 다른 초현실주의 작가들과 구별되는 점을 이렇게 말한다. "데스노스의 파리는 또한 구체적이다. 피라미드가, 튈르리 공원, 에트왈 광장, 마이요 문, 불로뉴 숲은 이 소설의 앞부분인 2장에 등장한다. 일인칭 서술자의 이동공간은 파리의 지리적 현실과 일치한다. 다만 장소의 묘사가 지극히 간략하고 그 장소들은 독자에게 작중인물들이 배회하는 곳을 가리키는 지표일 뿐이다. 데스노스의 소설에서 파리는 전혀 묘사적으로 그려져 있지 않다. 거리, 유적, 광장, 벽보, 동상의 이름들은 언어의 차원과 의미의 차원에서 모두 변형되는 기호의 저장소들이다. 이것이 데스노스가 다른 작가들과 구별되는 점이다."[2] 이 말처럼 『자유 아니면 사랑을! *La liberté ou l'amour!*』에 나타나는 파리는 현실의 지명과 일치하지만, 이야기의 흐름 속에서 언어의 차원이건 의미의 차원이건 어느새 비현실의 세계로 전환되는 것이다. 데스노스는 사실주의적 묘사의 문법을 무시하고 사물을 직접적이고 투명하게 반영하는 글쓰기를 거부한 작가이다. 그의 초현실적 글쓰기에서 파리는 어떻게 표현되고 어떻게 변형되는지 그리고 데스노스의 초현실적 서사의 특징은 무엇인지 검토해보려는 것이 이 글의 목적이다.

---

2) Kiyoko Ishikawa, *Paris dans quatre textes narratifs du surréalisme*, L'Harmattan, 2000, p.158.

2. 초현실적 글쓰기와 환상의 도시

데스노스의 『자유 아니면 사랑을!』은 권태에 사로잡힌 주인공 코르세르 상글로가 파리를 배경으로 끊임없이 절박하게 사랑의 모험을 촉구하는 이야기로 구성된다. 소설의 제목에서 암시되어 있듯이, 그의 모험은 진정한 자유를 찾아 헤매는 것으로 볼 수도 있고, 진정한 사랑을 찾으려는 것으로 짐작해볼 수도 있다. 데스노스는 이런 모험을 이야기하면서 20세기의 파리를 소설의 기본적인 배경으로 설정하는 한편, 18세기 말의 혁명과 역사의 분위기를 환기시키거나 도시의 현실을 초월한 사막과 바다의 공간을 소설 속에 이끌어들이기도 한다. 이러한 소설의 전개에서 현실의 공간과 초현실의 공간이 혼란스럽게 연결되거나 복합적으로 나타나는 현상을 목격하는 독자는 현실과 초현실, 이성과 꿈의 경계가 무너지는 상태의 당혹과 충격을 경험한다. 가령, 2장의 시작하는 부분에서 "오랫동안 루이 15세 발뒤축이, 내가 길들인 작은 동물인 사막의 도마뱀이 달려간 좁은 길의 마카담 도로를 요란하게 울렸던 그 여인의 발걸음"[3]이라는 문장과 "군중들은 입맞춤과 포옹의 추억을 짓밟았고 〔……〕 가끔 나는 그것을 집어든 적이 있었는데 그것은 나를 부드럽게 포옹하며 인사하는 것이었다"[4]라는 문장을 읽고 당황해하지 않는 독자는 거의 없을 것이다. 또한 튈르리 공원의 나무에서 떨어진 나뭇잎들이 장갑으로 변형되어 서로 포옹하는 형태로 나타날 때도 독자가 당혹감을 갖는 경험은 마찬가지이다. 종래의 소설에서와는

---

3) R. Desnos, *La liberté ou l'amour!*, Gallimard, 1962, p.20.
4) 위의 책, p.21.

판이하게 다른 이런 소설적 서사는 그야말로 초현실적 소설의 진수를 보여주는 듯하다.

자동기술이 글 쓰는 사람의 감정이나 이성의 논리를 배제하고 무의식적으로 떠오르는 말의 자유로운 흐름을 쓴 것이라면, 데스노스의 소설은 그러한 자동기술의 방법으로 서술된 느낌을 준다. 실제로 데스노스가 초현실주의자들 중에서 가장 자동기술의 글쓰기를 잘하는 사람이었다는 것은 브르통의 「초현실주의 선언문」에서 각별히 언급되어 있다.[5] 데스노스의 문학에 대해서 가장 상세하고 깊이 있는 책을 쓴 뒤마에 의하면, 『자유 아니면 사랑을!』은 "자동기술의 충동과 상사의 무대에 대한 매혹에 빠져"[6] 쓴 소설일 뿐 아니라, 독자가 소설의 구조와 주인공의 행위에 대해 의문을 갖지 못할 만큼 여러 가지 황당한 사건과 이야기들이 "끊임없는 분출un perpétuel jaillissement"[7]로 숨 가쁘게 이어진 소설이다. 독자는 현실과 꿈의 경계가 무너진 현상을 보고 처음에는 당혹해하다가 그런 흐름이 거침없이 펼쳐진 상태에 익숙해지면 현실의 논리와 사실적 표현의 정당성에 더 이상 의심을 품지 않을 수 있다. 그러나 현실과 꿈의 경계가 무너진 상태의 일정한 논리가 있다면 그것은 무엇일까, 하는 의구심이 든다. 이런 의구심 가운데 주목되는 것은 이 소설에서 사물들이 마치 꿈속에서처럼 차이와 대립의 형태로 부각되지 않고 유사성과 액체성으로 용해된 느낌을 준다는 것이다. 다시 말해서 그것은 자동기술의 서술처럼 논리적인 인과관계 없이 유동적으로 전개된다. 이러한 유동성은 단절과 모순의 논리를 포함하면서

---

5) A. Breton, *Manifestes du surréalisme*, J. J. Pauvert, 1972.
6) M. C. Dumas, *Robert Desnos ou l'exploration des limites*, Klincksieck, 1980, p.445.
7) 위의 책, p.443.

연속적으로 이어지는 유동성이다. 그리하여 자동기술처럼 이성적 논리를 초월한 이 소설이 의미의 차원에서건 언어의 차원에서건 연속성과 단절성, 유사성과 모순성으로 구성되어 있는 것은 충분히 검토해볼 필요가 있다.

데스노스의 소설에서 단절과 모순의 예는 여러 가지인데, 우선 이 소설의 1장이 랭보의 이름으로 「밤샘하는 사람들Les Veilleurs」이란 시로 쓰인 것이 주목된다. 그런데 이 시는 2장의 「밤의 깊은 곳」으로부터 마지막 12장 「꿈의 소유」까지 계속되는 산문의 구성과 비교해볼 때, 단절되거나 모순된 형태를 보인다. 뒤마는 시의 마지막 절에서, "텅 빈 하늘의 동이 트기 전에/헤엄쳐 나갈 때마다 빛나는 바닷속 여인이/사랑과 자유를 일치시키리라는 희망 속에"가 이 책의 주제를 암시하고, 또한 2장부터 12장까지 전개되는 사랑과 자유의 추구라는 주제와 연결되는 것임을 추론한다.[8] 그런데 여기서 중요시해야 할 것은 이 책의 제목처럼 '자유 아니면 사랑'이라는 주제 어느 하나를 선택해야 하는 문제가 아니라 그 두 가지를 함께 추구하고 일치시켜야 한다는 주제의 등장이다. 그러니까 이 시에서처럼 두 가지를 동시에 추구하기 위해 자유와 사랑을 일치시키려는 주제는 이 소설에서 거듭되는 여러 가지 모순과 좌절의 이야기를 넘어서서 일관되게 나타나고 있다. 또한 1장의 서시에서 그러한 희망을 갖게 하는 존재가 여자라는 점도 함께 주목해야 할 점이다. 그러한 여자의 모습을 한 '헤엄치는 여인'은 이 소설에서 중요한 부분인 7장의 '정액 마시는 사람들의 클럽'의 입구를 지키고 있는 요정의 모습을 예시하는 존재이자, 사랑의 모든 관습과 금기를 넘어선

---

8) 위의 책.

완전히 자유로운 사랑의 화신으로 나타난다.

실제로 이 소설에서는 이야기가 모순되거나 현실의 논리와 어긋나게 전개되는 경우가 무수히 많다. 가령 3장에서 주인공 코르세르 상글로가 루이즈 람므와 만나는 행복한 장면과 10장에서 허밍 버드 가든의 기숙사 학생들을 가학적으로 매질하는 이야기는 극도로 모순되거나 대립적이다. 또한 6장에서 루이즈 람므의 시신이 관 속에 들어간 상태에서 그녀가 장의사들의 이야기를 들으며 부활하고 화자와 사랑하게 되었다는 이야기도 마찬가지이다. 어쩌면 이처럼 모순되고 비합리적인 사건의 전개는 에로스와 타나토스 혹은 에로스와 죽음의 관계처럼 일원론적인 상태에서 모든 대립이 사라지고 하나로 종합된 관계의 반영으로 해석될 수 있다. 자클린 셰니외는 이 소설이 이러한 모순과 대립의 주제로 구성되어 있음을 언급하면서 8장의 예를 든다. 그가 예를 드는 「아득히A perte de vue」라는 제목의 8장은 다른 어느 장보다 대조적인 주제들이 많은데, 가령 키리코의 형이상학적 시기에 흔히 나타나는 적막한 도시처럼 아무 일도 일어나지 않는 그런 장소들의 단조로운 풍경이 전개되다가 갑자기 혼란스런 정념의 사연이 펼쳐지는 것은 그러한 예이다."[9] 물론 도시는 화자의 현재와 관련된 권태로운 풍경의 도시이고 정념의 사건은 주인공의 과거와 관련된 일로 짐작해볼 수 있기 때문에, 도시에서도 이질적인 사건들이 무수히 전개되듯이, 그러니까 주인공의 내면에서 현재와 과거, 권태와 정념의 이야기도 착종되어 있는 것이다. 다시 말해서 단조로운 권태의 풍경과 혼란스런 정열의 모험과 같은 이러한 대조적인 주제의 결합은 도시를 배경으로 한 이 소설의

---

9) J. Chénieux, *Le surréalisme et le roman*, L'âge d'homme, 1983, p.299.

전반적인 구성의 특징이면서 또한 데스노스의 경험적 관점에서 도시를 인식하고 도시를 표현하는 방법으로 해석할 수 있다. 이런 점에서 구체적인 현실에 바탕을 두고 있으면서 몽환적이고 환상적인 풍경으로 전개되는 데스노스의 도시에 대해서는 이시카와의 다음과 같은 설명이 유익하다.

> 피라미드가에서 사막이 연상되듯이 밤의 도시는 사막이 된다. 튈르리 공원의 나무에서 나뭇잎들이 떨어지고 그것들은 장갑으로 변한다. 보석 가게에서 어느 여가수는 장갑을 벗어 자기의 손에 코르세르 상글로가 입을 맞추도록 하는데, 상글로는 이 소설의 화자와 동일시될 수 있는 주인공들 중의 하나이다. 여가수의 노래는 혁명 때의 함성과 단두대, 1789년 피의 집행 장면이 연상되는 콩코르드 광장에 가까운 공원을 떠오르게 한다. 폭력을 환기함으로써 장갑은 권투장갑이 된다. 〔……〕 상글로가 줄곧 따라다니던 여자 루이즈 람므는 에트왈 광장 쪽으로 걸어가는데, 그것은 마치 에트왈(별)이 배들의 방향을 인도하는 것과 같고 새로운 별이 나타나 예수 그리스도의 탄생을 예고하는 것과 같다. 사실상 상글로는 바다에 가깝고, 높은 곳에서 도시를 굽어보듯이 설치된 베베 카뒴(비누 광고의 글자)은 그다음의 텍스트에서 메시아가 된다.[10]

이시카와의 설명처럼, 도시의 풍경과 간판의 글자는 화자의 상상 속에서 변형되어 초현실의 세계가 된다. 이 세계에서 모든 대립과 모순의 주제들은 용해되어 마치 몽환적인 영화에서처럼 자유롭고 유동적인 흐

---

10) K. Ishikawa, 앞의 책, p.159.

름 속에 놓는다. 이러한 도시의 초현실적 변화가 여기에서처럼 밤을 배경으로 삼고 있다는 것도 유념해야 할 대목이다. 밤은 낮과 달리 현실과 꿈의 경계를 사라지게 하면서 몽환적이고 환상적인 이야기의 전개에 효과적이기 때문이다. 대부분의 초현실주의자들이 밤과 꿈의 신비스러운 힘에 대한 믿음을 갖고 있었던 것은 밤과 꿈의 세계에서는 추한 것과 아름다운 것의 대립적 분류를 넘어선 보다 높은 의미의 아름다움을 추구할 수 있었기 때문이다. 그것은 미학적인 관점에서뿐 아니라 도덕적인 관점에서도 가능한 논리이다. 인간에게 낮에 지켜야 할 이성적이고 도덕적인 규범의 한계는 밤의 시간 속에서 위반과 초월의 유혹으로 전환될 수 있는 것이다. 초현실주의자들의 작품에서 밤을 찬미하는 노래가 많은 것은 그런 이유에서이다.

또한 이 소설의 유동적이고 몽상적인 분위기와 관련지어 연상되는 다른 특징은 이시카와도 지적했듯이,[11] 작중인물들 사이의 대화가 거의 부재한다는 점이다. 그들은 대화를 나누면서도 침묵을 지키는 듯하고, 침묵을 지키면서도 대화를 교환하는 듯이 보인다. 다시 말해서 대화는 유동적이고 몽상적인 침묵의 흐름 속에 흡수되어 있다. 마치 초현실적인 무성영화의 장면들에서 작중인물들은 끊임없이 움직이고 모험을 추구하지만, 그러한 행동의 동기나 목적은 설명되지 않은 채 모험이 전개되고, 모험적 사건들 사이의 논리적인 연결성은 보이지 않기 때문에 사건들 사이에 틈틈이 나타나는 그들의 대화는 합리적인 의사소통의 대화로 보이지 않는 것이다.

---

11) 위의 책, p.165.

3. 사랑, 폭력, 에로티슴

현실적인 도시의 배경 속에서 몽환적으로 전개되는 이 소설은 작가가 도시에서 꿈꾸는 정치의 혁명과 사랑 혹은 성의 혁명을 주제로 삼아 씌어졌다. 데스노스는 도시의 벽이나 거리에서 감춰진 범죄, 반항, 사랑의 문제를 초현실적 변형 속에서 자유롭게 결합해 보여주기 위해서 주인공인 코르세르 상글로가 루이즈 람프와 사랑을 나누게 된 방이, 배를 갈라 죽인 살인자로 유명한 자크가 살았던 방이라는 것과 벽에 붙어 있는 일력의 날짜가 파리코뮌이 시작된 1월 12일이라는 것[12]을 설정하였다. 이러한 전쟁의 암시와 함께 사랑의 주제는 다양하게 전개된다. 어떤 의미에서 에로스와 타나토스가 분리된 것이 아니듯이, 사랑과 폭력은 동전의 안과 밖처럼 연결되어 보이기도 한다.

우선 코르세르 상글로와 루이즈 람프의 사랑이 매우 전투적이라는 점도 그러한 예이다. 그들의 사랑은 날카로운 이빨과 무서운 발톱을 가진 맹수의 사랑처럼 격렬하게 싸우듯이 그려진다. "침대는 야생적인 전투의 장소였다. 그는 그녀를 물어뜯었고, 그녀는 몸부림치며 소리를 질렀다."[13] 이러한 전투적인 사랑의 행위는 육체적인 관계에서만이 아니라 정신적인 관계에서도 비슷한 양상으로 표현된다.[14] 물론 그들의 생각과 감정은 평화롭게 일치되지 않고, 늘 충돌하고 대립한다. 마치 그것이 정열적이고 역동적인 사랑의 진실인 것처럼 서술되어 있다. 또

---

12) 1월 12일은 파리코뮌의 도화선이 된 빅토르 누아르의 장례식 날이다.
13) R. Desnos, 앞의 책.
14) 위의 책, p.97.

한 사람들 사이의 공격적인 양상은 두 사람의 관계에서만 한정되어 있지 않다. 잔 다르캉 시엘이 매우 가학적인 여성으로 그려져 있고 자유의 모습은 무서운 사자의 형태처럼 표현되거나 "프랑스혁명당원처럼 붉은 모자를 쓴 맹렬한 여성"[15]의 모습으로 부각되는 것도 공격적인 무의식의 반영으로 보인다. 또한 정액 마시는 사람들의 클럽 회원들이 가학적인 성적 도착에 빠지는 사람들이란 것도 그와 같은 맥락에서 이해될 수 있다. 루이즈 람므와 요정이 피투성이가 될 정도로 싸웠다는 이야기와 기숙사의 여학생들이 여사감으로부터 따귀를 맞거나 채찍질을 당했다는 이야기는 공격적이고 가학적인 인간관계의 분위기를 표현하는 대표적인 사건이다. 이런 점에서 데스노스의 사랑은 부드럽고 관용적인 사랑이 아니라 잔혹하고 공격적인 사랑이라고 말할 수 있다. 아마도 데스노스는 두 사람 사이에 이해하고 소통하는 것이 사랑의 본질이 아니라 미워하고 충돌하는 것이 사랑의 본성이라고 생각했을 것이다. 다시 말해서 프로이트처럼 데스노스는 사랑과 증오, 사디즘과 마조히즘이 분리된 것이 아니라 동전의 양면처럼 결합된 것으로 인식한다.

이처럼 사디즘의 면과 마조히즘의 면을 동시에 갖고 있는 에로스는 또한 동성애적이기도 하고 이성애적인 것으로 그려진다. 여기서 동성애적 관계는 로제와 정액을 마시는 남자, 루이즈 람므와 요정,[16] 루이즈 람므와 진주 채취하는 여자와의 관계[17]이기도 하다. 물론 이러한 동성애도 이성애의 관계에서도 그랬듯이 폭력과 투쟁의 기호로 표현된다. 남성들 사이의 동성애에서 사랑의 부드러움이나 감상적 경향이 없

---

15) 위의 책, p.62.
16) 위의 책, p.82.
17) 위의 책, p.56.

다는 점도 별로 다르지 않다. 오히려 그들의 사랑과 성은 남성적인 에너지로 충만한 느낌을 줄 만큼 전투적이고 정복적으로 나타난다고 말할 수 있다.

　　정복하려는 욕망, 사랑에 늘 함축된 허무주의는 어떤 무기를 사용하는가에 따라 달라진다. 로제와 나는 같은 무기를 사용했는데 여자들에 대해서는 그렇지 않았다. 여자들에게서는 남자와 다른 성격을 정복하는 문제가 중요하기 때문이다.[18]

이처럼 사랑은 이해와 관용을 배제하고 투쟁과 정복의 의미로 표현된다. 그런데 여기서 주목해야 할 것은 코르세르 상글로가 전혀 동성애를 하지 않는 사람인데, 동성애를 하거나 그 밖의 성적 도착 행위의 가능성을 암시하는 사람들은 정액 마시는 사람들의 클럽 회원들뿐이라는 점이다. 이들은 온갖 사랑의 모험을 이야기하면서 남색, 자위, 가학적 범죄를 거침없이 토로한다. 작가는 이런 장면을 그리면서 사랑의 세계에는 모든 것이 허용되고, 어떤 성적 도착도 가능하다는 것을 주장하려 한다. 그가 사드를 예찬하는 것도 그런 이유에서이다. 이 소설의 11장, 「울려라, 상테르의 북이여」에서 사드가 언급되어 있는 대목은 혁명기의 상황에서인데, 이런 점에서 이 장은 1923년과 1924년에 초현실주의자들이 사드의 혁명가적 모습을 어떻게 받아들였는지를 알 수 있게 만드는 자료가 된다. 우선 이 장은 주인공이 파리의 로얄가의 광장을 지날 무렵, 1793년 1월 21일에 루이 16세가 처형되는 장면을 목격하는

---

18) 위의 책, p.79.

장면부터 시작하는데, 여기서 사형집행인의 모습과 단두대가 나타나는
흐름 속에서 사드의 얼굴은 로베스피에르의 얼굴과 함께 나타난다.

  샤랑통이여! 샤랑통이여! 포주들의 전투와 고독한 익사 상태의 고난
을 겪은 평화로운 교외의 마을이여! 〔……〕 너의 마을에 있던 요양원이
폐쇄되어 더 이상 들리지 않는구나. 사드 후작은 더 이상 그곳에서 정신
의 독립을 전파하려 하지 않겠지. 사드야말로 사랑과 용기와 자유의 영
웅이고 죽음이 전혀 두렵지 않은 완벽한 영웅이다. 〔……〕 우리는 양식
이 있고 감동을 주는 그 영웅이 떠난 것을 슬퍼한다.[19]

  이렇게 사드는 '정신의 독립' '사랑과 용기와 자유의 영웅'으로 묘사
된다. 데스노스뿐 아니라 다른 초현실주의자들에게도 사드는 로트레아
몽과 랭보처럼 그들의 정신과 문학에 큰 영향을 준 위대한 사람들로 존
중되었다.[20] 그들이 이러한 사람들 중에서도 사드를 각별히 높게 떠받
든 것은 두 가지 목표 혹은 두 가지 의미에서이다. 하나는 부르주아적
인 사고방식과 문화를 전복시키기 위한 그의 혁명적이고 행동주의적인
측면에서이고, 다른 하나는 초현실주의의 선구자로서 그의 미학적이고
정신적인 측면에서였다. 이것은 초현실주의의 중요한 주제였던 죽음과
에로스의 관계, 그리고 한계의 경험 등과 사드의 문학이 빈틈없이 접목

---

19) 위의 책, p.112.
20) "사드는 초현실주의자의 하늘에 떠오른 하나의 유성이다. 그러나 '사드-현상'이란 초현실
  주의자들의 이념 전쟁에서 취한 하나의 무기로서 실증주의와 기독교, 부르주아, 자본주
  의의 정치와 독단적 합리주의에 대항하여 자신들의 한계와 정당성을 찾을 수 있는 모든
  현실 개념을 폭파하기 위한 것이라고 그들은 주장한다." S. E. Fauskevag, *Sade dans le
  Surréalisme*, Les éditions Privat, 1982, p.12.

될 수 있었기 때문으로 보인다. 이처럼 초현실주의의 목표와 결합될 수 있는 사드의 등장은 이 소설에서 끝부분에 이르러서야 나오지만, 주인공이 혁명기의 파리를 연상하는 대목은 소설의 앞부분에서도 언급되어 있다. 작가는 이러한 서술을 통해 현실과 환각의 구분이 없고, 현재와 과거의 경계도 없는 초현실의 세계가 누구에게나 나타나는 것이 아니라 그 세계를 찾고 꿈꾸는 사람에게 발견된다는 것을 보여주고 싶어 한다. 또한 그는 파리의 현실에서 과거를 현재화시키고 싶어 하는 사람에게 과거는 자신의 정체를 드러낸다고 자신있게 말한다. 다음과 같은 대목은 바로 그와 같은 견해를 보여주는 증거이다.

포석 제거하는 일꾼들에 의해 잊혀진 광장의 포석은 광물의 특성이 그때까지 보존되어 있는 장소에서 몸을 드러낸다. 포석은 말한다. 예상하지 못한 현상은 포석의 언어가, 오랜 세월 동안 포석을 밟으며 지나다닌 모든 사람들의 이름을 기억하고 열거하지 않는다면, 기적의 사건들에 익숙한 군중들의 주의를 끌지 못하리라는 것을. 처음에 역사적 이름들은 환호와 함성으로 찬양된다. 그다음, 이름 모를 민중들의 이름, 개인의 이름들은, 멀리서 확성기로 반복되면서 청중들의 가슴속에서 무겁게 울려 퍼진다.[21]

코르세르 상글로는 포석의 언어에 귀를 기울이며, 루이 16세의 처형과 공포정치 때의 단두대를 목격하고, 루이 16세와 자신을 동일시하면서, 자신의 죽음에 대한 환각을 체험한다. 그의 강박관념 속에서 사랑

---

21) R. Desnos, 앞의 책, p.98.

과 폭력이 혼동되어 있는 것처럼, 피와 살인과 단두대의 이미지는 뒤섞여 있다. 사랑과 죽음은 절망적인 상태에서 결합될 수 있는 주제가 된다. 이처럼 데스노스의 소설에서 사랑이 행복의 환상으로 연결되지 못하고 파멸, 난파, 좌절, 죽음의 부정적 의미로 표현되는 것은 바타유의 비극적인 에로티슴 혹은 죽음의 에로티슴을 연상시킨다.

4. 초현실적 세계

『자유 아니면 사랑을!』에 나타난 파리는 간단히 말해서 현실의 도시이면서 동시에 초현실의 도시이다. 코르세르 상글로는 2장에서 피라미드가와 리볼리가를 지나 불로뉴 숲까지 루이즈 람므를 뒤쫓아가다가 나무에서 떨어진 장갑을 줍고, 그 장갑은 바지 주머니에서 진동하듯이 흔들린다. 또한 루이즈 람므는 걸어가다가 걸친 옷을 하나하나 벗어던지기도 한다. 몽소가의 인도 위에는 옷을 하나도 입지 않은 여자의 시신이 누워 있고, 요정의 모습을 한 수위 여자는 자기의 사무실에서 비늘을 바꿔 걸치기도 한다. 이처럼 파리를 배경으로 초현실적 풍경이 전개되다가 어느 순간에 그 도시는 바다와 사막으로 변형된다. 해초들과 물고기 요정 해변들이 신비스러운 존재처럼 나타나는 바다는 에로스의 낙원처럼 보인다. 그 바다는 작중인물들에게 한가롭게 바라보며 풍경을 즐길 수 있는 바다가 아니라, 몸을 던져 뛰어들고, 길을 잃어버릴 위험을 두려워하지 말아야 할 모험의 바다로 나타난다. 그것은 사랑의 비밀과 신비스러운 항구를 발견할지 모른다는 희망의 바다이기도 하다.

클럽의 회원들은 바다를 좋아한다. 바다에서 뿜어 나오는 인을 함유한 냄새로 그들은 도취하고 모래 조각들과 난파한 선박의 유실물들, 물고기의 뼈들, 물에 잠긴 도시의 유해들 속에서 그들은 사랑의 공기를 되찾고, 같은 시간에 우리들 귀에 어느 상상적인 것의 〔……〕 현실적 존재를 증언해주는 사랑의 헐떡이는 소리를 되찾는다.[22]

이러한 바다는 사랑의 신화적 장소이자 자유의 상징으로 해석된다. 그 바다에서 에로스와 자유는 일체가 되고, 이곳에 이르기까지 작중인물들이 겪었던 모든 갈등과 대립은 순식간에 사라져버린다. 물론 바다가 갈등과 대립, 사랑의 추적과 모험의 종착점은 아니다. 사막이 바다와는 다르게 죽음과 단절의 의미를 내포한 공간으로 나타나기 때문이다. 9장에서 "하얀 철모를 쓴 탐험가"[23]가 사막의 모래밭에서 길을 잃어 죽음을 예감하게 되었다는 이야기와 화자가 친구들과 헤어진 곳이 "우울한 사막"[24]이었다는 것은 바로 그러한 예들이다. 바다가 사랑의 공간이었다면, 사막은 죽음의 공간일 것이다. 사막이 이렇게 직접적으로 기술되는 경우가 아니더라도, 파리의 도시가 사막의 은유로 묘사되는 경우는 쉽게 이끌어낼 수 있는 대목이다. 이시카와는 키리코의 그림에서 자주 볼 수 있는 도시의 텅 빈 광장의 풍경이 자주 묘사되는 점을 주목하여 "데스노스의 소설에서 파리는 일상적인 활동이 배제된 사막의 도시에 가깝다"[25]는 것을 강조하였다. 데스노스의 소설에 나타난 도시의 특성에 대한 그의 지적처럼 텅 빈 광장의 적막감과 공허감은 인간

---

22) 위의 책, p.69.
23) 위의 책, p.99.
24) 위의 책, p.113.
25) Ishikawa, 앞의 책, p.179.

이 사라진 죽음의 분위기를 연상시키는 것은 분명하다. 이것은 결국 코르세르 상글로에게 "삶의 이유"[26]라고 부를 만한 권태의 내면적 풍경을 반영하는 것이다.

파리가 현실의 도시이면서 초현실의 도시인 것처럼, 도시의 간판이나 네온사인, 동상과 조각들은 앞에서 보았듯이 현실적이면서도 비현실적인 풍경으로 변형되어 있다. 이런 서술의 특징 속에서 '베베 카둠'의 간판은 파리의 밤풍경을 빌딩 위쪽에서 내려다보고 서 있는 20세기의 예수처럼 묘사되고, 그 '베베 카둠'과 미슐랭 타이어 광고의 유명한 인물 '비덴덤'은 싸움을 하는 사람들처럼 그려진다. 또한 에나멜 도료인 리폴렝에 나오는 세 화가와 베베 카둠을 도와주는 성 라파엘의 소년들이 싸우는 장면은 상상을 초월할 정도로 기이하다. 화자는 이렇게 광고에 등장하는 인물들을 실제의 사람처럼 만들어 광고 밖의 현실로 걸어 나오게 만든다. 올림푸스 산의 신들처럼, 광고 밖의 현실 속에 나타난 인물들은 시민들의 생활에 관여하여 그들의 운명을 변화시키는 역할을 한다. 이것은 현대사회에서 광고의 위력이 얼마나 대단한 것인지를 작가가 예견하고 있음을 보여주는 예이다. 광고의 이미지가 현대의 새로운 종교이고, 광고의 인물이 현대인의 우상이라고 말할 수 있을 만큼 현대인의 정신에 큰 영향을 미치는 것을 데스노스는 우화적으로 혹은 초현실적 시각으로 그린 셈이다. 또한 거리에서 자주 발견되는 동상과 조각물 역시 생명이 없는 사물로 제시되지 않고 움직이고 있다. 이러한 서술에서 우리는 화자가 동상에 생명을 부여하는 정도에 머물지 않고 사물과 인간의 구별을 없애려는 대담한 시도를 확인한다. 또한 현

---

26) Desnos, 앞의 책, p.88.

대의 물신이라고 할 수 있는 광고의 인물도 역사적 인물처럼 동상의 주인공이 될 수 있게 만드는 그의 상상력의 전개는 참으로 놀랍고 거침이 없다.

그러나 도시의 풍경에 대한 데스노스의 시각적 상상력에서 주목할 점은 다른 어느 초현실주의 시인들의 경우보다 자유분방하게 전개되면서도 그의 도시적 풍경은 비극적이고 절망적인 느낌을 준다는 것이다. 사랑보다는 이별이, 일치의 환상보다는 고독의 냉철한 인식이 소설 속의 많은 부분을 차지하기 때문일까? 그의 소설에서 고독과 이별의 이야기는 어떤 미화나 과장 없이 슬프고 고통스럽게 서술되어 있기 때문에, 현실적이건 상상이건 파리의 풍경은 샤갈의 환상적인 그림처럼 아름답게 나타나기는커녕, 어둡고 쓸쓸하고 삭막한 도시로 보일 뿐이다. 데스노스는 분명히 도시의 삶과 생활 조건을 비관적이고 절망적으로 바라보고 있는 것이다. 이런 관점에서 코르세르 상글로가 이발소 앞을 지나가다가 진열창에 있는 밀랍으로 된 사람의 머리를 보고 절단과 죽음의 이미지를 떠올리며 공허한 사랑, 가식적인 우정, 폭력적인 삶을 연상하는 것에서 우리는 작가의 부정적인 도시 인식과 그 도시에 사는 사람들의 비관적 삶의 인식을 읽을 수 있다.

데스노스의 파리는 이렇게 도시를 끊임없이 배회하는 우울한 도시인의 환각과 어두운 내면세계를 반영한다. 이 도시에서 사랑은 만남과 화해의 순간보다 갈등과 이별의 관계로 빈번히 나타난다. 그는 이러한 사랑의 주제를 나타내기 위해 파리의 광장과 거리의 미로와 같은 도시공간을 통해서 결국 사랑하는 사람들 사이의 끊임없는 만남과 헤어짐, 뒤쫓기와 달아나기의 역학관계를 집중적으로 그리면서 그 도시에서 진정한 사랑은 불가능하다는 믿음을 암시적으로 표현한다. 이런 점에서 도시는 현실의 풍경이건 환각적인 풍경이건, 빛과 희망의 도시가 아니라 어둠과 고통의 도시로, 삶과 사랑의 도시가 아니라 죽음과 폭력의 도시로 나타날 뿐이다.

제9장

레이몽 루셀의 『아프리카에 관한 인상들』, 글쓰기와 신화

1. 루셀 소설 읽기의 어려움

시인이자 소설가이고 희곡작가인 레이몽 루셀(Raymond Roussel, 1877~1933)은 초현실주의 활동에 참가하지 않았으면서도 초현실주의 작가로 알려져 있다. 그가 초현실주의 작가로 혹은 초현실주의의 선구자로 알려진 것은 그의 난해하고 신비스러운 작품 때문이라기보다, 「초현실주의 선언문」에서 초현실주의의 정신과 연결될 수 있는 과거와 현재의 작가들을 열거하는 중에 브르통이 "루셀은 일화에서 초현실주의자다"라고 말했기 때문이다. 왜 루셀은 일화에서 초현실주의자인 것일까? 여기서 우리는 일화가 광기에 시달려 자살했다고 하는 작가의 일화를 말하는 것인지, 소설의 일화를 뜻하는 것인지 몰라서 잠시 혼란에 빠지게 된다. 그러나 루셀이 언급되는 「초현실주의 선언문」의 문맥에서 "사드는 사디즘에서 초현실주의자다"라거나 "보들레르는 도덕성에서 초현실주의자다"라는 정의가 그들의 삶에 관한 것이 아니라 그들의 작품에 관한 것임을 염두에 두면, 루셀의 일화는 그가 보여주는 이야기들의 성격을 가리키는 것으로 해석된다. 브르통은 나중에 쓴『블랙 유머 문집』에서 루셀의 독창성을 이렇게 설명한다. "루셀의 작품이 보여주는 뛰어난 독창성은, 그가 스스로 사회주의자라고 자칭하건 아니건 간에 시대에 뒤떨어진 유치한 사실주의를 옹호하는 사람들에 맞서서 매우 의미 있고 중요한 반대 논리를 제시하여 그들에게 치명타를 가한 점이다."[1] 이 말은 「초현실주의 선언문」에서 사실주의 소설의 허구성과 상투성을 공격한 구절의 의미와 일치하는 것이기도 하다.

브르통은 루셀의 독창성을 설명하는 위의 인용문이 실린 글에서, 초현실주의의 대명사처럼 알려진 자동기술은 인간이 의식의 상태를 잃어버릴 수 있는 한계 상태에서의 글쓰기임을 말하고, 루셀의 글쓰기는 이성에 의한 어떤 통제도 받지 않는 극단의 글쓰기라고 주장한다. 또한 피에르 마슈레는 브르통의 자동기술과 루셀의 글쓰기가 보여주는 연관성을 이렇게 설명한다. "초현실주의 역사의 초기에 브르통은 프로이트의 이론을 근거로 삼아서 자신의 방법에 이론적 토대를 만들었다. 이러한 이론적 근거의 암시를 받아서 루셀의 작품이 브르통의 관심을 일깨웠을 때, 아니 그의 말처럼 그를 '경탄케' 하였을 때, 그는 해방의 도식과 아주 유사한 방식으로 루셀의 작품을 해석하였다. 의식적인 이성이 부과하는 통제를 벗어나서, 자동기술과 같은 언어의 새로운 사용을 통해서 상상력과 꿈의 세계, 경이적이고 신비로운 세계에 이르는 길이 열

---

1) A. Breton, *Anthologie de l'humour noir*, J. J. Pauvert, 1972, p.274.

릴 수 있는 것으로 생각되었던 것이다. 초현실주의의 창시자(브르통)의 눈에 루셀은 선구자나 안내자였다."[2] 마슈레의 이러한 말처럼 브르통이 루셀의 글쓰기가 초현실주의의 자동기술처럼 이성의 유한한 세계를 벗어나 비이성의 초현실적 세계로 갈 수 있는 수단으로 이해한 것은 사실이다. 이런 점에서 루셀의 글쓰기는 이성과 광기의 경계 위에서 줄타기 곡예처럼 전개되는 정신적 모험의 글쓰기라고 말할 수 있는데, 이러한 정신의 모험으로 이뤄진 그의 극단적인 언어의 실험에서는 소설적 언어가 혼란스러운 정신분열증적 담론으로 떨어질 것 같은 위기가 느껴지기도 한다.

브르통이 「초현실주의 선언문」에서 레이몽 루셀을 초현실주의자라고 명명하긴 했지만, 사실 그는 동시대의 어떤 문학 유파에도 참여한 적이 없고 문학의 중심부가 아닌 주변부에서 외롭게 글을 쓰다가 타계한 작가이다. 그에 관한 일화로는, 글쓰기에 몰두하다가 그 일에 지치게 되면 술과 마약을 복용했고, 정신과 의사의 치료를 받을 만큼 광기의 증세를 보이기도 했다는 것이다. 그는 현실에 흥미를 잃고 상상세계와 환각상태에 빠져 지내면서 말을 사물처럼 생각하거나 언어를 사물화하고, 기호에 물체성을 부여하는 상상의 놀이를 즐기면서 현실과 환상의 경계를 넘나드는 착란의 상태에 빠진 적도 많았다. 이러한 작가가 어떻게 이성의 상태에서 완성된 소설들을 쓸 수 있었을까? 잘 알려져 있듯이, 루셀의 소설은 언어에서 출발한 소설이지 의미에서 출발한 소설은 아니다. 또한 그에게 중요한 것은 세계 안에서 진리와 의미를 찾는 것이 아니라 자신만의 독특한 글쓰기의 기법을 만들어내는 일이었다. 그

---

2) P. Macherey, *A quoi pense la littérature? Exercices de philosophie littéraire*, P.U.F., 1990, p.185.

의 사후에 간행된 『나는 어떤 방식으로 책을 쓴 것일까』는 그의 글쓰기 방식을 독자에게 알려준 '계시적' 책이라고 말할 수 있지만, 그 책의 제목처럼 상상력의 전개과정과 관념의 연상작용을 자세히 설명해준 것은 아니기 때문에, 우리가 그것을 읽는다고 해서 그의 소설을 쉽게 이해할 방법을 알게 되는 것은 아니다. 다만 이 책은 작가가 어떤 동기와 근거로 자신의 상상력이 펼쳐지게 된 것인지를 보여준다는 점에서 독자에게 일종의 독서 규범을 알려주는 사용설명서mode d'emploi일 뿐이다. 루셀의 전기를 쓴 카라덱은, 『나는 어떤 방식으로 책을 쓴 것일까』는 일종의 자서전과 같은 책으로서 그의 글쓰기를 이해하는 데 있어서 매우 유익하다는 점을 이렇게 설명한다. "많은 독자들은 레이몽 루셀이 모든 것을 말하지 않았다는 것, 오직 그가 말하고 싶은 것만을 말했다는 것, 의도적으로 그의 뒤를 헷밟게 만드는 방법으로 독자를 이끌어간 것이라고 생각했다. 독자들이 그렇게 오해할 만큼 『나는 어떤 방식으로 책을 쓴 것일까』는 사람들이 잘 알 수 없게 만들어지긴 했지만, 암암리에 루셀의 글쓰기 방식을 설명해주는 데 유익하다는 것을 인정해야 한다."[3] 카라덱이 이렇게 그 책의 유익함을 말하는 근거에서 첫번째로 꼽을 수 있는 것은, 작가가 말과 사물의 관계를 전복하고, 언어와 논리를 해체하여 새로운 논리를 창조하려고 소설을 쓴 것을 밝혔다는 점이다. 사실 루셀은 기존의 관습적 언어의 메커니즘을 해체하고 새로운 언어의 자율적 세계를 창조하려고 했다. 이러한 목적으로 소설이 만들어졌기 때문에, 소설에서 말과 사물은 일치하지 않고, 하나의 말은 하나의 의미가 아니라 복합적인 많은 의미를 갖게 된 것은 당연하다.

---

3) F. Caradec, "Vide Raymond Roussel," *Mélusine N°6*, L'âge d'Homme, 1984, p.31.

루셀의 작품에서 현실세계의 반영이나 현실에서 만날 수 있을 것 같은 보통 사람들의 등장을 기대하기는 어려운 일이다.

미셸 푸코는 루셀이 동일한 말을 여러 가지 다른 용법으로 사용함으로써, 말이 본래의 의미로부터 일탈하고 새로운 의미를 갖는 현상이 나타나지만, 이 말의 새로운 의미를 전의법(轉義法)의 의미로 부를 수 있다고 하여, 루셀의 독특한 글쓰기를 '전의법의 공간' 속에서 이뤄진 글쓰기로 설명하였다.

전복된 문체로 씌어진 루셀의 모든 언어는 같은 말로 두 가지 사물을 표현하려고 한다. 전의법의 이동에 의하여 움직이다가 곧 완전한 자유를 누릴 수 있도록 루셀은 말의 가벼운 우회나 뒤틀림으로 시작하다가 어느새 멀리 간 말이 있으면 그것을 법의 강제력으로 다시 출발점에 돌아오게 하는 냉혹한 원형의 구도를 만들고 있다. 그리하여 문체의 굴절은 문체의 원형적인 부정의 모양이 된다.[4]

푸코에 의하면, 루셀은 전의법의 수사학을 통하여 말의 의미를 굴절시켜 말과 의미 사이를 최대한으로 벌어지게 함으로써, 말의 의미를 소멸시키다가 어느 순간이 되면 다시 말과 의미의 원점으로 돌아오게 하는 방법론을 엄격하게 사용하고 있다는 것이다. 이것은 독자가 대부분의 소설에서 그렇듯이 말과 의미를 당연히 일치하는 것처럼 생각하고 그의 소설을 읽을 경우, 그것은 반드시 낭패를 보기 마련이라는 경고문처럼 들린다. 어떤 의미에서는 그의 소설에는 의미의 과잉과 의미의 결

---

4) M. Foucault, *Raymond Roussel*, Gallimard, 1964, p.25.

핍이 공존한다고 말할 수 있다. 그러나 의미의 과잉이 있다고 해서 넘쳐나는 의미가 쉽게 발견되는 것도 아니고, 의미가 부족해 보인다고 해서 의미의 발견이 어렵게 되는 것도 아니다. 중요한 것은 독자가 말과 의미가 어긋난다는 것을 알고 하나의 의미를 찾으려는 의지를 포기한 다음, 복합적이고 다양한 의미가 가득한 소설이라는 인식에서 선입관을 배제하고 소설의 흐름을 따라가는 일이다. 우페르망이 쓴 『레이몽 루셀, 글쓰기와 욕망』의 서문에는 이러한 의미의 복합성에 대한 다음과 같은 명쾌한 설명이 있다.

글쓰기의 모험과 다름없는 루셀의 모험은 단 하나의 의미를 찾으려는 의지와 의미의 증식을 지향하는 억제할 수 없는 욕망 사이의 끊임없는 긴장이다. 텍스트는 언제나 그 두 가지를 동시에 말해야 하는 것처럼 구성되어 있다. 다만, 한쪽에서 의미의 통일성을 추구하는 성향이 나타나면, 다른 쪽은 그 모습을 감추고 있는 것이다.[5]

이러한 의미의 두 가지 측면이 공존하는 현상은 사물에 대한 언어의 사실적 재현과 언어의 완전한 자율성이 뒤섞여 있는 것과 동일하다. 다시 말하자면 루셀의 소설에는 사실주의의 서술과 무의식의 언어가 혼합되어 있다. 이러한 양면성이 공존해 있기 때문에 얼핏 보아서 그의 소설은 의식의 검열로부터 자유로운 자동기술적 글쓰기의 흐름이 표면화된 인상을 주지만, 동시에 의식적이고 이성적인 조작으로 서술된 느낌도 주는 것이다.

---

5) S. Houppermans, *Raymond Roussel*, Librairie José Corti, 1985, p.12.

루셀은 언어의 공간을 상상적 자유의 공간으로 생각한 작가이지만, 그의 소설에서 상상적 자유는 모든 규칙으로부터 해방된 것이 아니라 신화의 구조와 같은 규칙을 바탕으로 한 것이다. 물론 그는 신화를 믿는 작가는 아니지만, 신화의 자료를 토대로 한 이야기 만들기를 좋아했다. 신화가 역사적이면서 초역사적인 시간을, 현실적이면서 비현실적인 공간을 배경으로 삼아 선과 악의 대립에서 선이 승리하는 이야기로 구성된다는 논리는 그의 소설에서 그대로 확인된다. 이런 점에 주목하여 아미오는 루셀의 『아프리카에 관한 인상들』과 신화적 구조를 연관시켜보는 주제의 책을 쓴 바 있다. 우리는 루셀에 관한 이러한 자료들을 참고하면서, 『아프리카에 관한 인상들』을 중심으로 루셀의 글쓰기와 상상세계의 특징을 검토해보려 한다. 이 작업을 시작하기 전에 먼저 밝혀둘 것은 왜 소설 제목이 '아프리카에 관한 인상들'인가 하는 점이다. 아미오는 루셀의 아프리카는 무엇보다 신화적인 세계임을 주장하고 그러한 주장의 근거로써 "세계의 역사가 펼쳐지고, 서로 다른 두 민족이 만나고, 서로 다른 두 문명이 통합되고 또한 오래전부터 계속된 선과 악의 투쟁이 전개되는 장소"[6]이기 때문이라고 설명한다. 또한 '인상들'은 여행자의 인상이 아니라 아프리카를 배경으로 한 이야기에서 인간이 경험할 수 있는 모든 기쁨과 놀라움 같은 감정을 포괄적으로 표현한 것임을 지적하는데, 우리는 그의 이러한 견해에 동의하면서 『아프리카의 인상들』의 내용 속으로 들어가본다.

---

6) A. M. Amiot, *Un mythe moderne: Impressions d'Afrique de Raymond Roussel*, Minard, 1977, p.31.

2. 『아프리카에 관한 인상들』의 형태적 특징

『아프리카에 관한 인상들』은 1부와 2부로 구성되어 있다. 1부가 1장부터 9장까지라면 2부는 10장부터 26장까지이다. 1장은 6월 25일 오후 4시경 모든 일행이 포뉘켈레 황제 대관식에 참석할 준비를 한다는 내용으로 시작하고, 10장은 화자가 3월 15일 마르세유에서 남미로 출발하는 배를 타고 가는 장면이 중점적으로 묘사된다. 그러니까 1부와 2부는 시간적으로 전후관계가 뒤바뀐 순서로 구성되어 있는 것이다. 이런 점에서 2부의 내용부터 말하자면, 화자는 배 안에서 예술가, 가수, 곡예사, 최면술사 등의 여행자들과 친분을 맺고 지내다가 갑자기 몰아친 폭풍우에 배가 떠밀려 아프리카 어느 해안에 간신히 상륙하게 되었다는 것을 이야기한다. 그곳에 상륙한 조난자들은 세일 코르라는 이지적인 흑인 청년을 만나, 그를 통해 탈루 왕국의 역사를 알게 되었고, 이 흑인 청년은 그들을 탈루 7세에게 데리고 갔으며, 왕은 그들이 몸값을 치를 수 있을 때까지 억류하도록 지시하게 된다. 그렇게 억류되어 있는 기간에 탈루 7세의 대관식이 거행되는 행사가 예정되어 있었기 때문에 그들은 행사 때 그들의 재주를 발휘할 수 있는 축제의 구경거리를 준비해야 했다는 것이다. 그리고 그 향연이 끝난 후 그들의 나라에서 보내온 몸값을 치른 후, 그들은 프랑스로 돌아가는 배를 타고 7월 19일에 마르세유에 도착한다는 것이 이 소설의 중심적인 줄거리이다. 그런데 작가는 이러한 이야기를 전개하면서 일관성과 논리성의 의도를 갖고 있기는커녕, 앞과 뒤의 연결이 맞지 않고, 상호 연관성이 보이지 않게끔 비논리적인 서술방법을 취하고 있는 것이다.

가령 1장에서 여행자 일행이 대관식을 기다리는 장면에서 의미를 알 수 없는 그림들, 조각들, 비문들, 상형문자들이 서술되는 것을 읽고, 독자는 그것들의 전체적인 의미를 이해하지 못해 의아심과 궁금증만 품게 된다. 또한 백인들이 흑인들의 행사에서 규모가 큰 공연을 할 예정이라는 대목에서도 독자는 그들이 왜 그런 공연을 하는지를 이해하지 못한다. 또한 2장에서 탈루 왕이 콘서트 카페의 여가수로 변장한다거나 세 사람이 끔찍한 고문을 받으며 사형당하는 장면을 보면서 독자는 혼란 속에 빠질 수밖에 없다. 그다음 3장에서 여행자들의 이름이 주식을 가리키는 말과 같다고 해서 그들이 주식투기를 하는 장면도 이해할 수 없기는 마찬가지이다. 그 밖에 기억상실증에 걸린 세일 코르가 최면술사 다리앙의 치료를 받는다거나, 탈루 왕의 자녀들이 셰익스피어의 「로미오와 줄리엣」을 공연한다는 것도 엉뚱하고 황당하기 짝이 없다. 이러한 1부의 이야기들에 비해 2부의 이야기들은 오히려 이해하기가 쉬운 편이다. 시간적으로 1부의 사건들 이전에 발생한 것이 2부의 서사로 구성되어 있기 때문일까? 배가 조난당했을 때를 화자가 회상하는 장면이나 기억을 되찾은 세일 코르가 자신의 모험담과 탈루 왕국의 역사를 이야기하는 대목에 이르러 독자는 1부에서 이해할 수 없었던 장면의 궁금증이 어느 정도 풀리는 느낌을 갖는다. 예를 들면, 사람들이 왜 사형을 당했고, 탈루 왕의 자녀들이 어떻게 「로미오와 줄리엣」을 공연할 수 있었는가 같은 일들을 독자가 알게 되는 것이 그런 경우이다.

그러나 이러한 줄거리 요약은 어디까지나 이 소설을 본격적으로 이해하기 전의 초보적인 단계에서 필요한 정보일 뿐이다. 이 소설의 중요한 의미는 이러한 표면적 이야기 속에 있지 않기 때문이다. 루셀은 이야기의 순서를 혼란스럽게 뒤바꾸거나, 여러 사건들의 인과 관계를 설명하지 않는 단계에 머물기 위해 소설을 쓴 것이 아니다. 앞에서 말한 것처럼 그는 말과 사물의 관계를 전복하여 말이 사물처럼 되게 하였고, 말이 인간의 욕망을 충실히 반영하는 기호가 아니라, 오히려 욕망을 배반하는 기호로 말을 사용한 것이다. 이러한 언어 사용법 때문에 그의 소설적 언어는 인간의 의지에 좌우되는 것이 아니라 언어의 논리 속에서 자율적이고 연쇄적으로 이어지는 것 같다. 이처럼 『아프리카에 관한 인상들』에서는 화자가 누구인지 알 수 없는 상태로 서사가 진행되고 있을 뿐 아니라, 서사의 주체가 자율적 언어인 것 같은 착각이 생겨나기도 한다. 1부에서의 모호한 이야기가 상당 부분 2부를 읽으면서 해명되는 경우가 있지만, 1부에서의 화자가 누구였는지는 밝혀져 있지 않다. 1부의 화자는 누구일까? 그는 어떤 자리에서, 어떤 관점에서 서술하는 것인가? 독자는 이러한 의문을 품은 채로, 소설을 읽어가다가 화자의 설명과는 상관없이 어느 순간 이 소설의 배경이 적도 지역의 아프리카 어느 나라라는 것만을 이해하게 될 뿐이다. 그러다가 독자는 화자가 2부에서 세일 코르라는 흑인 청년에게 화자의 역할과 같은 이야기할 권리를 넘겨주고 있다는 생각을 품게 된다. 이러한 생각처럼, 세일 코르는 먼저 자기가 중요한 역할을 하게 된 개인적인 이야기부터 하고 난 다음에, 자연스럽게 그 나라의 황제에 관한 이야기로 옮겨가는 것이다. 독자는 화자가 분명하게 누구인지를 모르다가 소설의 끝부분에 이르러서야 비로소 화자의 실체가 조금씩 밝혀지는 느낌을 갖는다. 그러나 결국 끝까지 알 수 없는 것은 언어의 문제이다. 그 이유는 언어가 한 사회의 정신적이고 이념적인 합의를 토대로 한 것이 아니라 사회적 합의와는 상관없이 시니피앙의 잠재적 요소들로 계속 유희를 하는 것처럼 보이기 때문이다.

루셀은 『나는 어떤 방식으로 책을 쓴 것일까』에서 비슷한 두 단어, billard(당구대)와 pillard(약탈자)의 예를 들면서 두 개의 문장을 이렇게 제시한다.

1. Les lettres du blanc sur les bandes du vieux billard.
2. Les lettres du blanc sur les bandes du vieux pillard.[7]

위의 두 문장은 billard와 pillard의 첫 철자만 다를 뿐 그 밖의 모든 단어가 동일한 형태로 되어 있지만, 첫번째 문장은 "오래된 당구대 쿠션 위에 적힌 백색의 글자들"이란 뜻으로, 두번째 문장은 "늙은 약탈자의 무리들에 대한 백인의 편지들"의 의미로 완전히 다르게 해석된다. 루셀은 이 두 문장을 예로 들면서 첫번째 문장으로 시작하여 두번째 문장으로 끝날 수 있는 이야기를 쓰는 일이 중요하다고 말한다. 이러한 그의 의도는 같은 시니피앙 속에 담겨 있는 여러 가지 의미들의 변화를 작동시켜, 시니피앙과 시니피에가 서로의 사이로 미끄러져 들어가는 언어의 유희로 소설을 구성하려는 것이다. 이러한 언어의 유희는 얼핏 보아 초현실주의자들의 말장난이나 자동기술처럼 보이지만, 루셀의 의도는, 언어가 사물을 말하기 위한 것이 아니고, 언어가 말하는 사물은 일반적으로 우리가 생각하는 것과 일치하지 않는다는 것을 폭로하려는 데 있었다. 이것은 초현실주의자들의 자유로운 언어의 유희나 모험과는 완전히 구별되는 극단적으로 엄정한 원칙의 글쓰기라고 할 수 있다. 브르통과 초현실주의자들의 루셀의 소설에 대한 공감이 오해에서 비롯

---

7) R. Roussel, *Comment j'ai écrit certains de mes livres*, Société nouvelle des éditions Pauvert, 1979, p.11.

된 것임을 밝힌 푸코의 『레이몽 루셀』에 의존하여, 마슈레는 이렇게 설명한다. "초현실주의에서 뛰어난 시적 행위는, 언어의 표현을 짓누르는 모든 형식의 규칙들로부터 언어를 해방하려는 것이었다. 이것은 말하자면 야생적인 상태의 원천에서 포착된 독창적이고 진정성이 있는 내용을 이끌어내기 위한 것인데, 루셀은 초현실주의와는 정반대로 언어의 기능을 이끌어가는 속박을 강화하려고 했고, 이러한 목적으로 내용이나 의미와의 관계를 생략하는 작업을 통해 새로운 규칙을 완성하였다."[8] 이 말은 모든 규칙으로부터 자유로운 언어를 추구하려는 초현실주의자들과 "언어의 기능을 이끌어가는 속박을 강화"하고, "새로운 규칙을 완성"하려는 루셀과의 차이를 분명하게 설명해준다. 초현실주의의 연구자인 앙리 베아르가 「행복한 오해: 레이몽 루셀과 초현실주의자들」이란 제목으로 발표한 논문에서도 루셀에 대한 그들의 공감과 거리감의 원인들은 자세히 논의되어 있다.[9]

3. 『아프리카에 관한 인상들』과 신화

루셀의 소설이 "말라르메의 시보다 더 접근하기가 어렵다"[10]는 말이 있을 만큼, 그의 난해한 소설 속으로 우리는 어떻게 들어갈 수 있을까? 루셀의 독특한 언어사용법에 주목한다는 점에서 우리는 텍스트의 시니피앙적 측면에서 작품을 분석해보는 방법도 생각할 수 있고, 이 소설이

---

8) P. Macherey, 앞의 책, p.186.

9) H. Behar, "Heureuse méprise: Raymond Roussel et les surréalistes," *Mélusine N°6*, L'âge d'Homme, 1984, pp.41~57.

10) P. Soupault, "Raymond Roussel," *Littérature N°2*, 1922, p.19.

종래의 모험소설과는 어떤 유사성과 차이를 보이는지를 검토해볼 수도 있다. 그러나 우리는 여기서 이 소설이 신화적 구조와 어떤 공통점을 갖는지를 살펴보는 정도에서 이 논의를 마무리 지으려고 한다. 물론 이러한 주제는 앞에서 밝혔듯이 아미오의 『현대적 신화: 레이몽 루셀의 『아프리카에 관한 인상들』』에서 이미 다루어진 논의이다. 그럼에도 불구하고, 이러한 관점을 빌린 것은, 루셀의 소설이 한 편도 번역되지 않았을 뿐 아니라, 번역이 된다 하더라도 외국인의 입장에서 이 소설에 대한 이해의 한계가 너무도 분명해 보이는 우리의 문학적 현실을 감안하면 이러한 신화적 주제에 의거한 접근이 그나마 의미 있을 것으로 생각했기 때문이다.

모든 신화가 그렇듯이, 『아프리카에 관한 인상들』은 현재의 시간을 초월한, 먼 과거의 이야기이다. 이 소설의 2부에서 세일 코르는 조난당한 유럽인들에게 포뉘켈레 왕국의 역사와 문화와 정신을 이야기하는 화자의 역할을 한다. 그의 설명에 의하면, 처음에 왕국을 세운 사람은 수안이다. 수안이 왕위에 오른 지 몇 주 지난 후, 우연히 폭풍우로 조난당한 배에서 살아남은 15살의 쌍둥이인 두 백인 여자가 왕의 부인이 되었고, 나중에 왕과 그 여자들 사이에서 태어난 두 아들이 탈루와 야우르라는 것이다. 왕은 후계자를 정하는 방법으로 어느 날 '전승 기념비 광장'에 종려나무 씨앗과 고무나무 씨앗을 뿌려서, 두 나무 중에서 먼저 땅 위로 솟아오르는 쪽에 후계자를 정하기로 했는데, 그 결과 종려나무 쪽의 탈루가 결정되었다는 것이다. 왕은 자신의 왕국을 탈루에게 상속하기로 했지만, 다른 아들인 야우르가 그러한 결정을 받아들이지 않고 분쟁을 일으킬지 모른다는 염려 때문에, 그를 배려하여 새로운 왕국을 정복해서 야우르를 그곳의 왕좌에 앉히기로 결정했다. 물론 이 왕국은 이웃의 왕국과 비교해서 영지가 아주 보잘것없는 것처럼 보였지만, 수안은 이러한 보상으로 상속을 받지 못한 아들의 시기심이 가라앉기를 원했던 것이다. 그러나 이러한 부왕의 배려에도 불구하고, 야우르는 전투적이고 호전적이어서 결국 포뉘켈레 왕국을 무너뜨리고 탈루를 제거하고, 광장에 높이 자란 종려나무를 불태운다. 이처럼 선과 악의 대립을 상징하는 역사의 전개는 신화의 기본 주제와 너무나 유사하다. 탈루가 선을 상징한다면 야우르는 악의 상징이라고 할 수 있는데, 신화의 결말이 그렇듯이 악의 지배가 절정에 이른 다음에, 악은 몰락하기 시작한다. 야우르 5세가 30년간 통치한 후에 즉위한 야우르 6세는 비열하고 무능할 뿐 아니라 잔혹한 성격과 계속되는 실정으로 인기가 없었기 때문이다. 이 무렵에 "탈루 4세는 오래전부터 애타게 때를 기다려온, 먼 유배지 생활을 마치고 불만에 찬 민중을 봉기시켜 반란을 획책하던 중, 많은 지지자들에 둘러싸여서 입성할 수 있었다."[11] 결국 악의 존재는 몰락하고 선의 상징인 탈루 4세는 악의 세력을 물리치고 왕권을 되찾을 수 있게 된다.

루셀은 이러한 왕국의 역사를 이야기하면서 "영원한 회귀의 신앙을 토대로 한, 세계의 기원과 역사에 대한 신화적 전망"[12]을 보여준 셈인데, 여기서 우리는 동일한 사건의 주기적인 반복이라는 신화적 진실을 읽을 수 있다. 또한 이러한 이야기에서 선과 악의 이원론적 세계관의 논리가 그렇듯이, 악의 지배에 따르는 숱한 시련 끝에 결국 승리한다는 것뿐 아니라 모든 분열과 대립은 결국 통합을 이룬다는 메시지를 이끌어낼 수도 있다. 물론 이러한 통합의 논리는 흑인과 백인의 결합, 아프

---

11) R. Roussel, *Impressions d'Afrique*, J. J. Pauvert, 1963, p.188.
12) A. M. Amiot, 앞의 책, p.22.

리카와 유럽의 공존, 전통문화와 산업문명의 화해라는 주제로 확대될 수 있는 주제이기도 하다. 특히 흑인 남자와 백인 여자의 결합은 스완 왕의 경우뿐 아니라 세일 코르와 니나의 관계를 포함하여, 이 소설에서 중요한 주제 중의 하나인데, 그 이유는 과거에는 흑인과 백인의 결합이 금기시되거나 비극적인 결과로 끝나는 일이 많았기 때문이다.

이 소설에서는 바다, 숲, 강 등의 자연적 공간과 왕국의 중심지인 광장과 고원 등의 지리적인 공간들이 이야기 구성과 의미의 형성에서 중요한 역할을 한다. 우선 아미오는 이 소설의 중심적 배경인 아프리카가 "무엇보다 세계의 역사가 전개되고, 이질적인 두 민족이 만나고, 두 문명이 혼합되는 이상의 땅이자, 선과 악의 오랜 투쟁이 남아 있는 신화적 장소"[13]임을 말한다. 흔히 신화에서 해변이 교환과 교류의 상징적 장소인 것처럼, 해변에서 멀지 않은 포뉘켈레 왕국의 위치는 조난당한 유럽인 여행자들을 맞이하기에는 매우 적절하다. 이 왕국의 중심지에 있는 '전승 기념비 광장'은 축제가 펼쳐지는 공간이기도 하고, 왕국의 운명이 결정되는 장소이기도 하다. 왕국의 운명이 결정된다는 것은 수안 왕이 이 광장에서 두 개의 나무 씨앗을 뿌려 먼저 자라는 나무의 존재를 후계자로 결정했기 때문이다. 또한 베율프뤼앙이라는 거대한 숲은 에덴동산처럼 낙원과 같은 정원이 있고 반대쪽에는 어둡고 불길한 느낌의 숲이 있다. 그 정원에서 탈루와 륄은 아담과 이브처럼 평화롭게 산책하고 지내다가 죄를 짓고 벌을 받는다는 신화적 이야기는 그대로 재현되어 있다. 그 반면에 악령이 깃들어 있다는 어둠의 숲은 인간이 살고 있지 않을 뿐 아니라 아무도 그 안에 들어가려고 하지 않는 금기

---

13) 위의 책, p.31.

의 공간으로 나타난다. 그러므로 숲으로 들어가는 일은, 동기가 무엇이든지 간에 금기를 위반하고, 생명의 위협을 감수해야 할 위험이 따르는 행위가 된다. 세일 코르나 루이즈 같은 지식인들과 시르다 왕의 공주는 결국 숲에 침범하였다가 기억력을 상실하거나 극심한 육체적 시련을 겪으면서 눈이 멀게 되기도 한다. 물론 이러한 시련과 불행이 그들이 경험하는 모험의 끝은 아니다. 그러나 시련과 불행을 각오하고 신비의 진실을 깨달음으로써 사람들은 행복을 되찾는 법이다. 흑인과 백인인 두 남녀의 행복한 결합이 이뤄지는 것도 그와 같은 과정을 거치면서이다. 이럴 때, 방황과 폭력의 숲은 행복과 휴식, 그리고 피신처의 숲이 된다. 그 숲에서 빠져나오기 위해 강을 건너야 한다는 지리적 공간의 설정은 매우 의미심장하다. 이런 점에서 강은 매우 신화적이고 상징적인 공간으로 나타난다. 강은 선과 악의 왕국을 구분하는 경계선이면서 선과 악이 충돌하는 장소이자, 죄와 고통을 씻어주는 정화의 역할을 하는 곳으로서, 인간을 새롭게 탄생하게 만들기 때문이다.

선과 악의 대립이라는 신화적 주제와 병행해서 이 소설에서는 서로 대비되는 많은 인물들이 등장하는데, 그중에서 륄과 시르다의 관계는 특별히 주목할 필요가 있다. 륄은 금지된 행위를 강행하려는 열정 때문에 파멸의 위기를 초래한 반면, 시르다는 정글에서의 오랜 유배생활 끝에 새로운 삶을 되찾는 운명을 갖게 됨으로써 두 사람의 모습이 극명한 대조를 이루기 때문이다. 특히 '이마 위의 별l'étoile au front'로 표상되는 시르다는 고난을 감수하면서 결국 아름다움과 시력과 잊었던 언어를 되찾음으로써 그 힘으로 다른 사람을 도와주는 천사의 행동을 하여, "예수와 마리아를 결합한"[14] 존재로 부각된다. 처음에 그녀는 야우르와 결혼하기를 거부함으로써 악의 세력에 저항하는 고난의 삶을 선택했지만, 나중에 야우르가 몰락함으로써, 모든 고난이 끝나는 빛의 삶을 영위할 수 있게 된 것이다. 이런 점에서 시르다의 삶은 "모든 인간의 상황을 압축해서 재현한 상징적 거울이자 소우주"[15]의 삶이라고 말할 수 있다. 그녀는 탈루에게 영향력을 행사하여 그가 현명한 결정을 내릴 수 있도록 도와주기도 한다. 시르다의 이야기가 우주 생성이론의 차원에서 새로운 출발점으로 돌아오는 것이라면, 루이즈는 전통적인 지식이 아닌 새로운 앎의 욕망으로 포가르와 함께 자연과 창조의 비밀을 캐려는 절대적 인식의 길을 모색한다는 점에서 파우스트의 신화를 떠올리게 하는 것이다.

시르다와 루이즈의 이야기는 모두 신화적이다. 시르다가 어머니 때문에 눈이 멀고, 신비의 숲에서 방황과 고난의 시간을 보내다가 숲 가장자리의 강가에서 아버지가 주술사의 힘으로 눈을 뜨게 해주었다는 이야기도 신화적이고, 루이즈가 인식의 과정에서 필연적으로 따르는 불행에 종지부를 찍고 깨달음을 얻게 된다는 이야기도 신화적이다. 루이즈는 파우스트의 신화뿐 아니라 반항적인 프로메테우스의 신화를 환기시킨다. 아미오는 이러한 신화적 에피소드들로 가득 찬 『아프리카에 관한 인상들』은 그 자체로 현대의 신화를 보여주는 소설이라는 것을 그가 쓴 책의 결론 부분에서 이렇게 말한다.

『아프리카에 관한 인상들』은 19세기 말의 살아 있는 두 개의 신화 즉 반항과 복종을 의미하는 인간의 두 가지 태도인 신화의 기로에 있다.[16]

---

14) 위의 책, p.51.
15) 위의 책.
16) 위의 책, p.124.

그의 말처럼, 루셀은 이 작품을 통해서 운명에 복종하는 인간과 반항하는 인간을 골고루 보여준다. 운명에 반항하는 인간의 모습도 처음부터 투쟁적으로 그려지지 않고, 불행을 묵묵히 감내하면서 결국 고난을 이겨내는 이야기로 서술된다. 이런 점 때문에 어떤 인물에 대해 그가 시시포스적 인간인지 프로메테우스적 인간인지를 단정 짓기가 어렵다. 이것은 어떤 의미에서 루셀이 현대인의 복잡하고 모순된 상황을 정확히 파악하고 있기 때문에 초래된 결과로 해석된다. 현대인은 거대한 조직사회에서 너무나 미약한 존재이기 때문에 19세기 사회에서처럼 프로메테우스적인 의지로 살아가기가 어렵다. 그렇다고 해서 운명에 체념하고 순응적인 삶을 살아갈 수도 없을 것이다. 이럴 때, 최선의 선택은 결국 프로메테우스적인 정신을 갖고 시시포스적인 삶을 사는 길이 아닐까? 어떤 의미에서 이것은 예술가의 삶과 같다. 예술가는 현실에 복종하지 않고, 현실을 파괴하려는 의지로 새로운 세계의 질서를 창조하는 사람이기 때문이다. 물론 그의 창조적 의지는 성취의 만족감보다 실패의 좌절감을 동반하는 경우가 많을 것이다. 그러나 끊임없는 시시포스적 의지를 갖고, 마치 말라르메의 '주사위 던지기'처럼 우연의 행위에 투신하는 열정이 살아 있는 한, 예술가의 고행은 끊임없는 열정 자체로 보상을 얻은 것과 다름없다고 말할 수 있다.

제10장

줄리앙 그라크의 『아르골의 성(城)에서』와 새로운 초현실주의 소설

1. 브르통과 그라크

1938년 『아르골의 성(城)에서 *Au château d'Argol*』가 발간되자, 앙드레 브르통은 이 소설의 저자인 줄리앙 그라크에게 뜨거운 찬사가 담긴 편지를 보낸다. 「초현실주의 선언문」에서 소설을 '열등한 장르'[1]라고 비판하면서 소설에 대한 공격을 서슴지 않았던 브르통의 이러한 반응은 퍽 예외적인 것이지만, 그의 소설이 현실주의 소설의 상투성을 완전히 벗어난 소설이라는 점에서 브르통의 이러한 찬사는 당연한 것처럼 보이기도 한다. 브르통은 뜻밖에 발견한 그라크의 소설이 기존의 소설들과 다를 뿐 아니라 모든 모순과 대립을 종합하려는 초현실주의의

---

1) A. Breton, *Manifestes du surréalisme*, Gallimard, coll. Idées, 1970, p.24.

이상을 탁월하게 구현했다고 본 것이다. 사실 그라크는 초현실주의와 무관한 입장에서 우연히 그런 소설을 쓴 것이 아니었다. 그는 이 소설을 쓰기 4년 전, 1934년에 브르통의 『나자』를 읽고 크게 감동하였다는데, 그런 독서체험이 아니더라도 이미 초현실주의의 이념과 주장에 크게 공감하고 있었기 때문이다. 그러니까 그는 초현실주의운동에 직접적으로 가담하지 않았다 하더라도, 초현실주의에 공감하거나 그것의 영향을 받은 상태에서 초현실주의적 영감과 상상력을, 그의 첫번째 소설을 통하여 자연스럽게 내보일 수 있었을지 모른다. 실제로 이 소설의 서문에 해당되는 「독자에게 보내는 글」에는 초현실주의가 "전후의 시대에 개혁의 희망과는 다른 새로운 것을 가져오고, 탐험자들의 순수한 낙원에서 고갈된 행복을 되살리게 한 〔……〕 유일한 문학유파"[2]라는 호의와 경의의 목소리가 실려 있다. 그의 다른 여러 글에서도 확인되고 있는 것처럼 초현실주의가 그의 정신적 성장과정에서 미친 영향은 거의 절대적이었던 것처럼 보인다. 이런 영향 때문에 한 연구자의 표현처럼, 그의 소설이야말로 "초현실주의의 가장 완벽하고 가장 자유로운 소설적 개화"[3]의 성과를 이루었다고 볼 수 있을 것이다. 브르통 역시 초현실주의운동의 의미를 설명하는 한 강연에서 그라크의 소설과 초현실주의와의 관계를 이렇게 밝힌다. "초현실주의는 양차 세계대전 사이의 거리를 메우는 데 유일하게 성공한 조직적이고 지성적인 운동이다. 이 운동은 1919년 『문학』지에서 필립 수포와 내가 자동기술이라는 방

---

2) J. Graq, *Au Château d'Argol*, José Corti, 1938, p.7. 앞으로 이 장에서 나오는 『아르골의 성(城)에서』의 인용문은 이 판본을 기초로 한 것이며, 괄호 안에 쪽수만을 표기하겠다.

3) M. Guiomar, "Le roman moderne et le surréalisme," in *Entretiens dirigés par Ferdinand Alquié*, Mouton, 1968, p.77.

법을 동원하여 공동으로 작성한 작품인『자장』의 첫 부분을 발표함으로써 시작된 것인데, 이러한 기술방법은 자유롭게 전개되어 20년이 경과한 후 드디어 줄리앙 그라크의『아르골의 성(城)에서』가 출현하여 그 결실을 보게 되었다. 이 작품을 통하여 아마도 초현실주의는 비로소 자기 자신으로 자유롭게 돌아와 과거를 감지할 수 있는 위대한 경험과 만나게 되고 또한 감성의 차원에서건 명석한 지성의 차원에서건 그 정복의 범위가 어떤 정도였는지를 평가할 수 있게 되었다."⁴⁾ 브르통의 이러한 발언은 그라크의 소설이 초현실주의의 이념과 정신에 얼마나 일치한 것인지를 명백히 밝혀준다. 그렇다면 그의 소설의 어떤 요소가 초현실주의적 이념과 목표에 그처럼 완벽히 가까워진 성과를 보여주는 것일까? 그의 소설은 어떤 점에서 전통적인 사실주의 소설과 구별되는 것일까? 이러한 문제를 검토하기 위해서 우리는 우선 그의 첫번째 소설인『아르골의 성(城)에서』를 대상으로 삼았다. 이 작품을 선정한 이유는 초현실주의의 영향을 받은 작가의 첫번째 작품이라는 점 이외에도, 이 작품이 그 후에 발표된 그의 여러 소설의 원형이라고 말할 수 있을 만큼 주제나 표현방식에 있어서 그라크의 초현실주의적 소설의 본질적인 요소를 내포하고 있기 때문이다.

그라크는 40여 년간 시와 소설과 평론 등의 다양한 형태를 통하여 작품 활동을 해온 작가이지만, 그의 글쓰기를 관통하는 집요한 관심을 단순화시켜 말한다면, 그것은 초현실주의의 행동지침이라고 말할 수 있는 잃어버린 낙원에의 추구, 혹은 성배를 찾는 일La quête de Graal이라고 말할 수 있을 것이다. 실존주의의 절망과는 달리, 인간과 세계

---

4) A. Breton, "Situation du surréalisme entre les deux guerres," in *La Clé des Champs*,
   J. J. Pauvert, 1967, pp.72~73.

사이의 조화와 전체성을 회복하려는 그러한 노력은 초현실주의의 주된 관심사일 뿐 아니라 그라크의 그것이기도 했다. 초현실주의자들이 시적인 수단을 동원하여 그러한 노력을 기울였다면, 그라크는 시적인 이상을 소설이라는 장르를 통해 실현하였고 또한 이런 점이 그의 소설을 시적 소설이라고 부른 이유이기도 하지만, 이러한 시적 이상과 분위기가 특징적인 그의 소설은 인간과 자연과 사물의 내면적 상호소통 interpénétration이 자유롭고 훌륭하게 표현된 공간이 된다. 그러므로 그것은 마치 브르통이 『아르골의 성(城)에서』를 읽기 전까지 일반적인 소설에 대하여 선입견처럼 갖고 있었던 거부와 적대감을 지울 수 있는 계기가 된다. 그뿐 아니라 그라크의 소설은 브르통의 소설관을 부정하는 도전적인 반론의 형태로 등장하여, 그에게 소설이야말로 무한히 새롭게 열려 있는 가능성의 공간 혹은 시의 확대된 형태라는 인식을 일깨워줄 수 있게끔 된 것이다. 그러므로 그의 소설은 브르통의 『나자』와 아라공의 『파리의 농부』와는 다른 방향에서 초현실주의 소설의 새로운 한 전형을 이룰 수 있었다.

2. 작중인물의 의미

『아르골의 성(城)에서』는 일반적인 리얼리즘의 소설과는 달리, 우리의 일상적인 현실의 풍경이 전혀 그려져 있지 않다. 그것은 발자크의 소설처럼, 이익과 권력을 추구하면서 가해자가 되건 피해자가 되건 생존경쟁의 소용돌이 속에 빠져드는 불행한 인간들을 보여주지도 않고, 자본주의 사회의 현실을 떠올리게 하지도 않는다. 그라크는 현대사회의 소외된 개인과 불행한 인간 조건을 소설의 주제로 삼으려고 하지 않는다. 소설가로서 그가 관심을 갖는 것은 일상적인 현실에 감춰져 있는, 혹은 보이지 않는 비합리적 세계이거나 무의식적 삶la vie inconsciente이다. 그는 앙드레 브르통이 「초현실주의 선언문」에서 이원적인 대립을 이루는 모든 것들의 종합을 강조했듯이, 상상적인 것과 현실적인 것을 대립적인 것으로 보지 않았고 의식의 세계와 무의식의 세계를 분리된 것으로 보지도 않았다. 이런 세계관 때문에 그의 작품에서 물질적인 것과 정신적인 것의 대립도 무화되는 분위기에서 세계는 꿈이고 꿈은 세계로 표현된다. 현실과 비현실의 구분이 없는 그의 작품세계는 이런 점에서 시적인 분위기로 용해된 세계이고, 그의 작중인물들 역시 그런 분위기 속에 어울리는 모습으로 등장한다. 그들의 의식과 무의식은 구별되지 않은 상태로 묘사될 뿐 아니라 어떤 심리분석도 부여되지 않고 있기 때문에 그들의 모습은 뚜렷한 개성으로 부각되지 않고, 개성을 초월한 상태에서 모호하게 그려진다. 기존의 소설에서처럼 성격과 행동이 분명하게 설명되는 작중인물들이란, 이미 결정되어 있고 인위적으로 움직이기 때문에 오히려 존재하지 않는 인물처럼 보인다고 작가는 생각하고 있는 듯하다. 실제로 그라크는 인물에 대해 분석하고 설명하는 작가적 입장을 완전히 포기하고 있다. 그는 인물의 묘사 대신에 독자가 인물에 대해서 추측하게끔 여러 가지 기호들의 장치를 사용한다. 이런 점에서 그의 소설은 기호로 가득 찬 소설이라고 할 수 있다. 그의 소설에서 표현된 모든 기호들은 무의미하게 쓰어진 것이 하나도 없다고 생각될 정도이다. 그 기호들은 상위의 다른 현실, 다른 세계를 가리키면서 끊임없이 무엇인가를 암시하는 것처럼 상호관련성 속에서 존재한다. 그러나 어떤 기호도 무엇을 가리키는 것인지 단정적으로 말하기 어려울 만큼 쉽게 판독되지 않기 때문에, 독자는 그 기호가 무엇을 지시하고 있는가의 문제보다 무엇을 암시하고 있는가의 문제에 사로잡혀 끊임없이 의문을 갖게 된다. 그런 기호들을 통해서 독자로 하여금 어떤 사건을 짐작하고 예감하게 만드는 것이 작가의 독특한 기법일 것이다. 그의 작중인물들은 이러한 작가적 의도에 따라 여러 가지 불투명한 기호들의 관계 속에서 신비스럽게 나타나고, 움직인다. 작중인물들의 모습과 그들이 경험하는 사건을 합리적인 논리로 분석하지 않고 독자에게 다만 몇 가지 의미 있는 이해의 디딤돌로만 제시하는 것으로 만족하는 듯하다. 이렇게 해석을 독자에게 맡기는 작가의 서술방법은 브르통의 『나자』를 연상시킨다.

성(城)과 숲과 바다라는 신화적 배경décors mythiques 속에서 등장하는 그라크의 작중인물들은 대체로 비현실적인, 그러나 현실과 동떨어진 문제가 아니라, 현실에서 은폐된 삶의 본질적인 문제의식에 사로잡혀 있다. 그들은 삶의 욕망과 죽음의 공포라는 본질적인 문제로 고통스러워하지만, 그러한 고민이 어떤 동기에서 출발한 것인지는 분명히 말하기 어렵다. 이런 점에서 성급한 독자라면 소설의 불투명한 양상과 인물의 모호성이 무척 거북하게 느껴지고, 작중인물의 인식론적인 고민에도 낯선 느낌과 거리감을 표명할 수 있을 것이다.

이 소설의 서두는 알베르Albert라는, 어느 전설적인 이야기의 주인공과 비슷한 인물이 미지의 성을 향해 걸어가는 모습의 묘사로부터 시작된다. "들판은 오후의 태양으로 여전히 뜨거웠지만, 알베르는 아르골을 향한 먼 여행길에 들어섰다. 그는 산사나무 꽃의 넓은 그늘에서 쉬다가 출발했다"(p.15). 이러한 서술에 뒤이어 독자는 아르골의 성이 외딴, 야생적 풍경 속에 있는 것이며, 그 성을 알베르가 어떤 과정으로 구입하게 되었는지에 관한 화자의 짧은 설명을 만나게 된다. 그러나 서두에서 무엇보다도 주목해야 할 구절은 이 소설의 주인공이 유럽의 여러 대학에서 철학을 공부한 사람이며, 그가 성을 찾아가는 목적도 철학적 사색을 심화시키기 위해서라는 것과 그가 몰두한 철학자가 헤겔이라는 사실이다. 이런 점에서 독자는 이 소설이 삶의 근원적 문제나 존재론에 관한 철학적 탐구의 소설이 아닐까 하는 생각을 갖게 된다. 사실 알베르의 목적이면서 또한 이 소설의 주제는 결국 "세계의 수수께끼 les énigmes du monde"(p.18)를 풀려는 형이상학적 문제이다. 다시 말해서 이 소설에서 중요한 문제는 바로 인식의 문제인 것이다. 그러나 인식의 문제는 이 소설이 진행하는 흐름 속에서 어떤 깨달음과 같은 명확한 해답을 향해 가지 않고 혼란스럽고 애매모호한 이야기에 파묻혀 버린다. 작가는 결국 독자를 출구가 없는 불투명한 세계로 몰아감으로써 오히려 의문과 혼란을 자극하고 확대시키려 한 것처럼 보인다.

삶의 모순을 해결하려는 그러한 정신적 모험에 관여하고 있는 작중 인물들은 알베르를 포함하여 모두 세 사람이다.[5] 그들의 나이가 얼마인지 그들의 직업이 무엇인지 그들의 성격은 어떤 것인지를 전혀 알지 못한다. 그들은 개성적인 삶을 살고 있는 존재로 부각되지 않고, 다만 이 소설이 보여주는 모험의 세계 속에서 그들이 수행해야 할 역할로서의 가치만을 갖고 움직이는 존재로 그려진다. 에르미니앙Herminien은 알베르의 가장 가까운 친구이고, 에드Heide는 에르미니앙이 알베르를

---

5) 줄리앙 그라크의 세계를 특징짓는 것 중의 하나는 3이라는 숫자의 등장이다. 가령 작중인물의 숫자가 셋일 뿐 아니라 소설의 배경도—숲과 성과 바다—셋이며 중요한 사건의 전개도 익사noyade, 강간viol, 자살suicide의 세 단계로 요약될 수 있다. 이러한 숫자는 의심의 여지없이 변증법적 리듬과 일치하여 대립, 종합, 발전의 흐름 속에서 끊임없이 열려 있는 진행을 연상시킨다.

찾아 성을 방문했을 때 동행한 아름다운 미지의 여인이다. 소설의 전체를 읽으면 확인되듯이, 알베르와 에르미니앙의 관계는 대립적인 관계가 전혀 아니다. 그들은 지성적으로건 도덕적으로건 어떤 차이를 보이지 않고 "취미가 분명히 일치된 면이 있고, 완곡한 언어의 표현방법을 접근하는 데 있어서도 유사한 태도"(p.44)를 보여주는 점에서 닮아 있다. 무의식적인 동성연애의 관계를 반영한다고 볼 수도 있는 이 두 사람의 정신적 결합은 그러나 종종 불안의 빛을 보이는데, 그 이유는 그들의 우정이 사랑이나 연대감이 아니라 증오와 대립을 바탕으로 두고 있기 때문이다. "왜냐하면 그들은 적이었지만 서로들 그것을 감히 말하려 하지 않았다"(p.45)는 문장에서 알 수 있듯이, 그들의 친화관계는 긴장과 적의를 동반한다. 한 인간의 내면에 두 개의 대립된 자아가 공존하는 것처럼, 알베르와 에르미니앙의 관계는 "파우스트 박사"(p.42)와 메피스토펠레스의 관계처럼 보인다.

에르미니앙은 이 소설에서 가장 중요한 인물이다. 그는 에드를 아르골 성으로 데려왔을 뿐 아니라, 그녀를 강간하고 또한 알베르로 하여금 그녀를 강간하도록 유혹하기도 한다. 그는 "인간적인 음모의 천재le génie des intrigues humaines"(p.41)이며, 그 음모가 아무리 복잡하게 얽혀진 것이라 할지라도 그것을 냉정히 꿰뚫어보며 사건의 해결을 악마적인 방법으로 모색하는 사람이기도 하다. 그와 알베르는 일치되면서 대립되는 관계로 묶여 있다. 그들의 관계는 이런 점에서 헤겔의 변증법을 이상적으로 반영해준다. "헤겔이 살아 있었다면 그들의 옆에 어둡고 영광스러운 천사처럼 일치되고 대립되는 유령이 걸어가는 것을 보고 웃음을 지었을지도 모른다"(p.46). 이러한 시각으로 알베르는 에르미니앙을 바라본다. "타락한 검은 천사이며 위험한 전령사"(pp.

132~33)인 에드를 강간한 후, 작가는 인간의 타락과 인식 사이의 관계를 언급하면서 다시 헤겔을 언급한다. "헤겔은 〔……〕 인간의 타락에 관한 신화를 설명하려고 노력했다. 그의 논리에 의하면 인간의 타락에 관한 역사를 면밀히 검토해보면, 결국 타락은 정신생활에 대한 인식의 보편적인 성향을 반영한다는 것이다"(p.40). 아담과 이브의 이야기를 염두에 둔 이러한 설명은 인간에게 중요한 인식은 바로 죽음의 인식인데, 그러한 인식은 타락 속에 있다는 것이다. 그러므로 인식하려는 욕망이야말로 "타락의 원인"(pp.40~41)이고, 죽음의 기다림은 "강렬하고 생동적인 인식의 희망"(p.32)과 결부된다. 이러한 기다림 속에 사로잡혀 있는 작중인물로서 에르미니앙은 검은 천사이며 알베르는 "천사 같은 모습"(p.18)의 소유자이다. 『아르골의 성(城)에서』는 헤겔적인 의미에서 대립된 상징적인 인물들로서의 주인과 노예의 변증법이며, 한쪽이 다른 쪽에 의해서 인식되기를 바라는 격렬한 투쟁의 이야기이기도 하다. 이처럼 긴장된 갈등이 계속되는 상태에서 결국 갈등이 소멸되는 만족스러운 해결이란 죽음밖에 없을 것이다. 이 작품을 마감하는 에르미니앙의 죽음은 그런 의미로 해석되며, 그 죽음은 또한 알베르의 죽음을 암시하는 것이 된다.

에르미니앙이 알베르의 이중적 모습이라면, 또 다른 의미에서의 이중적 모순은 에드이다. 그라크의 대부분의 소설에서 여성이 남자 주인공의 분신처럼 등장하듯이 에드 역시 주인공들과의 공범의식 속에 살아 있는 존재이다. 그녀의 내면에는 언제부터인가 죽음의 불안한 그림자가 잠복하고 있어서, 그녀가 알베르를 만났을 때에도 그러한 불안감이 표출되는 것은 자연스럽게 생각될 정도이다.

그녀는 야릇한 불안감이 피어오르는 것을 느꼈다. 그녀의 핏줄은 단한 번 알베르의 팔이 닿았을 때 격렬히 솟구치는 피의 소용돌이치는 흐름을 더 이상 억누를 수 없는 듯했고, 그 피는, 솟구쳐서 뜨거운 화전(火箭)처럼 나무에 불꽃을 튀길 것 같았다. 그러면 죽음의 싸늘함이 그녀를 사로잡아 〔……〕 (p.74)

이러한 묘사는 그녀의 내면에서 삶의 충동과 동시에 죽음의 충동이 솟아오르고 있다는 것을 보여준다. 이렇게 삶의 충동과 죽음의 충동이 공존하는 그녀의 모습은 끊임없는 죽음과 부활의 이미지로 부각되어 다른 인물들의 삶과 죽음에 영향을 준다. 그녀는 다른 인물의 기대 l'attente를 완성시켜주는 대상으로서 매개자l'être médiatrice의 역할을 한다. 보다 정확히 말한다면, 그녀는 알베르를 살게 하고, 알베르의 기대감을 강렬히 느끼게 만들고, 죽음의 인식을 체험하게 하는 촉매자로 작용한다. 이러한 작용에 의해서 알베르는 그녀를 통하여 삶에 접근할 수 있고, 또한 가능성의 세계를 탐색할 수 있다. 그러므로 에르미니앙과 알베르의 관계에서 에드의 존재는 하나의 변화를 이룩하게 만드는 계기가 되고, 그들의 동질적인 이원성dualité을 충돌하게 만드는 점화의 구실을 한다.

무언가 달라진 것이 있었다. 환상적인 속도라고 말할 수 있을 만큼 〔……〕 가속화된 그들의 대화의 야릇함, ―네 배의 속도로 수월하게 이루어진 것처럼 보이는 그들의 정신적 메커니즘의 탄력성, 〔……〕 그들은 이러한 것들을 불안한 경악을 느끼면서 의식하고 그것들의 원인이 무엇인지를 관련지어 생각했다. 그러자 에드의 모습이 문명의 손가락이 가리킬 수 있었던 것보다도 더 분명히 떠오르는 것이었다. 그것은 마치 물리학자들이 촉매 작용이란 이름으로 가리킨 현상에 의해서만 유추적으로 포착될 수 있는 관계를 야릇하게 변화시킨 원동력과 같았다. (pp.61~62)

에드의 존재는 알베르와 에르미니앙의 관계를 변화시키는 촉매의 역할로 나타날 뿐 아니라 알베르 자신을 혹은 에르미니앙 자신을 변모시키는 계기가 된다. 그라크의 다른 소설에서도 빈번히 확인되는 사실이지만, 에드는 남자 주인공에게 신비스럽고 비현실적인 모습으로 부각되는 여자이다. 그녀는 아무리 붙잡으려 해도 잡히지 않는 무지개와 같아서 에르미니앙이 집요하게 그녀의 신비를 꿰뚫어 보려고 해도 늘 실패한다. 그녀는 아름답고 빛나는 육체를 소유하고 있지만 또한 신비스러운 정신의 세계 속에 살면서 정체성이 쉽게 노출되지 않는다. 어떤 의미로 그녀는 모순의 종합이며 꿈과 현실을 연결 짓는 다리를 상징하고 있는 존재라고 말할 수 있다.

『아르골의 성(城)에서』를 구성하고 있는, 세 사람의 작중인물들이 이처럼 서로 구별되면서 서로 동화되어 있는 관계는, 마치 삼각형을 이루는 세 개의 각처럼 그들 중의 누구 하나가 빠지게 되면 다른 두 사람의 온전한 관계가 성립되지 않는 것과 같다. 에드의 죽음 이후에 전개되는 이 소설의 결미에서 알베르와 에르미니앙의 관계가 극도로 불안정한 긴장 상태를 보여주는 것은 그러한 까닭에서이다. 그들은 서로 떨어져서 살 수가 없다는 것을 잘 알고 있으며 에드를 떠나서 그들의 결합이 완전하게 가능하리라는 것을 믿지도 않는다. 삼각형이나 삼단논법에서 3이라는 숫자가 안정된 것이라면, 둘이라는 숫자는 불안하고 미완성적이기 때문일까? 결국 그라크의 작중인물들은 고립된 상태에서 존재할 수 없고 또한 의미를 갖지도 못한다.

독자는 이 소설의 서두에서 성(城)에 홀로 도착한 알베르기 에르미니앙과 에드가 자기를 찾아오리라는 것을 미리부터 알고 기다린 듯한 느낌을 갖는 것은 소설을 어느 정도 읽고 난 다음에서이다. 에르미니앙과 에드가 실종된 날, 알베르는 그들을 찾아 헤매고, 에드를 발견하고 강간을 당하고 기절한 그녀를 치료한 후에는 다시 에르미니앙을 찾고 기다리기 때문이다. 세 사람의 공동체적인 관계가 형성된 이후에 그들은 그처럼 한 사람 혹은 두 사람이 사라질 경우에 공허와 불안을 깊이 느낀다는 것은 그들 누구도 혼자서는 존재할 수 없다는 것을 알고 있기 때문이다. 그들은 타인과의 관계 속에 살아 있고 또한 그러한 관계 속에서 그들의 역할을 수행하게 된다. 그 관계는 헤겔의 변증법적 논리처럼 둘보다는 셋에 의해서 만족스러운 결합을 이룬다. 앞에서 말했듯이, 그의 작품이 기호와 상징으로 가득 차 있다 하더라도 그 기호와 상징의 의미는 개별적으로 독립하여 존재할 수 있는 것이 아니고 상호적인 관계망 속에서 존재하는 것이다. 그러므로 에드를 "본능 l'instinct"의 존재로, 에르미니앙을 "정신le spirituel"의 존재로 간주하고 알베르를 그 사이에 위치시키는 이해방법이 가능하더라도 그것은 어디까지나 그들 사이의 유기적인 역동관계가 작용하는 한에서만 가능한 논리이다. 헤겔의 세계인식이라는 철학적 태도에 심취한 알베르는 결국 에드의 본능적 요소와 에르미니앙의 정신적 요소를 모두 동시에 필요로 하게 된다. 보다 높은 인식을 향하여 나아갈 때, 그러한 관계는 결코 분리되거나 정체된 상태에서 인식될 수 있는 문제가 아닐 것이다. 헤겔의 논리가 그렇듯이 존재의 존재성은 정지하는 것이 아니라 무한을 향해 끊임없이 움직이는 운동성에 있다. 그러므로 그라크의 작중인물들은 바로 그러한 존재의 운동성과 역동적 흐름 속에서 살아 있고, 작중인물들의 신비스러운 모습은 결국 정체되거나 결정되는 것이 아닌 삶의 본질적인 의미를 상징적으로 떠올리는 데 기여하는 역할을 한다.

3. 공간과 시적 이미지

그라크의 작중인물들이 영웅적이거나 평범한 인물과는 다른 예외적인 존재이듯이, 그의 소설공간도 대체로 현실의 풍경을 배경으로 삼지 않아 특이하고 비현실적이다. 『아르골의 성(城)에서』는 숲과 성과 바다가 전체적인 배경을 이루고 있는데, 이러한 배경이 무엇보다 빈 공간이라는 점에서 주목을 요한다. 마치 작중인물의 등장과 사건의 전개를 기다리는 비어 있는 연극무대처럼, 에드와 알베르가 숲 속에서 발견한 빈터는 "비어 있는 극장의 무대처럼 넓고 꾸밈없이 노출되어"(p.142) 있었다. 그러한 공간은 대체로 어떤 사건을 예감하는 작중인물의 내면적인 움직임과 밀접한 관련을 맺고 있다. 알베르는 "무거운 졸음 속에" 빠져 있는 "성(城)의 빈방"(p.55)에서 자기 자신과의 일체감을 느끼고, 전설적인 성의 고요한 분위기를 그대로 간직한 "빈 성château vide"(p.64)에서는 비현실적이며 몽상적인 느낌을 갖는다. 숲과 바다 역시 거대한 빈 공간으로 나타나고, 때로는 매혹을 때로는 불안을 함축하면서 어떤 불길한 사건을 예감케 하는 것이다. 그뿐 아니라, 비어 있는 상태로 움직이지 않는 그러한 공간은 삶의 정체된 흐름과 관련되어 있다. 그처럼 시간이 진행하지 않는 부재의 세계에서는 막연한 권태가 작중인물을 사로잡는다. 비어 있는 공간은 작중인물의 내면적 공허와 일치되어 있는 것이다.

작중인물과 풍경과의 완전한 일치를 볼 수 있는 이 소설에서 중요한 주제의 하나가 기다림l'attente이라면, 풍경 자체가 인물의 내면적 기다림을 암시하는 표현이라고 말할 수 있다. 가령 풍경의 한 요소를 구성하는 길은 그러한 기다림을 표현하는 공간이다. "영혼을 향하여 열려 있는 이 길route의 암시력"(p.142)이라는 묘사나 "엄청난 기대감"을 표징하는 "거대한 길une allée gigantesque"(p.146)이라는 말은 단순한 지리적 공간을 가리키는 것이 아니라 작중인물의 정신적 모험과 관련되어 있는 "비현실적irréelle"(p.145) 길을 가리킨다. 그 길은 때로는 모험의 세계로의 출발을 암시하기도 하며 때로는, 잿빛 구름이 뒤덮인 "악몽의 풍경paysage de cauchemar"처럼 작중인물들의 "불안"(p.146)을 나타내기도 한다. 작중인물들은 그 길에서 그들이 지향하는 미지의 세계를 탐색하고 그 세계의 의미를 깨달을 수 있는 가능성을 기대한다. 그 길은 그들에게 "운명의 길이를 펼쳐가는"(p.144) 공간으로서 죽음을 일깨울 수도 있고, "완전한 미지의 풍경을 향해 열린 문의 이미지"(p.141)를 제시하기도 한다. 그것은 다른 세계l'ailleurs로의 가능성을 열어준다는 점 때문에 당연히 "기다림"과 "불안"의 주제와 연결되는 것이다. 길을 포함한 그러한 풍경은 단순히 묘사의 대상이거나 세계의 한 요소로 머물지 않고, 기대감에 사로잡혀 있는 사람들의 심리적 반응과 밀접히 관련된다. 이런 점 때문에 자연은 그라크의 작중인물들의 이야기를 암시하고, 그들의 모험을 기술하며, 기다림의 의미를 부여하는 데 있어서 중요한 역할을 하고 있는 것이다.

『줄리앙 그라크의 작품에서 기다림의 형태와 의미』를 쓴 마리 프랑시스Marie Francis는 기다림의 주제와 형식에 대해서 깊이 있는 연구를 보여준다. "줄리앙 그라크는 '기다림'에 아주 독특한 색조를 부여하여 그것이 세계에 존재하는 한 방식을 나타내려고 했다. 그의 작품에서 기다림의 주제는, 새로운 기다림의 개념과 매혹적인 글쓰기를 통해서 인간의 현실에 대한 깊은 성찰을 하게 만든다."[6] 그의 말처럼 『아르골의 성(城)에서』도 기다림이라는 주제는 작중인물의 인식론적 모험에서 매우 중요한 동인으로 작용한다. 숲과 성과 바다가 그러한 주제에서 의미 있게 묘사되고 있다면, 그 묘사의 특징으로서 빛의 이미지가 의미 있게 부각되어 있음을 알 수 있다. 그라크의 소설세계에서 모든 이미지가 그것과 상반되는 대립적 이미지를 전제로 하고 있는 것처럼, 빛은 어둠과 함께 혹은 어둠과 교차되면서 나타난다. 빛과 어둠은 작중인물의 상반된 욕망의 방향과 일치하고 평행을 이루기도 한다. '아르골 성'과 관련되어 나타나는 모든 인물들도 빛과 어둠의 이미지로 가장 잘 규정될 수 있는 인물들이다. 가령 알베르는 빛과 어둠이 공존해 있는 인물로 나타나는 반면에 에드는 빛의 이미지로, 에르미니앙은 어둠의 이미지로 뚜렷이 부각되어 기대라는 주제에 따라서 섬세한 변화와 편차를 드러냈다. 그들의 모습은 풍경 속에 동화되어 하늘의 빛과 숲의 어둠이 이룩하는 대립 속에서 포착되기도 한다.

강렬한 대기, 가까운 바다의 반사로 은빛처럼 빛나는 하늘은 주위 산들의 뚜렷한 윤곽에 웅장한 느낌을 자아냈다. 왼편에는 어둡고 쓸쓸한 숲이 솟아 있었고 그곳에는 떡갈나무들이 굽어보듯이 있었고 수많은 검

---

6) M. Francis, *Forme et signification de l'attente dans l'œuvre romanesque de Julien Gracq*, A. G. Nizet, 1979, p.7.

은 소나무들이 모습을 드러내고 있었다. (p.20)

숲과 태양의 대조적 표현이 잘 나타나 있는 이러한 묘사는 알베르의 내면적 풍경을 암시하는 것이기도 하다. 성에 이르는 구불구불한 tortueux 길을 걸어가는 그에게 숲은 불안하게 압박하는 느낌을 주고 고요한 침묵은 중압감으로 작용한다. 그는 마치 성에 도달하기 위하여 숲의 위험을 겪어야만 하는 어느 중세의 방랑기사와 같다. 영혼의 성을 찾아 정신의 모험을 감행한 그가 성에 도착한 지 얼마 지난 후 어느 날 몰아치는 폭풍우는 숲의 무서운 힘을 예감케 한다. 숲은 뚜렷한 형체도 없이 끊임없이 움직이는 비인간적 공간으로서 은연중에 성과 적대관계에 놓인 것처럼 보인다(p.140). "그것은(숲은) 무거운 몸으로 움직이지 않는 뱀의 사리처럼 성을 에워쌌다"(p.30). 숲을 뱀에 비유한 것은 참으로 의미심장하다. 그것은 운명적인 유혹과 계략을 의미하면서 결국 에드의 강간과 에르미니앙의 암살을 가능하게 만든 어두운 악마적 공간으로 이해될 수 있기 때문이다.

숲이 수평적이라면, 성은 수직적인 것으로서 어떤 구원의 가능성을 환기시킨다. 그것은 하늘을 향해 솟아 있다는 점에서 빛의 세계에 위치해 있지만, 지하실의 공간이나 어두운 방을 내포하고 있다는 점에서 어둠의 이미지를 완전히 배제하고 있지도 않다. 지하의 어둠으로부터 발코니의 빛에 이르기까지 여러 가지 단층을 모두 갖고 있는 그 성은 무의식과 의식을 내포한 인간적 영혼의 풍경을 표상한다. 그런 점에서 성은 빛과 어둠, 기쁨과 고통, 구원과 좌절을 동시에 갖고 있는 "전체성의 장소le Lieu de la totalite"[7]이자, 알베르의 내면적 풍경을 가리키는 것이기도 하다.

알베르의 이중적 내면에서 맑고 순수한 천사와 같은 면모는 빛의 세계 속에 살고 있는 에드에게서 강렬한 매력을 일깨운다. 그녀와 함께 있으면서 알베르는 "빛의 한 쌍"이 조화를 이루는 듯한 충만감을 느끼고 그녀의 후광 속에 떠오르는 순수한 모습에 매혹된다. 그녀의 육체는 빛을 흡수하고 동시에 빛을 발산하는 것처럼 보인다. "그녀의 얼굴은 시시각각 변화했고 여러 층의 찬란한 결합은 그곳에 닿은 빛줄기가 부드러운 빛과 생동스러운 그 빛의 결정 상태에 갇혀 빛을 뿜는 프리즘처럼 이루어졌다"(pp.56~57). 낮의 태양은 그녀를 뒤쫓아 움직이는 존재처럼 묘사되어, 아르골 성에서 저녁이 되면, 그녀는 금발의 머리를 후광으로 장식하고, 해변에서 옷을 벗었을 때의 모습은 빛의 무리로 에워싸인다. 그녀는 태양을 두려워하지 않으며 순수의 빛으로 나타난다. 에르미니앙에 의해 처음으로 강간을 당한 후, 그녀는 성 안에 갇혀 태양을 보기를 두려워하는 존재가 된다. 그 후 두번째로 알베르에 의해 강간을 당하자 그녀는 어두운 죽음의 심연을 택해 자살한다. "그녀는 별도 없고 내일도 없는 강의 강물 속에서 고통의 망각을 찾았다" (p.178). 그녀에게 죽음이란 어둡고 부정적인 밤이며, 망각과 무의 세계로의 추락인 것이다.

빛과 어둠이 교차되는 이중적 내면 속에서 갈등하는 알베르에게 빛의 측면은 에드에 가까운 반면, 어둠의 측면은 에르미니앙에 가깝다고 할 수 있다. 알베르의 모습이 "검은 천사" "검은 날개" "갈색의 얼굴" "심연" 등으로 어둡게 묘사되는 것은 에르미니앙에 관련된 장면에서 공통적으로 발견될 수 있는 요소들이다. 어둡고 검은 이러한 색조는 이

---

7) A. C. Dobbs, *Dramaturgie et liturgie dans l'œuvre de Julien Gracg*, Librairie Jose Corti, 1972, p.24.

악마적인 작중인물의 내면적 정황과 일치해 있다. 그라크가 브르통의 작품을 설명하는 글에서 존재의 심연을 보여준다고 밝힌 바 있는 그러한 검은 색깔은 초현실주의직인 취향을 반영해주는 깃으로시 그 의미는 『아르골의 성(城)에서』도 그대로 이어진다.[8] 그러므로 에르미니앙의 불길한 검은빛의 불안스러운 의식은 어두운 욕망의 존재와 표리를 이룬다. 그것은 마치 삶과 죽음이 동시에 문제되는 어떤 불안의 세계를 표현하고 있는 듯하다.

밤은 이처럼 부정적인 의미를 지니지만, 초현실주의에서 밤의 이미지가 대체로 그렇듯이 동시에 생명을 잉태하는 평화로운 어둠이 되기도 한다. 어떤 의미에서 밤은 투명한 빛의 세계일 수 있다. 달이 떠오른 밤의 묘사가 그렇다.

달은 황홀한 부드러움으로 온 풍경을 적셔놓았다. 하늘에서 별들은 저마다 항성의 지도에서 표기된 것과 똑같이 자기 자리를 차지했고 우리가 늘 알고 있는 그러한 밤의 몹시도 깨끗한 이미지를 보여주었다. (p.63)

어둠을 밝히는 달은 어둠 속에 혼란되고 무질서한 것들의 질서를 부여한다. 그러므로 질서와 평화가 깃드는 빛의 세계에 도달하기 위하여 어둠의 혼돈이 필요했듯이 밤의 빛은 새로운 체험을 일깨워준다. 그러한 밤은 빛과 어둠이 이상적으로 종합된 세계로서 작중인물의 기대감을 활발하게 자극하면서 완성시킨다. 알베르와 에드가 어둠 속에서 세계의 지붕에 도달해 있다는 생각을 하며 인식의 정점에 이른 체험을 하

---

8) J. Gracq, *André Breton*, José Corti, 1970, p.40.

는 것은 그런 과정을 거쳐서이다. 밤이 현란한 비밀을 내보이며 인간과 세계가 일치되는 그 세계에서 그들은 인식에 도달하는 길이 투명하게 솟아오르는 것을 느낀다. "별의 침묵과 구별하기 어려운 그 숲의 침묵에 에워싸여 그들은 별들의 꾸밈없는 모습에서 세계의 밤을 체험했다. 별의 혁명, 그것의 열정적인 궤도, 이것은 그들의 가장 꾸밈없는 몸짓의 조화를 지휘하는 것처럼 보였다"(p.145). 이러한 아름답고 황홀한 밤을 보내는 사람들에게 세계와 자아의 모순과 대립은 소멸되고, 세계를 뒤덮은 가면은 제거되고, 존재의 투명성이 드러난다. 빛이 모든 사물의 질서를 새롭게 부여한 때에 사물과 존재, 혹은 존재자들 사이의 장벽은 허물어지고 존재의 충만성은 완전하게 표현된다.

4. 글쓰기의 기술과 표현의 특징

『아르골의 성(城)에서』는 전통적인 소설과 달리 뚜렷한 사건과 이야기가 많지 않고 시적인 분위기의 묘사가 풍부하게 펼쳐진다. 이러한 소설적 특징은 작품을 통해서 분명한 메시지를 전달하려고 하지 않는다거나 삶의 도덕적 교훈을 담아내려고 하지 않는 그라크의 작가적 태도와 관련된다. 그라크의 대부분의 소설에서 보이는 특징처럼, 작가는 사건을 이야기할 뿐, 그것의 의미를 설명하지 않고 다만 암시할 뿐이다. 그의 문장의 문체론적 특징이 머뭇거리면서 어떤 단정적인 발언을 지연시킨다는 점도 검토해볼 만한 점이다. 가령 서두에서 주인공 알베르가 어떤 과정으로 아르골의 성을 구입하였는지를 독자에게 알려주기 위한 서술의 경우, 주인공이 언제, 어떻게 그 성을 구입하였는지를 분명히 말하지 않고, 더듬거리듯이 기억에 떠오르는 대로 말하는 화법을 사용하는 것은 그라크의 독특한 서술방법이다. 이러한 서술은 정보의 전달을 신속히 하기보다, 그것을 지극히 완만한 흐름으로 진개시킴으로써 마치 어떤 오류를 수정한다는 듯이 제자리걸음으로 돌아오면서 느리게 나아가는 화법이다. 속독법에 익숙한 독자라면 그의 이러한 문장의 특징을 오히려 불만스럽게 생각하겠지만, 그의 느린 문장이 독자의 시선을 다른 곳으로 돌리게 하기보다는 오히려 독자의 주의력을 긴장시키는 방법이라는 것은 분명하다. 그라크가 앙드레 브르통의 문체를, 독자의 관심을 긴장되게 이끄는 방법이라고 말했듯이,[9] 그라크의 기술방법 역시 독자의 관심을 끌기 위해 어떤 특별한 인상에 대해서 강조하면서 그것을 돋보이게 하고 사물을 새롭게 바라보게 한다. 따라서 그의 작품 속에 실제의 세계가 보이지 않는 비현실적 세계를 동반하듯이, 명확한 것과 모호한 것évident et équivoque의 공존은 합리적인 현실의 세계에서 신비롭고 비합리적인 세계의 짧은 노출을 동시에 암시하고 그것을 주목하게 만드는 작가의 의도적인 기술방법이라고 할 수 있다.

그의 소설에서는 종종 이탤릭체로 씌어진 단어가 발견된다. 작가는 이탤릭체의 표기법을 통해서 그 단어의 의미를 강조하려는 것이다. 그것은 "밖에서 안을 들여다보기 위하여 만들어진"(p.11) 창les fenêtres처럼, 텍스트의 심층세계를 보여주고, 그곳으로 안내하는 역할을 한다. 그러한 창을 통하여 또 다른 차원의 글쓰기l'écriture가 암시되고, 탐색될 수 있는 것이다. 다음의 한 예를 보자.

---

9) 마리 프랑시스는 그라크의 『앙드레 브르통』의 한 구절을 인용하면서, 그의 지적은 그 자신에게도 해당되는 문체의 특징이라고 말한다. Marie Francis, 앞의 책, p.31.

램프 불빛에 적셔 있듯이, 나무들의 둥근 우듬지는, 어둠 속에서 모여 음모를 획책하는 사람들이 저택의 탑 위에서 종소리가 세 번 울리기를 기다리듯이, 성 주변을 에워싸고 있는 깊은 침묵의 심연에서 떠오른다. (p.63)

아르골 숲의 나무들은 사람들처럼 저택의 탑 위에 있는 시계에서 세 번 종소리가 울리기를 기다린다. 세 번 울리는 소리가 이탤릭체로 표기된 것은 청각적인 느낌을 주면서 이 작품의 연극성을 돋보이게 만드는 효과를 갖는다. 또한 이 작품에서 첫번째 장의 마지막 페이지에는 불길한 예감의 분위기를 암시하는 "어쩌면 결국 무슨 일이 *일어났을지* 모른다Peut-être en effet *s'est-il passé* quelque chose"(p.35)라는 문장이 보이는데, 여기서 *일어났을지s'est-il passé*는 고요한 성의 침묵 속에서 청각적인 울림으로 들리고 결국 불안의 느낌을 효과적으로 연출한다. 그러한 이탤릭체는 연극적인 미묘한 변화를 섬세하고 정확하게 전달해주는 역할을 하고 있는 것이다.

이 소설에서 첫번째로 등장하는 이탤릭체의 표현은 알베르의 눈을 묘사하는 부분에서 나타나는데, "(알베르의) 눈은 검사한 것 *뒤에 derrière* 있는 것을 바라보는 것 같았다"(p.17). 이 문장에서 *derrière* 라는 이탤릭체의 전치사는 대상의 감춰진 면을 꿰뚫어 보는 알베르의 인식론적 시각을 단적으로 표현한다. 이처럼 여러 가지 형태의 이탤릭체들은 문장의 단위를 넘어서는 문맥의 의미를 깊이 있게 생각하게 만들고 텍스트의 비밀을 시각적으로 표현하는 데 기여하는 요소들이다. 그것들은 이탤릭체와 정상적 서술체의 두 가지 언어층 사이에 있는 언어의 긴장 상태를 나타내면서, 소설의 구성에서 말한 것과 말하지 않은 것le dit et le non-dit 사이의 경계를 표현한다. 이러한 글쓰기는 같은 속도로 진행되는 일회적 독서의 리듬을 중단시키면서 그 문장의 반성적 장치로서 작용한다. 이러한 글쓰기의 효과를 통해 작가는 독자로 하여금 텍스트의 표현이나 말의 표면 속에 감춰진 의미를 신중히 읽고 생각하도록 유도할 수 있는 것이다.

줄리앙 그라크는 작품 속에서 사실주의 작가처럼 작가의 세계관을 드러내지 않고 다만 세계를 제시할 뿐이다. 그는 또한 세계의 형태를 명확하게 사실적으로 묘사하기보다 시적인 분위기로 그린다. 시적인 분위기에 어울리는 문장에서는 그런 단정적인 어조의 동사보다도 "~처럼 보인다"는 sembler, paraître라는 조동사의 사용이 적절할 것이다. 마치 화자가 생각하는 대상에 걸맞은 정확한 표현이 없다는 듯이 조심스럽고 신중하게 말하려는 듯한 그러한 태도의 반영은 작품의 분위기 혹은 주제와 일치하는 요소만을 포착하여 제시하려는 의도의 소산이다. 그것은 이야기를 서술하는 데 급급한 표현이 아니라 사색적인 표현이고 또한 말하려는 것의 풍부한 의미를 많이 함축하기 위한 표현이다. 사물의 핵심과 보는 사람의 감정을 연결시키면서 상투적인 시각을 벗어나 있는 작가는 문장의 흐름에서도 짧고 간결한 정보전달식의 문체보다는 둔중하고 복합적이며 시적인 문체를 애호한다. 직설법 동사를 사용할 듯한 문맥에서 접속법 동사를 사용하는 것도 그러한 이유 때문이다.

이러한 문체의 특징은 시각적 현실을 초월한 초현실성의 세계를 암시하기 위해서일 것이다. 변질되지 않은 세계의 순수성을 포착하려는 듯한 그러한 표현방법은 꿈과 현실이 구별되지 않는 상태를 표출하는

데 적합하다. 한 연구자가 그라크의 소설에 나타난 묘사의 특성을 설명한 바에 의하면 다음과 같다. "묘사는 시처럼 끊임없는 몽상에 이르고 현실의 경이로운 출현에 이르게 된다. 독일 낭만주의자들의 소설처럼 그라크의 소설들은 세계 위에서의 영원한 몽상이고, 영원한 산보와 같은 것인데, 그러한 산보에서 신비롭고 심원한 감정이 생겨난다. 거기에 신비롭고 이상한, 이상하고 비현실적 현상만이 존재하는 데 묘사된 것은 결국 현실적인 것일 뿐이다."[10] 그의 묘사는 이처럼 초현실주의적 세계관에 충실하여 지각과 표현이 분리되지 않고 현실과 몽상이 조화롭게 연결되는 통일된 세계를 지향하고 있다. 그러나 초현실성의 출현은 지속적이며 산문적이 아니다. 그것은 짧은 한줄기 빛처럼 드러나는 것이어서 마치 키리코Chirico나 탕기Tanguy와 같은 초현실주의 화가들의 회화적 이미지의 스냅사진instantané을 연상시킨다. 그런 점에서 그의 묘사를 회화적 표현에 비유할 수 있겠지만, 주의할 것은 그것이 구상화의 표현이 아니라 파스롱Passeron이 말하는 "인식으로서 회화 picto-connaissance"[11]와 시적인 회화의 성격에 가깝다는 점이다. 이러한 사실은 그의 언어적 묘사가 회화적 특징을 지니고 있으면서 풍부한 암시력을 보여주는 증거이다.

---

10) A. Denis, "La description romanesque dans l'œuvre de Gracq," in *Revue d'Esthétique no. 22*, 1969, p.165.
11) R. Passeron, "Le surréalisme des peintres," in *Entretiens sur le surréalisme*, Mouton, 1968, p.247.

5. 그라크의 소설과 초현실주의 정신

줄리앙 그라크는 초현실주의에 동조한 사람이었지 완전히 초현실주의자는 아니었다. 초현실주의자들의 선언문이나 공개적인 활동에서 그의 이름은 발견되지 않는다. 그의 자유롭고 독립적인 정신은 그로 하여금 어떤 속박을 의미하는 단체에 가입하게 만들지 않았을 것이다. 또한 그는 초현실주의의 모든 이념과 행동에 대해서도 절대적인 지지자의 모습을 보이지 않았다. 그는 앙드레 브르통이 트로츠키의 『레닌』을 읽고 정치적 문제를 거론하고 정치적 관심을 보이자, 그것에 반대하는 입장을 분명히 밝히기도 했다. "어떤 의미로 보면 초현실주의 그룹의 정치적 측면이 나에게 거리감을 준 것이다. 나는 이상적 정치라거나 현실과 거리가 먼 그러한 정치적 입장의 효과를 별로 믿지 않았다. 〔……〕 정치와의 계속적인 관계가 작가에게 별로 바람직한 것이라고 생각지 않는다."[12] 이렇게 문학의 정치 참여를 부정적으로 생각한 그의 태도는 초현실주의의 정치적 입장과 이상이 현실적으로 실패하리라는 것을 예측했기 때문이 아니라 정치와 문학을 분리시켜야 한다는 원칙적 입장 때문이었다. 그는 문학작품의 정치적 성향이 문학적 가치를 저하시키는 원인임을 주장하고 엘뤼아르의 시를 예로 들면서 그가 공산당에 가입한 이후의 시와 이전의 시를 비교할 때 후자의 경우가 문학적 가치가 풍부한 것임을 역설한 것은 그의 분명한 문학관을 보여주는 증거이다. 이런 점에서 문학이 자율적인 독립체로서 순수성을 지켜야 한다는 그

---

12) Interview accordée par Gracq, Entretien du *Nouvel Observateur*(29 mars 1967).

의 원칙은 문학적 가치에 의해 문학의 힘이 존재한다는 것을 굳건히 믿는 사람의 강직한 태도일 것이다.[13]

이러한 문학관을 바탕으로 삼아 그 어떤 이데올로기에도 예속되지 않고, 그야말로 자유로운 반항적 태도에서 인간을 속박하는 모든 현상을 거부하는 그의 문학은 비합리적이고 신비스러운 세계의 비의를 탐색하는 방향으로 나아간다. 그것은 실존주의자들의 절망적 페시미즘과는 달리 진정한 삶의 가치를 모색하려는 희망의 모험이다. 이러한 정신적 모험의 한 성과인 『아르골의 성(城)에서』는 직접적이고 안일한 것을 거부하며 다른 세계ailleurs를 추구한 것이지만, 그 다른 세계는 우리의 현실에 내재해 있는 세계이기도 하다.

그라크의 소설은 주제와 기술의 측면에서 브르통이 「초현실주의 선언문」에서 비판한 전통적 소설의 상투적인 인물묘사와 심리분석, 표면적인 현실의 논리를 초월하여 모든 이율배반을 초월하고, 현실에 가려진 초현실적 세계의 진실을 추구하려는 초현실주의적 문학의 모험을 실천한 것이다. 그의 작중인물들은 욕망의 대상쪽으로 순수하게 이끌리는 모호한 자성화(磁性化, aimantation)의 공범의식으로 결합되어 있으면서 차이를 보이기도 했다. 이러한 관계에서 그들의 모험은 한 연구자가 말한 것처럼, "중세적인 (성배의) 추구와 초현실성의 탐구를 새롭게 종합하기 위한"[14] 것이라고 할 수 있다. 이것은 결국 진리를 추구하는 순수한 정신의 모험과 다름없다. 이것을 초현실주의적 모험의 정

---

13) 그의 문학적 이념이 분명하게 표현된 글의 하나가 'La littérature à l'estomac'이다. 그는 이 책에서 문학적인 것과 비문학적인 것을 철저히 구별하면서 비문학적인 것이 문학 속에 팽배된 현상을 비판한다. 실존주의를 공격하는 그의 논지도 그런 흐름에서이다. J. Gracq, "La littérature à l'estomac," in *Préférences*, José Corti, 1961, p.38.

14) S. Grossman, *Julien Gracq et le surréalisme*, Librairie José Corti, 1980, p.176.

신이라고 한다면, 그라크의 소설은 의식과 무의식이 완전히 통합된 초현실주의의 정신적 모험을 추구한다. 이 과정에서 세계는 꿈이고, 꿈은 세계인 초현실의 세계는 시적으로 용해된 세계이다. 그러므로 그라크의 소설에서 인간과 세계와의 일치 혹은 인간의 해방이라는 초현실주의적 명제는 그 어느 초현실주의자의 작업에서보다 훨씬 진전된 논리로 형상화된 것이 분명하다.

제3부

초현실주의, 수용과 비판

제11장

살바도르 달리, 르네 마그리트,
자크 에롤드와 초현실주의

1. 초현실주의와 화가들

초현실주의의 공식적인 출범을 알리는 브르통의 「초현실주의 제1선
언문」(1924, 이하 「선언문」으로 약칭)에는 초현실주의의 대명사와 같은
자동기술의 시와 그 의미에 대해 자세히 설명되어 있는 반면, 그림에서
의 자동기술은 특별히 논의되어 있지 않다. 또한 「선언문」의 본문에서
는 과거와 현재의 많은 작가와 시인들의 이름이 초현실주의와의 관련
에서 언급되어 있지만, 화가들의 이름은 본문이 아닌 각주에서만 발견
된다. 그렇다면 「선언문」을 쓸 무렵에 브르통은 그림이나 화가의 중요
성을 외면하고 있었던 것일까?

잘 알려져 있듯이, 초현실주의는 문학에서뿐 아니라 미술에서도 매
우 중요하게 평가되는 운동이다. 브르통은 장르를 초월해서 내면적 모

험이나 정신의 해방을 실천하는 점에서 시와 미술의 차이는 존재하지 않는다는 것을 강조했고, 그의 이론을 중심으로 형성된 초현실주의 그룹에는 일찍부터 시인과 화가들이 공존해 있었다. 또한 브르통은 '다다' 이전부터 아라공 등과 만든 잡지 『문학』에서 미술에 대한 관심을 적극적으로 표현했으며, '다다'의 정신은 입체주의나 미래주의 같은 전위적인 예술운동의 정신과 전통과의 단절이라는 점에서 일치하는 것임을 주장하였다. 사실 그림을 보는 그의 안목이 일반적인 전문가의 수준을 뛰어넘는다거나, 초현실주의의 목표인 세계와 인간에 대한 시선을 변화시키는 데 있어서 화가의 역할이 중요하다는 것을 보여준 증거는 많다. 이처럼 화가와 그림의 중요성을 브르통이 강조한 것은 초현실주의라는 용어를 처음으로 사용한 시인이자 브르통에게 많은 영향을 미쳤다고 알려져 있는 아폴리네르가 그에게 시인은 미지의 세계를 탐구하는 데 있어서 화가와 동반자가 되어야 한다는 것을 자주 역설하였다는 사실과 무관한 것으로 보기 어렵다. 그렇다면 「선언문」에서 화가와 그림이 언급되지 않은 까닭은 무엇일까? 「선언문」에 실려 있는 초현실주의에 대한 정의를 다시 읽어보자.

초현실주의——남성명사. 정신의 순수한 자연현상으로서 사람이 입으로 말하건 붓으로 하건 또는 다른 어떤 방법에 의해서든지 간에 사고의 실제적 기능을 표현하는 것. 이것은 이성에 의한 어떤 통제도 받지 않고 심미적이거나 윤리적인 관심을 떠나서 이뤄지는 사고의 기술.[1]

---

1) A. Breton, *Manifestes du surréalisme*, J. J. Pauvert, 1972, p.35.

브르통의 이러한 정의에서 보면 언어를 통해서건 붓에 의존해서건 이성의 통제를 받지 않고 진정한 사고의 움직임을 표현하기만 한다면 그것은 모두 초현실주의의 정신과 일치한다고 말한 것임을 알 수 있다. 그럼에도 불구하고 화가들의 이름이 구체적으로 언급되지 않은 것은 그들을 화가이기 이전에 시인의 정신을 갖고 있는 사람들로 간주했고, 그들의 시각적 모험은 언어에 의존하는 시인의 모험과 같은 것으로 생각했기 때문으로 이해된다.

「선언문」에는 언급되어 있지 않더라도, 초창기에 초현실주의 정신과 일치하는 작업을 중점적으로 실천한 화가들의 이름을 열거하자면, 키리코, 뒤샹, 막스 에른스트, 마송, 후안 미로 등을 들 수 있다. 그중에서 키리코와 뒤샹은 초현실주의자들이 발굴한 19세기 시인 로트레아몽의 시에서 보이는 착종된 시각과 상상력을 작품 속에서 실현하려고 한 화가들이다. 특히 키리코는 1910년에서 1918년에 이르는 기간 동안, 우수에 찬 이미지들을 통해서 희망과 열망을 예감할 수 있는 그림들을 그렸고, "만약 예술작품이 정말 비도덕적인 것이라면, 어떤 상식적인 것이나 논리성을 떠나 인간 세계의 한계를 초월할 수 있어야 한다"[2]는 생각으로 꿈의 세계나 내면세계를 깊이 있게 드러내었다. 그는 시적인 천재성과 신랄한 유머, 모호성의 신비감과 날카로운 통찰력으로 대담한 상상력을 보여준 화가였다. 또한 뒤샹은 언어와 오브제에 대한 유희의 작업을 통하여 회화나 조각에 대한 전통적 관념을 파괴함으로써 초기의 초현실주의에 많은 영감을 불러일으켰다. 평범한 오브제에 개성적인 세부묘사를 부여하여 그것을 희귀한 것으로 만들어, 훗날 팝아트

---

2) 알렉산드리안, 『초현실주의 미술』, 이대일 옮김, 열화당, 1954, p.64.

의 원천이 되었다고 하는 '레디메이드ready made' 방법을 창출하였다거나, 1917년 뉴욕에서 개최된 전시회에 변기를 뒤집어놓은 작품을 출품하여 '샘물'이라는 제목을 붙였다는 것은 그에 관한 유명한 일화로 잘 알려져 있다. 또한 막스 에른스트는 날카롭고 유머러스하고 생생한 상상력으로, 르베르디의 이미지론처럼 전혀 관계없는 두 가지 현실체를 부조리한 평면 위에서 우연적으로 결합시킨 방법의 '콜라주 Collage' 기법을 개발하였고, 나뭇조각, 돌, 헝겊 등 울퉁불퉁한 물건 위에 종이를 놓고, 연필이나 숯으로 문질러서 독특한 형태를 만들어내는 '프로타주Frottage' 기법을 만들기도 하였다. 이 화가들 외에 「초현실주의 선언문」이 발표되기 전에 자동기술적 작품을 실험적으로 만든 화가들은 앙드레 마송과 후안 미로이다. 특히 미로는 자동기술적 방법으로 물방울이 튄 것 같은 채색된 얼룩들을 갖고 화폭에 채운다거나 회색이나 청색의 단조로운 배경 위에서 기호들을 분산시키는 방법의 그림 때문에 브르통이 가장 먼저 초현실주의자의 모습을 보여준 화가라고 말했을 정도이다.

그렇다면 자동기술적 그림이란 무엇일까? 「초현실주의 선언문」에서 '사고의 실제적 기능을 표현하는 것'이 초현실주의라고 정의했을 때, 브르통은 그림에서 자동기술적 표현이 가능하다고 말했지만, 이성에 의한 통제나 심미적 관심이 완전히 제거된 상태에서, 무의식적으로 사고의 움직임을 옮겨놓을 수 있는 그림이 과연 가능한 것일지는 알 수 없다. 그림은, 펜과 종이만 갖고 쓸 수 있는 글과는 달리, 캔버스, 붓, 물감 등의 물질적인 매체가 필요한 장르이기 때문에, 이러한 매체는 결국 '사고의 실제적 움직임'을 표출하는 데 장애가 될 수 있는 것이다. 또한 사고의 실제적 기능이 시간적이고 연속적인 것이라면, 그림은 한

눈으로 볼 수 있는 전체적인 지각의 대상이므로 화가가 사고의 '시간적이고 연속적'인 움직임을 그림 속에 그대로 옮겨놓기란 거의 불가능한 일에 가깝다. 그렇기 때문에 그림에서의 자동기술적 시도는 곧 한계에 부딪힐 수밖에 없을 것이다. 훗날 달리의 모험적 체험이 보여준 바 있듯이, 그림의 이미지들이 몽환적이거나 초현실적으로 보일 수는 있어도, 그것들의 표현이 완벽하게 초현실적이거나 자동기술적인 것이 될 수는 없었다. 이런 점에서 피에르 나빌P. Naville은 『초현실주의 혁명』 3호(1925년 4월)에서 "초현실주의 회화는 존재하지 않는다. 손의 움직임에 따라 연필로 그려지는 표현도, 꿈의 그림을 그대로 옮겨놓은 이미지도, 상상력이 풍부한 독창성도, 그 어느 것도 초현실주의 회화라는 명칭을 부여할 수 없기 때문이다"라는 주장으로 초현실주의 회화의 존재성을 부인하였다.

1928년 브르통이 『초현실주의 회화』를 쓸 때, 그는 나빌처럼 초현실주의 회화의 존재에 대해 회의적인 생각을 갖고 있는 사람들에게 결정적인 해답을 제시하기 위해서 이런 견해를 밝힌다.

나는 회화를 하나의 유리창이 아닌 다른 어떤 것으로 생각할 수 없는데, 그 이유는 나의 일차적 관심이 "유리창을 통해 밖에 무엇이 보이는가"를 알고, 달리 말하자면 나의 관점에서, 그 풍경이 과연 아름다운지를 알려는 것이기 때문이다. 나는 내 앞에서 끊임없이 펼쳐지는 어떤 것을 무엇보다 좋아한다.[3]

---

3) A. Breton, *Le surréalisme et la peinture*, Gallimard, 1965, pp.2~3.

브르통이 여기서 말한 '풍경la vue'은 외부의 객관적인 세계가 아니라 바라보는 사람의 내면에서 떠오르는 상상력의 세계이다. 이처럼 회화는 외부세계를 재현하거나 모방하는 것이 아니라 내면직 상상력의 풍경을 그려야 한다는 것을 강조하는 그의 주장은 매우 단호하다. 그는 이러한 관점에서 현실로부터 얻은 영감을, 심지어는 변형된 현실로부터 얻은 영감까지도 그리지 말 것을 화가들에게 요구하였고, 외부적인 것에서 그림의 모델을 찾는다는 기존의 편견을 불식하도록 하였다.

예술의 목적으로 제시된 '모방'의 협소한 개념은 오늘날까지 계속되는 심각한 오해에서 비롯된 것이다. 인간이 자신과 관련된 영상을 성공적으로 재현할 수 있다는 믿음 때문에, 화가들은 모델을 선택하는 데 있어서 지나치게 타협적인 태도를 보였다. 이로 인해 생긴 오류는 모델이란 외부세계에서만 얻어질 수 있다고 생각하는 것, 아니 전적으로 외부세계에서만 모델을 얻을 수 있다고 생각하는 것이었다. 물론 인간의 감성은 겉으로 보아 아주 평범한 오브제에도 완전히 새로운 변별적 특성을 부여할 수 있다. 〔……〕 여하간 외부세계란 것이 시간이 지날수록 더욱 의심스럽게 보이는 현재의 인식 상황에서 그와 같은 희생에 동의할 수는 없는 일이다. 오늘날 모든 사람들이 따르고 있는 현실적 가치들에 대한 전면적인 개편의 필요성에 대응하기 위해서, 조형작업은 순수하게 내부적인 모델에 의존해야 하고, 그렇지 않으면 이루어질 수 없을 것이다.[4]

'초현실주의 회화의 선언문'처럼 보이는 이 글에서 브르통은 이처럼

---

4) 위의 책, p.4.

분명하게 '내부적 모델'의 개념을 정립하여 발표한다. 이러한 개념의 토대 위에서 회화의 존재 이유를 찾은 화가들이 바로 초현실주의 미술의 대표적인 사람들이라고 할 수 있을 것이다. 위의 글에서 브르통은 피카소, 키리코, 에른스트, 탕기, 피카비아 그리고 만 레이 같은 화가들을 예시하면서, 결론 부분에서는 "내가 좋아하는 모든 것, 내가 생각하고 느끼는 모든 것은, 초현실성이 현실을 초월한 자리에 있는 것도 아니고, 현실 밖에 있는 것도 아니라 오직 현실 속에 내재한다고 보는 어떤 특이한 내재성의 철학에 가까운 것"[5]임을 천명한다.

브르통이 '초현실주의와 미술'의 초판에서 살바도르 달리의 그림을 논의하지 않은 것은, 이 글을 쓸 무렵에는 그를 알고 있지 못했기 때문이다. 그가 달리의 그림에 대해서 처음으로 글을 쓴 것은, 1929년 11월 파리에서 열린 달리의 첫번째 전시회 카탈로그의 해설을 쓰면서였다. 그는 "아마도 달리의 그림을 통해서 처음으로 정신의 창문이 활짝 열리는 체험을 할 수 있을 것"[6]이라는 찬사와 함께 "달리의 그림은 지금까지 인간이 알 수 있는 가장 환각적인"[7] 작품으로써 인간의 이성에 강력한 위협이 될 수 있다는 확신을 표명한다. 그러나 파리에서 열린 첫 전시회의 그림들만으로 브르통의 전폭적인 신뢰를 받은 달리가 1930년 초현실주의의 위기 상황에서, 어떻게 위기를 극복할 주역의 한 사람으로 부각될 수 있었을까?

---

5) 위의 책, p.46.
6) A. Breton, "Première exposition Dali," in *Point du jour*, coll. Idées, Gallimard, 1970, p.69.
7) 위의 책, p.70.

2. 살바도르 달리

모리스 나도는 『초현실주의의 역사』에서, 아라공과 아르토가 초현실주의 그룹을 떠나게 된 1930년과 1931년을 전후하여 초현실주의가 심각한 분열의 위기에 놓인 상황을 이렇게 서술한다.

이제, 초현실주의는 평행선으로 뻗어 있는 두 길 위를 계속 달려가야 했는데, 하나의 길은 정치 혁명의 길이고, 다른 하나의 길은 인간의 내면에 있는 미지의 힘을 보다 깊이 있게 탐구하는 길이다. 전자의 대표주자가 사둘과 함께 카르코브에서 열린 제2차 세계혁명작가 회의에 참가한 아라공이라면, 후자의 대표주자는 편집증적 비평의 의견을 발표하고 그것을 '초현실주의적' 오브제들의 제작에 적용한 달리이다.[8]

모리스 나도는 이 두 개의 평행선을 종합하는 역할을 해야 할 사람은 브르통밖에 없다는 것을 위의 인용문에 덧붙이고 있지만, 다다 시절을 포함하여 이미 10년 이상의 연륜 속에서 성장한 초현실주의의 역사적 상황을 고려할 때, 이 그룹에 참가한 지 1년 정도밖에 안 되는 달리의 존재를 그룹의 창립 멤버인 아라공과 동일한 위상에서 언급한 것은 매우 놀랍다. 달리는 어떤 점에서 1930년대 초 초현실주의의 방향을 결정하는 데 이처럼 핵심적 역할을 수행하게 된 것일까?
달리는 초현실주의 그룹에 합류하기 직전, 부뉴엘과 함께 초현실주

---

8) M. Nadeau, *Histoire du surréalisme*, Éditions du Seuil, 1964, p.143.

의적 영화 「안달루시아의 개」를 만들었을 뿐 아니라, 앞에서 말한 것처럼 괴망의 갤러리에서 전시회를 열었기 때문에 브르통을 포함한 초현실주의자들은 어느 정도 그의 재능을 알고 있었다. 달리가 잡지나 책을 통해 초현실주의를 알게 된 시기는 1927년 무렵이었다. 그 당시 달리는 고전적인 기법에도 능숙했을 뿐 아니라, 미래주의에서 입체주의에 이르는 모더니즘 기법에도 정통한 화가였으며 시적 재능도 겸비하고 있었다. 달리의 전기에 빠뜨릴 수 없이 중요하게 언급되는 사실 중에는 1923년 그가 마드리드의 대학 기숙사에서 시인 로르카를 만났다는 것이다. 그로부터 5~6년 계속된 두 사람의 동성연애적 관계는 서로의 예술적인 발전에 많은 영향을 주고받는 것으로 발전하였다고 한다. 그의 전기를 쓴 로버트 레드퍼드에 의하면, "그들은 서로 반대 방향에서 물질계에 접근하긴 했지만——가르시아 로르카는 민담이라는 서정적 마력으로, 달리는 감정과 무관한 객관성으로——그런 예측할 수 없는 병치를 통해 서로를 고양시킴으로써 상징적 심상을 얻기 위해 물질계의 풍부한 힘을 탐색한다는 공통의 관심사를 갖고 있었다"[9]는 것이다. 더욱이 달리는 그림을 그리면서도 시 쓰는 일을 함께했고, 로르카는 시를 쓰면서도 구체적이고 민속적인 성격의 그림 그리기를 좋아하는 시인이었다는 점은 두 사람을 결합시킨 결정적 요인이었을 것이다. 달리는 로르카를 만남으로써 언어와 이미지의 상호교환이라는 강렬한 체험을 할 수 있었고, 환상적 이미지들의 자유로운 결합 능력을 더욱 발전시킬 수 있었다. 여하간 로르카의 영향을 받아서 달리는 그가 한때 머물러 있었던 입체주의와 고전주의로부터 빠져나갈 새로운 출구를 발견하게 되었

---

9) 로버트 레드퍼드, 『달리』, 김남주 옮김, 한길아트, 1998, p.7.

다는 것이다. 이런 상황에서 그에게 새로운 출구로 등장한 것이 바로 초현실주의였음은 매우 의미심장하다. 그는 많은 회화와 오브제를 통해 '반(反)예술적' 충동을 표현하였는데, 특히 「목욕하는 사람」「새」「의인화된 해변」「작은 쇳조각들」「기관과 손」 같은 그 당시의 회화작품들은 그가 초현실주의 화가들의 작품을 꼼꼼히 살펴보면서 그들의 방법에 공감하고 그들로부터 영향을 받게 되었음을 보여준 예들이다. 로버트 레드퍼드는 달리에게 초현실주의란 "우리의 시각을 구속하는 족쇄를 부수기 위해 마련된 '혼돈의 체계화'"[10]의 인식이었다고 정의한다.

1929년 초 달리는 대학 친구인 루이 부뉴엘과 영화를 만드는 일로 파리에 가게 된다. 달리와 부뉴엘이 영화에 열광한 이유는 다른 표현 매체들과는 달리 영화는 '부패'하지 않은 장르였기 때문이다. 두 사람은, 브르통이 수포와 함께 자동기술의 시『자장』을 쓴 것처럼, 작업에 몰두한 지 일주일도 안 되어 한 편의 대본을 만들었는데, 부뉴엘의 자서전에 의하면, 그 대본을 만들 때 그들이 지켜야 할 규칙으로는 "어떤 종류의 것이든 합리적인 설명이 가능한 생각이나 심상을 받아들이지 않는다는 것"[11] "불합리에 대해 문을 활짝 열어놓고 이유를 설명하려고 애쓸 필요 없이 우리를 경악시킨 심상만을 포착해야 한다는 것"[12]이었다. 이런 목적으로 만든 것이면서, 영화사에서 가장 인습에 얽매이지 않은 영화로 평가되는 「안달루시아의 개」는 전통적인 의미의 스토리와는 달리, 독립적이고 구체적인 이미지들이 연관성 없이 이어지면서 빠르게 전환되는 충격적인 꿈의 세계를 보여주는 작품으로서, 무엇보다

---

10) 위의 책, p.88.
11) 위의 책, p.90.
12) 위의 책, p.91.

초현실주의의 정신과 기법을 잘 표현한 것이었다. 특히 이질적인 이미지들이 무성영화의 기법으로 표현되는 장면들을 예로 들자면, 가령 여자가 립스틱을 바르는 순간, 남자의 입이 사라지면서 한 무더기의 털로 대체되고, 여자가 팔을 들어 올려 털 없는 겨드랑이를 보여주자 그 장면에 이어 가시로 뒤덮인 성기가 등장하는 것들이다. 또한 관객에게 분노와 혐오감을 주기 위해 만들어진 면도날로 한 여인의 안구를 깊이 베는 충격적인 장면이나 신체의 부분들이 절단된 장면, 죽은 동물의 시체, 손 위에서 우글거리는 개미들 등, 섬뜩한 장면들은 일일이 열거할 수 없을 정도로 많다. 또한 이 영화에서 사랑은 고통을 당하는 마조히즘적인 것이면서 동시에 고통을 가하는 사디즘적인 행위로 표현됨으로써 정신분석적 의미의 상징들을 풍부하게 발견할 수 있게 한다.

달리가 초현실주의 그룹에 합류하게 된 것은 그의 그림과 영화에서 보인 것 같은 초현실주의적 상상력뿐 아니라 엘뤼아르 부인인 갈라와의 운명적인 만남을 통해서이다. 달리는 그녀를 처음 보았을 때만 해도, 히스테리에 가까운 발작 증세를 보여 분별 있는 의사소통조차 불가능할 정도였다는데, 그녀는 마치 능력 있는 정신과 의사처럼 그를 안심시키고 그의 광기와 성적 불안의 신경쇠약을 치료해주는 역할을 하게 된다. 갈라는 달리가 가진 최악의 환각을 병적인 상태에 빠져 타락하지 않도록 했을 뿐 아니라, 그에게 필요한 자료를 정리해주면서 글을 쓰게 하였고, 그것이 바로 초현실주의에 결정적으로 기여하게 만든 달리의 '편집증적 비평방법'의 바탕이 된다. 갈라와 함께 파리로 돌아온 달리는 초현실주의 그룹의 따뜻한 환영을 받고 정열적으로 초현실주의운동에 참여하고, 브르통은 당연히 달리의 활약에 큰 기대를 걸 수밖에 없었다. 또한 달리가 초현실주의운동에 새로운 활력을 부여하는 역할을

하게 된 과정에서 특기할 점은, 그의 그림이 보여주는 특이한 이미지의
환각적인 성격만이 아니라, 사실적으로 치밀하게 그린 일상적 사물을
바탕으로 의외의 환상적 해석을 덧붙여 잠재의식의 세계를 표출시키는
'편집증적 비평방법' 때문이다. 그는 자신의 에세이 「악취 나는 엉덩
이」에서 이 방식을 이렇게 설명한다.

   나는 편집증적이고 적극적인 정신을 촉구함으로써 (그와 동시에 자동
   기술과 다른 수동적인 정신 상태를 동원해서) 혼란을 체계화하고, 그리하
   여 현실을 전적으로 불신할 수 있는 때가 임박했다고 생각한다.[13]

   달리는 이 방식을 생각하기 전에 자동기술의 시처럼, 자동기술적 그
림dessin automatique을 시도해보았다고 한다. 그러나 손으로 그리는
자동기술에 몰입할 수가 없어서, 주관적이고 시각적인 이미지를 떠오
르게 하다 보니까, 일종의 꿈과 같은 이미지, 혹은 절반의 환각 같은
이미지가 보여 그것을 고정시키는 작업에 착수하게 되었다는 것이다.
그는, 브르통이 「초현실주의 선언문」에서 잠에서 깨어날 때 떠오른 문
장을 그대로 옮겨 쓴 것처럼, 「은밀한 삶」에서 자신의 체험을 이렇게
이야기한다.

   해가 떠오를 무렵, 나는 잠에서 깨어나, 세면도 하지 않고 옷도 입지
   않은 채, 내 방 침대 앞에 놓인 작업대에 앉았다. 아침에 떠오른 첫번째
   이미지는 내가 잠들기 전에 보게 된 마지막 이미지로서, 내가 그리려는

---

13) 로버트 레드퍼드, 앞의 책, p.139에서 재인용.

것이었다. [……] 내 작업대 앞에 앉아서 하루 온종일 내 자신의 상상력을 채우고 있는 것들이 떠오르는 것을 보기 위해 나의 캔버스를 매개체로 삼았다. 그 이미지들이 그림 속에 정확히 자리 잡게 되었을 때, 나는 지체하지 않고 즉시 그리기 시작했다. 그러나 이미지가 떠오르지 않을 때는 때때로 여러 시간 동안 손에 붓을 든 채 그대로 가만히 있어야만 했다.[14]

달리의 이 말은 브르통이 잠에서 깨어나자마자 떠오른 문장을 그대로 옮길 수 있었던 것과는 다르게, 꿈의 이미지를 그릴 경우 그 작업은 간단치 않은 것임을 보여준다. 꿈의 이미지를 그대로 그림으로 옮길 경우 그만큼 시간이 필요하기 때문이기도 하지만, 그림 그리는 작업을 하는 동안 첫번째 이미지의 기억이 온전한 상태로 기억 속에 남아 있지를 못하기 때문이기도 하다. 여하간 달리는 브르통과 마찬가지로 미술작품이 외부적 대상을 그리는 것이 아니라 내면과 꿈의 이미지로 만들어져야 한다는 것에서 일치를 보인다. 그렇게 하기 위해서 화가는 무엇보다 자신의 내면과 본능, 순수한 영감에 귀를 기울여야 할 것이다. 이런 목적에서 달리는 자신의 그림 그리는 방식을 초현실주의 이론이 요구하는 자동기술과 일치하는 것으로 생각했고, 자동기술적 행위를 통해 내면의 본능에 도달하려고 했다. 어떤 의미에서 달리의 이러한 시도는 자동기술의 원리를 따르면서 이 방법을 새롭게 갱신할 수 있는 수단으로 평가될 수 있었다. 정상적인 의식을 상실하고 완전히 정신착란의 상태에 빠진 사람이 어떤 의미 있는 일을 할 수 없다면, 편집증 환자는

---

14) R. Passeron, "Le surréalisme des peintres," in *Le Surréalisme*, Mouton, 1968, pp.250~51에서 재인용.

신체적으로 정상적인 건강을 누리고, 어떤 장애 요인도 갖고 있지 않으면서 다만 낯선 세계에 살고 있듯이 행동할 수 있다는 점에서, 달리는 편집증적 비평을 고안한다. 편집증 환자는 현실세계에 순응해 사는 대부분의 정상인들과는 달리 세계를 자신의 의식 속에 통제하면서 자기의 욕망에 따라 세계를 만들어갈 수 있기 때문이다. 그러니까 편집증적 비평은 "정신착란적인 해석과 연상의 비판적이고 체계적인 객관화에 기반을 둔 비합리적 인식의 무의식적인 방법"[15]이다. 달리는 편집증의 상태에서 가질 수 있는 기민한 정신과 창조적인 상상력을 예찬하고 이런 방법이 다중적이고 복합적인 해석을 담은 이미지들을 창출하는 데 효과적이라고 말한다. 엄격하게 자동기술적 작업이 불가능하다면, 편집증적 비평방식이야말로 자동기술의 개선된 대안일 수 있다는 논리에서이다. 초현실주의자였던 라캉은 편집증을 가진 주체의 착란적 경험이 민담과 신화의 창조적인 내용과 유사할 뿐 아니라, 위대한 예술가의 상상력도 그러한 편집증의 착란적 경험과 비슷한 것임을 지적하였다.

그렇다면 달리의 편집증적 비평의 해석과 프로이트의 정신분석은 어떤 차이를 보이는 것일까? 달리는 1922년 스페인어로 번역된 프로이트의 『꿈의 해석』을 탐독하였고, 그 책이 담고 있는 핵심적 논리, 즉 꿈은 결코 무익하거나 무의미한 것이 아니라 인간의 잠재된 욕망 혹은 억압된 욕망을 왜곡되거나 치환된 형태로 재현하는 것이란 논리에 큰 감동을 받은 사람이었다. 물론 프로이트의 『꿈의 해석』뿐 아니라 『레오나르도 다 빈치의 유년시절의 기억』은 나중에 밀레의 「삼종기도 l'Angélus」에 대한 달리의 편집증적 비평 해석에 영향을 미친 것이라고

---

15) M. Nadeau, 앞의 책, p.151.

할 수 있다. 달리는 특별히 과학적인 방법에 의존하지 않으면서 밀레의 「삼종기도」에 담긴 전원의 음울한 분위기와 경건하게 기도하는 두 사람의 모습을 편집증적 비평으로 해석하였다. 그의 해석에 의하면, 기도하는 두 사람은 성적 욕망을 감추고 있으며, 어머니의 모습은 남자와 동침한 후 남자를 잡아먹는다는 식인주의의 악녀와 같다는 것이다. 그는 밀레의 작품이 많은 사람들로부터 인기가 있는 이유를 남편의 거세와 아들의 살해 모습 때문이라고 생각했으며, 그의 추론을 강변하기 위해 그 작품에 엑스선을 투사하여 그림의 아래쪽을 자세히 보면, 지금은 바구니가 놓여 있는 곳에 어린아이의 관을 재현한 것에 어두운 색깔을 칠해 수정해놓은 흔적을 볼 수 있다는 주장까지 하였다. 그의 해석이 옳건 그르건 간에, 프로이트가 레오나르도 다 빈치의 분석에서 작품과 작가 분석을 병행하면서 예술을 통해 극복된 작가의 강박적 신경증을 보았다면, 달리는 작품에 감춰진 성적 욕망의 표현을 읽는 방법에서 과학적인 근거가 결여된 직관적 해석을 편집증적 비평의 논리로 포장하였다. 그는 로트레아몽의 『말도로르의 노래』를 주제로 한 전시회의 서문을 쓰면서 "해부대 위에서 재봉틀과 우산의 우연적 만남처럼 아름다운 밀레의 「삼종기도」"[16]라는 비유적 표현을 사용하기도 했는데, 그림을 통해서건 시를 통해서건 그의 초현실주의적 이미지의 구사능력은 매우 뛰어난 것이었다.

달리의 편집증적 비평이 무의식과 비합리성의 세계, 광기의 시적 잠재성을 표출할 수 있는 방법이자 위기에 처한 초현실주의의 새로운 미학을 확립할 계기라고 판단한 브르통은 이 방법을 긍정적으로 평가하

---

16) S. Dali, *Préface à l'exposition*, galerie des 4 chemins, 1934.

였다. 그림에서 달리의 편집증적 비평의 창작방식은 대체로 이중적 혹은 다중적 이미지들로 구성된다. 가령 그의 그림에서 말의 이미지가 사자의 이미지와 여자의 이미지로 동시에 나타나고, 노예시장에서 느닷없이 볼테르의 흉상이 떠오르게 만드는 것, 신체의 팔 다리와 같은 부분을 기형적으로 확대하고 단단한 물체를 부드럽게 늘어진 형태로 변형시키면서 하나의 이미지가 이중적 혹은 다중적인 기능을 하게끔 시각적인 유머의 형태를 거침없이 구사한 것은 모두 그의 편집증적 비평에 의한 독창적인 표현방법이다. 그러나 무의식적으로 혹은 무계획적으로 그린 듯한 그의 그림이 엄격하고 치밀한 계획에 의해서 만들어진 것임을 알게 된 브르통은 달리와 충돌하게 된다. 정신착란의 상태에서도 이성적이고 미학적인 판단력으로 빈틈없이 일을 수행하는 편집증 환자의 능동적인 의지와 반수면의 상태에서 자동기술의 받아쓰기를 해야 하는 초현실주의 시인의 수동적 의지가 동일할 수는 없었던 것이다. 브르통은 달리의 의도적이고 논리적인 방법의 한계를 비판한다. 더욱이 달리와의 이론적 대립뿐 아니라, 그의 그림이 세속적인 성공을 거두게 되면서 브르통과 초현실주의 그룹의 구성원들이 그를 배제하게 된 것은 당연한 결과였다. 달리는 대중문화의 방식을 그의 그림에 접목시키는 방법을 통하여 미국의 관람객들로부터 숭배에 가까운 인기를 끌었다. 초현실주의 그룹과 달리와의 관계가 결정적으로 단절된 것은 제2차 세계대전 직전이었다.

3. 르네 마그리트

벨기에 출신의 초현실주의 화가인 르네 마그리트는 "우리 시대의 가장 놀랄 만한 시각적 변증법을 창조한"[17] 작가이지만, 살아 있는 동안 그는 내내 우울증의 고통에서 벗어나지 못한 불행한 사람이었다. 그의 우울증이 무엇에 기인하는지는 알 수 없지만, 그가 열네 살밖에 되지 않았을 때 그의 어머니가 강물 속에 뛰어들어 자살한 사건이 어느 정도 연관성이 있지 않을까를 추측해볼 수는 있다. 그러나 『르네 마그리트』의 작품세계를 주제별로 자세히 설명한 수지 개블릭에 의하면, 어머니의 자살이라는 충격적인 사건은 그에게 일종의 자부심을 갖게 한 계기가 되었다는 것이다.

어머니의 죽음은 그에게 그 자신이 중요하다는 생각의 새로운 정체성, 즉 그는 '죽은 여인'의 아들이 된 것이다. 그러나 어머니의 죽음의 원인은 여전히 의문이 풀리지 않은 채 남아 있었다.[18]

이렇게 죽음의 원인이 밝혀지지 않은 어머니의 자살이라는 사건이 마그리트의 우울증의 직접적인 원인은 아니더라도, 자살한 어머니의 성격과 가족적인 환경을 그것의 간접적인 원인이라고 생각할 수는 있을 것이다. 여하간 그는 "고통과 모든 불행의 근본 원인인 '우울증'으로 몹시 괴로워하"면서도, "이성적 의도에서뿐만 아니라 그의 모든 행동,

---

17) 알렉산드리안, 앞의 책, p.130.
18) 수지 개블릭, 『르네 마그리트』, 천수원 옮김, 시공사, 2000, p.21.

인생과 작업에서 이 우울증을 형이상학적으로 활용"[19]하는 화가가 되었다. 그의 그림이 낭만적인 공상가의 그림이 아니라 의식 있는 몽상가의 그림이라는 인상을 주는 것은 그런 이유 때문일 것이다. 상식적이고 관습적인 것을 철저히 혐오하는 그는 그림을 통해서 평범함과 사물에 대한 상투적 선입견을 철저히 파괴하려는 반란의 의지를 보였다. 이런 점에서 그의 그림은 '보는' 그림이라기보다 '읽는' 그림이며, 보는 사람으로 하여금 상상의 세계에 빠지게 만드는 그림이 아니라 의문을 갖고 생각하게 만드는 그림이라고 말할 수 있다. 실제로 그는 화가로 불리는 것을 좋아하지 않았고, 자신은 그저 사물을 깊게 생각하는 사람일 뿐이며, 다른 사람들이 음악이나 글로 생각을 표현하듯이 자신은 회화를 통하여 생각을 교류하는 사람이라고 말하기를 좋아했다.

많은 사람들이 말하듯이, 르네 마그리트의 그림은 쉽게 설명되지 않는다. 그의 그림은 보는 사람에게 상식적인 의미의 해석을 가능하게 만드는 요소들로 구성되어 있지 않기 때문이다. 그는 그의 작품을 해석하려는 사람들이 의문의 해답을 제시하거나 만족스러운 논리적 설명을 하지 못할 때 오히려 자신의 작품이 잘된 것이라고 생각했다. 우리는 일반적으로 화가의 그림에서 설명할 수 없는 불가사의한 이미지를 보게 될 때, 당혹감과 두려움을 경험하는데, 마그리트는 관객의 바로 이러한 당황과 두려움을 중요시한 화가이다. 그의 그림을 보는 사람이 그림을 통해서 연상되는 어떤 고정관념을 깨뜨리고 당연시하던 것에 의문을 갖게 된다면, 그의 작가적 의도는 일단 성공한 것이다. 그는 관객의 그러한 경험이 감각적인 것이건 정신적인 것이건 새로운 앎과 깨달

---

19) 위의 책, p.9.

음을 갖게 한다고 믿었다. 보는 사람에게 당혹스런 충격을 주기 위한 의도를 중시하는 마그리트에게 그림은 결코 목적이 아니라 일상의 현실을 신비의 새로운 영역으로 전환시키기 위한 수단이었고, 바로 이러한 그림의 개념이 초현실주의자들의 그룹에 가까이 갈 수 있게 한 근본적인 동기였다.

그가 브뤼셀을 떠나 초현실주의자들과 합류하게 된 때는 1927년 8월이었다. 그 당시 많은 초현실주의자들은 세계를 개혁하기 위해서는 공산당과 같은 정당에 가입해야 한다고 생각했지만, 정치적인 문제에 관심이 없거나 정치를 초월해야 한다고 생각하는 사람들은 그러한 행동파들과 의견대립을 보였다. 마그리트는 초현실주의의 다른 주제에는 공감을 표시하면서도 정치적인 문제에 관심을 갖고 정당에 가입하는 일은 거부하였다. 또한 정치적인 문제 외에도 그는 자동기술적 그림 그리기의 실행에는 동조하지 않았다. 그러나 초현실주의 그룹 안에 있는 동안, 그는 대체로 무엇을 그려야 하는 문제에 대해서는 의문을 갖지 않았고, 표현의 방법에서도 더 이상 문제될 것이 없었다고 한다. 그가 초현실주의자들 기법 중에서 특히 선호한 것은, 그들이 기존의 확립된 개념을 배제하고 의외의 새로운 사실을 만들어내기 위한 '우연'의 기법이었다. 가령 로트레아몽의 『말도로르의 노래』에 나오는 유명한 구절 "수술대 위에서 재봉틀과 우산의 우연한 만남처럼 아름다운"과 같은 것에서 보이는, 서로 아무런 관련도 없는 오브제들을 우연적으로 결합한 듯한 표현은 그가 매우 좋아하는 방법이었다. 그러나 그는 자발성과 무의식적 사고를 혼동하고 있는 자동기술적 방법에는 별로 관심을 보이지 않았고, 마찬가지 이유로 깨어 있는 삶의 현실을 몽환적으로 해석하는 태도에 대해서도 비판적인 입장을 보였다. 오브제를 극적으로 연출하는 마그리트의 그림이 꿈이나 자동기술적 이미지를 그대로 모사하지 않은 것은 그런 이유 때문이다. 그는 그림을 그리면서 현실세계의 이미지들을 전복하는 문제에 관심을 집중했고, 예술적 반항과 상상력의 자유를 표현하는 것에만 몰두했던 화가이다. 사실 그가 초현실주의에 공감한 것은 무엇보다 부르주아 사회질서를 예술적으로 전복하려는 그들의 반항정신이었다.

　우리는 부르주아 사회에 대한 혐오를 거칠게 표현하는 초현실주의자
　들을 알게 되었다.[20)]

여기서 '알게 되었다'는 말은 '좋아하게 되었다'는 의미와 같다. 이렇게 하여 그는 초현실주의의 반항정신에 매료되어 그들과 합류했지만, 그들의 이념에 맹목적으로 따르기보다 자신의 이론을 지키고, 자기의 독자적인 길을 모색하였다. 초현실주의 화가들 중에서 자동기술적 그림의 논리를 거부하고 자신만의 개성적인 시적 이미지 이론을 명확히 설명할 수 있는 사람은 르네 마그리트뿐이었다. 결국 앙드레 브르통도 마그리트의 의식적이고 반자동기술적 작품이 초현실주의에 도움을 줄 수 있음을 인정하였다. 마그리트의 초현실주의는 반자동기술적이지만, 비논리적이고 모순된 요소들을 병치시키는 독특한 이미지들을 통하여 낯설고 기이한 세계 혹은 초현실적 세계를 독창적으로 보여준 것이기 때문이다. 그렇다면 마그리트의 이러한 이미지 이론은 르베르디의 이미지론과 어떤 차이가 있는 것일까? 「초현실주의 선언문」에서 앙드레

---

20) René Magritte, *Ecrits complets*, Ed. par André Blavier, Flammarion, 1979, p.107.

브르통은 피에르 르베르디의 이미지 이론을 인용한다.

　두 개의 연결된 현실체의 관계가 보다 거리가 멀고 적절한 것이 될수
록 이미지는 보다 더 강렬해지고 보다 더 감동의 힘과 시적 현실성을 갖
게 될 것이다.[21]

　브르통은 이 말의 의미를 중요시하여 오랫동안 성찰한 결과 르베르
디의 이미지 미학은 귀납적인 것이지만 자기는 오히려 결과를 원인으
로 간주하게 되었다고 말한다. 다시 말해서 강렬하고 감동의 힘이 있는
이미지가 원인이라는 것을 브르통은 주장한 것이지만, "두 개의 연결
된 현실의 관계가 보다 거리가 멀고 적절한 것이 될수록" 강렬하고 감
동적인 이미지라는 논리를 부정하려 했던 것은 아니다. 그러나 마그리
트는 "두 개의 연결된 현실체의 관계가 보다 거리가 멀고 적절한 것"이
라는 전제를 수정하여 고기와 나무처럼, 두 개의 거리가 먼 오브제들의
무한한 혼합을 시도하였다. 마그리트의 이러한 이미지론은 르베르디와
브르통의 생각을 발전시킨 것으로 해석된다. 그는 이러한 논리에서 현
실의 오브제들을, 그것들이 본래 놓여 있던 배경과는 거리가 먼 낯선
공간 속에 옮겨놓으면서 혹은 이질적인 그것들을 대담하게 연결시키면
서 보는 사람에게 충격을 주는 효과를 노린 것이다. 그리하여 맑은 날
씨의 바닷가 풍경을 아래쪽에 두고 푸른 하늘이 펼쳐진 그림의 중앙 부
분에 여성의 토르소와 트롬본 그리고 의자가 흰색으로 떠 있는 기이한
장면을 보여주는 「불안한 날씨」의 그림은 그림을 보는 사람에게 '왜'라

---

21) A. Breton, *Manifestes du surréalisme*, coll. Idées, Gallimard, 1970, p.31.

는 문제보다 '왜 안 되는가'의 물음을 일깨운다.

그러나 르네 마그리트의 그림 앞에서 우리는 일단 생각에 잠기게 되고, 대상과 물체에 내한 화가의 독특한 표현방식에서 끊임없는 이 '왜'라는 의문을 품는다. 결국 의문이 만족스럽게 풀리지 않을 때, 우리는 곤경에서 벗어나기 위해 그림에 상징적 의미를 부여하거나 작가의 의도를 결정지으려 하는데, 화가는 끝까지 단정적인 해석을 유보하도록 요청하는 듯하다. 작품에 대한 합리적인 설명에 적합한 그림, 즉 상징적 의미로 환원될 수 있는 그림은 르네 마그리트가 의도하는 그림과 거리가 먼 것이기 때문이다. 확실한 것은, 그가 "나는 마치 나 이전에 그 어느 누구도 생각하지 않았던 방식으로 생각한다"고 말할 만큼 새롭고 독창적인 생각을 그림으로 실천한 화가이며, 현실과 초현실의 세계를 결합하여 현실의 논리를 전복시키는 방식으로 삶의 '신비'를 그린 화가라는 점이다.

이런 점에서 르네 마그리트의 그림은 무엇보다 초현실적이다. 그의 그림을 초현실적이라고 말할 수 있는 것은, 낯설고 이질적인 오브제들 사이의 우연한 만남 혹은 결합을 통해 새로운 현실을 만들어내고, 친숙한 세계의 사물과 현실을 독특하게 결합시켜 사물을 낯설게 바라보게 하고 현실을 새롭게 발견하도록 하기 때문이다. 가령 「붉은 모델」이란 제목의 그림은 나무로 만든 벽 앞쪽에 놓인 구두 한 켤레를 보여주는데, 특이한 것은 구두의 앞부분이 사람의 발로 되어 있는 점이다. 이것은 사람의 발과 가죽으로 만든 구두를 결합시켜 새로운 형태의 이미지를 창안한 것인데, 이러한 이미지를 바라보면 기이한 느낌과 함께 왠지 고달픈 삶의 아픔이 연상된다. 발과 구두의 구별이 지워질 만큼 끊임없이 걸어 다녀야 했던 어떤 사람의 불행한 운명을 보여주려는 화가의 의

320

도가 떠올랐기 때문이다. 또한 「강간」은 여성의 얼굴 속에 눈에는 젖가슴을, 코에는 배꼽을, 입에는 성기를 대체시켜놓음으로써 아름다운 얼굴의 이미지와는 완전히 다른 괴물의 모습을 보여주고 있다. 그런데 이 그림의 제목이 왜 강간인 것일까 하는 의문은 영 풀리지 않는다. 화가는 정작 강간을 주제로 한 그림에는 '거인의 시대'라는 의외의 제목을 붙여놓고 있다. 「거인의 시대」는 강간하는 남자에 저항하는 여인의 고통스럽고 절망적인 모습을 콜라주 기법으로 보여준 작품인데, 특이한 것은 남자가 여자의 실루엣을 가리지 않게 결합시켜놓은 이미지의 형태이다. 또한 「울바이어의 성」은 주홍색 바탕 위에 폐허의 원형적인 성을 거대한 나무뿌리와 결합시켰는데, 여기서 뿌리들은 사실적으로 정교하게 그려짐으로써 역사적 현실 속에 감춰진 어떤 환상의 세계를 보여주는 듯하다. 또한 르네 마그리트의 대작 중의 하나인 「보이지 않는 선수」는 수수께끼 같은 작품이다. 한밤의 정원에서 야구방망이를 들고 거북이처럼 보이는 거대한 물체를 치고 있는 듯한 두 남자, 가로수처럼 늘어서 있는 높은 난간 기둥, 오른쪽 작은 헛간의 열린 문틈으로 보이는 마스크 형태의 도구를 쓴 젊은 여성의 모습 등, 그림 속의 개별적인 요소들은 정체를 짐작할 수 있지만, 연관성 없이 병합되어 있는 그것들의 형체에서 어떤 사건이 전개되는지 알 수 없는, 수수께끼 같은 느낌은 더욱 증폭될 뿐이다. 이처럼 그의 그림들은 이질적인 요소들을 하나로 결합시키거나 병치시킴으로써 낯설고 불안한 느낌을 주고, 어떤 사건의 가능성이 예감되는 알 수 없는 비의적 세계를 연상케 한다.

그러나 주목해야 할 것은 그의 그림이 에른스트나 달리의 초현실주의적 회화에서 보이는 것 같은 인간의 내면적이고 비이성적인 꿈과 충동의 세계를 담고 있지는 않다는 점이다. 브르통이나 초현실주의자들이 자동기술의 방법으로 꿈의 세계를 탐구했던 것과는 다르게, 르네 마그리트는 꿈과 무의식의 세계를 별로 그리지 않았고, 오히려 의식적인 성찰의 작업을 선호하였다. 그의 그림에서 정체를 알 수 없는 환상적 요소가 많지 않고 몽환적 세계에 어울리는 기이한 괴물도 등장하지 않는 이유는 그런 점 때문이다. 그는 오직 우리의 현실에서 볼 수 있는 친숙한 대상들을 새롭고 다른 시각으로 보면서 관습적인 세계 속에 감춰져 있는 의문과 신비를 추구하였다.

르네 마그리트가 벨기에를 떠나 파리의 초현실주의운동에 참여한 것은 1927년부터 1930년까지였다. 1930년에 파리를 떠나 브뤼셀로 돌아간 이후, 그는 대체로 평범한 부르주아의 생활을 보냈다고 한다. 그 당시 그의 그림에 나타나는 중산모를 쓴 정체 모를 남자의 모습은 바로 유별난 특징이 하나도 없는 그 자신의 모습이면서 동시에 평범한 존재의 모든 것들과 싸우는 고독한 댄디의 모습이라고 해석할 수도 있다. 어떤 의미에서 '고독한 댄디'는 초현실주의 그룹에 있었을 때나 떠났을 때도 변함이 없는 그의 내면적 모습이 아니었을까? 이런 점에서 수지 개블릭의 다음과 같은 글은 마그리트의 개성적인 삶과 사람의 태도를 이해하는 데 매우 유익한 글로 보인다.

그는 전 생애 동안 성공의 주류에서 어느 정도 벗어나 있었다. 작품으로 인한 성공이나 그에 대한 반감은 아주 잠시 동안만 그의 관심을 끌 따름이었고, 항상 터무니없는 계획을 갖고 부조리한 개념에 젖어 드는 일상에 빠져들곤 하였다. 마그리트는 스스로를 즐겼던 진정한 보들레르식의 영웅이었다. 즉, 그는 어떻게 고독 속에서 살며 군중 속에서 혼자가 될 수 있는지 알고 있었던 것이다.[22]

마그리트가, 이렇게 군중 속의 고독을 즐기는 시인 보들레르와 같다면, 중절모를 쓴 남자의 모습에서 보들레르식의 댄디와 같은 마그리트를 연상하는 일은 자연스럽다. 이러한 모습을 주제로 삼은 그림들 중에서 「중산모를 쓴 남자」는 얼굴 앞에 날아가는 비둘기를 그려놓아 그의 얼굴을 의도적으로 가리고 있다. 여기서 비둘기는 기독교의 상징으로 해석될 수도 있겠지만, 그렇게 해석하는 일은 곧 그림의 요소들에 상징적 의미를 부여하지 않기를 바라는 화가의 의도가 연상되어 망설여진다. 그것보다 그냥 새처럼 자유와 비상을 꿈꾸는 그의 내면에서 스치는 순간적인 생각을 떠올리는 것이 낫지 않을까? 또한 「신뢰」는 중산모를 쓴 남자의 얼굴 앞에 파이프를 놓아둔 그림인데, 파이프의 크기가 작아 얼굴의 모습은 대부분 노출되어 있다. 이렇게 화가는 중산모를 쓴 사람의 모습을 여러 가지로 변형시키는 실험을 하는 한편 파이프를 오브제로 삼아 다양한 변화를 시도해보기도 한다. 파이프가 주제로 되어 있는 그림 중에는, 미셸 푸코의 「이것은 파이프가 아니다」를 통해 유명해진, 파이프를 그려놓고 그 밑에 '이것은 파이프가 아니다'라는 문장을 쓴 것이 있다. 이 문장이 말하고 있듯이 그림 속의 파이프는 실제의 파이프가 아니다. 그러나 관습에 따르면 파이프를 재현한 그림 속의 파이프는 파이프인데, 르네 마그리트는 우리의 관습적 사고방식을 깨기 위해 의도적으로 '이것은 파이프가 아니다'라는 문장을 덧붙여놓은 것이다. 그러므로 시각적인 것과 언어적인 것은 서로의 의미를 무효화시키면서 말과 대상 사이의 새로운 관계를 수립했다고 볼 수 있다. 그는 이런 식

---

22) 수지 개블릭, 앞의 책, p.9.

으로 일상생활의 낯익은 사물과 그 사물에 대한 관습적 명칭과 이미지를 의심하게 만들면서, 사물을 다시 보게 만드는 것이다. 사물을 다시 보게 될 때, 우리는 "평범한 달력 속에도 여기서기 다이너마이트가 들어 있는 것"[23]을 알게 된다.

르네 마그리트의 그림은 이렇게 끊임없이 수수께끼와 같은 의문의 세계를 펼쳐 보여주면서 보는 사람으로 하여금 의문의 실마리를 풀도록 하지만, 그의 그림 앞에서 우리의 생각과 해석의 시도는 명확한 해답을 찾아 만족스럽게 종결되는 법이 없다. 결국 어떤 해석으로도 환원되지 않는 불확정성의 '신비'를 끈질기게 보여준 점이 바로 르네 마그리트의 신비로운 매력일 것이다.

4. 자크 에롤드

그림과 시가 일치할 수는 없다 하더라도, 초현실주의 시의 자유분방한 흐름처럼, 그림에서 시각적 이미지를 자유롭고 개성적으로 표현한 초현실주의 화가들의 이름은 일일이 열거할 수 없을 정도로 많다. 그러한 이름들 가운데 자크 에롤드는 초현실주의의 성좌에서 찬연히 빛나는 하나의 별, 뒤늦게 떠오른 별이라고 말할 수 있다. 그가 초현실주의자들과 관계를 맺고 공동 작업을 하기 시작한 시기는 1934년경인데, 이때는 이미 키리코, 막스 에른스트, 미로, 살바도르 달리, 이브 탕기 등 초현실주의 화가들의 표현방법이 그 나름대로 자리를 굳힌 다음이

---

23) 호세 피에르, 『초현실주의』, 박순철 옮김, 열화당, 1979, p.26.

었다. 에롤드는 이러한 초현실주의 선배 화가들의 실험적 표현방법과 그것의 의미에 대하여 공감을 하고, 이브 탕기의 소개로 초현실주의자들의 한 사람이 된 화가이다. 그는 초현실주의자처럼, 세계의 내면을 꿰뚫어 보려는 관심으로 대상에 대한 선입견을 배제하였고, 어떤 예정된 계획에 맞추어 작품을 만들려고 하지도 않았다. 그에게 중요한 것은 오브제의 사실적인 재현이 아니라 생성이며, 그러한 생성의 흐름에서 오브제가 용해되어 보이지 않는 어떤 지속적 줄기를 자연스럽게 포착하는 일이었기 때문이다.

자크 에롤드는 루마니아 태생이다. 푸른 다뉴브 강이 흐르는 루마니아의 어느 작은 강변도시에서 태어난 그는 어린 시절을 목가적인 분위기의 한적한 시골에서 보낸 후, 대도시 부카레스트에서 중학교를 다녔다. 강과 숲에서 놀고 시골집에서 지내던 소년에게 대도시의 소란과 혼잡은 낯설고 이질적인 것으로 느껴졌을 것이다. 그의 작품을 이해하는 데 중요한 열쇠가 될 수 있는 그의 책, 『천대받은 화가*Maltraité de Peinture*』의 서두에서 그가 고백한 바에 의하면, 어린 시절의 체험에서 잊히지 않는 세 가지 충격적인 사건의 기억이 있다는 것이다. 그의 글을 그대로 옮겨보면 다음과 같다.

사람들의 왕래가 많은 길에서 오토바이 한 대가 전속력으로 질주하여 대로를 향해 빠져나간다. 오토바이를 타고 가는 사람은 가죽으로 된 바지와 상의를 입었다. 네거리에서 그는 택시와 충돌하게 된다. 충돌이 있은 후에, 그는 겉으로 보아 멀쩡한 몸으로 일어나더니 그의 상태를 물어보는 주위의 행인을 안심시킨다. 이 사고는 어떤 상처도 남기지 않았던 것처럼 보인다. 바로 그런 느낌을 갖는 순간에, 여러 개의 작은 구멍으로 찢겨서 뚫린 그의 옷에서 피가 솟구쳐 오른다. 차량 통행이 계속되는 그 큰길의 한복판에 서 있는 오토바이 운전사는 무수한 핏물줄기를 터뜨리는 분수대처럼 보였다. 〔……〕

대도시의 큰길에서 전차 한 대가 레일을 탈선하여 어느 집 벽에 충돌한다. 그 차량의 부서진 조각들을 제거하고 난 다음에 발견한 것은 빵집에서 일하는 소년이 그의 살 속에 빵들이 들어박혀 짓이긴 상태로 마치 건물 벽면에 붙어 있는 벽보처럼 납작하게 붙어 있는 모습이었다. 〔……〕

상점의 한 여종업원이 사닥다리 위에 올라가 유리창을 닦는다. 그녀의 얼굴은 눈에 띄게 아름다운 얼굴이다. 보도 위로 사닥다리가 미끄러져 기울고, 그녀는 떨어진다. 다시 몸을 일으키자 그녀의 얼굴 피부는 벗겨져서 톱밥처럼 나선형 모양으로 둘둘 말려 있고, 안면 근육은 피 한 방울도 없이 완전히 노출된 상태였다.

끔찍한 사건의 현장을 객관적으로 냉정하게 묘사한 이 글들에서 에롤드가 말하려는 것은 인간의 육체가 얼마나 연약한 것인가라는 탄식이 아니라, 역동적인 충돌의 사건에서 보인 한순간의 숨 막힐 듯한 정지 현상, 혹은 육체의 외부와 내부의 이질적인 표출이 그의 무의식 속에 새겨놓은 인상이다. 어린 시절의 기억 중에서 특히 이 사건의 잔혹한 이미지는 그의 유년시절의 상상력에 강렬한 충격을 줌으로써 살가죽이 벗겨진 사람들의 모습이 강박관념처럼 남아 있게 되었다는 것이다.

그다음에 나의 관심은 오브제와 인물들, 주위 배경의 동적인 표현에 이끌리게 되었다. 구체적으로 내 관심을 표현하기 위하여 나는 모든 사물에 대하여 눈앞에 움직임을 나타낼 수 있는 근육의 구조를 반드시 부여해야만 했다. 그러다 보니 인물들뿐 아니라 오브제, 풍경, 분위기 등 모든 것의 살가죽을 조직적으로 벗겨내는 작업을 하게 되었다. 하늘의 살을 벗겨낼 정도로.

어린 시절의 이러한 충격적 체험은 에롤드에게 오브제와 육체의 내면은 무엇이고, 그것의 내부구조를 파괴하지 않고 온전히 드러내어 표현하는 방법은 무엇일까 하는 화가의 문제의식과 상상력으로 발전한다. 우리는 상처의 출혈이 시작되기 전에 시간의 흐름이 정지된 듯한 상태를 그림에서 표현한다면 그것은 마치 외과의사가 심장을 들여다보기 위하여 가슴을 절개하는 행위와 같을 것으로 생각해본다. 그러나 에롤드의 관심은 대상물의 외부를 파괴하지 않고 내부를 꿰뚫어 보며 그 내부의 유기적 조직과 구조, 각 부분들을 연결시키는 관계의 힘을 생생하게 표현하는 데 있다. 그가 사물의 표현이나 껍질에 관심을 갖는 것은 어디까지나 표면과 껍질이 내용의 흔적을 간직하고 있을 경우에 한해서이다. 그런 까닭에 그는 사물의 내용을 표출하는 다양한 실험에 몰두하고, 이러한 실험적 작업을 통하여, 사물의 시인 프랑시스 퐁주처럼 사물의 내면에 도달하는 꿈을 꾸고, 사물의 생성과 정지를 관찰하고, 사물과 대화를 나눈다. 그리하여 사물이나 존재의 내부와 외부 사이에 이루어지는 균형과 극서의 긴장 혹은 그것들의 친화관계를 화가는 시인의 눈으로 경탄하면서 바라보고 그것을 수정의 형태로 발전시킨다. 결국 존재하는 모든 것들이 화가에게는 수정처럼 결정된 형태로 나타나게 된 것이다. 그가 자신의 그림에 대해서 설명한 글을 인용해보자. "세계를 사유한 사람들의 눈에는 수정(水晶)이 구체적 현실의 완전한 표현처럼, 혹은 그 현실의 가장 순수하며 동시에 가장 정확한 드높은 형태로 나타난다는 것이다. 그래서 그는 모든 사물 속에 수정의 경이로운 구조가 있다는 믿음을 갖게 되고, 그 구조를 꿰뚫어 보기 위해서 랭보가 말하는 투시자voyant가 되어야 한다고 말한다. 투시자는 존재하는 것들이 열기와 압력과 시간의 영향으로 결정(結晶)된 것을 알 뿐만 아니라 떠나는 기차의 창가에 기대 앉은 어느 노파의 주름살 많은 얼굴이 고뇌와 슬픔의 결정(結晶)이라는 것을 알기도 한다." 그는 이렇게 수정의 형체로 세계와 인간의 내면세계를 즐겨 표현하는 작가이다.

수정의 테마에 대한 에롤드의 이러한 태도는 브르통이 『열애』에서 예술작품의 가치를 수정에 비유한 것과 일치한다. "나에게 수정이야말로 유일하게 가장 드높은 예술적 교훈을 줄 수 있는 것처럼 생각된다. 예술작품이, 더할 나위 없이 초라한 의미로 이해된 인간적 삶의 파편 조각과 같은 차원에 놓여 있으면서도, 외면과 내면으로 빛나는 저 수정의 광채나 견고성, 지속성과 정형성을 보여주지 못한다면 아무런 가치도 없는 것처럼 보인다." 브르통이 이렇게 감탄하고 꿈꾸는 수정의 공간이야말로 에롤드의 예술을 이해하는 데 중요한 이미지일 것이다. 백설처럼 차갑고 기하학적인 선과 정제된 단면으로 구성된 수정은 형태와 물질의 생성이 정지된 결과이며 죽음의 상징인데 여기서 주목되는 것은, 그 수정에 불꽃이 보인다는 점이다. 수정의 불꽃을 보는 사람은 오브제에 생명과 활기를 불어넣는 사람이다. 모든 오브제의 결정화(結晶化) 단계를 포착해야 하는 예술가는 결국 "인간의 육체가 무엇보다도 수정들이 빛을 발하는 발화점point-feu들의 성좌"임을 발견한다. 그가 『천대받은 화가』에서 자신의 그림에 대해 말한 것을 인용해보자. "수정들은 오브제의 실체를 구성하고 오브제의 분위기는 인력 현상의 영향으로 소멸되기 마련이다. 그러므로 그려진 오브제가 진정한 것으로 되기 위해서는 해체되어야 한다. 바람이 오브제를 관통하여 지나가고 또한 오브제를 아프게 때리며 그것이 찢겨져 해체되도록 하기 때문에 바람을 그려야 한다." 수정과 불꽃과 바람으로 이어지는 상상력의 전개는 결국 에롤드의 초현실주의적 세계를 특징짓는 주제가 된다.

차가운 수정과 불처럼 뜨거운 태양과 경쾌한 바람이 경이롭게 조화를 이루는 초현실적 세계가 펼쳐지는 에롤드의 작품세계를 구성하는 두 가지 기본개념은 무지개와 수정이다. 하늘 위에 시적인 경이로 떠오르는 무지개가 순간적으로나마 권태로운 일상의 중압감을 벗어나게 하는 빛의 꽃다발이라면, 수정은 견고하고 진실한 정신의 상징으로서 대지의 꿈을 반영한다. 무지개와 수정의 대화와 결합은 마치 하늘과 땅의 만물이 상호적으로 침투하여 상응하고 변화하는 가운데 현실과 꿈, 합리적인 것과 비합리적인 것, 움직이는 것과 정지된 것 등의 이분법적 대립이 사라진 신비로운 세계를 구현하고 있는 것처럼 보인다. 바로 그런 점에서 그의 작품세계가 담고 있는 시적 분위기는 초현실주의 정신의 성숙한 단계를 보여준다. 브르통이 말했듯이, 그는 '이슬방울'과 '불타오르는 수정'의 이미지를 찾아 모으며 숲 속을 헤매는 나무꾼과 같은 화가인 것이다.

초현실주의자들이 도시의 거리를 배회하고 산보하면서 심층적인 무의식의 욕망과 외부의 대상 혹은 사건 사이에 이루어지는 신비스러운 만남을 기대했듯이, 에롤드 역시 회색빛 도시의 길을 걸으며 두리번거리기를 좋아했다. 1931년, 그가 루마니아를 떠나 파리에 온 가난한 예술가로 어렵게 지내면서도, 도시의 카페들이 은은히 불을 켜기 시작하고 하늘의 태양은 꺼져가는 불빛으로 저물면서 어둠이 내릴 때면, 그는 길에서 노는 아이들처럼 아틀리에를 빠져나와 자유롭고 즐거운 해방감

속에서 어떤 구원과 사랑의 눈빛을 그리워하면서 밤거리를 산책한다. 그에게 도시는 모든 가능성이 열려 있는 공간이며, 일상적인 것에서 경이롭고 시적인 이미지를 포착할 수 있는 무대이다. 그는 생애의 적지 않은 시간을 이렇게 거리를 배회하면서 보낸 셈인데, 거리에서 전개되는 사물과 인간의 끊임없는 역동적인 변화와 결합, 뜻밖의 마주침 등은 그의 작품의 중요한 영감을 구성한다. 그는 대상을 분석하지 않고 꿰뚫어 본다. 아니, 대상을 읽는다고 말하는 것이 더 정확할지 모른다. 책을 펴듯이, 대상을 열고 그것의 속을 읽는 사람의 상상력은 자유롭다. 그러한 상상력의 표현은 힘없이 늘어져 있는 것, 물렁물렁한 것, 무기력한 모든 형태를 거의 본능적으로 혐오하는 그의 기질 때문에 다듬어 깎은 규석이나 수정의 단면처럼 단단하고 선명한 형태를 선호하기 마련이다.

2차대전을 겪으면서 많은 초현실주의 화가들이 미국으로 망명을 떠나던 시절, 에롤드는 마르세유 근처에서 거처를 두고, 때로는 피신하고 때로는 저항하면서 물질적인 궁핍과 정신적인 황폐함을 견디어낸다. 독일군의 비인간적인 횡포의 지배로부터 해방된 후, 그의 모습을 관찰한 어떤 사람의 증언에 의하면, 그의 정신은 전쟁을 겪으면서도 전혀 각박해지지 않았고 원한과 분노를 전혀 모르는 어린아이처럼 장난기가 여전한 순진성을 그대로 간직하고 있었다는 것이다. 그러나 그의 작품은 서서히 변모하여 수정과 같은 광물질의 견고성을 떠나서 불꽃의 작열과 바람의 비상을 암시하는 유동성의 세계에 도달한다. 오브제의 내부구조보다는 그것의 무한한 생명력과 역동적인 활기에 관심의 초점이 옮겨졌기 때문일까? 바람결에 흔들리는 풀잎의 모양처럼 부드럽게 집결되면서 동시에 퍼져 나가는 듯한 형태는 마치 불꽃놀이의 다채로운 변화처럼 표현된다. 그것은 또한 오브제의 내부로부터 혹은 오브제들 주위의 배경과 다른 오브제와의 관계로부터 근원적으로 솟아오르는 빛이 생명력을 갖고 자유롭게 표류하며 이동하는 것처럼 보이기도 한다. 에롤드는 이처럼 자유로운 시인의 상상력으로 사물의 한계와 인습적인 세계의 지평을 넘어서서 사물과 세계의 내부와 외부를 거침없이 왕래하는 시선의 모험을 끊임없이 감행한다. 그가 『천대받은 화가』에서 "대지는 끊임없이 터지는 과일"이라고 말했듯이, 이성의 기하학적인 형태를 벗어나 소용돌이치는 세계에서는 남자건 여자건 모든 존재자의 외형적인 형태와 마스크가 파열된 모습이 보인다. 더욱이 빛의 파장에 의존하여 화사하고 강렬하게 펼쳐진 색채는 독특한 열기를 뿜고 있으면서 우리의 모순된 사고와 욕망, 충동이 뒤엉켜 있는 내면적 공간을 암시하고 있다. 그러한 그림은 바라보는 사람의 내면에서 잠자는 욕망의 힘을 솟아오르게 하는 힘이 있다. 알랭 주프루아가 "자크 에롤드의 그림은 에너지의 집합소이며, 존재의 심층에 도달하려고 집요하게 압박해오는 모든 것의 역동적인 전체성이 확연히 드러나는 육체적 정신적 파장의 조절기"라고 말한 것은 그런 점 때문일 것이다.

「발화점들Les points-feu」(1956), 「때때로Quelquefois」(1958), 「거주지Habitation」(1959) 등의 작품들이 보여주는 구성은 어둡고 흐린 회색과 갈색의 짙은 색조를 주선율로 삼으면서 마그네슘의 불꽃이 일구는 광채로 떠오른다. 보석의 광채와 폭풍우의 격정적인 바람이 뒤섞여 어우러진 그 이미지는 그야말로 오브제의 내면과 외면의 양극적인 충돌에서 빚어지는 형태의 다양한 변화이다. 미셸 뷔토르의 해석에 따르면, 「때때로」라는 작품은 바람이 불어 토막 난 조각들이 낙엽처럼 뒹굴고 휘날리다가 사라지면서, 새로운 생명의 꽃과 새로운 인간의 출현을 예고하는 모양이 엿보인다는 것이고, 「거주지」라는 제목의 그림 역시 어두운 풍경 속에서 바람이 일고, 그것이 발전하여 거대한 새처럼 날개를 펼치고 비상하는 느낌을 준다는 것이다. 하나의 화폭 속에서 이처럼 폭발과 해체, 파괴와 생성, 죽음과 삶이라는 존재의 극적인 변화를 전체적으로 조감할 수 있도록 형상화하는 작업은 분명히 쉬운 일이 아니다. 그것은 덧없는 현실에 예속되지 않고 현실 속에 은폐된 진정한 세계와 직접적으로 부딪치려는 화가의 순수한 정신과 용기 있는 모험으로 가능한 작업일 것이다.

화가에게 보고 그린다는 행위는 인생에서 행동하고 실천하는 행위와 다름없다. 자크 에롤드는 상투적인 현실 너머 존재하는 세계의 율동과 질서를 타오르는 욕망의 시선으로 바라보는 오르페와 같다. 그는 오르페처럼 보고 시인처럼 그린다. 그는 어둠 속에서 영원히 생성되는 빛의 줄기를 찾고 그것을 찬미하는 사람이다. 브르통이 「초현실주의 선언문」에서 격양된 어조로 공격했던 합리주의적 세계의 중압감과 권태로운 시간의 무기력에서 벗어날 수 있는 구원의 빛은 오직 꿈과 욕망을 추구하는 일이라고 강조했듯이 에롤드는 사물의 순수한 모습을 꿈꾸고 오브제가 담고 있는 진정한 내면을 그린다.

빛과 수정, 불과 바람, 견고한 형태와 유연한 선으로 구성된 그의 작품세계는 풍요로운 꿈이 깃들어 있다. 그러한 꿈의 세계에서 모든 오브제들은 자유롭게 결합하여 불꽃을 피우다가 소진되고 해체되는 것 같다. 자연의 생성과 소멸이 그렇듯이 에롤드는 창조자의 손길로 해체된 상태에서 예리한 시각으로 사물의 질서를 새롭게 재구성하며 창조하는 작업을 계속해왔다. 그는 결코 세계를 초월하는 관조자의 시선을 갖지 않고, 세계의 맥박을 자기의 몸으로 느끼려 했던 화가이다. 삶과 세계

의 본질을 포착하려는 그의 변함없는 모험적인 태도는 초현실주의의
자유의 정신을 바탕으로 수정의 정신과 불꽃의 정열을 종합시킬 수 있
는 성숙한 의지로 발전한다.

제12장
브르통과 바타유의 논쟁과 쟁점

1. 브르통과 바타유의 논쟁

초현실주의의 역사에서 브르통과 바타유의 논쟁은 특별히 주목할 만한 사건으로 평가되지는 않는다. 모리스 나도가 쓴 『초현실주의의 역사』에서도 두 사람의 논쟁은 별도의 사건으로 기록되지 않으며, 논쟁의 내용도 전혀 소개되어 있지 않다. 다만, 「1929년의 위기」란 제목의 장에서 브르통이 초현실주의 그룹에서 축출한 사람들의 이름이 나열되는 가운데, "『도큐망Documents』(1929~31)이라는 잡지를 창간한 바타유"[1]라는 표현으로만 언급된 부분에서 두 사람의 논쟁을 추측할 수 있을 뿐이다. 이처럼 초현실주의의 역사에서 두 사람의 논쟁이 특별한

---

1) M. Nadeau, *L'histoire du surréalisme*, Le Seuil, coll. Points, 1964, p.123.

사건으로 기록되어 있지 않음에도 불구하고, 이 논쟁이 일어났던 1930
년대로부터 30~40년이 지난 후에 이 사건의 쟁점이 중요하게 부각되
는 이유는 무엇일까? 이 문제에 관심을 보인 비평가들 중의 한 사람인
피에르 마슈레는 「조르주 바타유와 유물론의 전복」이란 글에서 바타유
가 『도큐망』의 편집인으로 활동하던 시절에 그의 이론을 본격적으로 구
축할 수 있었던 것은, 그와 브르통 사이에 벌어졌던 논쟁을 통해서였다
고 주장한다.[2] 다시 말해서 바타유는 브르통과의 갈등을 겪으면서, 브
르통의 초현실주의와는 다른, 자신만의 독창적인 유물론의 논리를 발
전시킬 수 있었다는 것이다. 물론 바타유의 독창성이 유물론에 한정된
것은 아니겠지만, 그가 현대의 중요한 사상가 혹은 철학자로 인식되고,
그의 독창적인 사상을 새롭게 조명하는 흐름 속에서 그와 브르통의 논
쟁이 중요하게 평가되기 시작했다고 볼 수 있는 것이다. 불문학자 정명
환은 바타유가 "현대의 서양사상사에서 가장 중요한 지위를 차지"한다
는 견해는 인정하지만, 데리다나 푸코가 강조하듯이, 그가 그렇게 철
두철미한 혁명적 사상가가 아니며, "그의 질서 파괴적인 언어의 밑바
닥에는 보수적인 사회관이 깔려" 있음을 지적한다.[3]

그럼에도 불구하고 바타유와 그의 사상은 왜 이토록 새롭게 주목받
고 있는 것일까? 잘 알려져 있듯이, 바타유는 기성 가치의 전복, 금지
의 위반, 규범의 일탈이라는 문제를 극단적으로 추구한 사상가이다.
그는 초현실주의 그룹으로부터 축출당한 후, 자신의 독자적 생존을 위
해서라도 과거의 유물론과는 다른 '하류 유물론le bas matérialisme'의

---

2) P. Macherey, *A quoi pense la littérature*, P.U.F., 1990, p.90 참조.
3) 정명환, 「사르트르의 낮의 철학과 바타유의 밤의 사상」, 『현대의 위기와 인간』, 민음사,
   2006, pp.67~68.

논리를 새롭게 강화시켰고, '죽음에 이르기까지 삶을 긍정하는 것'이라
는 새로운 에로티슴의 논리를 정립하였으며, 신의 존재를 부정하고 전
통적 신비주의를 거부한, 독특한 신비주의의 '내적 체험'의 논리를 펴
기도 했다. 그뿐 아니라 마르크스의 생산의 경제학과는 달리 소비의 개
념을 중심으로 한 소비의 경제학을 주장하기도 했고, 문학에서 소홀하
게 취급되었던 악의 문제를 신성의 주제와 연관시켜 보들레르와 블레
이크 등의 시를 통해서 천착하기도 했다. 정치, 경제, 철학, 종교, 인
류학, 문학, 미학 등 광범위한 학문 세계에 걸쳐서 전개된 그의 전복적
사상은 시간적으로 그와 가까운 세대인 레리스, 클로솝스키, 블랑쇼로
부터 그의 다음 세대인 바르트, 데리다, 푸코, 들뢰즈, 라캉에 이르기
까지 큰 영향을 미친 것으로 평가된다.[4] 이런 평가에 의하면 20세기 후
반기에 프랑스의 지성계에서 가장 뛰어난 업적을 보인 문학자와 철학
자 들이 모두 그의 영향권 안에서 학문적 성과를 이룩했다고 해도 과언
이 아니다. 초현실주의 그룹에서 축출된 다음에, 아니 초현실주의 그
룹 안에 있었을 때에도 계속 아웃사이더로서의 소외된 삶을 살았던 바
타유는 그러나 살아 있는 동안보다 오히려 사후에 영광을 누리게 된 작
가의 반열에서, 계속 주목받고 새롭게 평가되고 있다.

2. 바타유의 '하류 유물론'과 브르통의 비판

우리는 바타유의 사상과 초현실주의의 이념이 어떻게 연결되고, 어

---

4) B. Sichére, *Pour Bataille*, Gallimard, 2006, p.12.

떤 차이가 있는지를 살펴보기 위한 목적으로 두 사람의 논쟁을 검토하는 작업부터 시작할 것이다. 우선 브르통과 바타유의 본격적인 논쟁은 브르통의 「초현실주의 제2선언문」 중 바타유를 공격한 대목에서 출발한 것임을 밝혀두고자 한다. 브르통은 이 선언문의 끝 부분에서 1929년과 1930년에 걸쳐 바타유가 편집 책임자로 관여한 『도큐망』에 발표된 글들, 즉 「꽃들의 언어」 「유물론」 「인간의 얼굴」 「하류 유물론과 그노시스」에서 초현실주의의 이념과 철학을 직접적으로든 간접적으로든 비판한 내용을 읽고, 흥분한 상태에서 바타유를 원색적인 용어로 신랄하게 비판한 것이 논쟁의 공식적인 출발점으로 볼 수 있기 때문이다. 바타유는 「꽃들의 언어」에서 아름다운 꽃들과 관련된 순수한 아름다움은 식물들의 감각적 현실과 모순되는 것이므로 꽃의 입장에서 아름다움을 이상화하려는 정신의 상승운동을 거부하고 대지와의 본래적 관계가 나타날 수 있는, 상반된 하강운동에서 그 매력을 찾아야 한다는 논리를 주장하였다. 그는 이 글에서 꽃에 결부된 순수성의 환상을 깨뜨리려면, "땅속에서 벌레처럼 구역질나고 헐벗은 모양으로 우글거리는 뿌리들의 환상적이고 불가능한 환영"[5]을 떠올리면 된다는 방법까지 제시한다. 또한 「유물론」에서는 고대로부터 헤겔에 이르는 철학 담론을 통해 나타난 고전적 유물론이 역설적으로 순수 이상론의 공범으로 머물고 있음을 비판하면서 유물론의 중심이 되는 물질이 제대로 인식되지 않고, 오직 '이상'과 대립되는 개념으로만 이해되어왔다는 것이 문제였음을 지적하기도 한다.

---

5) G. Bataille, *Œuvres complètes*, vol.I, Gallimard, 1970, p.176.

대부분의 유물론자들은 아무리 모든 정신적 본질을 제거하고 싶다 하더라도 서열화된 관계에 의해 특별히 이상적으로 규정되는 것들을 그대로 기술해오게 되었다. 그들은 다양한 부류의 사실들을 관습적으로 시열화한 것에서 죽은 물질을 최정상에 올려놓고는, 물질의 이상적 형태, 즉 물질이 당위적으로 그렇게 되어야 한다는 강박증에 빠져 있으면서 그러한 자기 모습을 모르고 있었다.[6]

　　바타유는 이렇게 물질과 이상이라는 상투적인 대립의 논리를 벗어나기 위해서 물질을 선입견 없이 정면에서 응시해야 한다고 주장한다. 그의 주장에 의하면, 인류는 하늘과 땅의 관계를 염두에 두고 상부의 것과 하부의 것, 고상한 것과 더러운 것의 대립적인 가치 체계를 만들어놓은 고정된 가치관에 사로잡혀 있었지만, 이제는 그러한 가치관을 전복시켜 그동안 부정적으로 인식되어온 모든 하류의 것과 더러운 것을 존중해야 할 때가 되었다는 것이다. 마찬가지로 높은 자리에 올려두었던 이상과 선과 사랑을 낮은 곳에 내려놓고 낮은 자리에 두고 폄하했던 물질과 악과 죽음의 의미를 중요시하면서 새로운 가치 체계를 세워야 한다는 것이 그의 '하류 유물론'의 중심 개념이다. 또한 '하류 유물론'과 함께 나중에 정립된 개념이 '이질론(異質論, l'hétèrologie)'인데, 이것은 동질적인 것으로 구성되는 사회의 금기와 한계를 극복하기 위해서 고안된 개념이다. 그러나 바타유의 '이질론'을 이해할 때 주의해야 할 것은, 금기와 위반이 분리되어 있지 않듯이, 이질적인 것은 동질적인 것과의 연결 속에서 동질적인 것의 질서를 전복함으로써 그것을 완

---

6) 위의 책, p.179.

성시킨다는 논리이다. 여기서 이질적인 것은 비천한 것l'abject이고, 타자적인 하류의 것이기도 하다. 동질성이 생산적이고 건설적인 리비도와 관련된 것이라면, 이질성은 배설의 충동과 관련된 소비적이고 파괴적인 것으로서, 비생산적 소비, 폭력, 과잉, 착란, 광기 등이다. 이러한 이질적인 것들은, 관습적인 철학이 자신의 균형과 안정된 질서를 유지하기 위해 '하류의 것'들을 예속하려는 모든 규범적인 표상 체계를 위기에 빠뜨리려는 목적을 갖는 것이다. 바타유의 이질론은 인간을 규범의 틀에 묶어두어서 일탈을 허용하지 않으려는 부르주아 권력의 음모에 대항하여 모든 체계에 대한 전복을 시도할 수 있는 방법으로 채택된 것이다. 또한 「하류 유물론과 그노시스」에서 그는 헤겔주의가 신화적인 그노시스gnosis 개념으로부터 발전된 것이며, 유물론의 정신은 그노시스의 이원론과 분리될 수 없는 것임을 주장한다. 그는 헤겔이 "하나는 둘로 나뉜다"는 본래의 이원론을 "둘은 하나로 화해한다"는, 축소되고 거세된 상태의 새로운 일원론의 틀에서 재구성함으로써, "이러한 억압의 뒤안에 모든 현상을 분리하고 분할하는 분열, 즉 '이상론'이 분명하게 부정의 입장을 구성할 수 있는, 분열의 원초적 운동이 존속하게"[7] 되었음을 지적한다. 이 논리에서 바타유는 원초적인 분열의 책임을 그노시스에 돌림으로써, 인간이 왜 성(聖)과 속(俗)을 대립시키면서 태어날 때부터 극복하기 어려운 그러한 분열의 논리 속에 갇히게 되었는지를 설명한다. 그리하여 '속'에 해당되는 '낮은 물질La matière basse'이 인간의 '이상적 열망l'aspiration idéal'의 외부적이고 이질적인 것으로 되어왔음은 당연하다는 것이다.[8] 결국 그의 핵심적인 주장

---

7) P. Macherey, 앞의 책, p.109.
8) G. Bataille, 앞의 책, p.225.

은, 분열의 논리를 거부하고 가치를 전복시켜 하류의 것을 고양된 것으로 만드는 그의 '하류 유물론'이야말로 진정한 유물론임을 말하려는 것이다. 이처럼 '하류의 것'을 외면하지 말고 그것에 복속하는 유물론이 진정한 유물론이라는 바타유의 주장은 초현실주의의 관념론과 이상주의를 공격하려는 의도에서 비롯된 것이 분명하다. 그의 유물론적 입장은 기본적으로 '낮고 비천한' 것들을 외면하는 브르통의 '승화sublimation'[9] 개념에 토대를 둔 초현실주의와 대립하고 있는 것이기 때문이다. 그러나 바타유가 브르통과 초현실주의를 직접적으로 거명하면서 공격한 것이 아님에도, 브르통이 그에 대해서 지나칠 정도로 격렬하게 반응한 까닭은 무엇일까? 바타유의 비판이 초현실주의의 정통성을 근본적으로 부정한다고 생각했기 때문일까? 아니면 글에 옮길 수 없는 어떤 인간적 거부감이 작용했기 때문일까? 사실 바타유는 초현실주의 그룹에 합류했으면서도 브르통이 자부심을 갖는 「초현실주의 선언문」과 자동기술에 대해서 공감을 표명하기는커녕 전자에 대해서는 읽을 수 없는 지루한 글illisible이라고, 후자에 대해서는 별로 흥미 없는 작업이라고 폄하했다. 그렇다면 이러한 생각이 직접적으로건 간접적으로건 브르통에게 전달됨으로써 그의 분노가 촉발된 것일까? 아니면 바타유의 『눈 이야기Historie de L'oeil』(1928)를 읽고, 그것이 금기의 위반을 시도한 글쓰기의 모험이기는커녕, "가장 저열하고 가장 실망스럽고 가장 타락한 것만을 생각하는" 일종의 포르노 작가의 소설 같은 것이라고 판단했기 때문일까? 여하간 「초현실주의 제2선언문」에서 바타유를 그렇게 비난하는 대목을 중점적으로 검토해보자.

---

9) G. Bataille, "La vieille taupe et le préfixe sur dans les mots surhomme et surréaliste," O.C., vol.II. Gallimard, 1970, p.106 참조.

마법사들은 어느 경우에나 늘 그들의 의상과 영혼의 지극히 청결한 상태에 신경을 쓰기 마련이다. 이런 점에서 정신의 연금술을 실행하는 일에서도 기대할 만한 성과를 바란다면, 우리가 그들보다 덜 엄격해 보이는 모양으로 인식되는 것을 용납하기가 어렵다. 그러나 바로 우리의 이런 측면이 아주 가혹한 비판을 받고 있는데, 현재『도큐망』지에서 우리를 겨냥하여 "철저히 완전성을 추구하는 하류의 욕망"이라는 말로 우스꽝스러운 캠페인을 벌이고 있는 바타유 씨가 우리를 조용히 내버려둘 뜻이 없는 것처럼 행동하는 것도 그런 점 때문이다.〔……〕

바타유 씨는 이 세상에서 가장 저열하고 가장 실망스럽고 가장 타락한 것만을 추구하겠다고 공공연히 주장하고 있다. 파리 떼보다 더 불결하고, 이발소보다 더 지저분하고 악취가 풍겨서 유령이라도 나올 것 같은 외딴 시골집을 향해——두 눈이 갑자기 침침해진 표정을 지으며 어떤 고백할 수 없는 사연 때문에 눈물을 글썽인 채로——어떤 일이 결정되건 간에 그 일이 유익한 것이 되지 않도록 인간이 그런 집을 향해서 무모하게 달려가도록 선동하는 것이다. 내가 여기서 이런 말을 하게 된 것은 이러한 진술이 바타유 씨에게만 관련되는 일처럼 보여서가 아니라 어디에서건 자신의 위험을 무릅쓰고서라도 행동의 자유를 추구하려 했던 지난날의 초현실주의자들에게도 해당되는 일이라고 생각했기 때문이다. 어쩌면 바타유 씨는 그들을 결집시킬 능력이 있는 사람일지 모르고, 만약 그런 일을 성공적으로 해낸다면 그것은 내 생각으로도 흥미 있는 일이 될 것이다. 우리가 이미 알 수 있었던 것처럼, 바타유 씨는 이들의 모임을 주동하고 있다.[10]

브르통은 바타유가 초현실주의 그룹에서 축출된 데스노스, 레리스, 랭부르, 마송, 비트락 들을 이끌고 초현실주의를 공격하는 데 앞장서고 있는 모습을 이처럼 야유하듯이 비판한다. 이 문맥에서 브르통은 바타유의 지향점을 "파리 떼보다 더 불결하고, 이발소보다 더 지저분하고 악취가 풍겨서 유령이라도 나올 것 같은 외딴 시골집" 공간에 비유하는데, 그의 관점에서 바타유의 이런 편향은 순수성을 옹호하고 수정의 투명한 이미지를 좋아하는 브르통의 성향과 근본적으로 대립되는 것이다. 바타유가 공격한 것처럼, 브르통은 '더러운 것'을 참지 못하고 순수한 것과 이상적인 것을 추구하는 사람이다. 마찬가지로 그는 이성을 비판하고 광기를 옹호해야 한다고 말하면서도, 비이성적 광기를 수용하지 못하고 이성의 메커니즘에서 벗어나지 못하는 모습을 보이기도 한다. 다음의 비판은 브르통의 이상주의자 혹은 이성주의자의 면모를 드러내는 대목으로 보인다.

그는 자기 내부에서 아직 완전히 고장 나지 않은 미세한 메커니즘의 힘을 빌려 그의 강박관념을 타인과 공유하고자 애쓰고 있다. 그렇기 때문에 무슨 말을 하든지 간에 마치 야만인처럼, 일체의 체계와 대립하고 나선다는 주장을 하지도 못하는 것이다. 바타유 씨는 정말로 모순된 면을 보이는 사람이다. 사실 이상에 대한 그의 병적인 공포심은, 그가 이상을 의사소통의 대상으로 생각하는 그 순간부터 바로 이념적인 방향 전환을 할 수밖에 없는데, 이것은 바타유 씨 그 자신을 위해서도 불행한 일이다.[11]

---

10) A. Breton, *Manifestes du surréalisme*, J. J. Pauvert, 1962, pp.184~85.
11) 위의 책, p.186.

브르통은 이렇게 바타유를 '이상에 대한 병적인 공포심'을 갖는 환자처럼 취급하고, 의사의 진단을 받을 필요가 있다는 냉소적인 말까지 거침없이 토로한다. 바타유에 대한 브르통의 격렬한 비난은 어떤 의미에서 자신과 다른 타자를 관대하게 수용하지 못하는 자기중심적 편협성의 극단으로 보일 수도 있다. 이런 점을 비판적으로 보자면, 그가 「초현실주의 선언문」에서 광기와 상상력을 예찬한 근거는 무엇이었고, 『나자』에서 정신과 의사를 격렬히 비판한 의도는 무엇이었는지 회의가 생기기도 한다. 여하간 이러한 격렬한 반응은 무엇보다 브르통이 바타유로부터 그만큼 깊은 상처를 받았음을 반증해준다.

브르통은 바타유를 맹렬히 비난하는 문맥에서 그가 국립도서관의 사서임을 환기시키면서 "낮에는 신기한 원고를 매만지고 있다가" "밤에는 쓰레기로 배를 불리고"[12] 있다고 조롱하기까지 한다. 이렇게 거침없는 야유를 퍼부으면서 흥분한 브르통과는 다르게, 바타유는 매우 냉정하게 반격의 논리를 준비한다. 그는 사드의 해석을 주제로 한 글을 여러 차례 발표함으로써 초현실주의자 등의 사드 해석에 대한 집요한 공격의 의지를 드러내지만, 일단 초현실주의 그룹에서 축출된 사람들과 함께 브르통의 예술적 사상적 죽음을 선언하는 「시체Un cadavre」(1930년 1월 15일)라는 팸플릿을 제작한다. 이들이 「시체」라는 제목의 팸플릿을 만든 것은, 브르통이 다다 시절에 기성 작가의 대명사인 아나톨 프랑스가 타계했을 때 만든, 그 「시체」(1924)와 같은 형식을 취함으로써 '브르통 죽이기'를 철저히 하려는 의도에서였다. 바타유는 「시

---

12) 위의 책, p.187.

체」에서 "늙은 탐미주의자, 그리스도의 얼굴을 한 가짜 혁명가, 황소 브르통 여기 잠들다"라는 직격탄을 날렸는데, 그 책의 표지에서 감은 눈가에 피눈물이 맺혀 있고 이마에는 가시관을 두르고 있는 사진 위에 "이 사람은 죽어서 먼지를 일으키지 말아야 한다"[13]는 구절이 보인다. 이것은 브르통에 대한 그들의 적개심이 어느 정도였는지를 충분히 짐작하게 한다. 「시체」 이후에 바타유는 브르통과 초현실주의를 공격하기 위해, 무엇보다 사드에 대한 해석을 핵심적인 주제로 삼았다. 그 이유는 초현실주의자들에게 사드 혹은 사디즘은 초현실주의의 대명사처럼 중요시된 주제이기 때문이다.

사실 브르통과 초현실주의자들에게 사드의 이름이 신화처럼 언급되기 시작한 것은 1920년대 초부터였다. 모리스 엔느Maurice Heine가 1920년대부터 사드의 작품들을 국립도서관에서 발굴하여 책으로 펴내기 시작한 시기는 공교롭게도 미래의 초현실주의자들이 『문학』을 중심으로 다다운동을 시작할 때였다. 그들은 사드의 소설을 열광적으로 읽었고, 사드의 소설이 보여주는 성적 도착의 주제들과 18세기의 혁명 정신의 연관성을 알고, 사드의 정신 혹은 사디즘이야말로 자신들의 초현실주의 활동의 이념적 목표가 될 수 있다는 것을 확신할 수 있었다. 18세기 문학과 철학의 계몽적 담론과는 판이한 형태인 사드 문학이 겉으로는 성적 도착의 이야기를 서술하는 것 같지만, 그 시대의 상식과 모럴을 완전히 전복하려는 혁명과 자유의 정신을 바탕에 두고 있다는 것은 그들에게 충격적인 발견이었다. 그때만 하더라도 그들은 기성 문인들을 야유하고, 전통적인 시의 형식을 파괴하고, 집단적인 스캔들의

---

13) M. Nadeau, 앞의 책, p.136.

행위로 소란을 피우거나 도시의 거리를 산보하면서 자유로운 정신의 표현을 즐기기만 하다가 사드를 발견함으로써 사드의 혁명과 자유의 정신이야말로 자신들의 아나키즘을 정당화시킬 수 있는 행동의 지표라고 생각한 것이다. 사드의 이름은 그들에게 자유와 욕망, 반항과 혁명과 같은 것이었다. 이러한 논리는 1920년대 초의 『문학』에서 미래의 초현실주의자들이 사드를 인용하며 쓴 글에 나타난 공통된 인식이자, 「초현실주의 선언문」에서 "사드는 사디즘에서 초현실주의자"라고 말한 브르통의 견해이기도 하다. 그러므로 사디즘은, 기존의 문학적 취향이나 심미적 판단, 전통적 비평의 가치관을 전복하려는 정신의 혁명을 가리키는 말과 다름없었다. 물론 사디즘과 사드의 혁명성은 정치적 실천의 혁명이 아니라 인식의 차원에서 아나키스트적 자유를 고취시키는 의미에 가까운 것이다. 그러나 기성의 질서를 무너뜨리려는 아나키스트적 반항인으로서 초현실주의자들은 사드식의 성적 도착이나 1789년 후에 그가 보여주던 혁명적 행동을 모방적으로 재현할 수는 없었을 것이다. 그들은 사드의 정신을 추구하고 사회를 전복해야 한다는 막연한 혁명의 열정만 갖고 있었을 뿐, 그들의 시대에서 사드식의 행동을 어떻게 체계적으로 표현하는가 하는 문제에 대해서는 공통된 인식을 갖고 있지 않았다. 이런 점에서 그들은 사드를 18세기의 역사적 상황에서 냉철히 인식했다기보다, 시인의 관점에서 그를 신화적으로 만들고 신비화한 경향을 보였다고 말할 수도 있다. 바로 이런 점 때문에 바타유가 사드에 대한 그들의 이상주의적 인식의 한계를 비판한 것으로 이해된다.

브르통의 「초현실주의 제2선언문」에서 사드는 '도덕적이고 사회적인 해방의 의지'로 인간의 정신을 억압으로부터 해방시키려 했던 사람으로 묘사되고, 그 이후에 나온『블랙 유머 문집』에서 사드는 "블랙 유머라고 부를 수 있는 정신을 탁월하게 구현한 사람"[14]으로 표현되어 있다. 브르통에게 사드는 초현실주의자에서 인간 정신의 해방자로, 그리고 블랙 유머의 정신을 탁월하게 구현한 사람으로 변화했다고 말할 수 있는 것이다. 이런 변화는 브르통뿐 아니라 다른 초현실주의자들에게서도 비슷하게 발견되는 현상이다. 1930년대의 초현실주의자들은 1920년대와는 다르게 사드의 혁명성에 대한 역사적이고 철학적인 연구의 심화보다 시적인 혁명의 신화로 만드는 일에 더 적극성을 보였다. 그들의 글에서 사드의 이름에 '신성한divin'이란 형용사가 동반되는 경우가 많은 것은 그런 이유와 무관하지 않다. '신성한'이란 형용사는 사회적 경제적 자유의 상태를 지향하는 역사적 열망을 가리키는 것이라기보다 기성의 질서에 대한 반항과 거부를 의미하는 것이기 때문이다. 이런 의미에서 초현실주의자들은 어디까지나 아나키스트적 혁명과 시적 혁명을 추구했지 마르크스적 혁명에 봉사하려는 것이 아니었음을 환기할 필요가 있다.『초현실주의의 역사』에서 알 수 있듯이, 공산당에 가입했다가 곧 당의 노선을 따를 수 없는 자유로운 예술가의 입장으로 돌아오게 된 브르통과 초현실주의자들이 결국 마르크스적 혁명의 매력을 잃어버리면서 신화의 세계로 기우는 편향을 보인 것은 당연한 결과일지 모른다. 그들의 유물론이 물질적이고 사회적인 인간의 욕구를 중시하는 유물론이 아니라 역사에 대한 미학적이고 윤리적인 시각과 일치하는 유물론임은 분명하다. 이러한 유물론의 인식 때문에 1940년 이후에는 브르통의『아르칸 17』에서 보이는 신화적 주제가 반영해주듯이 사

---

14) A. Breton, *Anthologie de l'humour noir*, J. J. pauvert, 1966.

드에 대한 인식도 신화적으로 변화하게 된 것이다. 다시 말해서 1920년대만 하더라도 그들은 사드에게서 바로 기성의 질서를 전복하려는 혁명가의 모습을 연상하다가 나중에는 서서히 문학적이고 초역사적인 신성한 존재만으로 사드를 부각시킨 것이 사실이다.

브르통은 「초현실주의 제2선언문」의 앞부분에서 "삶과 죽음, 현실과 상상, 과거와 미래, 소통이 가능한 것과 불가능한 것, 높은 것과 낮은 것, 이러한 것들이 모순되게 인식되지 않는 정신의 어떤 지점이 존재한다"[15]는 믿음을 표현하고, 이어서 초현실주의가 삶에 뿌리를 내린 것이며, "아름다움과 추함, 진실과 허위, 선과 악의 불충분하고 부조리한 구별을 무시해버리고 싶은 욕망이 태어나서 자라고 있음"[16]을 강조하였다. 그는 분명히 이원론적 대립의 논리가 불충분하다거나 부조리한 것임을 강조하였고, 그러한 대립을 초월하는 정신의 지점을 열망하였다. 그렇다면 그는 바타유가 주장하는 '하류의 것'의 가치들, 즉 추함과 허위와 악의 논리들에 대해서 좀더 귀를 기울이고 포용하는 태도를 보일 수는 없었던 것일까? 물론 엄정한 정신으로 초현실주의를 지켜오면서 타협보다는 원칙을 앞세운 브르통에게 이러한 가정 자체가 불가능했을 것으로 보인다. 덧붙여 말할 수 있는 것은 그가 사드의 성적 도착이나 음란한 이야기 속에 담긴 반역과 혁명 정신을 읽으면서도 바타유의 『눈이야기』를 포함한 '하류 유물론'의 이야기를 배척한 것에는, 사드가 감옥에서 무수히 많은 고통스러운 시간을 보낸 것에 반해 바타유는 도서관 사서로 편하게 지냈다는 사실이 작용했을 것이라는 점이다.

---

15) A. Breton, *Manifestes du surréalisme*, 앞의 책, p.133.
16) 위의 책, p.135.

만약 "광인들과 함께 유폐된 사드 후작이 아주 예쁜 장미꽃을 갖고 오도록 하고는 그 꽃잎을 따서 더러운 웅덩이에 뿌리곤 했던 그 어리둥절하게 만드는 행동"을 예로 들어 누군가 나에게 항의를 한다면, 나는 그와 같은 행위가 자기의 사상을 위해서 27년간을 감옥에서 보낸 그런 사람의 행위가 아니라, 도서관에서 '안정된 자리에 앉아 있는 사람'의 행위임을 지적하면서 그러한 항의는 곧 특별한 효력을 상실해버릴 것으로 답변하겠다. 사실 모든 점에서 사드의 윤리적이고 사회적인 해방의 의지는, 바타유 씨의 그것과는 정반대로, 인간의 정신을 속박하는 쇠사슬을 풀려는 것이 너무도 분명한데, 그러한 사드가 공격하려 했던 것은 시의 우상이고 또한 사람들이 꽃을 선물하면 좋든 싫든 간에 그 꽃으로, 가장 고상한 감정이건 가장 저속한 감정이건 그러한 감정의 화려한 매개 수단을 만들려고 했던 것이 사실이다.[17]

브르통은 사드의 혁명적 행동과 인간 해방의 정신을 찬양한 반면, 감옥이 아닌 국립도서관의 사서로 편하게 지내는 바타유가 사드를 흉내내는 것은 결코 윤리적이고 사회적인 해방의 의지와는 거리가 먼 것이라고 단정한다. 위의 인용문 다음에 '사드의 사상과 삶의 완전한 순수성'이란 표현과 새로운 세계를 창조하려는 '영웅적 욕망'이란 찬사가 보이는 것은 그만큼 바타유의 존재를 평가절하고 사드를 약간의 결함도 없는 완전한 인간으로 이상화하려는 의도를 반영한다. 결국 브르통과 바타유 사이에서 사디즘과 사드의 유물론에 대한 해석의 싸움은 필연적인 결과로 보인다.

---

17) 위의 책, p.188.

3. 바타유의 사디즘 해석

여하간 「초현실주의 제2선언문」에서 개진된 브르통의 바타유 비판은
바타유로 하여금 초현실주의자들의 사디즘 해석과는 다른, 사드의 올
바른 사용가치를 질문하고 탐구하게 만든 본격적인 계기가 되었다. 우
선 바타유는 초현실주의자들의 사디즘을, 사드를 제대로 이해하지 못
한 사람들의 수사학에 불과한 것이라고 단정하면서, 초현실주의자들이
사드를 중요시했지만, 사드를 배설물처럼 빠른 시간에 처리해버리고
싶어 했을 뿐이라고 공격한다. 바타유에 의하면, 초현실주의자들에게
"사드의 삶과 작품은, 빨리 배설해서 더 이상 보지 않으려는, 그러한
상스러운 성급한 쾌락의 만족만을 좋아하는, 사용가치 외에 다른 사용
가치는 없는 것 같다."[18] 이렇게 초현실주의자들이 사드를 배설물처럼
다루고 있다는 바타유의 비판은 분명히 지나친 언사이지만, 그는 의도
적으로 그들이 더러운 것으로 혐오하는 배설물의 표현을 사용함으로써
그들의 언어와 다른 자신의 언어를 통해서 차별성을 보이려 했고, 사드
의 이해에 대한 그들의 한계를 역설하려 했다. 바타유가 보는 사디즘은
"지적인 분뇨담scatologie의 실천"[19]이며, 고상한 정신적 가치를 존중
하는 부르주아 기독교 사회에서 감히 말을 꺼내기 어려운 배변과 같은
말의 차원에서 극도로 타락한 반(反)지성주의의 표현이다. '지적인 분
뇨담'은 바타유가 내세운 '이질론'의 개념과 같다. '지적인 분뇨담'이 서

---

18) G. Bataille, "Dossier de la polémique avec André Breton"(La valeur d'usage de
   D.A.F. de Sade), *O.C.*, vol.II, Gallimard, 1970, p.56.
19) G. Bataille, *O.C.*, vol.I, Gallimard, 1970, p.64.

구의 인간 중심주의 철학과 근본적으로 양립할 수 없는 것은 그것이 부르주아 사회의 가치관을 완전히 무시하고 파괴하는 것이기 때문이다.

이러한 분노담의 이질론을 이해하기 위해서 바타유의 소비 개념과 금기와 위반, 문학과 주권성la souveraineté의 글쓰기를 검토할 필요가 있다. 바타유는 사회생활이 정상적으로 유지되려면 우선 유용하고 합리적인 노동으로 획득 가능한 에너지의 생산이 선행되어야 하고 그것에 상응하는 축적된 에너지의 소비가 뒤따라야 하는데, 늘 과잉 에너지가 적절하게 소비되지 않음으로써 문제가 발생한다고 주장한다. 그의 이론에 의하면, 인간이 어떤 명분으로 생산과 저축의 미덕을 찬양하고 낭비가 악덕인 것처럼 비난하더라도 과잉 에너지를 사치스럽게 소비할 수 있어야 한다는 것이다. 이런 논리에서 바타유는 비생산적 소비를 '저주의 몫'이라고 명명하고, 인간만이 사치스런 소비를 하는 존재가 아니라 자연도 잉여의 문제를 사치의 형태로 해결한다는 논리를 편다. 자연의 해결 방법은 '생명체들 사이의 잡아먹기, 인간의 죽음, 성행위와 생식 기관의 배설, 생명체끼리 죽고 죽이는 현상이나 인간의 죽음' 등도 모두 인간 사회에 필요한 과잉 에너지의 소비라는 관점에서 이해될 수 있는 것이다. 이러한 비생산적 소비가 없이 모든 에너지가 축적될 경우 그 사회가 얼마나 끔찍한 과잉의 사회가 될 것인지는 분명하다.

바타유는 고대사회에서 신에게 제물을 바치는 의식도 축적된 부를 소비하는 방식 중의 하나라고 설명한다. 제사와 같은 성스러운 활동의 중요성이 감소되는 현대사회에서, 비생산적 소비의 기회가 줄어들면 축적에 대한 소비의 위험성은 당연히 증가할 수밖에 없다. 물론 전쟁을 통한 대량학살과 같은 비생산적 소비는 없어야 하겠지만, 과잉 에너지가 적절히 소비되지 않을 때, 인간이 이를 외면하거나 모른 체함으로써 과연 전쟁을 피할 수 있는 것일까? 바타유는 이런 의문에 부정적으로 대답한다. 역사학자가 양차 세계대전의 원인을 역사의 관점에서 분석한다면, 바타유는 결국 소비가 원활하게 이뤄지지 못한 산업의 과도한 성장이 그러한 세계대전이 발발하게 된 원인이라고 주장한다. 그러니까 전쟁을 피할 수 없다는 것이 아니라, 전쟁의 비극을 막기 위해서라도 과잉 에너지를 적절하고 합리적으로 소비해야 한다는 것이다. 모든 사회는 자기 보존의 목적을 갖고, 그 목적과 상반되는 행위를 하지 않도록, 다시 말해서 사회를 안전하게 유지하기 위해서 금기를 설정하고, 온갖 금기 체계를 만들기 마련이다. 이러한 금기 체계의 원칙에서 가치의 척도는 이성과 등가적인 효용성의 원칙일 터인데, 문제는 효용성으로만 이뤄진 삶이 개인적으로나 사회적인 발전을 위해서 필요한 주권적 자율성을 갖지 못한다는 점이다. 그러므로 주체로서의 인간은 효용성에 의존하지 않는 주권적 태도를 가져야 하고, 주권성의 미덕은 처벌을 두려워하지 않는 금기의 위반 행위를 통해서 획득된다는 논리가 성립된다. 바타유는 사회에서 윤리적 악(惡)으로 간주되는 금기의 위반을 실천하는 모험의 행위 속에 문학의 진정성 혹은 주권성이 담겨 있다고 본다. 물론 문학은 언어의 지배를 받고 있고 작가의 이성에 의해 좌우되는 것이지만, 언어에 의해서 소외된 존재의 모습을 일깨우기 위해 문학의 도구적 성격을 위반할 수 있다는 것이 바타유의 생각이다. 그는 문학과 예술이야말로 인간이 모든 규범을 위반하는 자유의 욕망을 실천할 수 있는 영역이자, 언어를 주권적으로 사용할 수 있는 세계라고 확신한다.

    문학작품을 만드는 일은 모든 적당주의 차원과 노예성에 대해 단호히

등을 돌리는 일이고, 인간의 주권적 입장에서 주권적인 인류에 호소하는 주권적 언어로 말하는 것이다.[20]

언어의 주권적 사용은 바타유가 강조하는 주권성의 중요한 표현이다. 이런 논리에서 보자면 사드는 선과 이성, 악과 폭력을 동일시하는 전통적인 윤리를 전복시키고, 금기의 위반을 실천하는 주권적 자의식과 주권적 언어의 작가이다. 주권적 작가로서 사드는 그 사회에서 금기시하는 성의 이야기를 통해 인간의 극단적인 잔인성과 폭력성을 기술함으로써 이성을 기반으로 한 문명사회의 금기와 규범을 위반한 주권적 작가의 모습을 실천하였다. 그는 언어의 터부를 깨뜨리고 성도착이나 폭력에 대해 절대적인 고독의 상태에서 주권적인 언어를 표현하였다. 문학작품을 통해서 표현되는 사드의 주권적 언어는 결국 위반의 행위이고, 이러한 위반은 단순히 윤리적 규범을 문제시하는 행위가 아니라, 악이 인간의 내부에 있는 인간적인 것임을 강조하는 메시지의 표현이다. 바타유는 사드의 우회적인 성적 도착의 이야기들을 통해 개인의 해방과 관련된 잔혹성과 폭력성의 진정한 인간적 의미를 이끌어낸 것이다.

그렇다면 바타유가 생각하는 사드의 작품과 프랑스혁명과의 관계는 어떤 것일까? 앞에서 바타유의 과잉 에너지의 소비에 대한 개념을 말한 바 있지만, 그에게 혁명은 축적된 부를 소비할 수 있는 성스러운 시간이자 거대한 축제이고 비생산적 소비의 시간이다. 물론 사람들 사이에서 절제를 모르는 열정이 분출되기 시작하여 혁명이 멈추지 않을 때

---

20) G. Bataille, "La littérature et le mal," *O.C.*, vol.IX, Gallimard, 1979, p.304.

그것은 위험하지만, 그렇다고 해서 혁명의 소용돌이 속에서 이성적 논리와 절제를 요구할 수는 없다. 혁명의 열기에는 전염성이 있고, 그 전염성은 사람과 사람 사이에만 있는 것이 아니라 사물과 이념 사이에도 존재하는 것이기 때문이다. 이런 점에서 바타유는, 프랑스혁명과 사드의 작품 사이에 특별한 인과관계는 없지만, 혁명의 전염성이 다양한 차원의 혁명적 현상들을 가깝게 함으로써, 정치와 문학이 상호적으로 영향을 주고받는 관계가 되었다고 주장한다. 물론 정치와 문학의 차이를 설명할 때, 혁명의 열기가 사람의 의식을 무화시키는 것이라면 문학은 이성의 눈으로는 볼 수 없는 요소들을 포착하려 함으로써 의식을 더욱 투명하게 만든다고 바타유는 말한다. 그가 사드의 문학을 설명할 때 종종 강조하듯이, 사드의 문학은 본능의 음란성을 자극하는 것이 아니라 명철한 의식을 일깨우는 것이며, 맹목적인 폭력과 이성적 명증성의 대립과 모순을 초월하여 주체와 대상의 통일성을 추구한다는 것이 사디즘에 대한 그의 결론이다. 사드야말로 도착적이고 범죄적인 성의 이야기를 통해서 이성보다 중요한, 명증한 의식을 일깨운 최초의 작가인 것이다. 사드는 용기 있는 위반의 행위를 감행함으로써 평범한 독자들에게는 성적 자극이나 분노를 유발했을지 모르지만, 그의 진정한 작가적 의도는 성적 흥분이나 스캔들의 차원을 넘어서 진정한 반항 의식과 혁명의 변화를 기대한 것이다.

4. 시적 초현실주의와 산문적 유물론

우리는 이러한 브르통과 바타유 논쟁의 중심에서 헤겔 철학에 대한 해석의 차이를 발견하게 된다. 브르통은 모든 대립되는 것들이 모순되지 않게 인식되는 정신의 지점이 있다고 생각한 반면에, 바타유는 모든 인습적 가치들의 전복이라는 이름으로, 그의 '하류 유물론'의 논리처럼, 물질적이고 비천한 것들, 도착적인 성욕과 무의식의 요소들에 가치를 부여하였다. 브르통이 주관성과 객관성의 통일처럼 대립된 것들의 융합 혹은 일치를 시적으로 추구했다면, 바타유는 주체와 객체의 내재적 일치보다 그것들의 이질성을 강조했고, 모든 타자와의 소통 속에서 금기의 위반과 가치 체계의 전복을 목표로 삼았다.

앞에서 말했듯이, 바타유는 초현실주의의 자동기술이나 「초현실주의 선언문」에 대하여 공감하지 않는 태도를 보였다. 그렇다면 그는 왜 초현실주의 그룹에 가담한 것일까? 그는 『문학과 악』의 서문에서 자기의 세대가 초현실주의의 열정과 반항에 공감했던 것은 제1차 세계대전 이후에 계속된 폭발 직전의 감정 상태 때문이라고 말한 바 있다. 그는 초현실주의를 회고하는 글에서, 브르통과 초현실주의에 매혹된 레리스의 권유로 초현실주의운동에 참여하게 되었지만, 처음부터 "초현실주의의 답답한 분위기에 온몸이 경직되는 느낌이어서 질식할 것 같았다"[21]고 토로한다. 아마 그는 기질적으로 혹은 감정적으로 브르통과 아라공 같은 초현실주의자들과 어울리는 사람이 아니었을 것이다. 이런 측면에서 브르통과 바타유의 논쟁을 이야기하는 사람들 중에는 바타유를 인정하지 않는 듯한 브르통의 거만한 태도 때문에 바타유가 상처를 받았다는 사실에서 논쟁의 동기를 추측하는 사람도 있다. 그러나 두 사람의 인간적 관계가 어떤 것이었건 간에, 바타유가 시인들이 중심적 역할을

---

21) G. Bataille, "Le surréalisme au jour le jour," *O.C.*, vol.VIII, Gallimard, 1976, p.171.

하는 초현실주의 그룹과 동화되지 못했고 그의 '하류 유물론'이 초현실주의의 이상론과 극명하게 대립된 것이라면, 바타유와 초현실주의의 갈등과 논쟁은 필연적이었을 것이다. 브르통과 초현실주의자들이 사드의 작품을 관념적이고 시적인 차원에서 해석했다면, 바타유는 사드의 문학을 하류 유물론과 혁명적 사디즘으로 설명하였다. 바타유의 혁명적 사디즘에 대한 이해는 '하류 유물론'의 논리를 정당화시키는 것이며, 이상주의의 서열화된 가치들을 전복하는 '이질론'에 토대를 둔 것이라고 말할 수 있다. 이러한 이질론의 사디즘은 초현실주의의 모든 시적 행위와 이상주의적 가치관을 거부하는 산문적 유물론의 입장으로 해석된다.

초현실주의자들의 사드와 바타유의 사드는 이렇게 분명한 차이를 보인다. 그러나 이것은 어디까지나 관점과 해석의 차이일 뿐, 그 논쟁에서 어느 쪽의 논리가 우세하였다고 말할 수 있는 것은 아니다. 확실한 것은 이 논쟁에서 브르통은 얻은 것이 별로 없고 오히려 잃은 것이 많았던 반면에, 바타유는 자신의 논리와 사상을 구축하는 과정에서 얻은 것이 많았다는 점이다. 논쟁에서 먼저 흥분하는 사람이 지기 마련이라는 이유 때문인지는 모르지만, 브르통은 「초현실주의 제2선언문」에서 자신의 한계를 너무 드러내었다. 초현실주의자들의 사디즘에 대한 바타유의 비판에서 아쉬운 점을 말한다면, 그들이 기존의 문학사적 평가와는 다른 관점에서 사드를 혁명적 작가로 부각시켰고, 사드의 소설이 일반적인 언어의 소통 논리와는 다른 욕망의 명령과 자유로운 상상력에 의존해 만들어진 작품이라고 해석한, 그러한 사드의 재평가의 공로를 바타유가 전혀 인정하지 않았다는 점이다. 초현실주의자들의 그러한 노력이 없었다면 사드의 이름은 그 당시 문학사에서 중요하게 논의

할 필요도 없이 단순히 성도착의 이야기들을 쓴 작가라는 대중적 인식
에서 크게 벗어나지 못했을 것이다.

제13장
사르트르의 초현실주의 비판

1. 사르트르와 초현실주의

초현실주의는 공감과 찬사의 대상만이 아니라 동시대의 지식인들 사이에서 적지 않은 비판과 공격의 표적이기도 했다. 사르트르는 초현실주의와 직접적 관련을 맺은 적은 없지만, 초현실주의의 이념을 맹렬히 비난하고, 그것의 가치를 부정적인 시각에서 이해한 사람들 중의 하나였다. 그는 「1947년의 작가 상황」이란 글에서 그의 앞 세대 작가들을 비판하는 가운데 특히 초현실주의 시와 시인들을 문제의 대상으로 삼아, 초현실주의자들의 반항적 태도와 혁명적 신념, 그들의 정신적 모험, 자동기술과 꿈 등 모든 요소들을 부정적인 시각에서 평가하였다. 이러한 평가가 정당한 논리에 기반을 둔 것이건 아니건 간에, 그것은 대상에 대해 일정한 거리를 둔 냉정한 비평이라기보다, 어느 의미에서는 자신의 모습이 투영된 대상에 대해 비판자가 더 격렬히 반발할 수도 있다는 어떤 심리적 추리의 여지를 남겨놓기도 했다. 실제로 젊은 날의 사르트르와 초현실주의와의 관계는 긴밀한 유대의 관계는 아니었다 하더라도 충분한 공감의 관계였던 것이 시몬 드 보부아르의 증언에 의해서도 확인된 바 있다. 보부아르는 사르트르가 『구토』를 쓰던 바로 그 무렵의 그와 자기가 사실상 초현실주의의 영향을 받았으며 초현실주의자들의 반항적 열정에 깊이 공감하고 있었음을 이렇게 고백하였다. "나는 기존의 미술과 문학을 무참히 죽여버리는 초현실주의자들의 작품들을 좋아했다. 마르크스의 형제들인 그들에 의해 영화의 살육이 이루어지는 것을 보고 즐거워했다. 그들은 사회적 인습, 기존의 사유 체계·언어 등을 격렬히 파괴했을 뿐 아니라 대상의 의미를 파괴하기도 했다. [……] 이러한 부정의 행위는 아브르의 거리에서 앙투안 로캉텡의 눈으로 멜빵끈이나 전차의 긴 의자가 불안스럽게 변형되는 모양을 관찰하던 사르트르에게는 무척 즐거운 일이었다. [……] 과도한 인간적 의미 부여의 틀에서 벗어나게 된 세계는 본래의 황홀한 무질서를 되찾을 수 있었다."[1] 보부아르와 사르트르가 이런 식으로 초현실주의자들의 반항과 파괴적 태도에 공감했던 시기가 과연 얼마나 지속적이었는지는 분명하지 않다. 그러나 제1차 세계대전을 겪은 젊은 세대의 부정과 반항이 10년쯤 아래인 그다음 세대의 사르트르와 같은 젊은이들에게 영향을 주었거나 공감의 울림을 확신시켰으리라는 사실은 어렵지 않게 짐작할 수 있다. 초현실주의 영향이라고 단정 지을 수는 없겠지만, 사실 『구토』에서 초현실주의적 서술이 발견되는 부분들을 여러 군데에서

---

1) Beauvoir, *La force de l'âge*, Gallimard, 1960, p.127.

지적하기도 했고,[2] 초현실주의적 세계라고 말할 수 있는 이질적인 것의 혼융, 즉 합리적 현실 세계가 우연에 의해 전도되어 나타남으로써 인간과 동물, 식물과 광물 등의 구분이 사라진 초현실주의적 세계의 특징[3]을 『구토』를 분석한 책에서 언급할 수도 있었다. 또한 사르트르의 초기 단편 작품들에서는 「초현실주의 제1선언문」에서 권고된 자동기술의 방법으로 쓴 시를 읽어보라고 하는 인물이 등장하는가 하면(「어느 지도자의 유년 시절」), "가장 단순한 초현실주의적 행위는 손에 권총을 들고 길거리에 내려와 아무렇게나 군중을 향해 총을 쏘는 데 있다"[4]는 「초현실주의 제2선언문」에서 많은 논란이 되었던 한 구절을 규범으로 삼아 초현실주의적 행동을 실행할 뿐 아니라 꿈의 방법과 환각의 탐구를 망상의 상태까지 시도해보는 인물도 등장한다(「에로스트라트」). 물론 이러한 인물들이 초현실주의자들의 모습과 유사하더라도, 그들을 긍정적으로 그렸다고 말하기는 어렵다. 그러나 설사 그들이 비판적 희화의 대상으로 묘사되었다 하더라도, 그러한 인물의 존재는 초현실주의의 이념이나 행동에 대한 작가적 관심의 비중이 그만큼 높았다는 사실을 입증케 하는 근거가 된다.

이처럼 존재의 자유를 중심으로 한 실존적인 문제와 더불어 초현실주의와의 친화적 관련을 추출해볼 수 있는 초기의 사르트르의 모습과는 달리, 제2차 세계대전 이후에 간행된 『문학이란 무엇인가』에서 산문문학의 정치적 사회적 참여의 당위성이 강력히 표명되어 있는 것은 잘 알려진 사실이다. 그러한 참여문학론의 논리적 연결선상에서 초현

---

2) Geneviève Idt, *La Nausée de Sartre*, Hatier, 1971, p.22∼23.
3) 위의 책, p.44.
4) A. Breton, *Manifestes du surréalisme*, J. J. Pauvert, 1962, p.135.

실주의에 대한 거부와 공격은 특히 「1947년의 작가 상황」을 통해 집중적으로 전개된다. 1947년에 초현실주의 시인들은 이미 50대 중반의 나이에 접어들었고, 초현실주의운동의 열기도 1920년대나 1930년대에 비해 많은 변화와 쇠퇴를 보인 사실을 감안한다면, 사르트르가 어떤 심리적 동기에 의해 새삼스럽게 초현실주의를 공격의 목표로 삼았는지는 의문이다. 물론 문학이 사회적 변화에 기여하고 인간해방이라는 목표에 충실해야 한다는 그의 참여문학론의 논리를 도입해보면 초현실주의 비판의 의미는 어렵지 않게 이해될 수도 있다. 사르트르의 관점에서는 사회와 인간성의 완전한 변화를 문학운동의 과제로 삼았으면서도 불철저한 관념의 범주에 머무는 한계를 노정한 초현실주의자들의 문학과 삶의 태도를 분명하게 검토해야 할 필연적 요구가 있었을 것이다. 그것은 글쓰기의 상황 구속성을 인식한 부르주아 지식인으로서 당연히 감당하고 문제를 제기해야 할 어떤 과제처럼 사르트르 자신에게 부과된 문제였는지도 모른다. 중요한 것은 초현실주의의 문학과 삶의 태도에 대한 사르트르의 공격과 비판이 어떤 정당성을 지니건 간에 그러한 비판적 성찰은 초현실주의를 이해하는 데 있어서도 유익한 관점일 뿐 아니라 사르트르의 시에 대한 인식을 아울러 검토해볼 수 있는 계기가 될 수 있다는 점이다. 그러므로 초현실주의에 대한 사르트르의 논지를 정리하면서 그 논의의 근거와 전개, 혹은 사르트르 자신의 문학관과 관련되어 드러난 모순이 무엇인지를 살펴보려는 것은 사르트르의 문학이론의 한 단계를 규명하는 작업으로서도 의미를 지닐 것으로 보인다.

2. 초현실주의의 부정정신에 대한 비판

「1947년의 작가 상황」에서 사르트르는 우선 동시대의 부르주아 작가들을 3세대로 분류하면서 그의 선배 작가들인 제1세대와 제2세대의 작가적 태도를 검토한다. 일차적인 비판의 대상이 되었던 제1세대는 대략 1868년에서 1885년 사이에 태어나 1947년쯤에는 60대나 70대의 원로 작가들이 된 앙드레 지드, 프랑수아 모리아크, 앙드레 모로아, 폴 클로델 등이다. 사르트르에 의하면 이들은 자기들이 속한 부르주아 계급에 대한 근본적 비판과 부정의 태도를 보이지 않은 사람들이다. 그들은 계급의 굴레에서 벗어나려는 치열한 반항의식을 보이지 않았고 그들의 문학적 특징은 자신들의 계급을 비판하면서도 동시에 그 계급의 장점과 매력을 강화하는 것이 된다. 그들은 작가로서 글쓰기 이전에 이미 넓은 토지를 소유한 대지주의 아들이었거나(지드, 모리아크), 번창한 사업가의 아들이었고(모로아), 아니면 외교관직을 갖고 있었던 사람들(지로두, 클로델)이다. 요컨대 그들은 작가로서의 인세 수입에 의존하지 않고도 생활의 근거를 갖고 있었다는 것이다. "그들은 부르주아 정신의 우아한 온실 안에서 편안한 마음으로 작업하기 위해 필요한 모든 정신성과 모든 무상성을 발견하게 된다."[5] 사르트르는 그들이 자기 계급 속에 안주하면서도 부르주아의 실리 추구적 태도를 공격하는 모순을 비판한다. 그들의 작품 속에서 일상생활의 구체적 삶과 인간이 문제되지 않고 추상적인 정신과 내면의 세계가 문제된 것도 그러한 비

---

5) Sartre, *Qu'est-ce que la littérature?*, Gallimard, coll. Idées, 1988, p.213.

판적 시각에서 당연히 논의될 수 있는 현상이다. 사르트르의 관점에서는 그것이 그들의 계급적 한계에서 비롯된 작가적 한계로 보인 것이다. 그리하여 지드의 불안이나 모리아크의 인물들이 보여주는 원죄의식은 모두가 그러한 계급적 한계에서 나타날 수 있는 불편한 의식일 뿐이다.

그다음의 제2세대가 앙드레 브르통을 중심으로 한 초현실주의자들로서 1895년을 전후하여 태어나 스무 살 즈음하여 제1차 세계대전 때 징집된 세대이다. 사르트르의 초현실주의 비판의 대상이 된 이 세대, 즉 '소비자—작가의 파괴적 전통'을 이어받은 이 세대를 결집한 두 가지 원동력은 결국 '부정정신l'esprit de Négativité'과 '부권에 대한 반항la révolte contre la Père'[6]이라는 것이다. 그 부정정신은 오래전부터 부르주아 문학의 특징이 되어온 것으로서, 그 전통적 뿌리는 군주 권력에 항거하면서 부르주아 독자들을 위해 글을 썼던 18세기 작가들로부터 비롯되었다. 『문학이란 무엇인가』에서 논증된 내용이 그렇듯이, 이러한 작가들의 부정정신은 19세기에 접어들어 정작 부르주아지가 권력을 장악한 이후에는 변증법적 발전을 이룩하지 못하고 자기 파멸적인 부정으로 연속되어져 초현실주의의 극단적인 파괴적 태도로 나타나게 되었다는 것이다. 그와 같은 해석에 덧붙여서 정신분석적 시각에서 문제의 핵심을 단순화시킨다면, 초현실주의자들의 반항은 부권에 대한 젊은이의 반항이며, 그들의 분노와 폭력은 오이디푸스 콤플렉스를 해결하려는 한 방법이었을 뿐이다. 그리하여 아버지의 세계를 형성하던 가치 체계들, 애국심 · 민족주의 · 군대, 부르주아적 주체성의 모럴 등 모든 것은 그들에게서 무너뜨려야 할 공격 목표가 되었다는 것이다. 아버

---

6) 위의 책, p.219.

지의 세계에 대한 반역은 두 가지 형태로 나타난다. 하나는 의식의 세계와 무의식의 세계 사이의 구별을 제거함으로써 데카르트적 주관성의 전통을 뿌리 뽑으려는 시도이고, 다른 하나는 이성적 이해의 토대를 침식하기 위한 작업으로서 객관성의 세계를 파괴하려는 노력이다. 첫번째 시도는 초현실주의자들로 하여금 당연히 프로이트의 정신분석 논리에 경도하게 만든다. 사르트르의 입장에서 볼 때, 초현실주의자들의 그러한 태도는 프로이트의 정신분석에 대한 깊이 있는 인식의 결과로서 도출된 것이 아니라, 정신분석이 "인간의 의식이란 그 근원이 다른 곳에 있는 종속적 요소들로 가득 차 있다는 논리"[7]를 내세우면서, 무의식이 존재 가치를 말했기 때문에 가능해진다. 의식적 자아는 근거를 알 수 없는 요소들로 구성되어 있다는 견해는 인격체의 책임이나 독립성 혹은 명료한 자아 인식의 기반을 위태롭게 만든다. 그러므로 초현실주의자들은 주관성과 의식을 부정하면서 꿈과 무의식을 애호하거나, 주관성의 글쓰기가 아닌 자동기술을 선호하게 되었으며, 그들의 자동기술은 의식적 주관성을 무의식적 주관성으로 대체하려는 목적을 위해서라기보다 단지 주관성을 제거하기 위한 목적만을 위해서 이용되었다는 것이다. 두번째의 관점에서 사르트르가 설명하는 초현실주의의 또 다른 시도는 객관성의 파괴이다. 세계를 철저히 파괴하기 위해서는 주관성뿐 아니라 객관성도 파괴해야 하기 때문이다. 그러나 완전한 파괴와 부정의 꿈은 불가능한 꿈이기에 초현실주의자들은 전체적인 세계의 파괴가 아닌 개별적이고 단편적인 대상물들을 해체하고자 한다는 것이다. 그 해체의 의지는 어디까지나 상상적인 대상물들에 한정되어 있는

---

7) 위의 책, p.221.

것이지 현실세계의 전체 구조와 연결된 요소들을 대상화한 것이 아니다. 그렇기 때문에 그들이 세계를 개혁해야 한다는 마르크스의 명제를 말하면서 파괴적 의지를 보인다 해도 세계의 현상 구조는 변함이 없다. 사르트르의 관점에서 보면 초현실주의적 해체의 작업은 결코 혁명적이 아니기 때문이다. "초현실주의적 회화나 조각은 모든 세계가 그 구멍으로 빠져 사라질 수챗구멍과 같은 국부적이고 상상적인 파괴의 형체들을 쌓아가는 목적 이외의 다른 목적을 갖지 않는다."[8] 그들의 파괴는 상징적일 수밖에 없다. 그것은 그림이나 시를 통한 형태 파괴적인 작업이기 때문이다.

잠과 자동기술에 의한 자아의 상징적 무화에 의해, 소멸되어가는 객관성들의 창조를 통한 대상물의 상징적 무화에 의해, 비상식적인 의미의 창조를 통한 언어의 상징적 무화에 의해, 회화에 의한 회화의 파괴에 의하거나 문학에 의한 문학의 파괴에 의해, 초현실주의는 존재의 과도한 충만성으로 허무를 실현하려는 저 기이한 시도를 되풀이한다.[9]

사르트르의 이러한 주장은 초현실주의자들이 시인이나 예술가들이며, 그들의 파괴적 작업은 어쩔 수 없이 상징적일 수밖에 없다는 논리를 전혀 고려하지 않은 시각에서 제시된 비판이다. 이 비판의 문제성은 나중에 다시 검토의 대상으로 삼겠지만, 우선 주목해야 할 사실은 사르트르의 관점에서 상징적인 파괴나 상상력의 작용은 현실을 변화시키는 혁명에 기여할 수 없다는 것, 따라서 초현실주의가 내세우는 거창한 혁

---

8) 위의 책, p.222.
9) 위의 책, p.223.

명적 이데올로기와 초현실주의자들의 문학이나 예술에 의거한 상징적 파괴는 모순될 수밖에 없다는 논리이다. 사르트르는 여기서 현실적인 변혁에 유용한 어떤 혁명적 문학을 염두에 두고 있는데, 그러한 문학이 가능하다 하더라도 그것이 혁명적 기능을 수행했다는 판단의 기준은 상대적일 수밖에 없을 것이다.

3. 초현실주의의 종합에 대한 비판

사르트르의 초현실주의 비판에서 중요한 검토의 대상이 될 수 있는 문제의 하나는 종합la synthèse이라든가 전체성la totalité과 같은 헤겔적인 개념들을 둘러싼 해석이다. 사실상 초현실주의는 그 어느 문학운동보다도 더 힘차게 종합과 전체성의 가치를 강조하고 그것을 행동의 지표로 삼기도 했다. 브르통은 인간의 전체성을 회복해야 한다거나 모든 대립이 소멸된 종합의 세계가 초현실주의의 목표임을 누누이 역설한 바 있다. 가령 자연과 인간의 분리라는 주제만 하더라도, 그는 자연 속에 잠재된 생명력과 인간의 욕망을 일치된 흐름으로 파악하여 그것들이 어우러진 세계의 근원성과 해방의 힘을 말하였다. 그는 분리보다도 종합을 선호하였으며, 그와 같은 논리에서 당연히 고전주의보다는 낭만주의에 더 공감적인 태도를 보였다. 이러한 세계관과 관련하여 사르트르는 초현실주의가 인간해방의 운동이며 인간의 전체성을 회복하고, 모든 이원적인 분리를 타파하려는 종합의 운동이라는 점은 인정한다. 그러나 그는 헤겔의 용어라고 말할 수 있는 전체성이나 종합의 의지가 초현실주의의 경우 얼마나 잘못 쓰인 것인가를 헤겔 철학에 근거하여 이렇게 비판한다.

　요컨대 인간의 선체성은 필연적으로 종합이고 모든 이차적 구조들의
유기적이고 조직적인 통일성이다. 해방이 전체적인 것이 되기 위해서는
우선 인간 스스로 자기 자신에 대한 전체적 인식에서 출발해야 한다. 이
러한 말은 우리가 인간 현실의 모든 인간학적 내용을 알아야만 하고 또
한 알 수 있었다고 하는 것을 의미하는 것이 아니라, 무엇보다도 우리가
우리의 행동과 감정, 우리의 꿈이 완전히 일체를 이루는 심층적이며 동
시에 표면적인 통일성의 단계에 도달할 수 있다는 것을 의미한다. 한 시
대의 산물인 초현실주의는 처음부터 반(反)종합적인 유물들에 지나친
신경을 쓴다. 무엇보다도 일상적 현실에서 이루어지는 분석적 부정이
그렇다.[10)]

사르트르는 뒤샹의 작품을 예로 들면서 그러한 분석은 부르주아적
분석이며 세계에 대한 관념적 파괴일 뿐이라고 말한다. 가령 해부대 위
의 재봉틀이라는 로트레아몽의 충격적 이미지들처럼 전시장에 놓인 늑
대-책상이라는 오브제 앞에서 이질적인 생물체와 무생물체를 결합시킨
초현실주의적 표현을 보았을 때, 사르트르는 그것이 동일한 운동의 통
일성 안에서 두 가지 양상이 병치되어 있는 것일 뿐, 종합의 통일성은
결여되어 있다고 보는 것이다. 많이 인용되는 「초현실주의 제2선언문」
에서의 "삶과 죽음, 현실적인 것과 상상적인 것, 과거와 미래, 소통될
수 있는 것과 소통될 수 없는 것, 높은 것과 낮은 것, 이 모든 것이 모

---

10) 위의 책, p.363.

순되게 인식되지 않는 정신의 지점"[11]에 대한 초현실주의적 추구는 사르트르의 관점에서 변증법적 긴장의 종합이 아니라 무기력한 혼돈의 지향인 것이다.

『연통관들』을 읽어보라. 이 책의 내용이나 제목은 모두 유감스럽게도 매개항이 부재해 있음을 보여준다. 꿈과 깨어 있음은 연통관들이다. 이것은 혼합이 있고, 밀물과 썰물의 흐름이 있을 뿐이지 종합적인 통일성이 결여되어 있음을 말해준다. 그러면 누군가 이렇게 말할 것이다. 종합적인 통일성, 그것이야말로 만들어야 하는 것이고, 초현실주의가 목표로 삼는 것이라고. 아르파 메시가 이렇게 말한 것도 나는 알고 있다. "초현실주의는 의식과 무의식이라는 상이한 현실에서 출발하여 그러한 요소들의 종합을 지향해가는 것이다." 그러나 무엇으로 초현실주의는 종합을 하는가? 매개의 도구는 무엇인가? 호박을 굴리면서 묘기를 부리는 요정들의 곡예를 보는 일은(그런 일이 어떻게 가능할지 의심스럽지만) 꿈과 현실을 혼합하는 것이지, 그것들이 그 자체 안에서 꿈의 요소들과 현실의 요소들이 변형되고 극복되어 나타날 어느 새로운 형태 안에서 그것들을 통합하는 것은 아니다.[12]

사르트르의 말처럼 브르통의 종합에의 의지는 헤겔식으로 모든 모순이 극복되고, 모든 대립이 지양되어 인간과 자연의 공통된 근원을 인식할 수 있는 절대적 앎un savoir absolu의 추구와는 방법론적인 문제에서 구별될 수밖에 없을 것이다. 그러나 초현실주의가 강조한 인간의 전

---

11) A. Breton, 앞의 책, p.133.
12) Sartre, 앞의 책, p.365~66.

체성과 종합에의 의지가 전면적인 부정의 대상이 될 수 있을까? 초현실주의의 방법은 그것이 시적 방법이라는 점에서 변증법적 논리의 회로와 일치되지 않는다. 그러므로 브르통의 종합과 헤겔의 종합이 같은 개념이라 하더라도 그것에 이르는 방법은 다를 수 있는데, 초현실주의가 헤겔의 종합을 이루지 못하여 실패할 수밖에 없었다는 결론은 시적 종합의 의미를 전혀 고려하지 않은 것이다.

사르트르는 초현실주의의 시적 활동과 시적 파괴의 힘과 가치를 긍정적인 방향에서 수용하지 않는다. 그는 「초현실주의 선언문」에서 브르통이 말한 상상력과 현실과의 관련에 대해서 상상적인 것의 현실화되려는 속성과 현실적 힘을 강조한 논리를 비판한다. 다시 말해서 상상력의 작업이라고 할 수 있는 회화나 음악, 그리고 시와 같은 언어예술의 비현실적 존재성은 현실화될 수 없다고 생각했기 때문이다. 『문학이란 무엇인가』에서 시가 사회적 참여의 성격을 갖지 못한다는 것을 주장한 그의 의도는 그런 입장과 관련된다. 그러므로 초현실주의자들이 상상력의 가치를 강조하고 언어의 중요성을 역설하며 실천적 혁명에 봉사하지 않은 사실을 보고, 그는 그들이 불충분하고 무능한 혁명가들임을 지적한다. 시나 그림이 아무리 파괴와 무화의 의지를 보인다고 해도 그것이 지배계급에 대한 치열한 충격이 될 수 없다는 것이고, 그들의 상징적 파괴 행위는 결국 무용한 몸짓이 된다는 것이다. 브르통의 '시는 혁명'이라는 등식의 논리는 사르트르의 눈에는 실천적 혁명에 가담하지 않으려는 무책임한 시인의 논리로 비칠 뿐이다. 사르트르는 초현실주의자들의 혁명적 이데올로기와 그들의 상징적 파괴는 모순된 것임을 천명한다. 그러나 초현실주의의 예술과 문학이 참으로 아무것도 파괴하지 못한다고 주장했을 때, 그것은 분명히 『문학이란 무엇인가』

에서의 다음과 같은 논리와 모순된다.

> ·　·　·　·　·　·　·　·　·　·　·　·
> 말한다는 것은 행동하는 것이다. 사람들이 명명하는 모든 사물은 이미 그전의 것과 똑같은 사물은 아니다. 그것은 명명됨으로써 벌써 순결을 잃어버린다. 만일 당신이 어느 개인의 행위에 뭐라고 이름을 붙인다면, 당신은 그 사람에게 자기 행위를 드러내 보이는 셈이다. 〔……〕
> 그리하여 내가 말하는 한마디 한마디의 말로 상황을 처리하고, 좀더 세계 속에 나를 구속한다. 그리고 동시에 미래를 향해서 세계를 뛰어넘음으로써 나는 그만큼 더 세계로부터 떠오르게 되는 것이다. 이와 같이 산문가란 이를테면 폭로에 의한 행동이라고 부를 수 있을 어떤 이차적인 행동양식을 선택한 사람이다. 그러므로 그에게 다음과 같은 두번째 질문을 던지는 것은 당연한 일이다. "세계의 어떤 모습을 폭로하는가? 그 폭로의 행위는 어떤 변화를 세계에 가져오는 것인가?"
> 구속된 작가는 말이 즉 행동이라는 것을 알고 있다. 그는 폭로하는 행위가 바로 변화를 가져오는 일이며, 변화시키려고 함으로써만 폭로할 수 있다는 것을 알 수 있다.[13]

사르트르 자신이 강조한 것처럼, 작가에게는 말이 바로 행동이고, 화가에게는 그림이 바로 행동일 것이다. 초현실주의 작가나 화가는 그들의 작품을 통해서 세계를 폭로하고 세계 변혁의 의지를 드러낸다. 그것이 상징적이라고 해서 현실을 변화시키지 못한다는 것은 상징적인 문학 행위를 실천하는 사르트르 자신의 모순에 빠지는 논리이다. 또한

---

13) 위의 책, p.29.

그가 비판한 자동기술이란 주체성의 포기가 아니라, 주체성의 진정한 자유를 추구하려는 노력이다. 초현실주의 시인은 자동기술을 통해 말을 해방시키려는데, 그것은 바로 말의 자유가 인간의 자유를 의미하기 때문이다. 합리적 논리라거나 의사소통의 도구라는 차원에서 말이 갇혀 있을 때 인간의 정신은 자유롭지 못하다. 언어의 문제가 중요한 것은 그런 이유에서이다. 사르트르는 초현실주의가 지향하는 종합에서 매개가 결여되어 있다고 비판하였지만, 그는 초현실주의에서 언어가 바로 매개의 수단임을 잊고 있었다. 초현실주의의 종합은 헤겔식의 변증법적 종합이 아니라 시적 통합이라는 것을 사르트르는 왜 인정하지 않는 것일까? 시적 통합은 데카르트식의 명증한 논리나 헤겔식 철학의 기준에서 볼 때 당연히 이해하기 어려운 모호성의 시학일 수 있다. 이런 이유에서 초현실주의 시학이나 미학에서 자주 논의되는 시적 경이로움le merveilleux이란 개념도 사르트르의 관점에서 받아들일 수 없는 개념이 되는 것은 당연할지 모른다. "이 세계, 나무와 지붕, 여자들과 조개껍질과 꽃들이 있는 일상의 세계, 그러나 불가능성과 허무가 깃들어 있는 세계, 바로 그것이 초현실주의적 경이로움이라고 부르는 세계이다."[14] 사르트르는 순간적이며 직관적으로 포착될 수 있는 그러한 경이로움이 혼란일 뿐 종합은 아니며, 그러한 미의 개념은 해결 없는 대립이거나 모순의 역설이라고 이해한다. 그러나 자동기술이 합리적 세계의 구조를 파괴하고 정신의 해방을 추구하는 방법이었듯이, 초현실주의적 경이로움은 인간의 상상력을 구속하는 합리주의와 현실주의에 대항하는 시인의 무기였다. 그것은 단순히 재치 있는 말장난이 아니

---

14) 위의 책, p.225.

라 인간의 감정 전체를 담는 생명의 운동성과 연결된다. 그것은 세계의 현실을 진동시키고, 인간으로 하여금 현실세계와 초현실세계, 의식과 무의식이 일치하는 지점과 대면하게 함으로써 이성적이고 논리적인 언어에 의해서 포착되지 않는 세계의 진실을 보여준다. 그런 점에서 우리는 브르통이 시인의 입장을 천명한 다음과 같은 말을 기억할 필요가 있다. "그 용어의 일반적인 의미에서, 우리는 시인임을 자처해야 한다. 왜냐하면 우리가 무엇보다도 먼저 공격해야 할 것은 가장 나쁜 인습인 언어이기 때문이다."[15] 브르통은 도구화되고 관습화된 말의 때를 벗기고 말을 해방하는 것이 바로 정신의 해방에 이르는 길임을 인식한 시인이었다. 이러한 브르통의 입장은 헤겔의 언어 인식과 구별되는 것이 사실이다. 헤겔은 직관적인 명증성보다 이성적인 언어를 선호하며 개인적인 확신보다 보편적인 진실에 가치를 부여하는데, 그것은 이성적 언어가 보편적인 일치의 원칙이기 때문이다. 『초현실주의의 철학』을 쓴 알키에는 브르통과 헤겔의 차이에 대해서 "헤겔에게 역사는 언어의 장소이며 보편성의 수단인" 반면에, 브르통에게 인간이 기대할 수 있는 것은 역사가 아니라, '꿈과 경이로운 희망'[16]임을 적절히 설명한 바 있다. 시는 논리적인 언어의 기반을 떠났을 때 세계에 새로운 의미를 부여하는 역할을 하고, 그것의 의미는 역사의 변증법적 전개에 희망을 걸기보다는 순간적인 것에서 영원한 것이, 직접적인 것에서 보편적인 것이 포착되는 진실을 추구하는 것이다. 그것은 결국 헤겔의 종합이나 전체성의 개념과 구별될 수밖에 없다.

---

15) A. Breton, *Les pas perdus*, coll. Idées, Gallimard, 1974, p.66.
16) F. Alquié, *La philosophie du surréalisme*, Flammarion, 1955, p.59.

4. 초현실주의와 독자와의 관계

사르트르의 초현실주의 비판에서 제기되어야 할 또 다른 문제는 초현실주의와 독자 혹은 프롤레타리아 대중과의 관계이다. 그는 한편으로는 초현실주의자들의 인간해방의 의지 혹은 세계변혁의 활동과 프롤레타리아 계급의 그것들과는 판이하게 다르다는 사실을 지적하고 다른 한편으로는 초현실주의가 프롤레타리아 계급의 독자를 위해 쓰지 않는다는 것을 비난했다. 이 두 가지 논지에서 전자의 경우 결국 초현실주의자들의 인간해방이 실천적이 아니라 정신의 해방이라는 차원에 안일하게 머문다는 것이고 후자의 경우는 초현실주의 문학이 상징주의로부터 유래되는 자기 파멸적 부르주아 문학의 전통을 철저히 계승한다는 논리의 소산이다. 전자의 경우와 관련된 사르트르의 견해에서 초현실주의자들의 실체는 프롤레타리아의 혁명의식을 공유하지 못한 형이상학적 혁명가들이다. 그들은 요란스런 구호를 내세우면서 노동계급의 승리를 위한 역사적 전환을 희망하지만, 그들의 정신 속에서 노동 계급과의 연대의식은 혼란스런 추상과 관념의 형태를 벗어나지 못한다는 것이다. "초현실주의는 프롤레타리아의 독재에 대해 별관심이 없으며, 공산주의가 권력을 장악을 목표로 삼고 그 목적을 위해 피를 흘려야 한다는 것을 정당화시키기는커녕, 혁명에서 목적 없는 폭력만을 목표로 볼 뿐이다."[17] 그들은 무책임한 부르주아 지식인들이기 때문에 그렇다는 것이다. 따라서 "세계를 개혁해야 한다"는 마르크스의 명제와 "삶을

---

17) Sartre, 앞의 책, p.231.

변화시켜야 한다"는 랭보의 명제를 동시에 추구해야 한다는 명분 아래 그 두 명제 사이의 엄청난 간극을 외면하고 있는 점 역시, 사르트르의 관점에서는 초현실주의자들의 추상적 부르주아의 이상주의를 반영하는 단적인 예가 된다. 사회적 차원에서 사회 개혁을 추구하는 혁명가의 의지와 사회적 해방이 이루어지지 않았음에도 불구하고 정신의 해방이 가능하다고 믿는 시인의 의지는 완전히 다르기 때문에 "브르통이 혁명적 활동의 테두리 밖에서 그리고 그 혁명과 병행하여 내면적 경험을 추구할 수 있다고 생각한다면, 그는 처음부터 길을 잘못 들어선 것이다."[18] 초현실주의와 공산당 간의 불화와 결별의 근본적 원인이 되기도 한 이러한 '내면적 경험'의 존중과 프로이트적 인간 해석의 절대적 필요성을 강조한 초현실주의의 입장은 초현실주의와 공산당 간의 결합이란 불가능하며, 초현실주의 시인과 혁명가는 구별될 수밖에 없다는 논리를 되풀이하게 만든다.

사실상 브르통이 「초현실주의 제2선언문」에서 말한, 모든 대립적인 것들이 모순되게 인식되지 않는 정신의 지점을 추구한다는 입장과 프롤레타리아의 계급의식이나 역사의식이 동일하지 않다는 것은 수긍이 가는 논리이다. 프롤레타리아는 현실적인 것과 상상적인 것을 구별함으로써 자기 계급의 위상을 분명히 의식할 수 있고, 과거와 미래를 구별함으로써 과거의 모순을 청산하고 도달해야 할 미래의 목표를 설정할 수 있을 것이다. 또한 초현실주의 시인이 정신의 세계 속에 살면서 행동의 다양한 범주들을 하나로 일치시키려는 반면, 프롤레타리아는 그것들을 혼동하지 않고 분명히 구별지으면서 조직적인 투쟁을 감행해

18) 위의 책, p.227.

야 한다. 이러한 구별에서 사르트르는 행동하지 않는 초현실주의의 정적주의un quiétisme surréaliste라는 표현을 쓴다. 그리고 그것은 초현실주의자들보다 앞 세대인 지드의 무상성의 행위l'acte gratuit를 연상시킨다는 것이다. 그러나 자신의 행복과 안락을 추구한 지드의 세대와, 랭보의 반항을 존중하고 체념과 복종을 거부한 브르통의 세대와는 현저한 차이가 있다. 또한 '정적주의'란 용어의 사전적 의미가 "외적 활동을 배제하고 마음의 평온을 통해 신과의 합일을 추구한 교리"이며 그것과 초현실주의의 모럴이 극단적으로 대립되는 것임에도 불구하고, 사르트르가 그러한 표현을 사용한 것은 행동하지 않는 부르주아 문학인의 한계를 질타하고 싶었기 때문일 것이다. 그러나 랭보가 파리코뮌 때 노동자들의 편에 섰다고 해서, 그가 노동자들과 같은 의식으로 똑같이 행동할 수 없었듯이, 초현실주의자들과 노동계급과의 관계도 그런 위상에서 이해되어야 할 것이다.

초현실주의와 대중 독자와의 관계에 있어서, 초현실주의자들이 프롤레타리아 혁명을 지지한다면 그들의 글쓰기는 노동계급의 독자를 염두에 둔 글쓰기여야 하는데 실제로 그들은 노동계급 안에 한 명의 독자도 확보하지 못하고 있다는 것이 사르트르의 주장이다. 이것의 사실적인 확인은 논외로 삼는다 하더라도, 작가와 독자와의 공감과 일치 혹은 불일치는 간단히 규정하기 어려운 문제일 것이다. 그럼에도 불구하고 사르트르는 이렇게 단정 짓는다.

초현실주의와 프롤레타리아의 관계는 간접적이고 추상적이다. 작가의 힘은 그의 글이 초래하는 분노와 열정과 사색의 행위를 통해 대중에게 미치는 직접적인 영향력에 달려 있다. 디드로, 루소, 볼테르는 부르주아 계급과 계속적인 연대 관계를 맺고 있었다. 왜냐하면 그 계급이 그들의 독자였기 때문이다. 그러나 초현실주의자들은 프롤레타리아 안에 한 명의 독자도 두고 있지 않다.[19)]

작가는 모든 시대의 추상적인 인간에 관해서 쓰는 것이 아니라 자기 시대의 인간 전체에 관해서 자기의 동시대인을 위해서 써야 한다는 사르트르의 유명한 독자관을 떠올리지 않더라도, 초현실주의자들 역시 동시대의 노동계급의 독자들을 상대로 한 글쓰기는 아니었다. 브르통은 결코 독자의 존재를 외면한 문학이 가능하다고 생각해본 적이 없었지만, 그렇다고 해서 노동계급의 독자들이 자신의 독자들이라고 한정지은 적도 없었기 때문이다. 그는 노동계급의 희망을 표현하는 문학의 존재가 그 당시의 현실적 상황에서 불가능하다는 사실을 이렇게 인식하고 있었다.

나는 노동계급의 희망을 표현하는 문학과 예술의 존재 가능성을 믿지 않는다. 내가 그것을 믿으려 하지 않는 것은 혁명기에는 어쩔 수 없이 부르주아 교육을 받고 자란 작가나 예술가가 그들의 희망을 분명히 표현할 수 없기 때문이다.[20)]

그는 부르주아 작가가 혁명의 도래를 원한다고 해서 프롤레타리아 계급의 대변자가 될 수 없음을 절실히 인식하고 있다. 그가 아무리 변신의 노력을 기울인다고 해서 그것이 가능할 수 없다는 것도 그는 잘

---

19) 위의 책, p.232.
20) A. Breton, 앞의 책, p.161.

알고 있다. 어쩌면 그 한계는 부르주아 작가의 입장에서 솔직히 받아들여야 할 자신의 현실적인 한계일 것이다. 사실상 19세기 이후에 많은 부르주아 작가들이 자기 계급을 비판하고 자기 계급의 독자들을 향해 호소하지 않으려 했다 하더라도, 그들의 현실적 독자는 대부분 부르주아 독자들이었다. 당연한 말이겠지만, 작가가 자신의 문학적 진실이 욕구를 배반하면서 문학을 어떤 이데올로기나 독자의 수준에 맞춰서 창작할 수는 없을 것이다. 사르트르가 극도의 찬사를 표현했던 에메 세제르의 시만 하더라도 그것이 흑인 민중들에 의해 애송되고 이해될 수 있는 차원의 시라고 말할 사람은 없다. 18세기 작가들이 부르주아 계급과 연대의식을 갖고 그 계급의 독자들에 의해 향수되었던 행복한 일치가 그 어느 시대에서나 가능한 것은 아닐 텐데, 작가와 독자 사이의 많은 모순과 불일치가 얽혀 있는 이 시대의 글쓰기를 현실적인 독자와의 관련에서 초현실주의를 비난한다면, 그 비난에 살아남을 문학은 참으로 드물 것이다.

5. 초현실주의 비판과 사르트르의 모순

사르트르와 초현실주의 비판을 이해하려는 문제는 『문학이란 무엇인가』의 테두리 안에서만 논의될 수 있는 것이 아니다. 『상황 3』에 실린 「흑인 오르페」는 네그리튀드와 초현실주의와의 관련을 언급하고 있을 뿐 아니라 네그리튀드의 시가 흑인들의 인간해방과 혁명의 의지를 표현한다는 사실을 강조하며 혁명시의 존재를 역설한다는 점에서 주목의 대상이 될 수 있는 것이다. 이 글에서 사르트르는 "시는 참여할 수 없다"는 참여문학론의 명제와 반대되는 주장을 하며 시의 혁명적 가치를 역설함은 물론 초현실주의의 의미와 역할을 앞에서의 공격과는 다른 어조로 비교적 온당한 비판적 관점에서 수용하고 있다. 물론 유럽의 초현실주의와 네그리튀드의 초현실주의가 내포하는 공통점보다 차이점이 많이 부각된 이 글은 전자가 후자에 미친 영향력을 높이 평가하지는 않는다.

사르트르는 여기서 유럽의 식민주의에 의해 억압받고 착취를 당한 흑인들이 분노와 고통의 외침을 표현한 네그리튀드의 시에 대하여 우선 그 자신이 유럽 백인의 한 사람이라는 가해자적 입장에서 느낄 수 있는 자괴감과 양심의 가책을 표명한다. 그러나 그러한 부끄러움이란 흑인 시인들이 백인 독자를 향해 시를 썼기 때문에 생긴 결과가 아니다. 사르트르의 견해로는 흑인들은 흑인들에 관하여 그들 스스로 이야기하고 있을 뿐이다.

그들의 시편들은 무엇을 풍자하거나 저주하는 것이 아니다. 그것은 인간의 의식을 일깨우는 시이다. 〔……〕 나는 이 시편들이 기본적으로는 인종적인 시편들이지만 실제로는 인간 전체를 위해 인간 전체에 의해 씌어진 노래임을 밝히고자 한다. 한마디로 말해 나는 이미 흑인들이 알고 있던 것을 백인들을 상대로 설명하고자 하는 것이다. 다시 말하자면 그것은 흑인들이 현재의 상황에서 그들 자신에 대한 깨우침이 왜 시적인 체험을 통해서인가 하는 점이다. 역으로 말하자면, 그것은 프랑스어로 씌어진 흑인의 시가 왜 오늘날 유일의 위대한 혁명적 시인가 하는 점이다.[21]

---

21) Sartre, *Situation III*, Gallimard, 1949, p.233.

사르트르는 이처럼 시가 의식화와 밀접히 연결되어 있으며, 혁명적 가치를 표현하고 있음을 말한다. 그 시가 흑인들의 시라는 단서가 붙어 있다 하더라도, 시에 대한 이러한 찬사는 『문학이란 무엇인가』에서 시인은 패배할 수밖에 없다거나 시는 바로 패배함으로써 승리하는 것이며 진정한 시인은 승리하기 위해서 죽도록 패배하기를 선택한 사람이라는 논리에 비교해볼 때 놀라운 인식의 변화이다. 그것이 인식의 변화가 아니라면, 유럽의 백인들의 시는 여전히 패배적이거나 자기 파멸적인 전통에서 벗어나지 못하고 있는 반면, 흑인들의 시는 투쟁의 내용과 힘찬 목소리에 의해 혁명적임을 부각시켜 시를 평가한 것으로 볼 수 있다. 초현실주의의 경우와 비교해본다면, 초현실주의 시는 부르주아적이고 프롤레타리아의 투쟁적 의식을 반영하지 못하는데, 네그리튀드의 시는 피압박 민중인 흑인들의 의식을 그대로 표현한다는 것이 그의 논리이다. 이러한 논리의 근거는 흑인 민중과 유럽의 프롤레타리아가 모두 자본주의 사회 구조의 희생자들이며, 공통의 연대의식을 지닐 수 있는 사람들이라는 이해와 직결되어 있다. 네그리튀드의 시를 통해서 흑인 민중들은 그들의 주관적 입장과 객관적이며 사회적인 의식이 일치되는 시적 성취를 이룩하였는데, 백인 프롤레타리아는 "사회적인 그만큼 주관적인 시, 애매한 혹은 확실한 언어로 씌어지되, 그럼에도 불구하고 감정을 고양시켜주며, 소련의 관공서 문서 같은 데 씌어진 '전 세계 노동자여 단결하자!'와 같은 문장처럼, 또는 가장 정확한 암호처럼 쉽게 이해되는 시를 아직 찾아내지 못했다"[22]는 것이다. 네그리튀드의

22) 위의 책, p.236.

시가 과연 "가장 정확한 암호처럼 이해되는 시"라고 볼 수 있는지는 단정할 수 없겠지만, 그 시가 '사회적인 만큼 주관적'이며, 개인적인 주체의 분노와 비판과 증오가 상처 입은 흑인 민중들의 그것들과 일치할 수 있는 이례적 행운을 만난 것은 사실이다. "간단히 말해서 흑인 시인은 가장 서정적이 됨으로써 가장 확실하게 위대한 공동체의 시적 성취에 이르고, 자기 자신에 대해서만 이야기하면서도 모두 흑인들을 대변하는 것이 된다."[23] 이러한 네그리튀드의 시가 초현실주의의 방법을 원용하고 있다는 점에서 사르트르의 초현실주의에 대한 견해는 미묘한 변화를 보인다.

우리는 이미 낡은 것이 된 초현실주의적 방법을 인정하고 있다. (왜냐하면 신비주의가 그렇듯이 자동기술은 하나의 방법이기 때문이다. 그것은 배우고, 연습하고, 실행하는 것을 전제로 한다.) 우리는 영혼의 밑바닥에 이르고 기억할 수 없이 깊은 욕망의 힘을 일깨우기 위해서 현실의 피상적 껍질 속으로, 상식과 논리적 이성의 피상적 껍질 속으로 잠입해 들어가야 한다. 그 욕망은 우리로 하여금 모든 것을 거부하게 하며 동시에 모든 것을 사랑하게 만드는 것이며, 그 욕망은 자연계의 법칙과 가능성을 극단적으로 거부하고 기적을 부르는 것이다. 또한 그 욕망은 미친 듯한 우주의 에너지에 의해 우리로 하여금 원초적 자연의 소용돌이치는 가슴으로 뛰어들게 만들고 동시에 결코 만족될 수 없는 권리를 주장함으로써 우리로 하여금 자연의 차원을 넘어서게 하는 것이다. 세제르가 이 길에 뛰어든 최초의 흑인은 아니다. 그보다 이전에 에티엔 레로가 『정당방

---

23) 위의 책, pp.242~43.

위』를 창간했기 때문이다.[24)

사르트르는 이처럼 초현실주의의 중요한 가치 개념인 욕망의 의미를 적절하게 설명하면서, 초현실주의의 이념에 영향을 받은 흑인 시인들로서 레로와 세제르가 어떻게 다른지를 혹은 그들과 관련된 문화운동으로서 『정당방위』와 '네그리튀드'가 어떻게 구별되는지를 논증한다. 그 논증에 의하면 레로는 유럽의 초현실주의를 단순히 모방하려는 차원에서 상상력의 절대적인 해방을 주장했을 뿐이지, 흑인 해방을 요구한 것도 아니고 백인 문화에 대한 투쟁적 의지를 표현하지도 않는다. 그러나 세제르는 초현실주의의 정신과 방법을 받아들이면서도 자신과 자신의 동족이 처한 상황 의식 속에서 그것을 변용시켰기에 새로운 초현실주의의 면모를 부각시킨다는 것이다. 그의 시는 불꽃의 파괴적 힘으로 피압박 흑인의 혁명적 의지와 열망을 일깨우고 자신의 내부에서 확실하고도 구체적인 인간성의 목소리로 표현되어 공감의 폭을 넓혀 준다. 또한 그가 이용하는 자동기술은 '상황 구속적이며 지향적écriture automatique engagé et même dirigée'이고, 그런 점에서 유럽 백인의 무지향적이고 상황 의식이 결여된 자동기술과는 구별된다는 것이다. 사르트르 자신이 이렇게 명시적인 구별을 한 것은 아니지만, 그가 세제르의 자동기술을 그렇게 명명했을 때, 그것은 이와 같은 구별을 전제로 삼은 것이다. 다음의 주장은 엘뤼아르나 아라공의 초현실주의와 세제르의 그것이 어떻게 다른지를 분명히 설명한 글이다.

---

24) 위의 책, p.225.

세제르의 시에는 초현실주의자의 위대한 전통이 실현되어 있다. 그의 시는 초현실주의의 결정적인 의미를 취하고는 파괴된다. 유럽의 시 운동인 초현실주의는 유럽인들에 반대하는 한 흑인에 의해 탈취되어 초현실주의에 엄격히 규정된 한 기능을 부여했다. 나는 다른 글에서 프롤레타리아 계층이 어떻게 이성을 파괴하는 초현실주의 시와 차단되어 있었는지를 밝힌 바 있다. 유럽에서의 초현실주의는 그것에 수혈해줄 수 있었던 사람들에게 거부된 채 무기력해지고 시들해졌다. 그러나 초현실주의가 혁명과의 관련을 잃어버린 바로 그 무렵 그것은 서인도제도에서 세계적인 혁명의 또 다른 가지와 접목된 것이다. 〔……〕세제르의 독창성은 엘뤼아르와 아라공이 그들의 시에 정치적 내용을 부여하는 데 실패했을 때, 흑인으로서 또는 압박받는 인간으로서, 전투적인 개인으로서의 그의 강력하고도 집중적인 열망을 이 가장 파멸적이고 자유로우며 형이상학적인 문학의 세계 속에 흘러들어가게 했다는 데 있다.[25]

세제르의 독창성이 초현실주의의 시적 영역을 넓히고 또한 풍요롭게 만드는 데 기여한 것은 사실이다. 엘뤼아르나 아라공이 "그들의 시에 정치적 내용을 부여하는 데 실패했을 때" 세제르는 시와 정치를 힘차게 결합하는 놀라운 능력을 보였다고 말할 수 있다. 그런데 초현실주의가 무기력해졌다거나 쇠퇴하였다는 것은 무슨 의미일까? 그것은 문학운동의 차원에서인가 아니면 시의 차원에서인가? 시의 차원에서라면 그것이 그렇게 쇠퇴하기 이전의 문학적 힘과 가치를 인정한다는 뜻인가? 사르트르는 가능한 한 네그리튀드에 대한 초현실주의의 공적을 인정하

---

25) 위의 책, pp.259~60.

지 않으려 하거나 세제르의 초현실주의를 높이 평가하기 위해 유럽 백인의 초현실주의를 과소평가하려 한다. 그러나 유럽인의 초현실주의와 흑인의 네그리튀드는 대립적이 아니라 동질적이다. 어떤 의미에서 그것들의 관계는 상호보완적이기도 하다. 그럼에도 불구하고 사르트르는 초현실주의뿐 아니라 모든 서구의 문화적 의미와 시적 성취의 가치를 일거에 무시해버리는 발언을 서슴지 않는다.

세제르는 바다·하늘·돌 등을 식물화하거나 동물화하고 있다. 보다 정확히 말해 그의 시는 남자와 여자가 동물·식물·돌 등으로 변형되고 돌·식물·동물이 인간으로 변형되는 영속적인 배합이다. 그러므로 흑인은 자연의 에로스에 대한 증인이다. 그는 그 에로스를 외적으로 표현하고 구체화시킨다. 이 같은 점과 비교되는 시를 유럽 문학에서 찾자면 우리는 로마가 아직 거대한 농업시장만 한 도시였을 때 모든 여신이 어머니인 비너스를 찬양했던 농부 시인 루크레티우스까지 거슬러 올라가야만 한다. 우리 시대에 우주적 관능의 감정을 지닌 문학인은 D. H. 로렌스 정도이다. 그러나 로렌스에게서도 그와 같은 감정은 문학적인 차원에서 머물고 있다.[26]

세제르의 세계에서 인간은 자연화되고 자연은 인간화되어 '변형되는 영속적 배합'을 이루는 데 반해, 유럽 문학에서 이와 같은 시적 성취가 보이지 않는다는 것은 다분히 편파적인 논리로 보인다. 인간과 자연과의 구별이 없이 그것들의 생생한 일치와 변화를 추구함으로써 이성적

---

26) 위의 책, p.269.

인간의 한계를 뛰어넘으려는 것이 바로 초현실주의의 일관된 목표였음에도 불구하고, 사르트르는 그것을 무시하며 일반적으로 유럽 문학 전체의 유산을 예로 들면서 그 요소들의 존재를 부정한다. 식물의 상징과 성적 상징의 결합, 풍요하고도 위대한 신비주의의 에너지, 고통과 에로스의 통합, 이러한 것들은 흑인 시인이 농사꾼의 시인이기 때문이 가능한데, 산업화와 문명화의 환경 속에서 오염된 서구의 시인들에게는 그러한 요소들의 표현이 불가능해진다는 것이다. 사르트르는 자신이 서 있는 문화적 기반의 가치를 전혀 긍정적인 시각에서 옹호하지 않는다. 그러므로 네그리튀드의 시에 대한 사르트르의 예찬은 프랑스나 유럽인들의 문학에서 그와 비슷한 시적 노력이 있었다 하더라도 의식적으로 양자 간의 유사성이나 동질성을 보려고 하지 않았기 때문이다.

우리의 시인들이 민중적인 전통과 결합한다는 것은 거의 불가능하다. 지난 1천 년에 걸친 현학적인 시가 그러한 분리를 만들어놓았고 게다가 민속적인 영감은 고갈되었다. 기껏해야 우리는 거리를 두고 그러한 전통의 소박함을 흉내 낼 수 있을 뿐이다. 반대로 아프리카의 흑인은 신화적인 풍요로움의 절정에 있으며 프랑스어 사용권의 흑인들은 우리가 샹송에 대해서 그렇게 하듯이 그렇게 그 신화를 즐기지 않는다. 즉 그들은 신화에 의해 주술에 걸리도록 함으로써 결국 그 주술의 끝에서 장엄하게 일깨워진 네그리튀드가 솟구쳐 오르도록 하고 있다. 이 때문에 나는 이러한 '객관적 시'의 방법을 마력적이라거나 매력적이라고 부른다.[27]

---

27) 앞의 책, p.254.

미셸 보주르도 이 부분을 인용하며 문제 제기를 한 바 있지만,[28] 사르트르는 흑인 시인이 사용한 신화 · 주술 · 마력 등의 다분히 초현실주의적 방법들을 언급하면서 그것들의 긍정적 가치를 인정하는 데 반해서 유럽의 초현실주의적 방법에 대해서는 그와 같은 언급을 표현하지 않고 있다. 더욱이 그것들은 사르트르가 강조하는 혁명의 개념들과는 분명히 반대되는 초시간적이며 신비주의적인 것들임에도 불구하고 그는 그것들의 가치를 높이 평가하는 것이다. 이러한 모순 혹은 편견은 유럽의 초현실주의가 무상성의 유희이며 무목적적인 데 반해서 네그리튀드의 초현실주의는 흑인 해방이라는 절실한 목표에 연결되어 있다는 인식에서 비롯된 것으로 보인다. 그러나 네그리튀드의 신비주의적 요소들이 정치적 의도에서 이해될 수 있듯이 초현실주의자들의 노동의 거부나 비합리적 요소들에 대한 편향은 부르주아지의 이데올로기에 대한 정치적 의사 표현이었다. 많은 사람들이 알고 있듯이, 시나 예술이 혁명적인 것은 그것의 내용 때문이 아니며, 또한 그것이 단순히 혁명에 봉사하고 있다는 점 때문도 아니다. 영웅의식을 고취하고 혁명에 봉사하고 있다는 점 때문도 아니다. 영웅의식을 고취하고 혁명에 봉사하는 프로파간다 문학이 바로 혁명적인 문학일 수는 없다. 기존의 인식을 뛰어넘고 모든 터부를 깨뜨리는 정신의 힘이 표현되는 문학이 혁명적일 수 있다면, 초현실주의의 자유분방한 상상력의 표현과 비합리적인 것의 추구, 새로운 언어 구조와 이미지의 창조가 그런 관점에서 이해될 수 있는 것이다. 사르트르의 「흑인 오르페」는 세제르의 네그리튀드를 찬양하면서 세제르의 시와 유럽의 초현실주의를 대조시켜 통찰한 글이

---

28) Michel Beaujour, "Sartre and Surrealism," *Yale French Studies*, 1968 참조.

지만, 그러한 대립의 논리를 강화할 그것은 초현실주의의 의미를 긍정적으로 이해할 수 있게 만드는 역설적인 결과에 이른다. 이렇게 결론지을 수 있는 이유는 유럽의 초현실주의와 네그리뒤드의 초현실주의가 표현과 내용의 차이에도 불구하고 본질적으로 대립된 것이 아니기 때문이다.

사르트르의 초현실주의 비판은, 그의 예리한 시각과 열정적인 논리의 내용에도 불구하고, 참여문학론에서 나타난 것과 같은 문학 이해의 한계와 모순을 노정한다. 물론 그의 문학적 인식은 그 모순을 포함한 혹은 극복한 넓이와 깊이를 확대 · 심화시키면서 말라르메의 문학적 참여를 긍정하는 방향으로 나아간 것으로 볼 수도 있다. 이 과정의 한 단계에서 그가 격렬히 초현실주의를 비판했던 것은 초현실주의 문학이야말로 시와 시인의 사회적 정치적 참여 문제를 첨예하게 다룰 수 있는 적절한 대상으로 간주되었기 때문이다. 이러한 사르트르의 관점은 시에 대한 논리가 그렇듯이 모순된 논리를 보인다. 어쩌면 사르트르의 입장에서 초현실주의 비판이란, 사르트르 자신의 문학이 인간해방에 기여할 수 있고 프롤레타리아 독자를 확보할 수 있다는 자신감의 토대 위에서 이루어진 것이라기보다, 그 자신의 문학적 한계를 포함한 부르주아 문학의 한계를 정면에서 인식하고 그것을 뛰어넘으려는 자기 부정적 정신의 표현으로 이해될 수 있다. 이런 점에서 사르트르가 초현실주의를 대상으로 한 공격을 그 자신에게 되돌려놓고, 사르트르의 문학에 동일한 비판을 가할 수 있다는 결론을 이끌어내는 일은 신중하지 못한 방법이다. 오히려 사르트르의 관점에서 제시된 초현실주의의 삶의 태도와 한계에 대한 비판을 수용하면서, 동시에 초현실주의의 진정한 정신과 시적 성취를 올바르게 평가하는 일이 더 중요한 문제일 것이다.